传承与革新

同里宣卷艺人班社研究

黄亚欣·著

上海社会科学院出版社

国家社会科学基金青年项目"文化传承语境下民间说唱艺人班社与演述活动研究"(24CZW115)阶段性成果

序 一

黄亚欣博士首本研究专著《传承与革新：同里宣卷艺人班社研究》出版之际，望我作序。她是我的关门弟子，我欣然提笔。

民间说唱，是长期流行于我国民间的说唱相间的民间文艺。宣卷，是民间说唱中带有民间信仰色彩的表演形式。学界一般认为，宣卷即讲唱宝卷，源于唐代俗讲。唐五代时，僧侣们以散韵交叉、说唱结合、通俗易懂的表达方式，在寺院中为信徒们讲授佛教故事，受到普通百姓的欢迎。至宋元时期，逐渐演变成继承唐代佛教讲经说法的传统，而成为一种新的说唱艺术形式。到了明清时期，这一形式已走出寺庙，流入民间，其文本被称为"宝卷"，此为宣卷之雏形。《中国大百科全书·戏曲曲艺卷》"宣卷"条记载："清同治、光绪年间和民国初年，宣卷扩展到江南，以上海、杭州、苏州、绍兴、宁波等城市为中心的广大地区，虽然仍作布道之用，但已发展成为一种民间说唱艺术。"

20世纪80年代末至90年代，我应时任日本东京大学东洋文化研究所中国戏曲研究专家田仲一成教授（现日本院士）的邀请,参加了由他主持的"中日乡村祭祀艺术"的课题研究,对毗邻江苏吴江地区的上海青浦商榻、浦东周浦苏家桥地域的宣卷等祭祀艺术,进行过多次实地考察调研,故对此略有一些感悟。宣卷艺人在仪式中,为民众说讲民间事物和民间传说。所以,宣卷实际上是一种独特的艺能。艺能,泛指不脱离民间信仰的艺术形式,是集表演、仪式、语言、音乐等于一身的综合性艺术。宣卷展示给观众的并不仅仅是单纯曲艺层面上的地方说唱和表演,人们听宣卷,也不仅仅是为了听宝卷内容本身。宣卷形式上说唱,实则与原住民地方性的禳灾驱邪、祈福纳吉的信俗和精神需求息息相关。

国家级非物质文化遗产代表性项目同里宣卷,又名吴江宣卷,因江苏吴江地区的宣卷艺人大多出自同里镇,而同里又是宣卷活动最为盛行的区域而得名。同里宣卷使用吴江方言演唱,是吴方言区宣卷的一个重要支脉,同时又与苏州宣卷有着密切的关联,是一种颇具民族传统特色的古老的民间说唱艺术和地方曲艺。它深深地扎根于吴江的土地上,以同里镇为中心区域,以屯村、松陵、八坼、金家坝、北库、黎里、莘塔、芦墟等地为主要流传区,并辐射到周围的乡镇及江浙沪交界地带。吴江地区固有的水网生态环境独特,自然条件优越,物产丰富,人们过着较为悠闲的生活,对精神生活的要求相对就比较高。当地原住民长期生活在这样的环境下,形成了其特有的心意愿景、地方性信俗、审美诉求、生活空间等生活样式——即当地原住民的一种活世态的生活相。

随着时代发展,在现代化和各种现代艺术与娱乐方式的冲击下,曾为广大民众喜闻乐见的传统戏曲和说唱,逐步失去市场和观众。然而,同样是现代化程度相当发达的吴江地区,仍然能够保存宣卷这一古老的民间说唱形式,并且受到民众的喜爱,这是什么原因呢?虽然,近百年来,特别是我国20世纪80年代改革开放以来,对于宝卷与宣卷的研究不断涌现,可是研究者的侧重主要集中在资料的梳理与文学、文献学方面的研究。对其如何传承、保持生命力的关注,似乎不多。

本书的作者黄亚欣博士,在导师指导下,决心要探究这一问题,并将同里宣卷传承的生命力解析,指向其演艺组织——艺人班社的内聚力。艺人班社问题,在宣卷研究领域未有学者做过系统的研究。面对这一空缺,作者在仅有少量资料可供参考的情况下,知难而上,白手起家,一次又一次奔赴同里进行田野作业,同当地文化干部与宣卷艺人促膝谈心,与当地民众打成一片,采录宣卷演艺现场。所以,本书一手资料极为丰富翔实。在调研中,作者对当地宣卷艺人的学艺过程、类型、流派,艺人班社的内部组织形式、运作模式、收入分配等进行仔细梳理,同时,深入分析了他们在同里宣卷传承过程中的功能以及对同里宣卷变革所起的作用。对艺人班社与雇主之间的中介——"牌话""佛娘"的资料挖掘,更是一个重大的发现,弥补了这方面研究的空白。在对同里宣卷大量实地考察调研的基础上,作者认识到,同里宣卷是通过宣卷艺人班社开展演艺活动而传承延续的。艺人们以此为职业,组班活动、接纳生意、安排仪式、搭班演出、收取报酬、按劳分配等。现实中,同里宣卷不依赖政府输血而存续发展,与艺人班社组织的存在和活力密不可分。因此,解读宣卷艺人班社的运作机制等问题,对于展开宣卷在当代的保护与传承,以及传统戏曲、曲艺类非遗在当今市场环境下营造自身活态承续和发展的功能,弘扬中华优秀传统文化,具有重要的现实意义。

以此为序。

陈勤建

华东师范大学终身教授、博士生导师

国家非遗评审专家

上海市非物质文化遗产保护专家委员会副主任

2025 年 3 月 22 日于寓所

序 二

《传承与革新：同里宣卷艺人班社研究》是黄亚欣在博士论文基础上经过数年补充修改而完成的著作，现在公开出版是值得庆贺的喜事！

自从20世纪20年代中国民间文艺学学科兴起以来，经过了几代人的努力，民间文艺的基本理论以及各个门类的研究都取得了令人瞩目的成绩。尤其是八九十年代，民间文艺研究在各个方面都达到了高潮。但同时，业内学者也纷纷感到研究遇到了瓶颈，难以进一步深化。而90年代末，口头诗学理论和表演理论的引入，为民间文艺的研究打开了一个新的天地，打破了原有民间文艺研究仿照书面文学研究的固有模式，从文本研究拓展到表演者和接受者（受众）的研究，从纯文本的分析到文本产生过程以及如何被接受的研究，即使是文本的研究，也出现了许多以往没有关注的方面，如对程式的运用等，从而真正凸显了民间文艺的独特性，也真正契合了民间文艺的本质，从而使得民间文艺的研究跨入了一个新的阶段。这些年来，对民间文艺表演者的研究已蔚然成风，出版了众多故事家、歌手的研究著作和论文。但民间文艺的表演者,除了个体外,有许多民间文艺门类是需要多人合作共同完成的,如相声、评弹等民间说唱,秦腔、花鼓戏、傩戏等民间小戏,木卡姆、秧歌等民间歌舞。这些"社团"对于民间文艺的表演与"文本"生成无疑起到重要的作用,但可惜这些年来民间文艺界对此关注较少,某种程度上说基本上是研究的空白。

黄亚欣博士论文的选题是同里宣卷研究,在凝聚研究重点的时候,我建议她做宣卷艺人班社(社团)的研究。一是因为江南地区的宣卷活动仍然活跃在民间,田野调查较为容易;二是同里宣卷的艺人班社基本上处于以自然状态存在并发展的状态,没有舞台化,没有体制化,且目前仍然具有活力,是一个弥足珍贵的民间文艺表演"社团"的范本;三是无论丝弦宣卷还是木鱼宣卷的表演者都是以班社形式出现的,具有典型性和代表性。黄亚欣采纳了我的建议,故从2018年开始进行了同里宣卷艺人班社的调查研究工作。因为有关同里宣卷艺人班社的文献资料极为缺乏,20世纪80年代以来的调查资料也较少,故黄亚欣为了博士论文的写作,做了大量艰辛、细致的田野调查工作,几乎走访了同里地区所有的宣卷班社,跟随观察宣卷艺人的表演活动,不厌其烦地到艺人家中访谈,获取了丰富的第一手资料,不仅为同里宣卷艺人班社发掘和整理了大量珍贵的资料,而且也为本书的立论提供了论据。在充分掌握资料的基础上,本书对同里宣卷艺人班社所作的研究既具开创性也有学理上的深度。

本书的价值，一是开拓了民间文艺研究中表演"社团"的研究。民间文艺"文本"的生成缺不了表演者（讲唱人），而表演者基本可分为个体和"社团"两种类型，前者关注度高、研究成果较多，后者目前为止尚未引起足够的重视。虽然前者的研究也非常重要，但相比后者较易研究；后者的情况更为复杂，因为涉及组织形式、运作模式、内部分工、相互协作、集体编创等诸多问题，正因为复杂，也体现出研究的难度和重要性。从这个角度而言，本书对同里宣卷艺人班社所作的系统研究无疑具有开拓性和原创性，对于民间文艺表演"社团"的研究，具有示范意义，体现了学术史价值。

二是拓展了宝卷研究的领域。宝卷（宣卷）研究是近十年来的一个研究热点，国内外学界出版发表了许多相关的研究著作和论文，不过已有的研究成果大多偏重于文献整理、版本编目、价值意义等方面的探讨，对宣卷表演活动的研究较少。客观原因是目前仍然在民间表演的宣卷活动较少，只有在江南地区、河西走廊地区等少数区域，主观原因是此类研究需要深入持久的田野调查，比纯文本研究的难度要大许多。而宣卷表演需要多人合作完成，即便河西走廊地区的念卷、江南地区的木鱼宣卷，主唱是1人，但仍需要一个团队共同来完成，因此表演"社团"对于完成宣卷表演至关重要，但目前对宣卷艺人班社的研究成果极少，仅见于零星文章。本书把同里宣卷艺人班社作为一个整体，将其置于生活的具体情境之中，从功能的视角切入，探讨其组织运作模式，解读他们在同里宣卷传承过程中发挥的功能,分析他们与同里宣卷变革的关系,关注与他们相联结的种种要素,进行了至今为止对此研究对象最为全面的梳理、论述。本书虽然是针对同里宣卷艺人班社的研究,但其研究模式也同样适用于其他地区的宣卷研究,为宣卷研究开辟了一个新的领域。

三是该研究对于宣卷的保护传承具有现实意义。宣卷作为一种已在中华大地流传千余年、具有教化和娱乐功能的民间说唱艺术,目前各地的宝卷(宣卷)已大多入选各个层级的非遗代表性项目。如何保护、传承好这些珍贵的遗产,使其在当今社会仍然发挥积极的作用,是各地文化主管部门、学术界都在积极探索的问题。众所周知,非遗保护、传承的关键是传承人,而艺人班社是宣卷传承的主体,宣卷的展演和变革都是通过艺人班社才得以实现的。因此本书的研究成果,无疑对宣卷的保护传承工作具有积极的作用。

《传承与革新:同里宣卷艺人班社研究》是黄亚欣踏上学术研究之路后的第一本学术著作,希望她在表演"社团"研究方面不断深耕,结出累累硕果。

郑土有

复旦大学中国语言文学系教授、博士生导师

2025 年 4 月 7 日

目 录

序 一 ……………………………………………… 1
序 二 ……………………………………………… 5

绪论 ……………………………………………… 1

第一章 同里宣卷艺人班社的组织结构及其演述活动
　　　　………………………………………… 31
　　第一节　同里宣卷班社的构成及其演出现状 ……… 33
　　第二节　同里宣卷艺人班社演述活动存续的自然生态
　　　　　　环境 ………………………………… 48
　　第三节　同里宣卷艺人班社演述活动的历史发展脉络
　　　　　　………………………………………… 52
　　第四节　同里宣卷艺人演述的主要卷目与曲调 …… 65

第二章 民俗生活中的同里宣卷班社 ……… 91
　　第一节　宣卷班社的演述活动与民众仪式生活的维系
　　　　　　………………………………………… 93
　　第二节　宣卷艺人在仪式活动中的主导作用 ……… 101
　　第三节　演述中"神圣-世俗"关联的建立 ………… 106

第三章 | 同里宣卷艺人班社与演述传统的传承 …… 113

第一节 宣卷艺人的养成 …………………………… 115
第二节 宣卷艺人的传承类型、谱系及传承方式 …… 121
第三节 演出团体的传承：宣卷班社成员的协作 …… 139

第四章 | 同里宣卷艺人在演述活动中的主体性呈现
………………………………………………………… 145

第一节 宣卷艺人的创编与演述脚本的生成 ……… 147
第二节 艺人演述中的建构与演述基本法则的形成
…………………………………………………… 161
第三节 演述中的情境化创作 ……………………… 171
第四节 自我变革，发明新的宣卷演述形式 ……… 176
第五节 主动调适，赋予宣卷新的活力 …………… 186

第五章 | 同里宣卷班社的运作机制 ………………… 191

第一节 演述活动承续的内在动力：宣卷班社的
经营运作 …………………………………… 193
第二节 借助演述活动的中介力量：宣卷班社与
"牌话""佛娘"的合作 ……………………… 206

结语 ………………………………………………… 226

参考文献 …………………………………………… 232

索引 ………………………………………………… 240

一、插图索引 ……………………………………… 240

二、表格索引 …………………………………… 240

附　录 ……………………………………………… 242
　　附录一　相关田野调查情况汇总表 …………… 242
　　附录二　同里宣卷艺人柳玉兴《请佛偈》《送佛偈》
　　　　　　口头演述记录 ……………………………… 248
　　附录三　同里宣卷艺人及相关人员口述访谈记录 …… 260
　　附录四　调查所见民间收藏宝卷书影 …………… 363
　　附录五　同里宣卷活动相关的重要图片资料 …… 365

后　记 ……………………………………………… 383

绪 论

绪　论

宣卷，即宣唱宝卷，是一种传统的、在仪式中演述的民间说唱文艺。宝卷是宣卷艺人的演述脚本。同里宣卷，又名吴江宣卷，是苏州吴江特有的非物质文化遗产（以下简称"非遗"），因吴江地区的宣卷艺人大多出自同里镇，而同里又是吴江宣卷活动最为盛行的区域而得名。时至今日，江南地区的宣卷仍然活跃在当地民众日常生活中，这是一个值得注意的文化现象，而该现象与当地宣卷艺人班社的存在及其在演述活动中所发挥的功能有着密切关联。

长期以来，宣卷研究者们大部分着力于宣卷文本性层面的探究，有关宣卷艺人班社的话题关注不多。事实上，宣卷是围绕艺人班社及其演述活动展开的，从文本到实际展演这一生产过程是由艺人班社主导完成的，离不开他们的实践。宣卷艺人班社，作为宣卷的生产者、实践者和传承者，他们在宣卷活动中的作用常常被忽视。有鉴于此，笔者拟从艺人班社视角去探索宣卷，将他们的演述活动置于民众日常生活情景之中，探索他们如何进行宣卷的生产，在此基础上对同里宣卷形成一个更为全面、整体的阐释。

一、研究对象及问题

同里宣卷艺人班社的出现及其演述活动的发展，源于当地民众普遍、共同的祈福禳灾的信俗心理。他们的演述在发展过程中受到当地特有民俗的影响，在民俗与文艺的互动中流传。随着中国社会的发展和变革，20世纪80年代以来，绝大部分地区宣卷班社的演述活动濒临消亡，但在江浙地区少数地方得以延续，其中同里地区传承情况相对较好。吴江地处江南腹地，明代以来经济较为发达，为什么宣卷艺人班社的演述活动能够在此地传承？他们在演述活动的开展与承续过程中有着怎样的作用？这是本书所要讨论的核心问题。

本书以同里宣卷艺人班社为研究对象。艺人是宣卷班社的中心，通常被尊称为"先生"，同时，艺人班社作为一个整体，推动宣卷的展演，在演述活动中共同发挥作用。本书对同里宣卷艺人班社进行了广泛的实地考察，尽可能全面地搜集了相关文献与田野资料，以此为基础，重点阐述两个问题：

一是厘清同里宣卷艺人班社本体，挖掘他们的组织运作模式，探索其内在机制，剖析他们如何调整内部秩序与规则，从而使宣卷在社会环境的不断更迭中始终保持传承的自生性。①

二是在把握宣卷艺人班社内在机制的基础上，探究他们在宣卷演述活动中的作用，分析他们在民俗生活中产生的影响，解读其至今仍能够活跃在当地民间社会的意义与价值。

二、基本概念

（一）宣卷

所谓宣卷，就是宣讲、宣唱宝卷的意思，是宝卷的演述形式。②"宣"即宣讲、宣唱；"卷"即宝卷，是宣卷艺人的脚本，一种古老的、在仪式活动中按照一定的仪轨演述的说唱文本，源于唐代佛教的"俗讲"。宝卷之名出现于元末明初，河北、山西、山东、甘肃等北方地区的宝卷演述多称"念卷"，而江浙沪一带的吴方言区多称"宣卷"，常熟、张家港、无锡、靖江等

---

① 本书所指的自生性是指同里宣卷拥有自我经营生存的能力，不依赖于外部力量的佐助。
② "演述"为通约性的说法，由于同里宣卷的演述呈现为说、嚎、弹、唱、演等多种形式相结合的艺术形态，故在本书中也同时使用"演唱""表演""演出"等词。

地区也称"讲经"。

宣卷活动兼具文学性与非文学性。在当下的研究视域中,宣卷研究者们多将目光聚焦于宣卷的文学属性,而较少关注其"非文学"的那一面。宣卷作为口承的民间文艺,通过口头方式流传,是流动的,不固定的。在流传过程中,受到某一地域特有的民众生活相的影响,与当地环境、习俗、仪式等紧密相关,有着鲜活的生命力。宣卷虽归为民间文学,却有着异于一般文学的独特之处——文学与非文学的交织互构。诚如陈勤建在《非文学的民间文学》中所述:"百余年来学界流行称谓的'民间文学',是文学,又非文学。这似乎是一个相互矛盾的论题,而这一矛盾正是民间文学的特质所在。"[①]在各类民俗仪式中展演的宣卷,不仅仅是文学,而是文艺与民俗一体的、相互影响的民间文艺形态,只有把它和伴随着它的仪式、习俗及其他文化要素一同进行研究,才能获得更为全面的认识。

宣卷的艺术形态是一种带着伴奏的说唱,宣卷艺人的唱词遵循一定的曲调和唱腔,因此也有学者将宣卷归为曲艺范畴。不过,无论将宣卷归入哪一类别,它都不是单纯的民间说唱或者曲艺,有着普通艺术表演所不具备的特质,是一种不脱离信俗的民间文艺,其发展以民众信俗为根基,并与特定的仪式相伴生,在一定的民俗场景、民俗氛围中展演,同民众生活休戚相关,从民间庙会到个人、集体的祈福、还愿,乃至一家一户的喜事等,宣卷都处处存在,不可或缺。

(二) 宣卷文本

宣卷文本不仅包括宝卷卷本,也包括那些不以文字形式记录下来的艺人"脑中的文本"(mental text)和口头演述的文本,主要依靠艺人口头传唱,具有流动性。同里、锦溪、嘉善、青浦等地的宣卷,艺人在演述时不

[①] 陈勤建:《非文学的民间文学》,《苏州教育学院学报》2021年第2期,第2—6页。

看卷本。他们将宝卷的内容储存在脑中,演出时根据记忆发挥,通过演述,将自身记忆中的文本以实际的艺术表演呈现出来,每一次演述的文本都是艺人的二次创编,具有一定的新生性(emergent quality)。

(三) 信俗

信俗,又称民间信仰、民俗信仰,是指在长期的历史发展过程中,民众间自发产生并流行的各式崇拜观念、行为习惯和相应的仪式制度,在我国主要表现为民众内心普遍存在的对天地万物、鬼、神、祖先等超自然力量的崇信以及禳除灾厄、祈福求吉的美好生活愿景。这种信俗与民众日常生活结合紧密,盖房买房、生老病死、养育嫁娶、读书上学、外出行商、种田捕鱼等都与其相关,并已在发展过程中成为民俗的一部分,规范和约束着民众的思想和言行。①

(四) 生活相

生活相,即生活的样子,是民众的生存方式、生活方式,包括生产生活的方方面面。我国学者陈勤建提出"民俗是一种生活相",它是"活世态的",在生活层面表现为生活的技艺和生活的习惯,在文化层面概括了某种日常生活的规范或范式,没有文字规定,往往像风一样在流动。②

(五) 宣卷活动相关概念阐释

宣卷艺人 在江苏吴江地区,宣卷已成为一种行业,当地宣卷人多为职业化或半职业化的民间艺人,他们以从事宣卷为业。当地民众一般尊称宣卷艺人为"宣卷先生",其中常熟、张家港、无锡、靖江等地习惯称"讲

---

① 参见陈勤建:《民俗——日常情景中的中国人的精神生活》,《民俗研究》2007 年第 3 期,第 28 页。陈勤建又将这种"信俗"称作"心意信仰"。
② 陈勤建:《中国民俗学》,华东师范大学出版社 2007 年版,第 22—29 页。

经先生"。

赕佛　当地将点香设供、举行特定的仪式来款待神佛的行为称作"赕佛",当地方言常说成"待佛"。

和佛、和卷、和调　宣卷演述过程中,艺人每唱一句或几句,落调时,周围的人要以一定的唱词相附和,跟唱拖腔,和诵佛号,这一行为叫作"和佛"或者"和卷""和调"。常熟、张家港、无锡、靖江等地的宣卷是传统的木鱼宣卷,这些地区将这种和唱行为称作"和佛";锦溪、胜浦、青浦、嘉善等地的宣卷已改革为丝弦宣卷,多称"和调";同里宣卷习惯称"和卷"。不同历史时期、不同地区的和佛(和调/和卷)唱词略有差异。

上手、下手　同里宣卷演述时互为搭档的艺人,也称"上联""下联"或者"上班""下班"。上手也叫"主宣"。通常情况下,宣卷活动中的上手只有1位,下手为1位或多位。常熟、张家港、无锡、靖江宣卷中所谓的上手就是主事的宣卷先生,在宣卷班子中起主导作用,下手为主事先生之外的其他宣卷先生,辅助主事先生共同完成宣卷活动。同里宣卷中的上、下手需要分饰角色搭档对唱,青浦、嘉善、胜浦、锦溪等地的宣卷中下手仅负责和调,不与上手对唱。

拼档、拆档　宣卷艺人互为搭档进行演述叫作"拼档",合作的艺人解除合作关系叫作"拆档"。

班主　宣卷班社的一班之主,也叫领班。班主是一个宣卷班子中主要的、固定的负责人,负责制定班社内部规则、协调内部秩序、承接宣卷业务、分配收入、沟通班社内外事务等。

乐队　丝弦宣卷的班社有专门负责伴奏的琴师,他们组成了班社的乐队。当地俗称乐器为"家生",演奏乐器也叫"做家生"。

小落回　同里宣卷艺人通常要根据宝卷故事情节分几个章回来演述,回与回之间的间歇称作"小落回"。早期,小落回时宣卷艺人可稍作修整,喝茶、洗脸、整理妆容,现在小落回时艺人们要加唱小调供听卷者娱乐。

主家（斋主） 宣卷班子称出资请宣卷的雇主（东家）为"主家"，有些地方（如常熟、张家港、无锡、靖江等地）也称"斋主"。

佛娘 巫觋的一种。"佛娘"，即民间所谓的神、佛、菩萨的女儿，可以通神。吴江俗称"佛囡儿""佛姑娘"，常熟多称"师娘"（当地方言也叫"私娘"），锦溪称之为"仙人""小仙人"。"佛娘"以中老年女性居多，也有部分男性巫觋，称作"佛儿子""仙人"等。

宣卷场子 宣卷班社从事演述活动的主要场所。常熟、张家港、无锡、靖江宣卷活动的场所就在佛堂内（有时是临时搭建的佛堂），用几张八仙桌拼成佛台，宣卷班子围坐于佛台前演唱；吴江、锦溪、青浦等地，宣卷艺人在佛堂内请佛、送佛，宣唱宝卷至佛堂外搭台进行。

勃到厅 吴江地区称一种临时搭建的、供宣卷演唱和摆酒席的棚子为"勃到厅"，聚餐和宣卷均在该厅进行。"勃"即迅速之意，"勃到厅"的意思是快速到达的演出厅，既可作为演出场地，又可作为酒席场地。这种棚子通常在庙会上或者传统村落居民的院子里搭建，有的在房屋附近的过道上搭建。棚子一般有顶，可根据季节和天气选择四周全包或者部分包围。张家港地区称这种临时的棚子为"旱船"（四周全包围）、"车帘棚"（四周镂空）。在吴江，经营"勃到厅"也逐渐成为一种行业，如雇主需要宣卷或演戏，即可订一个勃到厅，勃到厅老板既负责搭建演出场地，又承担操办酒席的任务，酒席所需的用具和碗筷均可由"勃到厅"提供。在乡村，方便快捷的"勃到厅"尤为适合宣卷活动。

佛马、马幛 受供神灵的象征物。当地赕佛时以图像等形式展示神、佛形象，或将神、佛尊讳写在红纸上，代表所供奉的神、佛。有些地区也叫"纸马"。"佛马"也可写作"佛码"。[①]

[①] 2018年11月2日（农历九月二十五）吴江湖滨华城马大弟为儿子举办"赕喜宴"时采用的即是将神、佛尊讳写在红纸上的方式。所写内容为："酒请：南海观音、南朝上天皇、西朝十二位亲伯、北朝上方山太太、东朝金泽杨爷、苏州富坛、吴江城隍、（转下页）

疏　也叫"疏表""疏纸""疏头"。宣卷赕佛时要将雇主举行宣卷赕佛仪式的缘由、日期、功用、流程等事项逐一写明在一张红纸上，仪式结束后要"通疏"（即焚化疏表），用以向各界神佛汇报，请他们鉴收，纸上所写的内容称为"疏"。宣卷活动中"疏"一般由主事的宣卷先生写就，也有部分地区（比如锦溪、甪直）由道士书写。

先锋　吴江很多渔民将自己家族的祖先奉为先锋神，这些先锋也是他们日常祭祀的对象。当地的这种先锋信俗本质上是以血缘关系为纽带的祖先崇拜。

偈（文）　宣卷中有一类篇幅短小的文本，大部分由韵文体唱词组成，这类文本称为"偈"或者"偈文"。这种偈文有的附于宝卷本中，有的是艺人演述时临时加入的。偈文可以在宣卷开始时演述，相当于唐代俗讲的"押座文"或后世弹词中的"开篇"，同里宣卷中称之为"卷前偈（曲）""卷前小偈"，简称"小偈"。偈文也可以在宣卷中间插唱，展开讲述故事细节，称为"插偈"。

插花　艺人根据自身能力即兴创编一段唱词临时插入现时的演述中，可以是时事新闻、笑话、顺口溜或者补充情节，这一行为称为"插花"或者"外插花"，同里、锦溪、青浦、陈行、张家港等地的宣卷艺人的演述中都曾出现过。

三、研究现状

（一）表演艺术中对艺人班社问题的关注

学术界对表演艺术的研究成果颇为丰硕，然而从事演出的表演者却

（接上页）湖州白雀寺、平涅九华寺、吴江圆通寺、五峰山城隍、高金山二爷、高殿隋良王、八圩城隍、白龙桥城隍、北雪泾城隍、共青刘猛将、南库东西城隍、南库五路财神堂、湾里观音堂、盛泽太太、共青姜大老爷、巨人港土地、巨人港总桥神、喜庆苑土地、沈家港观音、富贵苑土地。户主：马家　农历九月二十五。"原文中有笔误，笔者在引用时已更正。如原马幛中书写的"南潮""西潮""北潮""东潮"应为"南朝""西朝""北朝""东朝"；"十二位清伯"应为"十二位亲伯"；"城皇"应为"城隍"；"湖州百雀寺"应为"湖州白雀寺"。

长期处于不受重视的边缘,在戏曲和说唱等领域探讨艺人班社问题的不多。宋元时期,夏庭芝《青楼集》、高安道《淡行院》、睢景臣《咏鼓》、商道《叹秀英》等对戏班情况曾有零星记录。明清时期,对民间戏班情况的了解还只能借助于一些文人笔记小说。清末民初,文人逐步对戏班及其演出活动关注起来,李斗《扬州画舫录》、焦循《花布农谭》、张次溪《清代燕都梨园史料》中都有记载,但均未将戏班置于中心地位。齐如山《戏班》对20世纪30年代前后北京的戏班及其演出情况进行了详细记录,是有关中国戏班情况的较早的史料,此后一直到2000年,对班社进行专门研究的仍付之阙如。可以窥知,艺人班社研究的成果较少,资料也极为匮乏,学者对各类表演艺术的研究更偏向于艺术和文学层面,而有关艺人班社的问题在相当长的一段时间内都未能进入研究者的视野。20世纪末、21世纪初,艺人班社研究的相关论著才日渐丰富起来,比较有代表性的如张发颖《中国戏班史》,刘沪生、张力、任耀祥《京剧厉家班史》,唐伯弢《富连成三十年》,乔健、刘贯文、李天生《乐户:田野调查与历史追踪》,傅谨《草根的力量:台州戏班的田野调查与研究》,项阳《山西乐户研究》等。到目前为止,围绕各类表演艺术中艺人班社的问题,研究者们主要从以下几个层面进行了探讨:

1. 戏剧学、曲艺学、音乐学视角

傅谨《草根的力量:台州戏班的田野调查与研究》从戏剧史的视角出发,详尽描述了浙江台州戏班的历史与现状、戏班的内部构成、戏班内演职人员的生活方式、戏班的经济运作方式,客观地剖析了台州戏班的生存方式与内在构成,由此揭示了民间戏班拥有顽强生命力的文化渊源。中国民间戏班数量庞大,该书以台州戏班研究为个案,重新发掘了民间戏班的存在及其演出活动对当代戏剧史的意义。[1] 项阳《山西乐户研究》以音乐学

---

[1] 傅谨:《草根的力量:台州戏班的田野调查与研究》,广西人民出版社2001年版。该书于2010年由北京大学出版社再版,更名为《戏班》。

的视角,从对山西省所存乐户的实地考察入手,以乐籍制度、乐人为主脉对中国音乐文化传统进行梳理,对这一群体的组织结构和文化形态、音乐文化特征、对音乐文化传统的贡献等进行了全方位的研讨,并深入解读了乐籍文化研究的现实意义。[①] 易德波(Vibeke Børdahl)从说书艺人的角度出发,探究了扬州评话艺术生存的社会环境、传承方式、口述技巧等。[②] 英国学者钟思第(Stephen Jones)的《采风——新旧中国乡村乐师的生活》(*Plucking the Winds: Lives of Village Musicians in Old and New China*)从民族音乐学的角度研究河北地区的乐社,叙述了村落历史文化场景中乐师的精神生活和他们的人生经历,翔实地描述了乐师的传承谱系、乐社的组织结构、乐社保留的音乐曲库、乐器类型,展现了他们的仪式传统在各种冲击下所表现出的韧性。[③] 裴雪莱《清代江南职业昆班研究》站在演出传播史的角度对清代江南职业昆班的内部形态、演剧活动、生存策略等进行多维度的深入剖析,从一个侧面生动呈现了清代江南地区的戏曲生态。[④]

2. 历史学视角

20世纪80年代以来,社会史研究在我国蓬勃起来,学者们以整体史的新视野重新审读历史,不再满足于政治史和精英史,而是目光向下,关注长时段的文化、心态、习俗、信仰、仪式、组织、结构、区域、普通民众的生活、地方社会对国家力量的制衡等。唐力行主编的《评弹与江南社会研究丛书》从区域社会文化史的视角出发,将苏州评弹作为观察江南社会的窗口,以此解读江南区域社会史。在这套丛书中,周巍《技艺与性别:晚

---

① 项阳:《山西乐户研究》,北京文物出版社2001年版。
② Vibeke Børdahl and Jette Ross, Chinese Storytellers: Life and Art in the Yangzhou Tradition, Boston: Cheng & Tsui Company, 2002. 中译本为[丹]易德波:《说书:扬州评话的口传艺术》,李含冰译,广陵书社2018年版。
③ Stephen Jones, *Plucking the Winds: Lives of Village Musicians in Old and New China*, Leiden: Chime Foundation, 2004.
④ 裴雪莱:《清代江南职业昆班研究》,中国社会科学出版社2024年版。

清以来江南女弹词研究》探究晚清以来江南女弹词社会性别身份的形成，通过对这一特殊群体自身发展过程的研究来揭示近代社会变迁的一个侧面；①何其亮《个体与集体之间：二十世纪五六十年代的评弹事业》通过对活跃于 20 世纪五六十年代的评弹艺人的研究，探索了评弹艺人及其演述活动与江南社会间的互动关系及其变迁历程。②

3. 民俗学、人类学视角

杨洪恩对格萨尔艺人持续进行了 30 多年的调查，详细论述了艺人的类型、产生的社会文化背景、文盲艺人记忆保存史诗的奥秘等。③ 岳永逸通过天桥艺人的成长和社会化过程，探讨了天桥街头艺术这类文化的传承问题。④ 陈默耘《昆曲曲社研究——以传承为中心的非物质文化遗产保护研究个案》从民俗学视角出发，探究昆曲如何通过"社"这一古老的方式传承发展，从而为同类非遗代表性项目的保护工作提供可资参考的案例。⑤ 彭媛媛《金华婺剧民间戏班的生存调查与研究》在民俗学的视野下，从组织运作、日常生活、演出民俗、观众等方面对金华婺剧民间戏班的生存现状进行了调查，深入探讨了其生存机制。⑥ 徐薇《从戏班到乐队——东北农村二人转的人类学考察》从人类学角度阐释了东北农村二人转表演从戏班到乐队的组织结构变化，剖析了艺人的经济收入、情感和

---

① 周巍：《技艺与性别：晚清以来江南女弹词研究》，上海人民出版社 2010 年版。
② 何其亮：《个体与集体之间：二十世纪五六十年代的评弹事业》，商务印书馆 2013 年版。
③ 杨洪恩：《民间诗神——格萨尔艺人研究（增订本）》，中国社会科学院出版社 2017 年版。
④ 岳永逸：《空间、自我与社会——天桥街头艺人的生成与系谱》，中央编译出版社 2007 年版。
⑤ 陈默耘：《昆曲曲社研究——以传承为中心的非物质文化遗产保护研究个案》，华东师范大学硕士学位论文，2007 年。
⑥ 彭媛媛：《金华婺剧民间戏班的生存调查与研究》，浙江师范大学硕士学位论文，2013 年。

社会关系对维系班社组织形式存在的意义。① 曾澜《地方记忆与身份呈现：江西傩艺人身份问题的艺术人类学考察》聚焦傩之行为者，即傩艺人，以艺术人类学的学科理念和方法论为引导，对江西省南丰、万载和萍乡等傩乡的傩仪进行了田野调查，系统又深入地解析了江西傩艺人的家族/宗族身份、地缘身份和族群身份与家族/宗族记忆、村落公共空间记忆和族群记忆之间的匹配和联动关系，揭示了中国乡村艺人身份问题所蕴含的现实指涉、逻辑张力及其背后所承载的中国民族民间艺术的文化肌理。②

表演艺术研究中对表演者和演出团体的关注，对本书问题意识的形成与写作思路的建构有一定的启发。然而，对表演者在演述活动中的作用考察不多，对他们在传统与当代社会中所呈现的价值与意义也有待进一步的阐释，关于艺人班社尚有不少可供挖掘的研究空间。

(二) 宣卷研究的学术史梳理

自20世纪20年代顾颉刚将宝卷推荐给学术界、郑振铎将宝卷纳入中国俗文学史的研究体系开始，刘复、李家瑞、孙楷第、傅惜华、李世瑜、赵景深、胡士莹等学者从不同的视角对宣卷进行了探索和研讨。当代，关德栋、车锡伦、马西沙、濮文起、陈泳超、丘慧莹等学者在宣卷研究方面也取得了显著的成果。海外学者受到影响，先后进入宣卷研究领域，日本的浅井纪、泽田瑞穗、田仲一成、松家裕子、矶部佑子、佐藤仁史，加拿大的

---

① 徐薇：《从戏班到乐队——东北农村二人转的人类学考察》，广西民族大学硕士学位论文，2007年。
② 曾澜：《地方记忆与身份呈现：江西傩艺人身份问题的艺术人类学考察》，生活·读书·新知三联书店2018年版。该书是在其博士论文基础上修改出版的，参见曾澜：《地方记忆与身份呈现：江西傩艺人身份问题的艺术人类学考察》，复旦大学博士学位论文，2012年。

欧大年(Daniel Overmyer),美国的梅维恒(Victor H. Mair)、马克·本德尔(Mark Bender),荷兰的伊维德(Wilt L. Idema),俄罗斯的李福清(Boris L. Riftin)、司徒洛娃(Elvira S. Stulova)、白若思(Rostislav Berezkin),英国的杜德桥(Glen Dudbridge)等学者,都为宣卷研究作出了重要贡献。总体来看,宣卷研究成果大致可分为两部分,一是对宣卷文本的研究,二是对宣卷演述活动的研究。

1. 宣卷文本的研究

(1)关于宝卷的渊源、产生、分类、发展和分期的研究。继郑振铎之后,李世瑜、车锡伦、高国藩等国内学者相继展开了有关宝卷渊源问题的讨论。李世瑜发表了《宝卷新研——兼与郑振铎先生商榷》一文,对郑振铎《中国俗文学史》中的相关结论提出商榷意见,并且指出"宝卷是一种独立的民间作品,是变文、说经的子孙,不是他们的'别称'"①。20 世纪 90 年代以后,关于宝卷的形成、起源、发展、分类等研究愈加热闹。车锡伦在《中国宝卷的发展、分类及其社会文化功能》一文中对郑振铎"宝卷是变文的嫡系儿孙"的结论提出异议,认为宝卷的渊源可以追溯到唐代佛教的俗讲,②而后又在《中国宝卷的渊源》一文中进一步详细论证宝卷对唐代佛教俗讲的继承关系,并反对郑氏所说宝卷是宋代"谈经"(或"说经")等的别名之论断,认为宝卷与南宋瓦子中的"说经"无关。③ 这一时期,不断有相关研究成果出现,如刘祯《宋元时期非戏剧形态目连救母故事与宝卷的形成》、车锡伦《佛教与中国宝卷(上)》《中国最早的宝卷》、高国藩《论宝卷的产生及宋代起源说——兼论日本泽田瑞穗先生的观点》、李世瑜《民

---

① 李世瑜:《宝卷新研——兼与郑振铎先生商榷》,《文学遗产增刊四辑》,作家出版社 1957 年版,第 165—181 页。
② 车锡伦:《中国宝卷的发展、分类及其社会文化功能》,载《语文、惰性、义理——中国文学的多层面探讨国际会议论文集》,台湾大学,1996 年。
③ 车锡伦:《中国宝卷的渊源》,《敦煌研究》2001 年第 2 期,第 132—138 页。

间秘密宗教与宝卷》等。①

海外学者在研究中也形成了自己的观点。泽田瑞穗在其《宝卷的研究》(1963)、《(增补)宝卷的研究》(1975)中通过分析收集到的宝卷及相关文献,在宝卷的渊源、发展演变过程等方面提出了独到的见解,例如提出了"新宝卷"时期。② 美国学者梅维恒指出宝卷的产生与"配图讲唱"有关。③

关于宝卷的渊源、产生、分类、发展和分期,目前学术界以车锡伦《中国宝卷研究》中的相关论断为主要依据。④

(2) 宝卷文献的搜集、整理、编目、出版。受郑振铎的影响,20 世纪 30 年代至 50 年代,国内许多学者开始注重搜集和整理宝卷,如陈志良《宝卷提要》、傅惜华《宝卷总录》、胡士莹《弹词宝卷书目》和李世瑜《宝卷综录》等。⑤ 20 世纪 80 年代以后,越来越多的研究者将目光投向宝卷的搜集、编目,许多公、私收藏者编著了所藏宝卷的目录,如谢忠岳、周绍良、程有庆、林萱、王见川等。海外学者编著的宝卷目录,首推泽田瑞穗的《宝卷提要》,该提要共收录作者及日本公、私收藏的宝卷 209 种。⑥ 车锡伦于 20

---

① 刘祯:《宋元时期非戏剧形态目连救母故事与宝卷的形成》,《民间文学论坛》1994 年第 1 期,第 61—66 页;车锡伦:《佛教与中国宝卷(上)》,《圆光佛学学报》1999 年第 4 期;车锡伦:《中国最早的宝卷》,《中国文哲研究通讯》1996 年第 6 卷第 3 期,第 45—52 页;高国藩:《论宝卷的产生及宋代起源说——兼论日本泽田瑞穗先生的观点》,《中韩文化研究》(第 3 辑),中文出版社 2000 年版,第 219—230 页;李世瑜:《民间秘密宗教与宝卷》,《曲艺讲坛》1998 年第 5 期。
② [日] 泽田瑞穗(澤田瑞穗):《(增补)宝卷的研究》(《[増補]寶卷の研究》),国书刊行会,1975 年。
③ [美] 梅维恒:《绘画与表演:中国绘画叙事及其起源研究》,王邦维、荣新江、钱文忠译,中西书局 2011 年版。
④ 车锡伦:《中国宝卷研究》,广西师范大学出版社 2009 年版,第 609 页。
⑤ 陈志良:《宝卷提要》,连载于《大晚报》"火炬通俗文学"周刊第 35 期(1936 年 11 月 25 日),第 37 期(1936 年 12 月 9 日),第 40 期(1936 年 12 月 30 日);傅惜华:《宝卷总录》,巴黎大学北京汉学研究所,1950 年;胡士莹:《弹词宝卷书目》,古典文学出版社 1957 年版;李世瑜:《宝卷综录》,中华书局 1961 年版。
⑥ [日] 泽田瑞穗:《宝卷提要》,载《(增补)宝卷的研究》,第 101—262 页。

世纪80年代初开始关注宝卷,经过近20年的搜集整理,在前人宝卷编目经验基础上编纂而成的《中国宝卷总目》,是目前为止最为详备的宝卷目录。①

整理、出版方面有代表性的有张希舜等编《宝卷初集》、王见川等编《明清民间宗教经卷文献》及续编、濮文起编《民间宝卷》、马西沙编《中华珍本宝卷》等。② 随着非遗保护工作的开展,各地政府纷纷搜集、整理、出版本地宝卷汇集,如《中国靖江宝卷》《中国河阳宝卷集》《中国同里宣卷集》《中国民间宝卷文献集成·江苏无锡卷》《中国常熟宝卷》等。③ 目前,王定勇主持的国家社科基金重大项目"民间宝卷文献集成及研究"(项目编号:19ZDA286)以民间宝卷为研究对象,力求全面、系统地搜集宝卷原始文献。一些关注宝卷的社会和文化价值的海外学者也注重宝卷文献的搜集,如韩南(Patrick Hanan)在中国留学期间于北京购买了一批石印本宝卷以做讲唱文学研究,这些宝卷后来由哈佛燕京图书馆保管,并于2013年在中国影印出版。④

近年来,散落海外的中国宝卷越来越受学界关注。周波、孙艳艳编的《日

---

① 车锡伦:《中国宝卷总目》,北京燕山出版社2000年版。此书的初稿曾以"非正式出版物"的形式由台湾中央研究院在1998年夏印行过一次,仅600册。
② 张希舜等:《宝卷初集》,山西人民出版社1994年版;王见川等:《明清民间宗教卷文献》,新文丰出版公司1999年版;王见川等:《明清民间宗教经卷文献续编》,新文丰出版公司2006年版;濮文起:《民间宝卷》,黄山书社2005年版;马西沙:《中华珍本宝卷(第一辑)》,社会科学文献出版社2012年版;马西沙:《中华珍本宝卷(第二辑)》,社会科学文献出版社2014年版;马西沙:《中华珍本宝卷(第三辑)》,社会科学文献出版社2015年版。
③ 尤红主编:《中国靖江宝卷》,江苏文艺出版社2007年版;梁一波主编:《中国·河阳宝卷集》,上海文化出版社2007年版;俞前主编:《中国·同里宣卷集》,凤凰出版社2010年版;车锡伦总主编,钱铁民分卷主编:《中国民间宝卷文献集成·江苏无锡卷》,商务印书馆2014年版;吴伟主编:《中国常熟宝卷》,吴古轩出版社2015年版。
④ 霍建瑜编:《美国哈佛大学哈佛燕京图书馆藏宝卷汇刊》,广西师范大学出版社2013年版。

绪 论

本早稻田大学图书馆藏中国宝卷选编》精选"风陵文库"藏《扫尘缘》《绘图白鹤图宝卷》等 12 种宝卷并进行了影印出版。① 李永平主持的国家社科基金重大项目"海外藏中国宝卷整理与研究"(项目编号：17ZDA266)以海外藏中国宝卷为对象，致力于将海外各地的宝卷文献进行全面的收集、影印和出版。②

（3）宝卷作品的译介。宝卷作品的译介方面贡献最大的是海外学者。司徒洛娃在俄罗斯科学院东方研究所列宁分所工作期间，曾将单位所藏的宝卷珍本之一《普明如来无为了意宝卷》(1599 年重刊本，简称《普明宝卷》)翻译成俄语并做了详细研究。③ 荷兰学者伊维德将大量宝卷翻译成英文，使更多海外学者能够关注、研究中国宝卷，其中比较有代表性的有《香山宝卷》《善才龙女宝卷》《目连宝卷》《雷峰塔宝卷》《沉香宝卷》等。近年来，还翻译、出版了河西宝卷的译文合集。④ 美国学者 Qu Liquan 和 Jonathan Noble 翻译了靖江《三茅宝卷》选段，被收入梅维恒和

---

① 日本民俗学家泽田瑞穗收藏了包括约 200 部宝卷在内的数千件藏品，后捐给早稻田大学图书馆，早稻田大学图书馆专门设"风陵文库"进行收藏，其中的宝卷藏品尤其受学界重视，但大多没有出版过，后周波、孙艳艳精选了其中的 12 种进行了影印出版。该书为王霄冰主持的国家社科基金重大项目"海外藏珍稀中国民俗文献与文物资料整理、研究暨数据库建设"(项目编号：16ZDA163)阶段性成果之一。
② 目前已出版阶段性成果有《海外中国宝卷收藏与研究导论》《宝卷研究》等。
③ E.S. Stulova, ed., tr., intro., *Baotsziuan'o Pu-mine* (*Puming baojuan*), Moscow: Nauka, 1979.
④ Wilt L. Idema (transl., intro.), *Personal Salvation and Filial Piety: Two Precious Scroll Narratives of Guanyin and Her Acolytes*, Honolulu: Hawaii University Press, 2008; Id. (transl., intro.), *Meng Jiangnü Brings down the Great Wall: Ten Versions of a Chinese Legend*, Seattle: University of Washington Press, 2008; Id. (transl., intro.), *The White Snake and Her Son: A Translation of The Precious Scroll of Thunder Peak with Related Texts*, Indianapolis: Hackett Pub. Co., 2009; *Precious Scroll of Chenxiang*, in The Columbia Anthology of Chinese Folk and Popular Literature, (ed.), Victor H. Mair and Mark Bender, New-York: Columbia University Press, 2010, pp.380 – 405; Id. (ed., transl., intro.), *The Immortal Maiden Equal to Heaven and Other Precious Scrolls from Western Gansu*, New York: Cambria Press, 2015.

马克·本德尔主编的《哥伦比亚中国民间俗文学选集》中。①

（4）宝卷与宗教、民间信俗。泽田瑞穗在《（增补）宝卷的研究》第一部分第七章中专门论述宝卷与儒、道、佛、民间教派的关系。欧大年从宝卷文献入手，系统介绍了明清时期新兴教派的情况，此后又专门讨论了16至17世纪民间教派宝卷，其关于宝卷与宗教关系的论述在学术界颇有影响力。② 那原道（Randall L. Nadeau）不仅研究宝卷与宗教、民间教派的关系，也关注宝卷中的灶神信俗。③ 车锡伦通过对宝卷文本的分析，论述了宝卷的形成既继承了佛教俗讲，又受佛教忏法影响。④

（5）宝卷的文学研究。俄罗斯学者李福清对孟姜女故事在不同俗文学体裁中的发展演变进行了探讨，并且指出宝卷文献的特点以及宝卷与其他文学体裁的区别。⑤ 杜德桥从俗文学的视角对《香山宝卷》的故事来源和演变进行了研究，指出了该宝卷中的妙善传说所蕴藏的女性价值。⑥ 白若思通过宝卷文献的变迁史进一步探讨了20世纪中国石印出版业与

---

① Victor H. Mair, Mark Bender, *The Columbia Anthology of Chinese Folk and Popular Literature*, New York: Columbia University Press, 2011, pp.479 - 502.

② Daniel L. Overmyer, *Folk Buddhist Religion: Dissenting Sects in Late Traditional China*, Cambridge MA: Harvard University Press, 1976; Daniel L. Overmyer, *Precious Volumes: an Introduction to Chinese Sectarian Scriptures from the Sixteenth and Seventeenth centuries*, Cambridge: Harvard University Asia Center, 1999；欧大年：《宝卷：十六至十七世纪中国宗教经卷导论》，马睿译，中央编译出版社2012年版。

③ Randall L. Nadeau, *Popular Sectarianism in the Ming: Lo Ch'ing and his "Religion of Non-Action"*, University of British Columbia, 1990; Randall L. Nadeau, *The Domestication of Precious Scrolls: The Ssu-ming Tsao-jün pao-chüan*, Journal of Chinese Religion 22(1996): 23 - 50.

④ 车锡伦：《佛教与中国宝卷（上）》，《圆光佛学学报》1999年第4期。

⑤ B.L. Riftin, *Skazanie o Velikoĭ stene i problema zhanra v kitaĭskom fol'klore*, Moskva: Izd-vo vostochnoĭ lit-ry, 1961.

⑥ Glen Dudbridge, *The Legend of Miao-shan*.初版：London: Ithaca Press, 1978；修订版：New-York: Oxford University Press, 2004；中译本为《妙善传说——观音菩萨缘起考》，李文彬译，（台北）巨流图书公司1990年版。

俗文学发展的关系。① 此外,宝卷与其他文艺形式的比较研究也受到部分学者的关注,如张灵的博士论文《民间宝卷与中国古代小说》②、王定勇的《宝卷与道情关系略论》③、韩洪波的《浅论宝卷与词话的关系》④。

2. 宣卷演述活动的研究

宣卷文本的渊源、文本中所蕴含的文学性和信俗观念等对理解宣卷活动的意义十分关键,因此文本研究必不可少。不过,仅仅停留在文本层面尚不足以对宣卷这一民间说唱文艺进行全面、整体的关照。在晚清、民国时期的江南地区,宝卷虽然曾经作为可供大众阅读的文本被各大书局(如文益书局、惜阴书局、宏大善书局、翼化堂善书局等)印行,成为商业出版物在市面上广泛流通,呈现出一定的"读物化"的特征,⑤但是从根本上说,宝卷的产生并非以阅读为目的,其功能的发挥也需要在一定的仪式场合中通过艺人班社的演述来实现。

20世纪50年代前后学术界已有学者从事宣卷演述活动的研究,进入20世纪80年代以后更有较大起色。现阶段的研究,已从宣卷的内部研究逐步发展为跨学科研究,视角多元化,为宣卷研究提供了新的学术增长点;不仅重视文本,对田野的重视程度也逐步增加;研究范围不局限于古代,也关注当下的活态演述和传承现状;中外学者合作研究的项目增多。成果主要集中在如下几个方面:

---

① Rostislav Berezkin, *The Lithographic Printing and the Development of Baojuan Genre in Shanghai in the 1900-1920s: On the Question of the Interaction of Print Technology and Popular Literature in China (Preliminary Observations)*,《中正大学中文学术年刊》2011年第17期,第337—368页。
② 张灵:《民间宝卷与中国古代小说》,上海师范大学博士学位论文,2012年。
③ 王定勇:《宝卷与道情关系略论》,《文化遗产》2015年第4期,第123—131页。
④ 韩洪波:《浅论宝卷与词话的关系》,《中国宝卷国际研讨会论文集》,广陵书社2016年版,第308—324页。
⑤ 泽田瑞穗在《(增补)宝卷的研究》中称这一时期为"新创作读物化宝卷时期"。

（1）区域宣卷活动的调查研究。1936年陈志良发表的《宣卷——上海民间文艺漫谈之一》是较早的关于上海地区宣卷活动概况的田野调查报告。① 1959年李世瑜《江浙诸省的宣卷》一文的发表，推动了江南一带宝卷的调查研究。② 20世纪80年代以后，各地兴起对宣卷活动的调查研究，如段平、方步和对河西宝卷的调查研究中，研究者已注意到宝卷文本的流传地域、流传方式、民众对宝卷的解释、宣卷艺人的情况、宣卷与当地民俗等。③ 同一时期，车锡伦也开始关注宣卷，他对吴方言区宣卷的系列研究全面且出色，多次调查了靖江、常州、无锡、苏州、张家港、常熟、同里、嘉善等地的宣卷，公开发表了多篇调查报告，这些成果后来被选编入其专著《中国宝卷研究》。车氏《中国宝卷研究》是目前最为系统、全面的宝卷综合性研究成果，其中不仅包含宝卷概论、历史发展过程，还涵盖区域宣卷活动的调查研究等。

非遗保护政策影响下，各地宝卷汇集的出版增加了学界对区域宣卷调查研究的热度，如陆永峰《靖江宝卷研究》（合著）、《吴方言区宝卷研究》，史琳《苏州胜浦宣卷》，李淑如《河阳宝卷研究》，尚丽新《北方民间宝卷研究》（合著）。④ 尚丽新还从宗教背景、区域文化、发展契机等方面对南北方民间宝卷的同源异流关系进行了探讨。⑤

---

① 陈志良：《宣卷——上海民间文艺漫谈之一》，《大晚报》"火炬通俗文学"周刊第25期（1936年9月23日）。
② 李世瑜：《江浙诸省的宣卷》，《文学遗产增刊七辑》，中华书局1962年版，第197—213页。
③ 段平：《河西宝卷的调查研究》，兰州大学出版社1992年版；方步和：《河西宝卷真本校注研究》，兰州大学出版社1992年版。
④ 陆永峰、车锡伦：《靖江宝卷研究》，社会科学文献出版社2008年版；陆永峰、车锡伦：《吴方言区宝卷研究》，社会科学文献出版社2012年版；史琳：《苏州胜浦宣卷》，吴古轩出版社2010年版；李淑如：《河阳宝卷研究》，台湾成功大学中文所博士论文，2011年；尚丽新等：《北方民间宝卷研究》，商务印书馆2015年版。
⑤ 尚丽新：《南北民间宝卷同源异流关系探微》，《民族艺术》2021年第3期，第89—99页。

绪 论

20世纪末,海外学者也对区域宣卷活动的调查研究展示出浓厚的兴趣。20世纪90年代,日本学者铃木健之、田仲一成分别对江苏靖江、上海青浦的宣卷进行过考察。① 美国学者马克·本德尔对江苏靖江宣卷活动的具体过程进行过调查研究。② 2006年,金沢大学教授上田望对浙江绍兴福全镇容山村"新春班"的宣卷活动进行了三次调查,对宣卷的表演环境和《双状元宝卷》等展开调查和资料收集工作,影印了部分民间宣卷艺人的手抄本。2010年3月,日本学者小南一郎、松家裕子、矶部佑子一行到绍兴实地考察了宣卷,在钱清镇新甸村听了《张四姐宝卷》《贤孝宝卷》《忠孝龙图宝卷》《玉钗宝卷》《碧玉带宝卷》《双贵图宝卷》《双状元宝卷》的现场演述,发现其演唱腔调为越剧腔调。③

(2) 宣卷及其相关仪式、信俗、功能的研究。继20世纪90年代姜彬的国家级课题"吴越民间信仰和民间文学关系的考察和研究"之后,学界对宣卷与信俗关系的探究仍在持续,如陈泳超主持的国家社科基金重大项目"太湖流域民间信仰类文艺资源的调查与跨学科研究"(项目编号:17ZAD167)探索宣卷、赞神歌等仪式文艺与民间信俗之关联。白若思《当代常熟〈香山宝卷〉的讲唱和相关仪式》将《香山宝卷》放入其仪式实践中进行解读,进一步论述了其抚慰心灵、拯救灵魂等仪式功能。④ 此外,韩森(Valerie Hansen)的《变迁之神:南宋时期的民间信仰》、朱海滨

---

① [日]铃木健之:《活着的故事"宝卷":江苏省靖江县"做会讲经"的情况》(《生きていた語り物「宝卷」:江蘇省靖江県「做會講經」の場合》),《东京学艺大学纪要》(《東京学芸大學紀要》),1994年,第297—308页。田仲一成对青浦宣卷的相关考察资料现收藏于日本东洋文库。
② Mark Bender, A Description of Jingjiang "Telling Scriptures" Services in Jingjiang, Asia Folklore Studies, Vol.60, 2001: 101-133.
③ 陈安梅:《中国宝卷在日本》,《中国宝卷国际研讨会论文集》,广陵书社2016年版,第57—58页。
④ 白若思:《当代常熟〈香山宝卷〉的讲唱和相关仪式》,《常熟理工学院学报(哲学社会科学)》2017年第3期,第17—34页。

的《祭祀政策与民间信仰变迁：近世浙江民间信仰研究》、滨岛敦俊的《明清江南农村社会与民间信仰》、王健的《利害相关：明清以来江南苏松地区民间信仰研究》、万志英（Richard Von Glahn）的《左道：中国宗教文化中的神与魔》等著作中都有对宣卷与民间信俗关联的具体论述。① 李永平的《禳灾与记忆：宝卷的社会功能研究》打破宣卷研究的学科界限，将宝卷视为一种文化文本，从人类学视角对宝卷的社会功能进行探讨，认为宝卷的核心价值是禳灾。②

（3）宣卷演述活动与区域社会、民俗生活的关系研究。目前学术界对宣卷的研究已经逐步深入社会生活的细节。日本学者太田出团队和佐藤仁史团队，从宣卷等民间艺能入手，通过宣卷观察太湖流域基层社会史。③ 针对政府的保护政策以继承和保存狭义的艺术为目的而忽视了宣卷背后的生活这一现象，佐藤仁史发表了《宣卷与江南农村的民俗生

---

① ［美］韩森（Valerie Hansen）：《变迁之神：南宋时期的民间信仰》，包伟民译，浙江人民出版社1999年版；［美］万志英（Richard Von Glahn）：《左道：中国宗教文化中的神与魔》，廖涵缤译，社会科学文献出版社2018年版；［日］滨岛敦俊：《明清江南农村社会与民间信仰》，厦门大学出版社2008年版；朱海滨：《祭祀政策与民间信仰变迁：近世浙江民间信仰研究》，复旦大学出版社2008年版；王健：《利害相关：明清以来江南苏松地区民间信仰研究》，上海人民出版社2010年版。
② 李永平：《禳灾与记忆：宝卷的社会功能研究》，中国社会科学出版社2016年版。
③ ［日］太田出、［日］佐藤仁史：《太湖流域社会的历史学研究：来自地方文献和现场调查的研究》（《太湖流域社会の歴史学的研究：地方文献と現地調査からのアプローチ》），（东京）汲古书院2007年版；［日］佐藤仁史、［日］太田出、［日］稻田清一、吴滔编：《中国农村民间艺术——太湖流域社会史口述记录集》（《中国农村の民间艺能——太湖流域社会史口述记录集》），（东京）汲古书院2008年版；［日］佐藤仁史、［日］太田出、［日］藤野真子、［日］绪方贤一、朱火生编：《中国农村的民间艺能——太湖流域社会史口述记录集2》，（东京）汲古书院2011年版；［日］太田出、［日］佐藤仁史、［日］长沼さやか编：《中国江南的渔民与水边的暮らし：太湖流域社会史口述记录集3》，（东京）汲古书院2018年版；［日］佐藤仁史、吴滔、张舫澜、夏一红：《垂虹问俗——田野中的近代江南社会与文化》，广东人民出版社2018年版。

活——着眼于艺人与客户之间的关系》一文,将与宣卷密不可分的岁时、民间信俗、人生礼节等整个生活纳入考察的视野,探讨了同里宣卷与民俗生活之间的关联。① 王若楠的硕士学位论文《支塘宣卷与日常生活》揭示了常熟支塘宣卷与民众日常生活的交互关系,并分析了原生态的支塘宣卷背后所呈现出的支塘民众的集体记忆与地方感。②

(4) 宣卷的传承保护问题。非遗保护政策将宣卷的传承保护问题推向前沿。自宣卷被列入各级非遗代表性项目名录以来,引发了越来越多研究者的关注。如车锡伦《什么是宝卷——中国宝卷的历史发展和在"非遗"中的定位》、徐国源等《田野笔记:苏州宣卷存续现状的调查与思考》、陆益等《当代苏州宣卷的传承与保护》。③ 针对目前的宣卷保护现状,陈泳超认为"非遗"思潮下过分热情的"保护"其实徒劳无益,进而提出"无为即保护"。④

(5) 宣卷研究的音乐学视角。这方面的代表性成果有戴宁的博士论文《太湖地区民间信仰音乐研究》和李萍的博士论文《无锡宣卷仪式音声研究——宣卷仪式性重访》。⑤ 周桑以嘉善宣卷艺人沈煌荣为个案,从传统音乐层面对其演述中的改革进行了考察。⑥

---

① [日]佐藤仁史:《宣卷与江南农村的民俗生活——着眼于艺人与客户之间的关系》,《中国宝卷国际研讨会论文集》,广陵书社 2016 年版,第 280—293 页。
② 王若楠:《支塘宣卷与日常生活》,华东师范大学硕士学位论文,2018 年。
③ 车锡伦:《什么是宝卷——中国宝卷的历史发展和在"非遗"中的定位》,《民族艺术》2016 年第 3 期,第 120—124 页;徐国源、谷鹏:《田野笔记:苏州宣卷存续现状的调查与思考》,《东吴学术》2016 年第 6 期,第 107—116 页;陆益、陆永峰:《当代苏州宣卷的传承与保护》,《学理论》2016 年第 7 期,第 156—158 页。
④ 陈泳超:《无为即保护:论民间俗信文艺的保护策略——以常熟地区宣卷活动为中心》,《石河子大学学报》(哲学社会科学版)2017 年第 31 卷第 2 期,第 91—95 页。
⑤ 戴宁:《太湖地区民间信仰音乐研究》,上海音乐学院博士论文,2004 年;李萍:《无锡宣卷仪式音声研究——宣卷仪式性重访》,上海音乐学院博士论文,2012 年。
⑥ 周桑:《"渊源流新"——从沈煌荣的表演看宣卷"移步不换形"式传承》,中国音乐学院硕士学位论文,2013 年。

（三）宣卷研究中对艺人班社的相关探讨

在宣卷研究中，从事演述的艺人班社问题受到了部分学者的关注。车锡伦曾在《江苏靖江"讲经"（调查报告）》中对靖江"讲经"艺人——"佛头"进行过考察，《江苏苏州的民间宣卷和宝卷》中论述过现代苏州"同里宣卷"的班社和民间宣卷艺人的情况。① 佐藤仁史执笔的《曲艺空间与民俗文化：以宣卷艺人的演出记录为中心》，是其专著《垂虹问俗——田野中的近现代江南社会与文化》中的重要章节，文章以同里宣卷艺人朱火生的演出经历为例，从社会史的角度对宣卷艺人活动空间中的社会脉络进行了分析，从中探讨了江南农村的社会结构及其变化。② 尚丽新、周帆的《北方宝卷宣卷人探析》以宣卷演述人为主要研究对象，论文对北方地区的宣卷人进行了考察，并将其归为四类：一是佛教的僧尼，二是民间宗教的"道人"，三是念卷先生，四是民间艺人。该文不仅对北方宣卷人的特点进行总结，而且将南北方宣卷人进行了对比。③ 尚丽新进而又在《南北民间宝卷同源异流关系探微》一文中关注了江南宣卷艺人的职业化现象，指出宣卷在上海电台节目和娱乐场所里也占有一席之地，这标志着宣卷艺人已经职业化，由基层社会的乡村布道者转化为城市中的职业艺人。④ 陈泳超以常熟宣卷艺人余鼎君为个案，探讨了江南宝卷创编中的个人风格。⑤

相对而言，学术界对宣卷艺人班社的讨论不多。长期以来，虽然对宣卷艺人班社有过相关论述，但以调查为主，缺乏系统的、学理性的研究，且相对零散；其次，在这些成果中艺人班社往往是作为研究的一个方面或切

---

① 上述两则调查报告在车锡伦《中国宝卷研究》中均有收录。
② ［日］佐藤仁史等：《垂虹问俗——田野中的近现代江南社会与文化》，广东人民出版社2018年版，第223—274页。
③ 尚丽新、周帆：《北方宝卷宣卷人探析》，《文化遗产》2014年第2期，第110—114页。
④ 尚丽新：《南北宝卷同源异流关系探微》，《民族艺术》2021年第3期，第97页。
⑤ 陈泳超：《江南宝卷创编的地方传统和个人风格——以常熟宣卷先生余鼎君为例》，《阅江学刊》2022年第1期，第141—155页。

入点,相关讨论是为建构宣卷概况、历史或解读区域社会文化史服务的,并非研究重点;此外,学界对艺人之关注多着眼于艺人个人,事实上,单个艺人无法独立完成演述,演述活动需要在艺人班社团体的分工合作中进行。与此同时,宣卷活动中有许多与艺人班社产生联系的人员,他们之间的交往联络从一个侧面推动着演出活动的开展,而这些人员也常被研究者忽略。总之,真正将宣卷艺人班社作为研究对象,对其进行具体而深入的理论阐释的综合性成果较少。

四、研究意义

前人的研究珠玉在前,为本研究的开展奠定了坚实的基础。通过对研究现状的梳理,可以看到,先贤的探索与尝试大幅度推进了宣卷研究进程,但传统的研究话题已经难以满足对宣卷艺术的求解,就艺术而谈论艺术的阐释方式也逐渐显示出表述困境。

以往的研究多侧重于宣卷文本。文本研究一直以来都是学界讨论的热点,学者们常常把存活于市井民间的宣卷演述活动搜集整理成书面的文学文本,运用古代文学、文艺学等学科的概念加以阐释,对宝卷的文学内涵、思想主题等进行分析。部分研究用纯文学的标准来解读宣卷。然而,宣卷文本具有活态性与流动性。英国学者钟思第在考察冀中音乐会时就发觉宝卷是一种活态文本,他认为至今仍然被当作抽象的历史课题的宝卷,其实是用于表演的手册,有着不同的音乐风格。[1] 如果对活态的说唱文本进行静态考察,"以静态的视角来看待变动的艺术"[2],将文木从

---

[1] [英]钟思第:《从"假如钟先生能说汉语的话"说起》,《民间鼓吹音乐研究——首届中国民间鼓吹乐学术研讨会论文集》,山东友谊出版社1999年版,第407—412页。
[2] 祝鹏程:《文本的社会建构——以十七年(1949—1966)的相声为考察对象》,中国社会科学出版社2018年版,第10页。

其生存和使用的历史原境中剥离出来进行单向度的研究往往难以获得对宣卷的整体关照。

其次，从艺术形态上看，宣卷这一民间说唱，是一种于仪式中展演的、民俗与文艺相交织的、带有功利性的综合性口头表演艺术，然而，部分研究对宣卷作为一种特殊的口头表演艺术的特质认知不够，也忽视了表演中的非文字因素。表演在本质上被界定为一种"交流的方式（a mode of communication）"①，宣卷正是希望通过演述达成人、神之间的交流，从而达到祈福禳灾等目的。宣卷作为表演，实则是一种情境性的行为（situated behavior），如果依据被抽象出来的、产生于交流过程的文本，来探究这一以口头交流为本质的文艺无疑不符合宣卷作为口头表演艺术的特性。虽然有些地区对宣卷艺人的口头演述进行了现场采录，形成所谓的"口头演唱记录本"，但这样的文本大多是以文字为中心的，忽略了表演过程中的诸多非文字因素，如演述的场域、对应的唱腔曲调，以及表演者的动作神态、停顿等。此外，在发表、出版过程中，整理者往往会出于各个方面的考虑融入自身的主观认识对文本进行删改，真正保留原始演出风貌的口头演述记录本少之又少。

再次，在研究中，宣卷演述人的作用常常被遮蔽。尽管宣卷艺人班社在中西论著中均有所提及，但时至今日学术界尚未给予应有的关注，表演过程中宣卷艺人的主体性与创造性，艺人班社在宣卷活动中所发挥的具体作用等，诸如此类的问题均没有得到重视。

宣卷是围绕艺人班社及其演述活动展开的，他们既实现了宣卷从文本到展演的生产过程，又是宣卷演出市场中的重要一环。本书站在文艺民俗学的立场上考察从事宣卷演述的艺人班社，不仅着眼于艺人个体的

---

① ［美］鲍曼：《作为表演的口头艺术》，杨利慧、安德明译，广西师范大学出版社2008年版，第8页。

实践,而且将艺人班社作为一个整体,剖析其在演述活动中的功能,具体意义体现在如下几个方面:

第一,超越文本性层面考察宣卷,将宣卷艺人班社的演述置于民众日常生活情景之中。一方面,超越宣卷研究的文本性层面,从整体性视野出发,将宣卷演述活动置于民众日常生活之中,置于仪式的使用实践之中,结合环境、民俗、区域社会等多个面向加以探究,可以使该研究更加贴近生活现实。另一方面,宣卷作为口头表演,是视觉与听觉相结合的艺术,具有模式性也具有新生性,其演述意义是在和表演者、听众、场景、社区传统等一系列关系中建构起来的,超越文本性层面进行剖析更加符合宣卷这一表演艺术的特性。

第二,从主体层面解读演述过程中宣卷艺人的能动性和创造力。已有研究注重演述的内容与艺术形式,然而,宣卷是由艺人班社主导完成的,他们的实践影响了民间文学文本的生成与传播,对民间文学知识生产有着建构性意义。从艺人脑中的文本到实际展现出来的艺术表演,这中间存在着宣卷艺人一系列复杂的生产、实践过程,艺人在演述时会根据自己的理解对宣卷文本加以创作、改编,在这一过程中他们呈现出相当的能动性和创造力。不同的艺人演述同一本宝卷,演述内容各不一致;同一位艺人演述同一本宝卷,不同时期的演述内容也不尽相同,宣卷的演述并非简单、机械的复制,艺人在演述过程中所发挥的作用显得格外重要。本研究从艺人班社视角切入,不仅关注他们演述了什么,而且重点剖析他们如何演述和为什么演述,与演述活动中的哪些要素相互影响,尝试探索出体系更为完备的民间文学法则。

第三,当代各类表演艺术都面临承续困境,而从事宣卷行业的这些民间艺人班社在长期发展过程中体现出不断自我调适的能力,使宣卷即使在现代化娱乐方式多样的情况下依然能够保持生机。本书通过对同里宣卷艺人班社内在机制的层层剖析,探索其生存之道,可以为众多表演艺术的承续研究提供一个可供参考的个案。

第四，在宣卷作为非遗代表性项目被保护的当下，本研究也具有实际应用意义。非遗保护政策推行之后，出现了"重申报，轻保护"等问题，但仅依靠政府力量往往难以取得保护成效，非遗保护工作一度面临瓶颈。同里宣卷，在传承发展中呈现出强大的自生性，不依赖政府的经济扶持依然能够自然存续。本研究通过艺人班社探究该地区宣卷自然传承的因素，可为解决非遗保护工作中的一些问题提供新思路。不仅如此，也可以由此更好地认识宣卷传承演变的内在规律，分析非遗保护工作对宣卷传承的利弊关系，为宣卷的保护提供合理化建议。

五、研究方法

本书主要运用文艺民俗学的方法来进行研究。同里宣卷作为一种在民俗仪式中展演的文艺样式，受到当地特有的民俗文化的影响，与民俗生活密切相关，其中蕴含的民俗和艺术之间存在着深刻的互动关系，民俗催化着艺术，艺术改造着民俗，宣卷的演述形态在时俗的影响下也发生了变异。宣卷艺人班社的演述活动，源自当地民俗社会，也只有参与民俗社会才能最终实现其社会功能。本书在文艺学和民俗学的结合点上，运用文艺民俗学的理论，试图认识、阐释宣卷艺人班社参与民俗社会的过程，不仅要阐明当地民俗生活如何产生了他们的演述活动，还要诠释艺人班社的演述怎样影响了当地民俗生活，民俗生活变迁的背景下他们又做出了何种改革、建构与调适。

实际的研究过程中，采用文献梳理与田野调查相结合的方法。目前搜集到的相关文献资料多来源于文人类叙事主体，而民间说唱的叙事主体更多是普通民众，可考的资料不多，因此，笔者花费了大量时间深入田野进行调查访谈，搜集第一手资料。与此同时，进行参与式观察，深入当

绪 论

地社会,以"局内人"的视角,调查同里宣卷艺人班社的历史与现状,观察仪式中的宣卷,了解宣卷班社成员的生活状况,追溯宣卷艺人之间的传承关系,理会艺人班社的组织运作模式,发掘与宣卷艺人班社相关联的种种因素,特别注意从文献和口述中发掘那些与宣卷相关联但已经消失于当代社会的人物和事件。本书考察的内容既在宣卷活动的进行过程之中,也在宣卷之外的整个民俗生活之中,不仅对仪式和艺人班社的表演进行考察,对于那些宣卷活动中的重要人员,也有选择地进行长时间沟通交流和跟踪调查,以求对同里宣卷的整个行业生态有一个更为深入的了解。

在对人物进行跟踪调查的过程中,运用有结构的访谈与无结构的口述史相结合的方法。从"底层视角"出发,依靠个人的记忆,探究普通人的日常生活实践,围绕某个历史事件,关注人们如何讲述、为何讲述。与此同时,探讨不同的人对同一事件叙述的异同。通过这样的分析,试图追溯某个历史事件的"事实"。① 不过,口述史的方法亦有其面临的难题。所有关于"口述历史"的研究都证实:即使在使用文字的社会中,活生生的回忆至多也只能回溯到八十年之前。再往前追溯的话,就会出现民族学家让·范西纳(Jan Vansina)所谓的"流动的缺口"(floating gap)。② 就笔者所做的口述调查而言,调查对象中年龄最大的如今已近90岁,其记忆范围中最早的也就是听其父母辈、师长辈所叙述的历史,再往前便难以追溯。在本书的写作中,必要之处笔者尽量少地做出主观归纳和臆断,而尽可能多地呈现受访者口述的原话,以展现受访者叙述时的真实想法和心境。

---

① 有关民俗学领域口述史的研究方法的运用,详见[日]中村贵:《追寻主观性事实:口述史在现代民俗应用的方法与思考》,《文化遗产》2016年第6期,第89—95页。
② [德]扬·阿斯曼:《文化记忆:早期高级文化中的文字、回忆和政治身份》,金寿福、黄晓晨译,北京大学出版社2015年版,第52页。

第一章 | 同里宣卷艺人班社的组织结构及其演述活动

- 第一节 同里宣卷班社的构成及其演出现状
- 第二节 同里宣卷艺人班社演述活动存续的自然生态环境
- 第三节 同里宣卷艺人班社演述活动的历史发展脉络
- 第四节 同里宣卷艺人演述的主要卷目与曲调

第一章 | 同里宣卷艺人班社的组织结构及其演述活动

宣卷自宋代以来就在我国城乡盛行,后传播到南北各地。江南太湖流域,宣卷艺人的演述活动在明朝时期已较为活跃,其具体形成过程在文献中尚未找到直接记载,不过在相关地方志、文人竹枝词以及其他地方文献资料中都曾提到过他们的演述情况。长期以来,部分地区的宣卷已经在发展过程中渐趋衰落,有的甚至濒临消亡,而同里宣卷至今仍然活跃在吴江一带民众的日常生活情境中,这与从事演述的艺人班社有着最为直接的关联。

第一节 同里宣卷班社的构成及其演出现状

明末清初,宣卷艺人班社的演述活动在各地民间社会广为流传,从宗教范畴中分离出来,成为一种带有信俗因素的民间说唱文艺。其流传的区域,北方主要分布于甘肃、河北、山西、山东等省的部分地区;南方主要集中在江南太湖流域(江苏苏州、无锡、常州、靖江,上海浦东新区、闵行区、青浦区,浙江嘉兴、绍兴等)。这一时期,江南宣卷班社的演述活动发展极为兴盛,许多民间宣卷在当地农村演出,并进入苏州、上海、宁波、杭州等城市的市区,在各类民俗活动时到民众家中演唱,也在朝山进香、迎神赛会等场合表演。该地区的宣卷有相当一部分已从"木鱼宣卷"发展为有江南丝竹等乐器伴奏的"丝弦宣卷",并形成了有地方特色的"同里宣卷""四明宣卷"等,演述内容也逐渐与北方相区别。其中,苏州的同里宣卷较早开始丝弦宣卷改革,传承情况较好,颇具代表性。当地宣卷艺人使用吴江方言演述,他们组班演出,为各类民俗仪式服务,并以此为职业,收取报酬。

一、班社的组织结构及现存情况

同里宣卷班社由宣卷艺人与琴师组成，结构和成员相对固定。班社成员皆是来自本社区的普通民众，因演出业务的需要组成一套班子，各人在演出中担任一定的角色。其中，艺人是一个班社的核心成员。宣卷班社通常由具备演述技能的宣卷艺人创立，艺人既是主宣，又为班主，班社内的宣卷下手以及伴奏的琴师均由班主选定。不过，同里宣卷班子中也出现过琴师担任班主的情况：有些人员在民族乐器方面略有所长，又曾接触过宣卷，对演述程式和技艺有一定的了解，他们看中宣卷是一个有潜力的谋生手段，于是萌生了自己立班、聘请艺人宣唱的想法，徐荣球、陈四海、石启承等都属于这一类。然而，不管是哪一种情况，班主本人都是爱好宣卷且对宣卷演述技艺有一定鉴赏能力之人。

宣卷艺人常用的木鱼、醒木、碰铃、折扇、手绢等道具为艺人自备，琴师的二胡、扬琴、琵琶、笛子等乐器也为各人自己购置，演出所用音响设备一般由班主购买。

太湖流域众多丝弦宣卷中，同里宣卷较为特殊，在发展过程中逐步取消了和卷，改为上、下手搭档演述的形式。第一、二代同里宣卷艺人活跃的那个时代，一个班子由6—8人组成，其中1人主宣，其余为和卷人、琴师（很多时候1位成员可同时兼任和卷人和琴师的工作），伴奏乐器有二胡、笛子、三弦、琵琶、凤凰琴等（早期无扬琴，后来才在伴奏乐器中加入扬琴）。那一阶段6人一班的情况居多，许家"姐妹班"规模较大，由8人组成。①

---

① 当时在演述《洛阳桥宝卷》的时候，班中一定要有8位成员。因为唱到建造洛阳桥情节的时候，需要用"打夯调"演唱。根据书情，艺人模仿建筑工人一个墩子一个墩子地打夯，每上一个墩子，就要演唱一支打夯小调，总共要演唱十几支不同的小调，演述这一情节时，班中每位成员都是琴师，都要演奏，同时每位成员也都要开口演唱（主胡琴师除外）。

第一章 | 同里宣卷艺人班社的组织结构及其演述活动

从20世纪90年代开始,同里宣卷班社中逐渐由1人主宣改为2人搭档演述,配2位琴师,取消和卷人,下手也要说表、接书,而不是简单地和唱佛号,其在实际演述中的作用与上手基本相同。这种班社结构一直延续到现在:4人一班,其中1位宣卷上手、1位宣卷下手、1位扬琴琴师、1位二胡琴师。大多数班子都有固定成员,个别班子成员不固定,演出时临时召集宣卷下手和琴师组班的,这种情况在行业内又称为"碰白皮"。

搭档的上、下手多数为一男一女,也可以是两位女性,没有两位男性搭档的情况。男、女搭档的情况下,男性通常为上手。上手要负责主持请、送佛仪式和宣卷时的开卷。吴江部分地区,雇主出于某种信俗心理,要求一男一女搭配演唱并且请佛必须由男性先生来请,这种情况下男、女搭档的班子就相对更有优势。

班社成员相对固定,但艺人在班社之间有一定的流动性,并且班社自身也会发生变化,或拆分,或合并重组,或解散。班主年老、生病或去世都可能导致班社的解体,严其林的"麒麟社"和石念春的"春华社"十年以前均是吴江一带赫赫有名的班社,随着班主严其林、石念春年龄渐长,宣卷时嗓音和中气都难以跟上,演唱时常常力不从心,于是将自己的班社解散,班中其他成员另寻出路。[①] 艺人出于演出报酬高低或班社内人际关系的原因在班社之间流动也是常有的事情,除此之外,因业务繁忙,一套班子分为两班演出的情形也时有发生,班社组织形式灵活,可以随时合

[①] "寅吟社"班主、"徐派"第三代传承人张宝龙于2017年突发疾病过世,经营多年的"寅吟社丝弦宣卷班"宣告解散,下手朱梅香另寻出路,加入了顾剑平的"步步高丝弦宣卷班"。艺人朱火生1999年自立"朱火生丝弦宣卷班",2008年前后因双目失明而被迫停业,将班社解散。然而,据笔者调查,近几年朱火生又开始复出宣卷:2015年前后,朱火生与自己新带的徒弟唐春英共组"山湖宣卷班",二人搭档宣卷,每年约有30场演出。

并,随时拆分。①

  同里宣卷在长期发展中多次面临存续难题,宣卷班社会通过班社间的合伙与合并,来应对发展、传承中的种种问题。传统的同里宣卷班社之间存在明确的界限,班社与班社之间的交往较少,演出也都是各自独立进行的,然而,宣卷演出市场的渐趋萧条导致了部分班社的解散,面对这样的境况,不少班社打破了彼此之间的界限,开始了合伙与合班演唱,在宣卷面临存续困境的当下,这种行为不失为一种生存策略。②

  《吴江县志》记载,20世纪40年代经常在吴江县活动的宣卷有20余班,演员约50余人。③ 2009年,当时的吴江市文广局组织的非物质文化遗产普查小组人员初步统计,吴江地区宣卷班子共有28班,从业人员(包括临时机动人员和不常参加演出的老年艺人)142人。④ 根据笔者2018—2024年的调查、统计,目前共有同里宣卷班社15个,从业人员55人(不包括不再演唱的艺人和已解散的班社)。以下是现存同里宣卷艺人班社的相关情况统计⑤:

---

① 2018年左右吴根华与陈凤英合班演唱,共建"双凤社"。陈、吴二人都可以各自联系业务,有时,同一日期二人接到了不同的订单,这种情况下就分为两班演出,各自另请宣卷搭档和乐队。
② 2018年10月,计秋萍、徐荣球并入赵华的"紫霞社",计秋萍同赵华搭档宣卷,徐荣球负责伴奏。据计秋萍所述,如今农村的宣卷生意非常少,自己和师父徐荣球一年仅能接到30场左右的生意,与赵华合班演唱之后,平均一个月能有20多场宣卷业务,包括庙会与家会、政府送戏下乡、社区宣卷演出等,即使遇到庙会与家会生意极少的月份,参与政府演出的收入也足够维持基本生活。
③ 吴江市地方志编纂委员会编:《吴江县志》,江苏科学技术出版社1994年版,第687页。
④ 20世纪40年代以及2009年同里宣卷班社和从业人员统计数据详见俞前、张舫澜:《同里宣卷概述》,《中国·同里宣卷集(口头演唱记录本)》,凤凰出版社2010年版,第2页。
⑤ 班社顺序按照班主姓名首字母顺序排列,带*的为班主。

表 1　现存同里宣卷艺人班社统计表

序号	班社名称	上手	下手	二胡	扬琴
1	双凤社	吴根华	*陈凤英	潘立群	金振华
2	夫妻宣卷班	*高黄骥	周建英	周雪根	严云高
3	步步高丝弦宣卷班	*顾剑平	朱梅香	周玉龙	芮玉娥
4	姐妹班	*江仙丽	唐美英	江会康	张海林
5	江伟龙丝弦宣卷班	*江伟龙	盛玲英	石启承	姚海元
6	同里兰芳丝弦宣卷班	*金兰芳	沈彩妹	庞金福	王永祥
7	金家坝新源社	*柳玉兴	朱凤珍	田文忠	顾一文
8	时运社	*芮时龙	陆美英	（临时）	芮玉娥
9	虎英龙凤丝弦宣卷班	*孙阿虎	邹雅英	张通生	钱斌根
10	前途社	*屠正兴	钱巧英	屠祥弟	翁金南
11	天燕社	*肖　燕	沈彩妹（临时）	黄梅声（临时）	翁金南（临时）
12	俞梅芳丝弦宣卷班	*俞梅芳	朱海英	徐夫生	王永祥
13	紫霞社	*赵　华	计秋萍	徐荣球	金献武
14	朱火生丝弦宣卷班	*朱火生	唐春英	黄梅声	凌景全
15	退思丝弦宣卷班	*周水火	周秀珠/谈玉英	（临时）	（临时）

与2009年相比，目前同里宣卷班社的数量有所减少，有的班子因为种种原因解散（如班内主要成员退休、转行、去世等），部分艺人从原先的班子中独立出来，另立新班，也有的班子与其他班子合并，不过目前他们的演出活动仍然非常热闹。

二、班社演出的时间安排与地域范围

同里宣卷班子的演出有淡、旺季。早期，宣卷艺人农闲时才有时间外出演唱,演出在农闲阶段相对较多,这就形成了宣卷行业的旺季。城市化进程加快,当地宣卷艺人虽然不再以农耕为主业,但仍然延续了传统习俗,多在春秋两季演出,于是春秋季节便成了宣卷的旺季,相形之下,夏季、冬季成为淡季。

通常而言,上半年农历正月、二月、三月、四月生意最多,下半年农历八月、九月生意最多。艺人赵华告诉笔者:"我们宣卷都有个旺季——正月、二月、三月,一直到四月十四。宣卷本来就是一个农村的曲艺,到四月十四以后,农忙了,大家要干农活,没人来听宣卷了。慢慢地就形成这么一个旺季和淡季。农历四月十四有一个'轧神仙'的习俗,赶庙会、'轧神仙',这个神仙就是苏州玄妙观里供奉的吕纯阳,这一天有庙会,非常热闹,有花灯、打莲湘,等等,过完这一天就开始农忙了。当然,有些非得供奉的,就没办法了,像六月十九观音生日。还有一个,五月十三,关老爷生日,家里供奉关帝的要请宣卷。"①

他们的演出以苏州市吴江区同里镇为中心区域,向该区屯村、松陵、八坼、金家坝、北库、黎里、莘塔、芦墟等镇扩散,并辐射到周围的乡镇以及江浙沪交界地带,如嘉善的陶庄、汾玉、大舜、丁栅、下甸庙、西塘、姚庄、干窑,嘉兴的田乐、莲泗荡、王江泾,上海青浦的金泽、西岑、商榻、朱家角、练塘,昆山的周庄、锦溪、千灯,苏州的郭巷、尹山、车坊、斜塘、甪直、胜浦、木渎、光福、东山、横泾、渭泾塘等地。其中,汾湖流域演出活动最为活跃。

宣卷班子的演出活动并非流行于吴江全境,例如,在吴江震泽镇、庙港镇等地演出不多,而在与吴江毗邻的昆山锦溪、上海青浦区以及浙江嘉善等地却十分盛行。他们的演出活动辐射范围如此之广与宣卷艺人的跨

---

① 赵华口述访谈记录。(访谈对象:赵华;采访者:黄亚欣;采访时间:2018年10月2日;采访地点:苏州市吴江区同里镇朱家浜。)

地域演出有关,艺人的演出不仅仅局限于他们所在的村镇,只要有需要,他们随时可以去周边的村镇和城市演出,比如苏州周庄、上海青浦和嘉兴嘉善等地。

就同里宣卷班社的演出活动范围来说,通常是越靠近自家的地方演出业务越多,当然这并不绝对,有的班社演出活动范围小,局限于自家附近的地区,有的范围大,经常跨区域演出,具体要看各班的经营能力。通常每个班子的演出业务以某一个或某几个镇为主。比如宣卷艺人孙阿虎、邹雅英家住金家坝,与该镇民众相熟,二人的"虎英龙凤丝弦宣卷班"多在金家坝镇演出;艺人江仙丽家住同里镇屯村,承接的演出业务以同里镇为主。艺人的演出范围也不完全由其居住所在地决定,部分艺人在某几个村镇有不少老雇主,久而久之便以那几个村镇为主要业务范围。

江浙沪一带的一些知名庙宇,其信俗辐射范围很广,庙会时吸引了众多信众前来,信众为表诚心,会请几台宣卷送至庙堂上给"菩萨""老爷"听,这些庙宇便成了同里宣卷班社必到之处。浙江嘉兴市秀洲区王泾镇的莲泗荡刘王庙,每年农历三月要举行网船会,每次网船会都有上万人前来巡礼,会上宣卷班、赞神歌班子云集。苏州吴江区芦墟镇庄家圩泗州寺,每年农历正月初五、八月二十二办庙会赈刘猛将,规模盛大,庙会时多个同里宣卷班同时演唱的情况屡见不鲜。上海青浦区金泽镇杨震庙,庙中所供的主要神灵为清官杨震与其三位夫人,每年农历三月二十八、九月初九举行庙会,许多渔民信众都要来参加,庙会上也常常可以看到同里宣卷班子的身影。苏州上方山楞伽寺,主要供奉上方山太姆,每年农历八月十八上方山太姆生日前后按例要举办庙会,不仅同里宣卷班子要来演唱,附近常熟、枫桥、胜浦等地的宣卷班也会应邀前来。此外,还有浙江杭州的灵隐寺,远近闻名,每年都有杭州、苏州、嘉兴、湖州一带的信众带着宣卷班子前来进香。

早期,同里宣卷艺人"出脚"要乘船。由于吴江地区河网密布,因此长期以来,船一直是当地的主要交通工具。有一种船专门为宣卷班子服务,负责接送宣卷班子,这种船又被称作"宣卷船",一直到1960年左右才渐渐消失。宣卷船是一种有篷的小型载客船,形同航船,无固定航线,有点类似当地的"摇客船"。① 1949年前后,以木船为主;1970年前后,逐步更换为钢筋水泥船。船舱不大,可容纳5—6人,外出宣卷时,船家摇船,宣卷班子可以在船舱里睡觉、吃饭,摇船人的工资由请卷的东家支付。宣卷班子从一个场子上下来,晚上就睡在宣卷船里,摇船人会把他们直接摇到下一个场子去。宣卷班子在一个场子的生意结束后,如果第二天没有其他生意要赶,摇船人就把他们摇到该班社挂牌的茶馆中,艺人要到茶馆里去查看自己的生意预订情况。芮时龙曾提起过去宣卷艺人乘坐宣卷船外出演唱的情景:

  芮时龙:现在有公路,交通方便。过去摇船,一个塘里兜一兜半天过去了。
  黄亚欣:宣卷先生每天都要上茶馆去看有没有自己的生意吗?
  芮时龙:比方说,这个生意要做三天,宣卷先生就在场子上面,

---

① 据《吴江县志》记载:"清代,吴江县内交通工具主要是木船,驿递马站备有马匹,供传递公文役使。同治二年(1863年),始有轮船过境。民国初,县内出现人力车、自行车。至解放前夕,本地籍轮船、汽车寥寥无几,木船仍是主要的交通运输工具,以摇橹、背纤、驶风、撑篙、划桨为动力。解放后,船只逐步改装为机动或拖航,船只初为木质,1963年12月农用小型船开始采用钢丝网水泥船,1970年起专业运输船逐渐更换为钢筋水泥船,1980年后钢制船问世。"所谓的"摇客船","形同航船,为无固定航线的载客船,可载客3—5人,吨位多数为1吨以下,最大2吨。每到一地,船主在街上兜揽生意,俗称跑街先生。摇客船要价高于航船,一般赶不上班船的旅客,才寻坐此船。解放前,这种船还为地主收账、赌徒赴赌、香客进香、看春台戏、和尚念经出门所用。摇客船流动性大,民国时期无统计数字。1954年,吴江县内尚存103艘,船主有生意时开航,无生意时则以种田、捕鱼、做搬运工为生。后因客货班船增多而被淘汰"。见吴江市地方志编纂委员会编:《吴江县志》,江苏科学技术出版社1994年版,第349页。

宣卷船也不开了。所以,摇宣卷船的最喜欢宣卷连做五六天了,他就在宣卷场子上待着,东家照付3块钱一天的摇船费。生意结束了,再到茶馆里去看。①

有宣卷演出的时候,摇船人就跟着宣卷班子出去宣卷;如无演出,摇船人就去做其他生意。非常有名气的宣卷班子,生意繁忙,单独包一条宣卷船专门为自己的班子服务。摇宣卷船的收费并不高,他们主要是想借机跟着宣卷艺人出去赶戏场子、赶庙会,顺便在场子上做点小生意(例如卖梨膏糖)。

随着吴江地区交通条件逐步得到改善,公路、桥梁等设施渐趋完备,宣卷艺人开始通过搭乘汽车或者骑自行车、摩托车、电瓶车等方式出行,乘船出去演出的班子越来越少,1960年以后很少能见到宣卷船了。艺人柳玉兴的班子较为特殊,班主柳玉兴自己购置了一条船,班社成员自己摇船,在船上做饭、休息,他们的这条船一直到20世纪90年代仍在使用。

三、班社的演出业务

据艺人闵培传所述,20世纪40年代,吴江全县十多班宣卷每个班子每年要演出200余场。② 1949年以后,社会变革,宣卷班子的演述活动渐少。20世纪80年代开始,宣卷活动得到了恢复和发展,各班演出业务大幅度增加。艺人许维钧1988年致吴江民间文化工作者徐文初的亲笔信中曾提及当时业务忙碌的情况,他说:"我每月总有七八十家定主相邀,

---

① 芮时龙口述访谈记录。(访谈对象:芮时龙;采访者:黄亚欣;访谈时间:2019年3月2日;访谈地点:苏州市吴江区同里镇叶泽湖花苑芮时龙住所。)
② 闵培传:《我和宣卷》,《鲈乡》1989年10月。(《鲈乡》系吴江文化馆内部刊物,月刊,每期只注年月,不注日期。)

除自做三十场外,余都推荐给顾茂丰做,定主定不到我,也就迁就成定。"[1]自此以后,同里宣卷发展形势越来越好。据吴江市文广局非物质文化遗产普查小组的考察:2007年统计数据显示,一年演出最多的班子业务量高达328场,一般均在200场左右;2009年统计数据显示,业务量最高的班子一年演出335场,较高的为300场/年,一般的班子均在200场/年以上。[2]受到社会环境等方面的影响,近几年同里宣卷生意虽有所下降,但总体来看各班社业务量依旧维持在一个相对较高的水平。笔者根据高黄骥2002—2012年、庞昌荣2006—2012年、孙阿虎2008—2018年、陈凤英2012—2018年、朱梅香2006—2023年的演出记录,绘制了如下统计图(其中高黄骥、孙阿虎、陈凤英、朱梅香为宣卷艺人,庞昌荣为"紫霞社"琴师,演出业务记录均由他们本人提供):

图1 同里宣卷从业者历年演出场次变化图(2002—2023)

---

[1] 许维钧致徐文初的亲笔信(内部资料),1988年11月21日。
[2] 20世纪40年代以及2009年同里宣卷班社和从业人员统计数据详见俞前、张舫澜:《同里宣卷概述》,《中国·同里宣卷集(口头演唱记录本)》,凤凰出版社2010年版,第2—3页。

从高黄骥和庞昌荣的业务统计可以看到2005—2010年演出十分活跃,他们的业务量在这一阶段一度达到高峰,之后虽有所下滑,但每年仍能维持在一百六七十场。庞昌荣作为"紫霞社"琴师,其个人的业务并不能完全反映出整个班社的生意状况,实际上"紫霞社"的业务量更高,因为"紫霞社"演出时有时也会另请其他琴师。据"紫霞社"班主赵华所述,那一阶段班社业务尤为繁忙,常常一天要赶三场演出,连续几年每年演出超过300场。多位艺人提及这一时期自己的宣卷演出每年均超过200场。朱梅香自2006年起入行同里宣卷,初期业务尚不稳定,于2010年起业务量明显上涨,并在2012—2019这一阶段内维持在一个较高水平。孙阿虎的"虎英龙凤丝弦宣卷班"为新组建的班子,班子于2008年成立以后业务量稳步增长,2018年已达到149场,在业内很有竞争力。2014年前后,受到农村拆迁的影响,整个同里宣卷市场呈现出一定的衰退趋势,但总体来看仍相对稳定。

现存的班社中,陈凤英的班子经营情况较好,近六七年,平均每年宣卷186场(不包括政府的送戏下乡、社区的宣卷演出等业务)。现以陈凤英为例,具体论述同里宣卷班社演出的业务情况。笔者根据陈凤英提供的2012—2018年演出场次记录,将信息统计如下(不包含政府、社区的演出):

表2 陈凤英历年演出场次统计表(2012—2018)

月 份	年 份						
	2012年	2013年	2014年	2015年	2016年	2017年	2018年
一月	24	21	17	16	15	15	21
二月	28	23	24	25	18	21	25
三月	29	26	22	22	26	24	26
四月	27	20	22	23	19	29	22

续 表

月 份	年 份						
	2012年	2013年	2014年	2015年	2016年	2017年	2018年
闰四月	9	—	—	—	—	—	—
五月	9	13	11	13	12	13	20
六月	7	4	7	4	4	4	6
闰六月	—	—	—	—	—	0	—
七月	7	6	7	8	8	4	11
八月	23	20	18	20	24	20	32
九月	24	22	19	17	21	20	22
闰九月	—	—	11	—	—	—	—
十月	20	13	11	13	14	5	12
十一月	7	5	11	11	7	8	10
十二月	3	6	6	3	5	2	4
总计	217	179	186	175	173	165	211

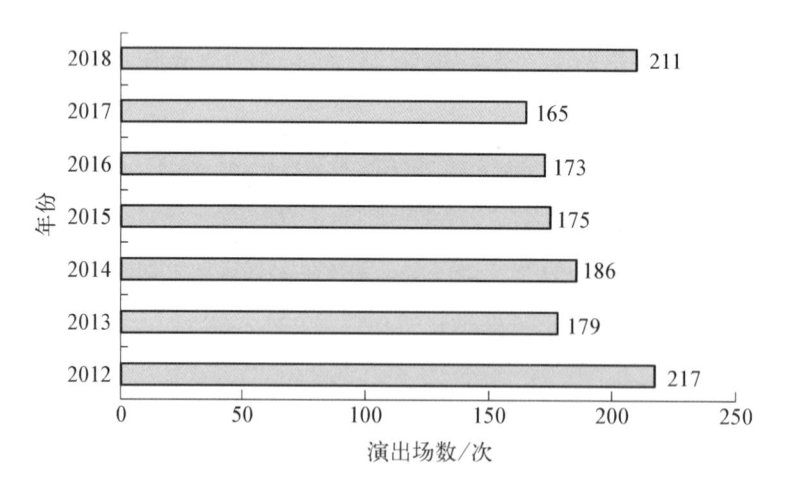

图 2 陈凤英历年演出场次统计图(2012—2018)

2012—2018年,陈凤英每个月的演出业务变化情况如下图所示(为方便绘图,闰月的演出次数计入普通月份中,如闰四月的生意归入四月,闰六月的生意归入六月,以此类推):

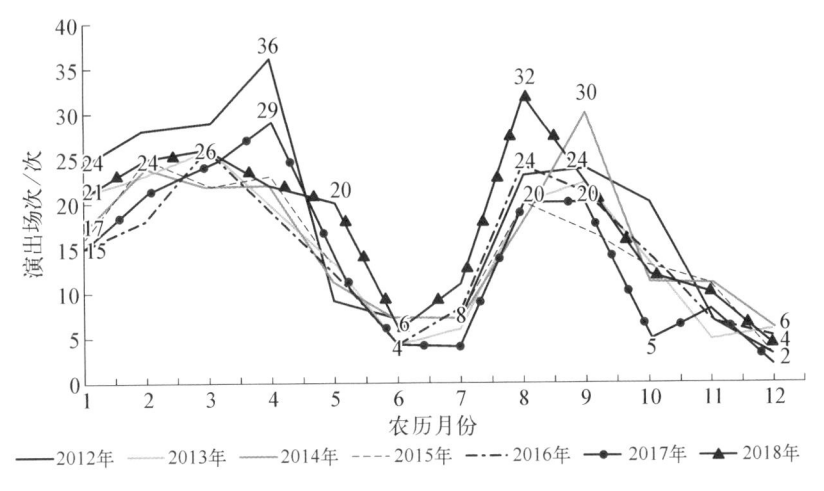

图3　陈凤英月演出场次变化图(2012—2018)

综合以上图表可知,艺人陈凤英在2012—2018年这一阶段每年的演出场次总体保持在较高的水平,变化不大,并且每年的农历四月前后演出业务量达到高峰,四月以后呈下滑趋势,到农历六月左右到达一个低谷,农历七月以后演出业务开始回升,至农历八九月达到又一个高峰,农历九月以后生意总体呈下降趋势,十一月、十二月又一次到达业务低谷。

宣卷艺人一般都有一本专门的记录本用于演出活动的预订。记录本上提前标注好日期,演出时随身携带,如果遇到有人订宣卷(当面预订或者电话预约),随手就要在本子上记录下来。笔者2019年4月26日(农历三月二十二)到吴江北厍镇池家湾听陈凤英、潘立群宣卷时,就碰到有人前来相订。陈凤英告诉笔者,来者是预订下一年正月初六的宣卷,现在2020年、2021年的宣卷档期已经陆续有人预约,否则遇到黄道吉日或者某位神佛、菩萨的诞辰很难请到宣卷班。陈凤英与我们分享其记录,其中有一户浙江大舜的雇主预订了2020年某日的宣卷,连订5天。据陈氏所述,浙江大舜地区许多雇主每年要请宣卷,宣卷班子到雇主家中宣完一场卷,如果雇主满意,便会当场与他们约定下一次的演出日期。①

　　陈凤英所带的这本记录本是一本比较考究的A6大小的蓝色皮面手账本,保存完好,记录内容清晰。记录本是从2018年正月开始记的,记录的主要内容为:演出日期、演出地点、演出卷目、预订人或介绍人的名字(有些附有联系电话)。演出日期按农历记录,同一个场子连订几天的情况会注明"3天""4天"或"5天"等字样,演出地点只在第一天记录,后几天不再重复记录。地点一般记录镇名(有时会省略)、村名(建制村名或者自然村名,或两者兼有)、某某人家或某某庙。如果是传统村落,有时会在村名后加上某某生产队,比如"浙江大舜7队""屯村圣旗2队";如果是新式宅基地或小区,则在村名后加上小区名,例如"芦墟野猫圩1号圩""八坼友谊小区""同里静思园5区"等。也有些情况,只记录地标性建筑,如"北厍汽车站大润发超市后面""金家坝邮电所菊英后面"。在私人家中宣卷,往往会在村名、生产队或小区名后面写上"×××(家)",比如"芦墟车古村吴家""北厍池家湾马跃雨""黎里梨花小区莲珠家"等;在庙里宣卷,则记录某某村某某庙,如"同里张塔土地堂""黎里朝下港大仙庙"等。同一户人家,去过几次,与东家相熟,记录时会相对简略一些;相同的庙,去过几次以后一般也会采用简略的方式记载,不再具体记庙的名字,而简写为"庙上",如"莘塔华字村庙上""黎里何家浜庙上"等。

　　演出地点后面有时会附上介绍生意的人的名字,比如:

---

① 陈凤英、潘立群口述访谈记录。(访谈对象:陈凤英、潘立群;采访者:黄亚欣;访谈时间:2019年4月26日;访谈地点:苏州市吴江区北厍镇池家湾。)

第一章 | 同里宣卷艺人班社的组织结构及其演述活动

> 金家坝方家浜（大妹介绍）
> 同里翁家浜孙 8 金庙上（金根介绍）
> 北厍射墩港新区（雪华介绍）

介绍人往往不可忽略，根据目前同里宣卷行业不成文的规矩，宣卷业务的介绍人每介绍一笔生意，即可获得一定的介绍费。① 经常帮忙介绍生意的人，宣卷艺人要对其格外尊重，年节时的礼数更是少不了的。如果是班中其他成员联络的业务，陈凤英也会在演出地点末尾注明，比如：

> 八坼友谊小区（根华）

或者在相应的日期下写"根华生意"字样，演出地点、联系人等信息可略去。通常来讲，宣卷的上、下手均可以接生意，有的班子在分配演出报酬时，承接生意的人可以相应地多分成一些。有时，宣卷的搭档会在同一日期接到不同的订单，此时就需要分班演出，如遇分班的情况，陈凤英会在该日期旁注明"分班"二字。

演出日期、地点、介绍人、联系人、联系方式等信息都是提前记录好的，而演出卷目到了宣卷场子上才会决定，决定之后再补充到本子上。艺人记录演出卷目的主要目的是避免重复。艺人在决定宣什么卷之前要翻看记录本：如果曾多次应邀到同一户人家、同一个村或者同一个庙上，要查阅前几次分别宣唱过什么宝卷，本次所选的卷目不能和之前的重复；此外，再看近来是否来过这个场子附近的村落，要避开近期在附近地区宣过的卷目，因为同一个村或者相邻村，民众是会来回流动听卷的，面对同样的受众群体不能在短期之内演唱同一部宝卷。

---

① 按照目前 1 200—1 300 元/场的价格，介绍人大约可以获得 100 元作为回扣。

第二节　同里宣卷艺人班社演述活动存续的自然生态环境

同里宣卷艺人班社生存和发展的主要区域为苏州市吴江区,演述活动的核心区域也在吴江。该地区位于江苏省东南部,自古有青草滩、松江、松陵、笠泽、枫江、鲈乡等别名,东接上海市青浦区,北靠苏州市吴中区,南和东南毗邻浙江省嘉兴市,东北与昆山市接壤,西南与浙江省湖州市交界,西滨太湖,是太湖水网平原的一部分。地理坐标位于北纬 30°45′36″—31°13′41″,东经 120°21′04″—120°53′59″。全区总面积 1 176.68 平方千米,其中水面积 2.67 万公顷,占全市总面积的 22.70%(不包括所辖太湖水域约 85 平方千米)。公元 909 年,吴江建县;1992 年,吴江撤县建市;2012 年 9 月 1 日,吴江撤市设区,为苏州市吴江区。

他们的演述活动是在地方特有的自然生态环境下形成的,与当地民众的生产、生活样式等相生相随。

首先,宣卷艺人班社的演述活动能够发展、延续得益于吴江地区得天独厚的生态环境。吴江四季气候温和湿润,雨水充沛,适宜稻、麦、油菜等粮油作物和其他农作物的生长。水域环境优越,鱼、虾、蟹等水产资源丰富。桑林茂密,桑蚕养殖历史悠久。如此优渥的自然条件使吴江在历史上与其他地区相比相对富饶。明嘉靖时,当地人徐师曾为县志所写的序言有云:

> 吴江为县,当南北之冲,左江右湖,民殷物阜,盖畿辅一巨邑也。[1]

---

[1] (明) 徐师曾:《新修吴江县志序》,《(嘉靖)吴江县志》,明嘉靖三十七年修,嘉靖四十年刻本(1561 年)。该序现又收于沈卫新:《吴江历代旧志辑考》,广陵书社 2015 年版,第 67—68 页。

第一章 | 同里宣卷艺人班社的组织结构及其演述活动

水网密布自古以来就是吴江地区地理环境的一个显著特点,在吴江,水成了天然的分界线。清雍正四年(1726年),分吴江偏西地置震泽县,偏东地置吴江县。两县同城分治,全境面积各得一半。(乾隆)《吴江县志》卷之一载:两县"皆以水为界。其在城中始自小东水门西行过太平桥(俗呼傅家桥),稍北过重庆桥(俗呼斜桥),又西行稍北过城隍庙由治安桥(俗呼小仓桥),折而南过永定桥(俗呼大仓桥)。又南行过三多桥,稍折而西至于西水门。凡地在水之西北者,属震泽;在水之东南者,属吴江";"城外之界亦从两门外之水而分。其自西水门出折而南也,过子来桥至三天门履泰桥外,稍折而北进保安桥,入里河,出江月桥,入吴家港达长桥之经河(乃古松江口也),折而西至顺受桥,从桥外折而南入茭草路,约半里过中㳚港口(俗名中吴家港,以其从吴江港分支来也)。又西南行一里过南㳚港口(俗名南吴家港),又三里为清水漾(漾方五里,今皆涨为水田矣)。过漾五里为牛茅墩,又三里为浪打穿,乃折而东北行,进大浦港过卜家篰,又五里出八斥大浦桥入运河。从运河南行二十三里,过平望镇,进安德桥出莺脰湖入烂溪,三十里至溪东钱马头北之斜港与秀水县接界。凡地在西水门外至斜港至水之右者皆为西,而属震泽;其在左者皆为东,而属吴江""其水之出小东水门折而北也,沿城外濠河过大通桥,入外场河,过北水门外,又折而北入书院河,又折而西入七里港,又折而北出太湖至瓜泾港口。凡地在小东水门外至瓜泾港口之水之左者,皆为西,而属震泽;其在右者,皆为东,而属吴江。内惟觜字无字四圩属震泽,因收田入字长扬字淡图者之误而未及归正也。"[①]

吴江全境地势低平,河道稠密,湖荡星罗棋布。吴江是在太湖东南沼泽地上发展起来的,河流湖荡使得交通阻隔,将整个吴江被割裂成一块块

[①] (清)陈莫缠、丁元正修,倪师孟、沈彤纂:(乾隆)《吴江县志》,清乾隆十二年(1747)刻本。

独立的部分,促成聚居地自成市井地发展,形成诸多小集镇与七大镇众星拱月的格局。当地居民被分割成一个个聚落,人们的活动局限于极小的范围内。在每个镇中,纵横交错的河道又将小镇分割成若干"圩"①。

在没有汽车、火车以及机械动力的情况下,民众以手摇船为主要交通工具,出行极为不便,即使与近在咫尺的城镇也很少有沟通。环境的闭塞造成与外界交流极为贫乏,大多数农村民众几乎生活在与世隔绝的状态中。②

吴江自然条件优越,物质富饶,人们过着较为悠闲的生活,对精神娱乐的要求相对就比较高。然而,环境的闭塞和出行的困难,使他们在精神娱乐方式的选择上只能局限于传统领域内,即千百年来形成的地方性民间传统,如唱山歌、讲故事、听宣卷、打莲湘、挑花篮等,这些活动遂成了民间主要的精神娱乐活动。也正因为环境闭塞,所以传统一旦形成后便更能持久保持,虽然后来交通状况得到了很大的改善,人们与周围城市的交流日渐增多,各种现代、主流的娱乐方式也逐渐影响到了乡村,但扎根于当地民众心灵深处的传统却是一时难以改变的。③

其次,宣卷艺人班社开展演述活动要依托特定的场域,这个场域就是当地民众日常生活的主要空间——传统村落。纵横交错的河道将吴江这片土地割裂成一个个村落,每一个村落都是一个小的社会单位,是一个由各种形式的社会活动组成的群体,与其他村落相隔开相当一段距离。在一个村落中,又分为若干"圩",农户聚集在这一居住区内,有自己的河港、土地和庙(每个村落都有一些小庙,庙中供奉的是该村人信奉的神佛),相对自给自足,同时又与周边的村落相互依存。一个村落举行庙会

---

① 当地人称一块环绕着水的土地单位为"圩",圩的大小取决于水流的分布,各不相等,且每个圩都有自己的名字,通常称"××圩"。
②③ 参见郑土有:《中国·同里宣卷集·序二》,《中国·同里宣卷集(口头演唱记录本)》,凤凰出版社2010年版,《序》第5页。

时，村中信众都会聚集于该庙内，除了准备香烛等祭祀用品以外，还自发地准备饭菜以供聚餐之用。聚餐完毕后，通常要请宣卷班子来演出，请宣卷的经费多来自信众们的香火钱，也有老板独立出资请宣卷求平安或作为还愿。宣卷活动在寺庙中展开，依附"庙"这个特定场域，在村庙中展演的宣卷也成了本村民众情感联络与交流的一种纽带。

当然，把宣卷班子请到自己家中来在农村也是很常见的，农村的房屋结构和布局也尤为适合家会时的宣卷活动。吴江农村住宅一般坐北朝南，沿河而筑（也有一些沿公路而筑的），目前已从早期的草房、瓦房发展到平房、楼房、洋房。然而，不管是哪种式样的房子，都是独门独院，各家有自己的一块地，并与邻家相隔有一定的距离。目前在吴江农村比较多见的是类似图4这种布局的房屋。

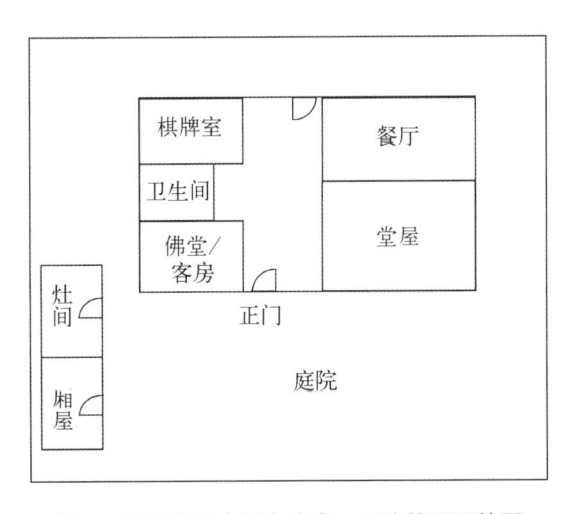

图 4　吴江地区农村自建房一层建筑平面简图
（黄亚欣绘制）

有的人家专门留有一间屋子作为佛堂，宣卷时请、送佛，新房进屋时摆放米囤，以及清明、七月半祭祖，都可在佛堂内进行。也有人家不专门设佛堂，宣卷时请、送佛以及平时祭祖就在堂屋内临时搭供桌、设佛堂。

遇到结婚、做寿、小孩生日、新房进屋等场合，当日早晨，雇主要先从村庙中把地方神灵请到自己家的佛堂中来，而后在宣卷艺人引导下于佛堂内做请佛仪式。餐饮公司会在庭院中搭好棚子，摆好供雇主的亲戚、朋友和邻里享用的酒席，宣卷班子的演述活动一般就在庭院中的棚内进行，当地人称这种临时搭建的棚子为"勃到厅"。通常午饭之后开始宣卷，宣卷班子会提前布置好宣卷台，亲朋好友围坐于台下各个桌子听卷，雇主为听卷者提供茶水、零食和香烟等。

宣卷艺人班社的演述活动和当地传统村落环境是一个非物质与物质相互彰显、互相烘托、唇齿相依的整体。传统村落作为演述活动的场域，不仅是一个自然地理空间，更是一个承载着民众信俗和精神感悟的文化空间，为演述活动的传承发展提供了有利条件。当传统村落环境发生改变时，该场域会受到影响，演述活动的存续也会出现较大问题。

第三节　同里宣卷艺人班社演述活动的历史发展脉络

目前所见较早的有关江南太湖流域宣卷艺人班社演述活动的记载是明嘉靖年间徐献忠撰《吴兴掌故集》卷十二"风土类"条目：

> 近来村庄流俗，以佛经插入劝世文俗语，什伍群聚，相为倡〔唱〕和，名曰宣卷，盖白莲之遗习也。湖人大习之，村妪更相为主，多为黠僧所诱化，虽丈夫亦不知堕其术中，大为善俗之累。贤有司禁绝之可也。①

---

① （明）徐献忠：《吴兴掌故集（十七卷）》，民国三年（1914年）吴兴刘氏嘉业堂刻吴兴丛书本，第448—449页。原本中"相为倡和"有误，当为"相为唱和"，笔者在引用时保留了历史文献的原貌，其中不规范的用字，在错字后加〔　〕予以更正。

该条目记录了浙江省湖州市吴兴区的乡间民俗,从中不难看出当时江南农村中宣卷活动已颇为盛行。那时从事宣卷的一部分是民间教派的教徒,也有部分世俗佛教僧尼,他们"以佛经插入劝世文俗语"的形式进行演述,演述内容与民间宗教教义有一定关联。后来的明崇祯《乌程县志》卷四"风俗"条也有类似记述。①

清康熙以后,政府镇压、取缔各地民间教派,导致民间教派宝卷的发展一度受到遏制。北方除了个别地区外,民间宣卷几乎消失了,而在江南地区宣卷成为一种民间说唱文艺被保留了下来,由职业化或半职业化的艺人演述。该地区的宣卷艺人,因较早地脱离了民间教派的教徒和佛教僧尼,其演述在发展过程中渐渐与北方形成区别,不再阐释宗教教义,而以说唱各类故事为主,艺术形态上也不同于北方的"念卷",并且在各个不同的小区域内部又形成了各具地方特色的形式,颇受民众欢迎。

晚清、民国时期的江南太湖流域,涌现出大量的石印宝卷,宝卷成为商业出版物在市面上广泛流通,这一举动也大大增加了宣卷在该地区的影响力。

这一时期,宣卷在太湖流域已成为一个较为成熟的行业,从事该行业的更多是职业艺人。苏州地区出现了宣卷艺人的行会组织"宣扬社",他们改革传统的木鱼宣卷的演唱方式,并加入丝弦乐器伴奏,称作"丝弦宣卷",宣卷艺人自称"文明宣卷"。苏州、上海等地的宣卷艺人多组成班社(一般为4至6人),到各地农村、城镇去演出,他们依附于各地的茶馆,在茶馆挂牌,到庙会上演唱,也到私人家中演出。在上海市区,20世纪30年代有四明宣卷艺人在私家电台播唱,这种演播形式一直持续到1949年前后。

1949年以后,因社会的变革,城镇中的宣卷迅速消失了。桑毓喜在调查苏州地区的宣卷时说:"1958年文艺界展开整风后,杂艺协会被撤销,

---

① (明)刘沂春修、徐守纲纂:《(崇祯)乌程县志》,明崇祯十年刻本,1637年。

从此,苏州宣卷在全市范围内销声匿迹,宣告消亡。"①不过,根据实际调查情况来看,宣卷并没有如桑氏所说的那样迅速消亡,20世纪80年代,宣卷在部分地区又出现了复兴。改革开放以后,随着民众信俗活动逐步恢复,个别地区宣卷活动也随之恢复,同里宣卷便是少数复兴起来的宣卷之一。

从木鱼宣卷到丝弦宣卷,从兴盛到隐匿再到复兴,同里宣卷艺人班社的演述活动既屡次面临传承困境,又不断展现出时代活力。总体观之,其发展大致经历了五个阶段,下面将对不同阶段的发展演变情况进行梳理。

一、清末民初由木鱼宣卷到丝弦宣卷的过渡

清代同治、光绪年间同里早有木鱼宣卷传唱,到了清末民初已十分盛行。据同里宣卷艺人闵培传说:"早在明初就有讲经宣扬佛卷。后来成为三人一班的小组,以木鱼磬子宣唱佛家传说,以赕神、祝寿为主。民国时在我的太先生高尚南那一辈就有了说唱的形式,一人宣唱,二人和佛,书源来自苏州书店买的'宝卷',内容大多是民间故事、神话、奇案等。"②清代沈云在描写同里镇盛湖地区民众生活的《盛湖竹枝词》中记述了当地妇女好在农闲时听宣卷娱乐的情况:

> 织佣蚕时休业,二人为偶,手持小木鱼,一宣佛号,一唱《王祥卧冰》《珍珠塔》等,名念佛书。妇女多乐听之。③

---

① 桑毓喜:《苏州宣卷考略》,《艺术百家》1992年第3期,第122—126页,第121页。
② 闵培传:《我和宣卷》,《鲈乡》1989年10月。(《鲈乡》系吴江文化馆内部刊物,月刊,每期只注年月,不注日期。)
③ (清)沈云《盛湖竹枝词》,民国七年(1918年)铅印本,丘良任、潘超等编《中华竹枝词全编3》,北京出版社2007年版,第700页。

《王祥卧冰》《珍珠塔》均是当时盛行的木鱼宣卷卷目,当代不少艺人将其改编后仍在演唱。

木鱼宣卷,亦称平卷、文卷。宣卷的乐器只有大小两个木鱼、磬子(引磬)和碰铃。1人主宣,一边宣唱一边敲打大小木鱼,木鱼下有垫子,一般由大米或黄沙装袋而成。2到3人手执磬子、碰铃和卷,有时也会根据实际情况加上一面小锣。宣卷艺人每唱一句,和卷者均一起和唱"哎~南无"或"啊~弥陀南无佛南无阿弥"等。宣卷时,宣卷先生将宝卷摊开,放置于宣卷台上,照本宣唱。卷本上盖有一方用绸缎或布做成的带有花纹的"经盖"(类似手帕),演出时掀开"经盖",拍下"醒木",而后开场。宣卷艺人们一般冬穿棉布(绸缎)长衫或长袄,夏穿纺绸料制成的对襟褂子。

木鱼宣卷的内容以传统卷目为主,大都是劝人为善、因果报应、扬善惩恶的故事,多与佛教、道教、民间信俗相关,如《香山宝卷》《目连宝卷》《观音宝卷》《猛将宝卷》《关公宝卷》等,后来也宣唱一些民间传说和戏曲故事,如《螳螂做亲》。《螳螂做亲》这部卷短小风趣,直到现在还会被艺人们拿出来演唱。演唱的主要曲调为木鱼宣卷基本调,在此基础上也运用"弥陀调""韦陀调""海花调""采字调""十字调""叹五更"等。

自从20世纪30年代同里宣卷艺人发动丝弦宣卷改革,木鱼宣卷的演唱便逐渐减少了,只在少数人家或有特殊要求的专场演出时才能见到木鱼宣卷。现存的同里宣卷艺人中仅芮时龙、严其林等几位老先生能够完整演唱木鱼宣卷。与传统木鱼宣卷相比,丝弦宣卷的演述形式总体上有如下几大变化:

1. 伴奏乐器和演出人员增加。同里丝弦宣卷所用乐器有角鱼、磬子、碰铃、二胡、扬琴、三弦、竹笛等,也有琵琶、凤凰琴、笙、箫、锣等乐器,一个宣卷班子通常由4—8人组成。目前4人一班的情况居多,宣卷艺人2人,琴师2人,主要乐器为扬琴和二胡(有的班子配备京胡、板胡两种),有时还有笛子。

2. 演出道具多样化。木鱼宣卷常用的道具有折扇和醒木。艺人宣卷之前，通常要在宣卷台上摆好宣卷的各种道具（传统的宣卷台一般使用八仙桌，讲究的艺人要在台面上铺绸缎桌布），系上"桌围"①。丝弦宣卷的道具除了折扇、醒木之外，还可根据卷目的需要准备丝巾、手帕、花、项链、镜子、酒杯等。艺人宣卷时穿着便装，也有的穿传统服饰演出。

3. 宣唱卷目和曲调丰富。相较而言，丝弦宣卷演述的卷目要丰富许多，不仅包括各类民间传说和民间故事，还有从小说、戏曲中改编而来的卷目等。大量的俗文学故事进入宝卷，也促进了宣卷艺术形式的变迁。木鱼宣卷唱腔单一，音乐性不强，常用的曲调屈指可数。丝弦宣卷不仅采用革新后的"丝弦宣卷调"，艺人还会根据书情穿插各类戏曲唱腔和江南小调。开场时，先合奏《梅花三弄》《快六》《苏武牧羊》《龙虎斗》等乐曲闹场，小落回时还要加唱小调。

4. 演述形式向地方小戏靠拢。木鱼宣卷演述时，部分宣卷艺人需要对照卷本宣唱，演述形式较为单调。同里丝弦宣卷突破了传统的"照本宣科"式念唱，艺人演述时没有底本或很少看底本，完全凭自己对宝卷内容的记忆再加上个人的临场发挥进行演述，即便是同一个艺人演述同一本卷，因其自身状态和演述场域（演述目的、受众对象及演述环境等）等不同，演述内容也不尽相同，甚至有较大的出入。艺人演述时采纳了评弹、说书中的艺术元素，同时又吸收了滩簧的艺术形式，兼顾"说""噱""弹""唱""演"等多个层面，不仅重在"宣"，更重在角色的扮演，演述形式逐渐趋向地方小戏。演述过程中艺人也注重与听众互动，使得情节跌宕起伏，娱乐性更浓。

---

① 艺人外出宣卷时，一般会带一块方形"桌围"，桌围多用镶金丝边的红布制成，上面书写宣卷班的名字或者宣卷艺人的名字，有的还带有一些祝福语。

二、四大主流宣卷派别的形成与发展

20世纪30年代至1949年前后是同里丝弦宣卷发展的全盛时期,现在所谓的同里宣卷也主要指同里丝弦宣卷。这一时期,涌现了一批大师级的宣卷艺人,他们开创了同里宣卷四大主流派别并立的局面,分别是以许维钧为代表的"许派"、以徐银桥为代表的"徐派"、以吴仲和为代表的"吴派"和以褚凤梅为代表的"褚派"。这批艺人通常被认为是同里宣卷的第一代艺人,由于这批艺人早已相继过世,再往前便很难追溯。

许维钧(1909—1991)为首的"许派"以丝弦宣卷为主,吸收了苏州评弹的表演艺术特色,独树一帜,仿评弹形式起生、旦、净、丑等角色,官白用"中州韵",说白用"苏白",唱腔典雅,词句严守平仄和韵脚,十分受市镇民众欢迎。① 他开创的这一宣卷流派又被称为"书派宣卷""相府宣卷"。许维钧在实践中创造了一种新调叫"韦陀调",又称"许调",因此民间也有人称他的流派为"韦陀派"。许维钧能宣唱100多部宝卷,代表作有《杀狗劝夫》《林子文》《村姑救夫》《红楼镜》《败子回头金不换》《茶壶记》等。他十分有创作才能,不少本子都经过了他的改编和加工,他还手抄了多部宝卷分赠弟子。红极一时的许维钧在江浙沪一带都十分有名望,吸引了不少宣卷爱好者前来拜师学艺,他收了十多名徒弟,顾茂丰、吴卯生、袁宝庭等都是他的高足。"许派"第二代艺人吴卯生于2008年9月被评为第一批吴江市非物质文化遗产代表性项目传承人;第三代艺人芮时龙于2008年6月被评为第一批苏州市非物质文化遗产代表性项目传承人,现已被评为国家级非物质文化遗产代表性项目代表性传承人;第四

---

① "苏白"即以吴方言为基础,以苏州城北陆慕镇语音为基础音,以典范的吴语白话文著作为语法参考的汉语体系。"中州韵"以河洛地区的中州官话为基础,是中国许多汉族传统戏曲剧种在唱曲和念白时使用的一种字音标准。

代艺人赵华、吴根华、顾剑平、俞梅芳等目前都活跃在同里宣卷界。

"徐派"代表人物徐银桥(1890—1968)仍秉承传统木鱼宣卷的演出形式,其门生在后来的演出实践中逐渐向丝弦宣卷靠拢。他少年时拜宣卷老艺人高尚南为师,学唱木鱼宣卷。徐氏说表口语化,以吴江方言为主,通俗易懂,面部表情风趣,尤擅插科打诨,演出富有浓厚的乡土生活气息,迎合农村民众的喜好、趣味和要求,其宣卷流派又被称为"本土派宣卷"。他改编创新了"弥陀调",又称"徐调",故人们也称其为"弥陀派宣卷"。徐银桥一生收了近20名徒弟,闵培传、胡畹峰都是他的得意门生。在徐银桥的众多徒弟中,闵培传最得其真传,在继承其师通俗易懂的风格的同时,又吸收了"许派"典雅细腻的格调,颇有自己的特色。闵培传说:"在30年代我师徐银桥的创造性传授下,宣卷已改良很多形式,说表现身说法,唱词用手抄本,调分'弥陀调''海花调''十字调''五更调'等反映喜怒哀乐,生旦净丑角色均有,卷前卷后有请送佛赞礼。"①"徐派"第三代艺人张宝龙(已故)2008年9月被评为第一批吴江市非物质文化遗产代表性项目传承人;如今第三、四代艺人高黄骥、柳玉兴、江仙丽等演出业务都十分繁忙。

"吴派"的创始人吴仲和(1902—1963)为道士出身,精通民间佛曲,如赞神歌、念佛偈、礼忏调、道情等,其宣卷曲调有着浓重的民间佛曲的韵味,唱腔和做功独特,所宣卷目以佛道和神话题材为主,尤为受农村老年女性追捧。他所开创的宣卷流派又被称为"佛曲派宣卷"。吴仲和与其胞弟吴小和共创"棣萼社"(意为兄弟二人"棣萼联辉")。吴仲和能唱宣卷80多部,代表作有《妙英宝卷》《城隍卷》《八仙卷》《刘天王卷》《目连救母》等。吴仲和之徒孙奇宾是吴江宣卷界收藏宝卷手抄本最多的一位,共有100余部,大多为民国时期的抄本,其中还有几部为清代抄本。目前,"吴

---

① 闵培传:《我和宣卷》,《鲈乡》1989年10月。

派"第四代艺人陈凤英的宣卷班在众多同里宣卷班社中业务量领先。

"褚派"创始人褚凤梅（1909—1989）为农村小知识分子出身，他熟知当地的风土人情，宣唱以"土"和"俗"著称，比徐银桥的宣卷乡味更重，其宣卷风格又被称为"乡庄派宣卷"。① 褚凤梅自立"咏梅社"，能宣唱约80部宝卷，代表作为《刘王出世》《孟姜女》《珍珠塔》《林子文》《游地府》等。其学生金志祥继承了他的艺术风格。金志祥的弟子江伟龙现常活跃在江浙沪交界地区的农村，又收了女徒弟盛玲英、朱凤珍，为"褚派"培养了第四代艺人。

四大流派的门生出师后也纷纷创立自己的班社，"许派"有许素贞、许雪英姐妹的"姐妹班"和吴卯生的"改良社"，"徐派"有闵培传的"艺民社"和胡畹峰的"咏音社"，"吴派"有沈祥元的"鸿兴社"，"褚派"有金志祥的"凤和阁"，这些班社在当时皆是赫赫有名的。据闵培传回忆，20世纪40年代，由同里汪昌贤、许家"姐妹班"、顾计人，荡北徐士英、王金缓，八坼顾茂丰、孙奇宾，金家坝徐筱龙、缪志泉与其一起发展用民族乐器伴奏，每班6人，成为"丝弦宣卷"，当时盛极江浙两省。② 同里宣卷在这一时期的发展状态达到了一个鼎盛时期，对周边地区的影响深远，不仅有吴江地区之外的雇主相邀，而且吸引了一批受到同里宣卷感染的民众前来拜师学艺。

三、1949—1976年宣卷艺人班社演述活动的隐匿

1949年以后，社会经历巨大变革，信俗活动一度被遏制，同里宣卷的发展也相当不景气。《吴江县志》记载："解放初期，宣卷艺人参加中心工

---

① 徐银桥的宣卷通俗而不庸俗，而"褚派"宣卷的"土"和"俗"有时会加入一些粗话和段子来满足民众的趣味。
② 闵培传：《我和宣卷》，《鲈乡》1989年10月。

作宣传活动。后,活动减少,濒于绝迹。"①实际上,同里宣卷并未真正绝迹,1962年后农村中曾出现过宣卷演出,当时同里镇成立民间曲艺团体,以唱"什锦书"为主,可视为同里宣卷的延续。那一时期,为了限制宣卷演出活动,吴江县政府规定宣卷艺人凡要演出,必须到规定的机构办理"临时旅行演唱证",获取演唱证后方可演出,对艺人的演出范围亦有严格的限制,且演出时不得挂"宣卷"的招牌,只能挂"什锦书"。"文化大革命"开始以后,宣卷被看作"封、资、修"旧文化,遭到封杀,不少宣卷老艺人受到批判和迫害。"文化大革命"后期,宣卷活动又零星出现,但艺人禁止演唱传统卷目,只能唱一些改编后的现代卷。

四、改革开放后宣卷艺人班社演述活动的复兴

改革开放以后,特别是到了20世纪80年代,同里宣卷得以恢复,并又一次兴盛起来。在接下来的20多年中,同里宣卷得到蓬勃发展。据吴江民间文化工作者张舫澜所述,这一阶段为1949年以后同里宣卷最兴盛的阶段,有不少人慕名而来,从附近的苏州市区、上海、浙江等地专门到吴江来拜师学习宣卷:

> 为什么会有苏州人跑到我们同里来学宣卷呢?因为在我们整个苏州地区,同里宣卷兴起最早,并且发展起来了,其他几个地方都没有发展起来。并且,我们同里宣卷有几位很好的老师,像许维钧、许素贞、顾计人、闵培传等。同里宣卷当时名声在外,周围的胜浦、太仓、常熟这些地方当时还都没有我们同里这么响的名气。宣卷复兴

---

① 吴江市地方志编纂委员会编:《吴江县志》,江苏科学技术出版社1994年版,第687页。

以后,苏州有些向往宣卷的,本身有一点越剧、锡剧、小调基础的女艺人,她们纷纷投奔到我们同里来,一方面是冲着宣卷艺术,另一方面也是冲着这份收入。她们来跟着姚炳森、吴卯生等几位先生学,后来慢慢就跟我们吴江的宣卷圈子融合了。她们看到下一辈的宣卷艺人(如芮时龙先生)——特别有实力,十分崇拜,所以前来投奔,想一起合作。所以说,我们吴江的宣卷因为艺术水平高、发展得好,吸引了苏州人加入。像陆美英,她也是苏州过来的。她们本身爱好宣卷艺术,同时,也想要赚钱。当时浙江嘉善、上海青浦和金泽这些地方的人都到我们吴江来拜师学艺的,像陶庄的沈煌荣、大舜的蒋福根,等等。①

从20世纪90年代末到21世纪初,同里宣卷演出市场甚至出现了供不应求的局面,雇主们需要排队等候宣卷艺人的档期。21世纪初,更是涌现出一大批普通民众加入宣卷行业:不少艺人原先在舞龙队里舞龙、打莲湘、挑花篮,渐渐也学会唱几段戏,后来就开始转型,组建宣卷班子;也有的是从其他行业转业而来。这一阶段,宣卷艺人外出宣卷,常常受到当地村民的挽留。艺人计秋萍曾提及她2004—2005年出去宣卷,受到当地群众相继邀请在同一个村上连续宣了7天的情况:

> 计秋萍:有的地方要唱三天、四天的,我最多的一个场子唱了七天。
> 黄亚欣:什么时候呀?
> 计秋萍:大概是2004年、2005年的时候。

---

① 芮时龙口述访谈记录。(访谈对象:芮时龙;访谈参与者:芮时龙、芮献峰、张舫澜;采访者:黄亚欣;访谈时间:2019年3月2日10:00—13:30;访谈地点:苏州市吴江区同里镇叶泽湖花苑芮时龙家中。)

> 黄亚欣：人家家里做什么事情要唱这么多天？
>
> 计秋萍：也不是一家人家唱七天，是一个生产队订了三天，他们旁边的一个生产队又订了两天，然后前面那个生产队又订了三天。比如说，我们在一个生产队唱了三天，有的人觉得唱得蛮好，自己家里也有钱，也要请我们再唱一场，另一个人也要再请一场，就是这样的。
>
> 黄亚欣：就是留你们，对吧？
>
> 计秋萍：对，就是挽留我们。比如，他们订了两天，正好我们班子后面几天也有空，他们那边的人就挽留，所以两个生产队我们就唱了七天。
>
> 黄亚欣：那时候宣卷还是非常受欢迎的。
>
> 计秋萍：对。2004年、2005年、2006年这几年生意多得不得了，一年200场还多嘞。①

艺人高黄骥也提到过这一时期民众争相请宣卷的情景屡见不鲜。当时宣卷班子外出演唱，场子上总是不断地有雇主热情相邀，在同一个地方连宣多天是常事：

> 高黄骥：过去我们在芦墟、北厍、黎里这些地方宣卷，订的就是三天，常常都要挽留我们两天。经常遇到有的人家要（单独）送卷给"老爷"的，那么就再挽留我们两天。比如说，我们遇到过人家家里有乔迁之喜的，主家跟我说："高先生，我们今天是乔迁，明天我们村里面这些人想在我这里做一个集体的会，待待'老爷'，大家再凑点钱，

---

① 计秋萍口述访谈记录。（访谈对象：计秋萍；采访者：黄亚欣；访谈时间：2019年5月19日11:00—13:30；访谈地点：苏州市吴江区同里镇水乡缘饭店。）

你们再来一台,宣个两天,你看怎么样啊?"有的村里过去没有庙,那么他们就把"老爷"接到某一户人家,反正接来了,索性多搞几场。宣了五场之后,又来一个人来打听:"帮忙问一下宣卷先生,他们五天以后有没有空啦?有空的话,我也送一台卷。"大家都很热情,抢着要请,是真的喜欢。我过去出去宣卷,基本上今天出去宣了,人家要问我第二天有没有空,想请我再留一天。忙的时候,一天要做两家。

黄亚欣:这个情况大概是在什么时间段呢?

高黄骥:90年代末,1997年以后吧,大概持续到2006年左右。那个阶段可以说是供不应求,比如说你订了这个日子,另一个人也要这个日子。①

同一时期,同里宣卷的其他班子业务也十分繁忙。2004年,赵华的"紫霞社"业务达到200场,后续每年演出超过200场;2008年前后,"紫霞社"连续3年每年演出超过300场(最高纪录为一年332场),经常碰到早上、下午、晚上都有生意的情况,常常一天要赶三个场子。

五、当代的存续困境与"遗产化"倾向

近十年,大部分同里宣卷艺人都反映宣卷市场趋于萎缩,业务越来越少。老一辈的宣卷艺人芮时龙说,现在宣卷生意难做,不惜低价求雇主给业务的班子不在少数。

据宣卷艺人江仙丽所述:"以前生意好,家里办事的主人多,庙上、家里都要请宣卷的。现在很多庙都拆掉了,管庙的佛娘也少了,年轻一代也

---

① 高黄骥口述访谈记录。(访谈对象:高黄骥;采访者:黄亚欣;访谈时间:2019年5月12日;访谈地点:苏州市吴江区同里镇竹行街高黄骥住所。)

没有人愿意请宣卷……现在像这样结婚请宣卷的已经不多了,大多数都直接在酒店办婚宴,只有甪直那边还保留着结婚当天请宣卷的习俗。再加上现在很多人都是住小区,没有地方设佛堂、宣卷,小区里面请宣卷又扰民,所以很多人都不请了。"①

当代,同里宣卷艺人班社的演述活动面临存续困境似乎是难以避免的。一是传统村落大量拆迁,村中居民全部迁出,村庙也拆除了,整个村落的生态环境遭到了破坏,导致演述活动的场域受到影响。二是在娱乐形式多样化的当代社会,宣卷演述活动也难以保持自身的竞争力,其听众几乎只剩下老年人(以老年妇女为主)。三是当地传统信俗在年轻一代民众群体中有淡化的趋势,演述活动赖以生存的社会文化基础、受众心理和情感诉求也发生了变化,请宣卷的需求有所减少。四是老一辈的宣卷艺人相继离世,随着他们的离去,也带走了同里宣卷的传统精髓和相关的文献资料,与此同时,宣卷艺人作为一种职业在当代社会中地位也明显下降,从业者减少,传承后继乏人。

不过,非遗保护的融通某种程度上使宣卷艺人班社的演述活动焕发出新的活力,出现了舞台表演性质的宣卷,各类民俗活动、庆典、主题教育活动、乡镇文化活动、社区演出活动、送戏下乡活动等场合也会请宣卷班子来演唱。2014 年,同里宣卷与锦溪宣卷、胜浦宣卷等捆绑的"吴地宝卷"作为宝卷的扩展项目列入了第四批国家级非物质文化遗产代表性项目名录。"遗产化"的同里宣卷,如今已成为一种"被展示的文化"②,而展示作为当代环境的特点,似乎比以往任何时候都要突出。非遗保护背景

---

① 江仙丽口述访谈记录。(访谈对象:江仙丽、唐美英;访谈参与者:江仙丽、唐美英、张舫澜;采访者:黄亚欣;访谈时间:2018 年 11 月 2 日;访谈地点:苏州市吴江区湖滨华城喜庆苑马家。)
② 关于"被展示的文化"以及下文中"文化展示"的相关概念及其阐释,详见[英]贝拉·迪克斯:《被展示的文化:当代"可参观性"的生产》,冯悦译,北京大学出版社 2012 年版。

下，同里宣卷得到了政府文化部门的大力宣传和保护，当地政府做出了相应的扶持和保护工作，比如在各个社区设定书场，请宣卷班子定期进行宣卷表演，再比如每年重阳节举办"重阳节宣卷巡演"，推广"同里宣卷进校园"，开办"同里宣卷传承班"，进行传承人保护等。不仅如此，监狱的教育活动、民间的各类民俗活动等也将同里宣卷搬上舞台进行展示。

第四节　同里宣卷艺人演述的主要卷目与曲调

根据整个江南太湖流域的宝卷留存情况来看，晚清民国年间的宝卷因社会环境变迁，现已不多见，现在民间流传的许多卷本多数是"文化大革命"之后的本子。部分是宣卷艺人凭借回忆重新整理而成，抑或由于演出需要，根据各类民间故事和民间传说（如神佛本身故事、修行故事、革命故事等）、小说、评弹、戏曲等改编而来，也有根据时事新闻进行新创的卷本。

有关同里宣卷艺人演述的宝卷文本面貌，目前尚无清晰的统计。20世纪50年代末至60年代初，苏州市什艺协会顾栋生通过当地有关部门分别到同里、屯村、金家坝、北厍、八坼等地向宣卷艺人孙奇宾、胡畹峰、金志祥、徐银桥、闵培传、徐筱龙、宋福生、翁润身等借去宣卷抄本、印本二百余种，当时留有借条，后经"文化大革命"，此事便不了了之。后来获知，这批文本基本上都收藏在苏州戏曲博物馆内，安然无恙。[①] 20世纪80年代，苏州文化部门的相关人员曾前往同里一带调查，共采集到卷目

---

① 后来，苏州戏曲博物馆组织专人为这批宝卷撰写提要，并出版公布。详见郭腊梅主编：《苏州戏曲博物馆藏宝卷提要》，国家图书馆出版社2018年版。

68种,其中木鱼宣卷8种,丝弦宣卷60种,具体目录刊载在1987年3月印行的《中国曲艺音乐集成》的《苏州分卷》上。根据同里镇文化站的调查和有关人士提供的信息,尚有大量文本散落在民间,目前吴江由宣卷艺人和已故宣卷艺人家属及社会人士收藏的宝卷抄本和印本约有150多种,这还只是粗略的估计。

木鱼宣卷的内容以传统卷目为主。"文化大革命"期间,宣卷遭禁,后期宣卷活动又零星出现,但艺人被禁止演述传统卷目,只能唱《白毛女》《九件衣》《红灯记》《烈火金钢》《肖飞买药》《红岩》《智取威虎山》《小二黑结婚》这类现代卷。改革开放以后,随着民间信俗活动的复兴,同里宣卷艺人也恢复演出活动,各类卷目都可演唱,不再设限。不过,随着时代的发展,听众的审美要求提高,传统的神佛故事宝卷难以引起广大听众的兴趣,再加上这类宝卷篇幅较长,难以适应时间不断缩减的仪式活动,如今已经很少出现在宣卷台上了。非遗时代的来临,促使一些宣卷艺人根据时事新闻、国家政策等创编新卷,如赵华"紫霞社"出品的新编宝卷《祸起"双十一"》《中国好人杨立新》《宪法护航中国梦》等。现将目前搜集到的同里宣卷艺人仍在演述的主要卷目整理如下①:

表3 现阶段同里宣卷艺人演述的主要卷目统计表

宝卷名称	异名	内容提要
《目连救母宝卷》	《目连宝卷》	南都关西傅员外与妻刘氏修行,生一子名目连。刘氏因罪恶深重,身入地狱,受尽苦楚。目连见佛,得知母亲受难,于是请求佛祖解救。佛祖赐以衣钵、禅杖,目连赴地狱救母。狱门大开,阎王差目连转世投胎为黄巢,黄巢因貌丑,遭帝嫌,便起兵反帝,杀人无数,后自刎而死。目连又转世为屠夫贺因,杀千万猪羊,后受到观音点化,与父母同升天界。

① 因多方面因素的限制,本表未能列出所有目前仍在演述的卷目。

续　表

宝卷名称	异　名	内　容　提　要
《猛将宝卷》		唐朝时，上海松江青龙巷刘百万，生子刘三舍，三舍娶妻双凤楼包氏。夫妻结婚数年无子，去松江城胜景观求子，回来后一心行善积德，感动上天，玉帝命阿那尊者下界投胎为刘三舍之子刘承忠。刘承忠七岁之时，包氏染病身亡，刘三舍续娶朱姓娘子。朱娘子生性恶毒，对刘承忠百般欺辱。承忠忍无可忍，不得已欲投河自尽。幸得龙王庇佑，送至双凤楼包家外公处，借住于包家三娘子家中，却又受到姨夫刁难。刘承忠思念母亲，用泥土捏像祭拜，孝心感动上天，赐下黄金甲、青锋剑和天书。这年江南大熟，包家诸人打算运粮进京，不料大船吃重，下不了水。刘承忠自得天书后，有如神助，便一人独自拉船下水。进京时，恰逢多地蝗虫灾害，民众苦不堪言，刘承忠借助神力将各地蝗虫全部驱散。皇上大喜，封赏刘承忠及其全家。从此以后，刘猛将之名天下广传，每逢正月各地都要祭拜，求刘承忠保佑虫灾不起，五谷丰登。
《八仙卷》		浙江武陵人何泰之女静莲，夜里梦见一道人给她一枚仙桃吃下。醒后，静莲告知双亲。何泰遂贴榜召集江湖异人前来解梦。于是，七仙齐聚，皆要点化静莲。吕仙提出抛彩球，终于将静莲度去，改名何仙姑，而成"八仙"之数。
《妙英宝卷》		宋朝太宗年间，东京城太平庄徐员外之女徐妙英，奉父母之命与王承祖结亲。结亲当日，妙英祷告上苍，其真心感动灵山教主，在教主帮助下被救往白云山修行。后来偶遇王承祖前来拜投为师，又得父母、开封府柳太守等一行二三十人前来拜师参禅。修行几十年间，妙英功德圆满，度人无量。
《代皇进瓜》	《金钗宝卷》《进瓜宝卷》《刘全进瓜》	扬州卢家庄一富户刘全，妻子李氏翠莲（一作彩莲）。因李氏头上金钗一事，刘全遇王婆搬弄是非，盛怒之下打骂李氏，致使李氏含冤自缢。事后刘全悔恨听信王婆之言逼死妻子，心中悔恨。一日见皇榜告示，需差人送南瓜至阴间，刘全因思念妻子，愿做使者进入阴间，便揭榜而去。来到阴间，见到翠莲，阎王得知夫妻两人之事后便将其还魂归阳。翠莲借尸还魂于玉英公主之身，皇帝将刘全招为驸马，一家团圆，荣封三代。

续 表

宝卷名称	异 名	内 容 提 要
《白鹤图宝卷》		江南镇江丹徒王玉安,因奸臣当道,辞归林下。长子子琴,妻丁氏甚贤。次子子连未娶。因逢荒年,王子琴赴京六年未归,家中穷苦。丁氏乃取定亲金钗交由子连变卖。途中见周二欲杀儿救母,子连不忍,将变卖银两悉数赠予周二。回家后子连被父亲大骂,自思金钗既已赠人,无颜再索,欲自尽。路遇老家人王仁,被王仁接到新主子家中暂住。恰逢此家儿子生得样貌丑陋,绰号"十样景"。"十样景"订婚何家小姐,怕何家嫌弃自己丑陋,乃请子连代他迎亲。一月后,何家送小姐过府,见"十样景",大呼上当,改将子连和小姐接回何府,并招子连为婿。再说公婆怀疑丁氏有外心,令丁氏改嫁。丁氏欲死,被义贼一枝兰所救,并将宝物白鹤图及银钱五百两赠予丁氏,说是子连所赠。从此王家生计不愁。且说"十样景"恼火,买通周二杀子连,周二告知子连。子连逃回家中,见到嫂子。嫂子嘱他上京寻子琴,并取白鹤图及银两给他。途中子连拿宝图变卖,恰被原主人南京赵翰林看见,送入衙门。赵翰林与王玉安有仇,有心陷害,幸得赵府玉娥小姐主仆二人解救。多年之后王子琴回朝,得封总督奉旨出京。一枝兰盗得总督令箭,押知府到总督衙门,告知子琴实情,兄弟相会。子琴收一枝兰为旗牌,衣锦荣归,父子兄弟夫妻团圆。
《花架良愿》	《血守龙图》《血手印》	宋仁宗时期,东京开封府烟波巷富户林福,与西京富户王春,相约生子为兄弟,生女姊妹,生下子女结夫妇。后林福有子,王春得女。然而,林家败落,王春嫌贫爱富,逼林家写下退婚书。幸得王小姐骗得退婚书,并约林福之子半夜到花园来赠金完姻。不想公子未按时到花园,反倒是更夫张赞冒名前来,骗去钱财,并杀害丫鬟。公子醒后来到花园,碰到丫鬟的尸体,手沾血污,回家拍门,血手印留在门上。次日,被公差捉住。王春贿赂官府,将公子问成死罪。幸得包公陈州放粮归来,查问此事,才得以沉冤昭雪。
《百鸟图轴》	《百鸟图宝卷》	宋朝太宗时,通州泰兴县潘文桂、潘文达兄弟之父原任巡按,后被奸臣顾元及所害。兄弟二人生活难以为继。潘文桂不得已到姑妈家陈百万处借银,不料遭到殴打与羞辱。后在庵中偶遇顾元及,被其吊在庵内毒打。顾家小姐顾佩玉不忍,悄悄放走潘文桂,并赠送明珠与错金扇作为信物,私订终身。顾元及仆人袁四,偷得百鸟图一轴,不以为宝物,予以贱卖。恰好被潘文桂买下,打算卖个好价钱。

68

续 表

宝卷名称	异 名	内 容 提 要
《百鸟图轴》	《百鸟图宝卷》	后被顾家发现,告潘文桂偷窃宝物,致使其入狱。潘文达见兄长迟迟不归,出门寻找,路途中被冤入狱,幸好观世音出手相救。顾元及见到潘文桂身上的明珠和错金扇,知道了他女儿和潘文桂私订终身之事,大怒,欲杀女。顾佩玉与丫鬟女扮男装,连夜出逃,走投无路之时欲投水自尽,被总兵夫人救起,认作义女。潘文达得观音相救出狱后,高中状元,救兄出狱,报仇雪耻,与兄嫂相聚,阖家团圆。
《失巾帕》		宋朝,湖广荆州人郁兰与妻子梅氏到庙里还愿。梅氏在庙中失落了巾帕,被丞相蔡京之子拾到,诬称梅氏所赠,到郁家要人。郁兰不察,将妻子休回娘家。蔡衙内到梅家强抢,梅氏之妹姣珍替姐出嫁,半路于轿中自尽。梅氏逃到白云庵,生下一子,名上林。后此子为翰林学士叶公收养,梅氏出家为尼。七年后,郁兰在叶府教叶公养子上林读书,又与郁兰一同赶考。中途姣珍托梦,父子相认。后叶上林中状元,郁兰中榜眼,上奏朝廷,蔡门一家则发配边疆。父子二人到白云庵认亲,阖家团圆。
《黄氏女卷》		宋朝曹州云合县杏花村黄俊达,与妻生一女桂香。女六岁,母亡,七岁念佛看经。女十岁时,黄再娶一妻,令其管家。不想,继母凶狠,还不时毒打桂香。桂香逃到亲娘坟上哭诉,被黄员外收账归来遇见。黄员外大怒,打骂继母。晚上,继母与其前夫所生之子侯七,想杀黄员外,独得家产。后侯七错杀其母,反而诬告员外、桂香。桂香为救父,招认罪名,被绞死。在神佛帮助之下,桂香起死回生。恰逢包大人私行察访到曹州,重新审理黄氏女一案,真相大白,侯七伏法。桂香后来嫁于屠夫,劝丈夫修行,丈夫不听,于是桂香独自修行。桂香的事迹感动阎王,阎王派金童玉女请桂香至地府讲经。桂香死后七日,阎王送她还阳,其夫胆小,不敢开棺。桂香遂转世到河南丰县张家,为男儿身,十九岁中状元。
《洛阳桥》		唐朝太宗年间,河南洛阳城外蔡家庄有个财主蔡昌(作"蔡昶")中年得子,取名蔡旭,聪明非凡。蔡旭同贴身丫头梅娥青梅竹马,情投意合,私订终身。蔡旭父母认为门户不配,当面答应,背后施毒手将梅娥活活饿死,反诬梅娥勾结奸夫而逃。蔡旭上京赶考,得中状元,太宗赐他回家服侍重病的父亲一年。官船至洛阳湖忽遇大雾漫天,错入阴阳湖巧遇梅娥鬼身,才知前情。无奈梅娥已配阴间崔判官为室,

续 表

宝卷名称	异　名	内　容　提　要
《洛阳桥》		从此与蔡旭以兄妹相称。为送蔡旭还阳，崔判官带其游地府一番。地狱中蔡旭见到父亲因阳间作恶而魂在阴间受苦刑，为救父亲，求得崔判官相助，借得阴债为父赎罪。蔡旭还阳后，带上父亲所盘剥的十万零四十八贯银子，返回洛阳湖归还阴债。恰得观音化作村姑指点他在阴阳湖上起造一桥，以代还阴债。蔡旭进京面君，太宗龙心大悦，命他奉旨起造洛阳桥。无奈阴阳湖上风急浪高，难以动工。逼迫之际，着菜农夏得海去龙宫向龙王讨得吉时开工。谁知桥造一半，资费用完无法再造。在紧要关头观音前来设计施法相助，集足银两，方使大桥竣工。此桥了却了蔡旭为父还阴债之孝心，又解救了天下产妇之灾难，故半块叫孝子桥，半块叫观音桥，全桥总称洛阳桥。
《描金凤》		姑苏书生徐惠兰，因家贫向叔父借贷，途中饥寒交迫，晕倒在关帝庙，被世交钱子敬相救，并将其女钱翠凤相许。惠兰以家传珍宝描金凤相赠，作为定情之物。徽州朝奉汪先欲娶翠凤为二房，钱子敬竟糊涂应允，最终在许四娘的帮助下平息此事。惠兰姑父马文龙封千岁，姑母徐氏无嗣，欲配偏房王氏之女姣春与他为妻，惠兰婉拒。王夫人内侄王云显至马府，与惠兰同读书，甚相契。马千岁奉旨赴边关平反，其义子马寿荣欲占姣春，遂害死云显，又使惠兰被冤下狱。幸钱子敬上京营救。义士董武昌曾为惠兰所救，在法场救了惠兰以报恩。钱子敬上殿鸣冤，代天巡按白如泉将马寿荣正法。惠兰被钦赐状元，娶翠凤、姣春为妻。
《妻财子禄》	《时运宝卷》	浙江仙居县安乐村村民时壬官，自小父母双亡，由叔父抚养成人。因拾金不昧，为人诚实，众人又叫他"时运"。十九岁时，决定去西天拜见活佛。时运一路向西，走了四个多月，先后来到壩桥倪家、桃村钱家，受到主人热情款待，并托时运问活佛两个问题，时运应允。又走了三月多，来到一条大河边，一条老龙现身，驮时运过河，并托时运问活佛问题。时运带着三个问题及自己的疑问，来到极乐世界，见到活佛，得到了问题的答案。回程途中，到河边对老龙说："嘴里的两粒夜明珠，只要吐掉一粒，就能上天了。"老龙听罢，吐了一粒珠子赠予时运，随即得道上天。时运来到桃村，对钱老太太说："小姐只要拜堂成亲，就可以开口。"老太太便把女儿许配给时运，小姐顿时开口说话。新婚后，时运辞别岳母，来到壩桥倪家，说："木樨树下有三缸金子、两缸银子，金克木，所以不开花。"倪老汉果然掘出金银，与时运对半均分。

续 表

宝卷名称	异　名	内　容　提　要
《十五贯宝卷》		明代淮安府山阳县熊家庄有兄弟二人,名熊友兰、熊友蕙。友蕙因故被告与隔壁侯氏通奸,官府判处死罪。友兰急取十五贯铜钱回乡救人。无锡屠户尤葫芦,从亲戚家借得十五贯铜钱回家,哄其继女苏戌娟说是卖她的身价。戌娟不愿为婢,深夜私逃投亲。赌棍娄阿鼠闯入尤家,偷钱杀尤灭口。次日,邻人发现尤被害,钱被盗,其女无下落,便报官追凶。熊友兰途遇戌娟问路,二人因此顺路同行。邻人与差役追至,见苏、熊男女同行,又见熊所带之钱恰好为十五贯,疑为凶手。娄阿鼠乘机诬陷,于是二人被押送无锡县衙门,以通奸谋杀罪判成死刑。苏州知府况钟监斩时,发现苏、熊罪证不实,亲至无锡现场查勘,明察暗访后,将真凶娄阿鼠捉住,终于案情大白。
《孟姜女》		据传秦始皇时,浙江省嘉兴府嘉善县有一富户姓孟,孟家和姜家是邻居,两家的墙角处长出了一个大南瓜,剖开南瓜,里面竟然是一个小女孩,取名孟姜女。当时,秦始皇大造长城,到处抓壮丁服劳役,范杞良(又名万喜良)从家中逃出,误入孟家后花园,后与孟姜女成婚。成婚后即被抓去服劳役,一去杳无音信。孟姜女放心不下,亲自去长城送寒衣,到达后得知丈夫已亡,失声痛哭,感天动地,哭倒长城,终于见到亡夫尸骨。秦始皇大怒,但见孟姜女貌美,想招进宫中。孟姜女假装依从,但要秦始皇先答应做三件事:率百官为丈夫举行葬礼、始皇披麻戴孝行孝子礼、带自己回娘家看望父母。为了得到美貌的孟姜女,秦始皇一一答应了。等三件事做完,孟姜女投海自尽。
《螳螂做亲》		公冶长到虎丘三塘游玩,在一槐树下乘凉,偶然听到两只螳螂对话。于是公冶长撮合螳螂娶妻,众多昆虫一起道贺。
《张四姐闹东京》		宋代神宗年间,玉帝的女儿羡慕人世夫妻恩爱,化名张四姐,逃离天界来到凡间。张四姐在东京城遇到如意郎君崔文才,当地恶霸王安艳羡张四姐美貌,为霸占张四姐,设计陷害崔文才。张四姐杀了王安,又动用仙法将崔文才从牢狱中救出。其行为触犯了王法,经包拯上天入海侦破,查出了案犯张四姐。玉帝将张四姐捉拿,但张四姐拒绝返回天界,愿意留在人间受苦。她的真情感动了玉帝,于是就让张四姐留在凡间,但剥夺了她的仙法和宝物。张四姐含辛茹苦照顾夫君和婆母,崔文才用功勤读,终于获取功名,阖家欢乐。

71

续 表

宝卷名称	异 名	内 容 提 要
《盗牌救翁》	《盗金牌》《金牌宝卷》	明正德六年,江西省南昌县太平村寒儒施德普(又作舒德普、舒德溥等)在外训蒙,年底得束脩五十两,启程回家过年。南昌县漕总王景龙因亏空钱粮,不得已典妻抵债。施德普仗义疏财,拿出五十两赠予王景龙,使王渡过难关。回到家中,施德普一家无钱过年,困顿不堪。施氏义举感动上天,云中高挂红灯笼,上写"状元及第"四字。恰有湖州乌程县一对摇船度日的曹氏母女看见这异象,随即找到施家,曹母将小女翠娥许给施家之子子芬。后有两江总督马千岁要拆掉施家的宅子改建"叙仙楼",借故迫害施家。施子芬在王景龙的帮助下连夜逃走。众人商议要救施德普,必须有马千岁的金牌。恰好曹翠娥与马府千金相识,于是偷来金牌,救出施德普。施子芬偶遇正德皇帝,诉说冤情,沉冤得雪。此后,施子芬高中状元,诸人亦得封赏,马千岁之女亦嫁施子芬为妻。
《炎夏降雪》	《窦娥宝卷》《斩窦娥宝卷》	大明嘉靖年间,淮安府山阳县内一户余姓人家,娶得西溪村窦娥做童养媳。窦娥丈夫余大郎进京赶考,婆媳二人相依为命。隔壁张婆家的儿子张驴儿,思恋窦娥,久存歹意。一日,窦娥为病中的婆婆买羊肉烧汤,张驴儿设法在汤中下了砒霜,不料被自己的母亲张婆婆误食后中毒身亡。张驴儿却报官诬告窦娥杀人。窦娥被官府严刑逼供关入大牢,被判斩刑。临刑之时为农历六月,突然天降大雪。恰遇余大郎考中状元,受封千岁,衣锦还乡,吩咐官兵赶赴法场,刀下救得窦娥,还其清白,一家团圆。(根据关汉卿所作元杂剧《窦娥冤》改编)
《碧玉带》	《白马驮尸》《包公铡杨义》《刘文英宝卷》	宋代书生刘文英上京赶考,路遇强盗,被劫上山。恰遇山大王陆林泰之女青莲游园,见文英貌俊,托丫鬟做媒,与他私订终身,并赠他阴阳壶、盛阳盏、碧玉带三件宝,放他下山。文英携带三宝途经竺山村,因在客栈露宝,被店主杨义害死。杨义自己进京献宝,用碧玉带治好国太之病,被宋王封为九门提督。文英死后,其尸体由他的白马驮往开封府告状鸣冤。包公巧借碧玉带,将文英救活。文英复生,向包公申诉了杨义的罪行,包公查明案情,将杨义铡死。此时青莲已率领人马前来讨伐杨义,宋王命包公前去说服青莲,使文英与青莲夫妻团聚。(根据越剧《碧玉带》改编)

续　表

宝卷名称	异　名	内　容　提　要
《刺心宝卷》		宋朝隆德年间，嘉兴秀水县西门外刘孝文，娶妻张氏。孝文夫妇向海盐曹王菩萨求子，生下一男一女，但因忘记向曹王还愿而惹怒曹王，曹王做法将张氏发配到千里之外的白云庵。张氏失踪后，刘孝文再娶何员外之女何英。何英不喜欢前妻所生的迎春、梅柳兄妹，处处刁难，下药欲毒死兄妹二人，二人幸得名医搭救躲过一劫。何英又设计诬告刘孝文谋反，致使刘孝文发配云南，同时陷害迎春、梅柳兄妹，迎春落水，梅柳逃脱。迎春自水中逃得性命，路遇汪庭奎，得其相助，为其螟蛉之子。刘孝文发配途中，被强盗劫走。迎春高中状元，寻回父母和妹妹，何英也得到应有的惩罚。
《冒婚记》	《雪白玉如意》	唐太宗年间，山西平阳城内罗、顾两家早订姻亲。后罗家家道衰落，顾金富欺贫爱富，萌生退婚之意。顾家小姐顾凤娇修书一封请未婚夫罗俊卿半夜前来相会，欲赠予银两以供其赶考与行聘之用。不料，书信误入罗俊卿表兄杨成兴之手，杨遂假冒罗俊卿与顾凤娇会面。相见之时，杨欲行非礼，顾凤娇误以为"罗俊卿"非正派之人，遂同意其父先初之意，与罗家断婚。罗俊卿听说顾家曾来人送信邀他前去，急忙前往。不料，到了顾府，被顾金富百般凌辱，迫写退婚书，遭受毒打后奔之山野。幸亏所佩传家至宝雪白玉如意护身，逃回家中。杨成兴听闻罗、顾两家已断婚事，遂托媒婆前去顾家求亲，顾金富欣然应允。成婚之日，顾凤娇在洞房内知悉事情原委，再次生计躲过杨成兴非礼。尔后，她在其母支持下，逃至罗家，与罗俊卿一同出走。后罗俊卿得中状元，携妻衣锦归乡，宽宏大量，原谅顾金富先前之过，并以德报怨，给已落魄的表兄杨成兴安家置业。（根据《喻世明言·陈御史巧勘金钗钿》中部分情节改编）
《天诛潘二》	《天诛宝卷》	镇江府丹阳县杨富足，妻顾氏，子进达，娶南门外张有余之女。订婚后，张家要四十两礼金，杨富足便将自己抵押给人做雇工，儿子方得成婚。张小姐贤惠，东村潘二心怀不轨。一日，小姐得知公公代丈夫典在别家做工，取银四十两欲赎回公公，不料借契说明要加银六两，小姐便让进达回娘家借银。潘二趁进达外出，便假装进达调戏张小姐，盗银而逃。次日，小姐知道上当，自尽被救。不久，天雷打死潘二，潘双手捧银子而死，众人方知是潘二无良，天道诛杀。小两口赎回父亲，阖家团圆。

73

续　表

宝卷名称	异　名	内　容　提　要
《丝罗带》		清乾隆帝游苏州,野外遇雨,在村舍躲避。樵妇陈玉英殷勤款待,皇帝大喜,认为义女,赠丝罗带为凭。后来,陈玉英丈夫周天保在城中打死欺民的黄进士,被打入大牢。陈玉英欲上京求救,半路寄宿周知府家,周夫人见丝罗带起歹意,欲谋害陈玉英,陈玉英被仙人救下送至京城。玉英见到乾隆皇帝,说明冤情。皇帝下旨释放周天保并将周知府满门抄斩。
《双玉燕》		明嘉靖年间,浙江杭州府钱塘县寒儒李文祥,父母早亡,家道中落,与老家人李忠相依为命。此前,李家曾联姻山东沂水县内阁大学士冯安之女月娟,以一对白玉燕为表记。一日,冯安想到亲家李家家道中落,有意退婚,写信邀李文祥前来商议。文祥来到冯家,受到侮辱与毒打,被逼退婚。文祥从冯家出来,盘缠用尽,又因身藏的玉燕被衙役当作大盗捉拿,受官府拷逼不过,屈打成招。冯家逼女改配他人,月娟不从,幸有嫂嫂刘氏帮助,化装为男儿逃到刘氏娘家躲避。次年月娟赶考,高中状元,封为七省御史巡按。路过扬州,遇到李忠拦路告状。冯月娟审清文祥冤案,使奸人伏法,并与文祥成婚。
《大红袍》	《水泼大红袍》	唐太宗时,山东东昌府乡宦罗廷义,定亲南关孙家素英小姐。孙素英的兄长孙圣卿,自小定亲顾启龙之女。罗廷义上京赶考,高中状元,奉旨成婚,皇帝赠金千两、红袍一件。婚后,素英小姐一日误将洗脸水泼在红袍上,廷义大怒,辱骂素英。廷义因红袍污损,难以穿着面圣,留诗一首,出家为僧。素英假扮秀士出门寻夫不着,路遇张太守,被认作男人并收为养子。后皇帝上五台山,遇到僧人罗廷义。罗廷义说明缘由,皇帝恕他无罪。南关孙家家道中落,原先定亲的顾家意欲悔婚,要将顾小姐嫁给张太守之子(素英)。后几番波折,真相大白,罗廷义娶回素英,孙圣卿娶回顾小姐。
《赖婚记》		明万历年间,苏州陈家陈景财父母双亡,父曾为官,由抚台大人做媒,配亲苏州柳征之女柳兰英。因家贫投亲岳父遭赖婚,被打逐出门。小姐重情赠银,约定当晚取银。佣人柳兴偷听到此事,夜假冒公子,强抢纹银,致送银丫头梅香昏死,公子蒙冤入狱。为救公子,小姐带丫头夏莲、冬梅上南京告状。先到扬州,打算投靠夏莲舅父,稍作休整,再上南京。途中被当地恶棍兵部侍郎之子柴士多欺骗,卖至妓院。是夜强行非礼,小姐抗争,丫头相救,重伤柴士多,小姐与冬梅被抓入狱。夏莲逃脱,找到狱中小姐,小姐写血状,夏莲上南京抚台大人处告状,冤案昭雪。抚台大人奏章进京,一奏公子与小姐奉旨完婚;二奏陈景财顶父布政使之职,皇帝准奏。一场赖婚风波,先悲后喜,团圆结局。

续 表

宝卷名称	异 名	内 容 提 要
《白兔记》	《刘知远白兔记》《李三娘磨房宝卷》《磨房产子》《咬脐郎》	刘知远原名高智远,后因母亲改嫁刘氏而改姓刘。他因赌博败家,落魄流浪,在马鸣王庙被财主李文奎收留,在李家充当佣工。李文奎将女儿李三娘许配给他。李文奎死后,三娘哥嫂将有瓜精作祟的瓜园分给刘知远看守,欲加害之。刘知远身怀武艺,战胜了瓜精,得到了兵书和宝剑,便告别三娘,去汾州投军。刘知远因屡立战功,受到多次提拔,娶岳氏为妻。三娘在家受尽折磨,在磨房产下一子,因用嘴咬断脐带,故取名"咬脐郎",又托窦公将儿子送给知远抚养。十五年后,咬脐郎外出打猎,因追赶一只白兔,与生母李三娘相遇。咬脐郎回去报知父亲,一家人团聚。(根据元杂剧《刘知远》和同名南戏改编)
《三拜花堂》		明朝嘉靖年间扬州兴化穷书生刘双富,为凑齐上京赶考盘缠,不得已到兴化城内马家借银两。马家老太欺贫爱富,趁机赖婚。马家小姐婵娟得知后,追出后院,亲手赠银二百两,又赠一只绣鞋给刘双富,与其相约绣鞋成对,夫妻成双。刘双富遂赴京赶考。不料马夫人又威迫马婵娟三日后另嫁高亲。马婵娟乔装改扮,上京寻夫。途中遇大鼻头史辙,义结金兰,同进皇城。马婵娟为寻夫,与史辙同去观看相府千金抛球招亲,不料被彩球抛中,婵娟随即将球塞给史辙。史辙与叶金莲一拜花堂。洞房中,史辙坦言是马双富(马婵娟改扮)将彩球送他,被相府千金逐出。相爷骗马婵娟上门成亲,与叶金莲二拜花堂,但在洞房中发现新郎原是女儿身,相爷又骗马婵娟为螟蛉之女,夺得绣鞋。刘双富得中状元后,参拜相爷,上当与叶金莲三拜花堂。新房中叶金莲被刘双富灌醉,酒后吐真情。刘双富逃出新房到后院救出未婚妻马婵娟。史辙来到洞房,与叶金莲生米煮成熟饭,相爷无奈只好默认。刘双富、马婵娟荣归故里,成就千秋佳话。
《黄金印》	《叶香盗印》	明朝弘治年间,新科状元周文进奉皇命出巡。在扬州微服私访时,周文进偶遇当朝宰相之子田荣强抢民女。为搭救少女,周文进被田荣拉进田府搜出官印。知道周文进真实身份后,田荣把周文进关入私牢准备杀害。田荣的表妹谢素贞携丫鬟叶香寄居在田府,她们得知周文进遭遇后,由叶香盗得官印,将周文进救出。逃出田府的周文进深夜迷路误上强盗船,开始了一段屈辱的经历。谢素贞和叶香也因无法在田府生存下去,在寻找周文进途中,误上兵部尚书杨殿文的官船,谢素贞被杨殿文认为义女。最后,周文进历尽千辛万苦惩办了恶人,并找到谢素贞,两人结为夫妇。

75

续表

宝卷名称	异名	内容提要
《金枝玉叶》	《红楼镜》	宋朝仁宗年间,江苏镇江丹徒县官宦陈文琳,单生二女。长女金枝许配给周凤祥,二女玉叶许配给王启舟。陈家供两位女婿读书。周凤祥儒雅好学,王启舟丑恶诡异,玉叶心中幽怨。丫鬟秋菊想出一计,让玉叶夜晚假装金枝在书房中会周凤祥。周凤祥见到玉叶,拒不肯从。玉叶只得上楼回房。王启舟跟踪玉叶上楼,敲开旁边金枝的房门,大闹闺房逼婚。金枝情急之下,拿起铜镜,打死了王启舟。王家将金枝之事上告衙门,衙门判陈家无罪。陈家老爷回宅后,想到金枝招惹的祸事,怒而将金枝打昏,丢到荒郊野外。陈老爷又将玉叶许给周凤祥。周凤祥不从,玉叶欲寻死,被人救下,在庵中修行。后周凤祥中状元,与包公之女成亲。新婚之日,周凤祥才知新娘竟是金枝。原来金枝当日为包公所救,并被收为义女。夫妻终于团圆。
《三线姻缘》		明天启年间,河南开封祥符城外赵少卿,父亡,奉母命赴山东岳父冯天彪家投亲借钱。岳父欺贫爱富,欲赖婚,舅兄冯玉成、未婚妻冯玉兰人品好,资助他上京赶考。冯天彪外甥李玉龙上京赶考路过河南,看望舅父,冯天彪将女儿许配给他。冯玉兰闻知连夜出逃,上京寻夫,路途受挫欲寻短见,幸被丞相杨国忠相救并认为干女儿,一同赴京。后,冯玉成、李玉龙表兄弟同往京城赶考。赵少卿因半途生病,耽误考期。冯玉成为成全妹妹婚姻,冒名赵少卿赴考,得中状元,李玉龙得中榜眼。赵少卿金殿见驾,坦陈实情。天启皇帝遂召冯玉成进殿,问明原委,并当场殿试赵少卿,少卿文章绝妙,破格与玉成并列为状元。丞相杨国忠请奏,欲将三女配玉成、少卿、玉龙三人,皇帝允奏,钦赐三根红线,拉线配亲,奉旨完婚,皆大欢喜。
《药茶记》		明永乐年间,府台苏逢祥,妻亡续弦。后母因故起意,两次欲毒杀苏家儿女,两次遇救。苏家儿子出走寻父,路途受挫,欲投河自尽,被王老所救,收为义子,供养读书,得中功名,封官巡按。返乡途中巧遇被后母陷害蒙冤入狱的外孙女和外出告状的外婆,得知冤情。公堂上亲审后母,案情大白。一家人劫后重生,共享荣华富贵。
《珍珠塔》		明朝同里湖南太平村方家浜方卿,与母亲杨氏相依为命。为度日,方卿只身一人去姑夫陈琏府上借贷,反受姑母羞辱,小姐翠娥赠他银两和珍珠塔,助他读书。后方卿又得到恩人毕爷相助,赴京赶考,高中状元。回到同里后,方卿娶得陈翠娥和毕爷胞妹二位夫人,在同里镇上兴工造府,后代子孙均功成名就。

76

第一章 | 同里宣卷艺人班社的组织结构及其演述活动

续　表

宝卷名称	异　名	内　容　提　要
《金锁缘》		明朝万历年间,湖州城闵家巷闵福生家财万贯,其子闵松年年方二十,与王家庄王金根之女王彩莲一见倾心。相约托媒求亲。两家商议之下决定调换嫁娶。闵夫人将自家侄女月珍嫁给王家的呆大儿子王瑞喜为妻,闵松年成功娶得王彩莲。一年后,闵、王两家生养了儿子,分别取名叫闵祥官、王志清,闵员外为两个小孩分别打了两把金锁。不料,闵祥官四岁那年随母王彩莲回娘家,因呆大看管不慎而丢失。呆大出主意以其子王志清赔偿闵家。从此王志清到闵家,换名为闵祥官,他聪明伶俐,十四年后上京赶考。临行前,王彩莲对志清说出其身世,交还金锁片,要王志清上京城寻访闵祥官。王志清在春来客栈同一房间巧遇颈挂金锁的真祥官,表弟兄相认。又同选考场,考中功名。志清头名状元,祥官为探花。万历皇帝封志清为江浙二省巡按,祥官为嘉兴知府,让其还乡省亲,归宗认祖。
《雕龙宝扇》		唐朝江南府阳湖县人夏荣,乃告老还乡之太师,与夫人李氏生有二女,长女玉英、次女琼英。夏荣与夫人带两位小姐到杭州烧香还愿,夜间,玉英手执雕龙扇,独自在船头赏月,被蛇精掳去。太师贴告示招婿寻女,穷书生高德华和同窗郁建文揭榜前去灭妖。夏太师看到高德华起了欺贫之念,想等女儿救出来后,配给富豪郁建文。高德华在蛇洞内找到玉英,蛇精被高砍伤而逃。玉英以雕龙扇为信物赠予高德华。玉英出洞,高德华留洞待出。太师看见女儿安然无恙,暗中吩咐家人不要救高德华。高德华不见有人来救,便独自探路,来到海边,遇到北海龙王殿前小青龙,小青龙送他回家,并赠他一粒起死还魂丹。郁建文到常州与玉英成亲,玉英见不是高德华,让家人责打并逐出郁建文。高德华回家后问责郁建文当初为何不救他出洞,郁见高德华拿出雕龙扇,顿起毒心,设计害死了高。郁建文拿了扇子又到常州,玉英再次识破,郁又被痛打一番。高德华因有小青龙所赠的还魂丹而起死回生,后得薛仲荣相助,收作螟蛉之子,与薛员外女儿薛玉珍兄妹相称,改名为薛景贤,一同前往京城。玉英小姐以为高已被谋害致死,于是女扮男装出逃,得姚天官相助,亦收作螟蛉之子,与天官女儿姚月娥兄妹相称,改名姚天爵,一同赴京赶考。 高德华(薛景贤)、夏玉英(姚天爵)分别中得状元、榜眼。夏玉英(姚天爵)到常州太师府完婚,太师无法,只得叫丫鬟春香代嫁,故而主仆重逢。高德华(薛景贤)奉旨也来迎娶玉英,太师不敢抗旨,只得以次女琼英代嫁。洞房夜,琼英

77

续　表

宝卷名称	异　名	内　容　提　要
《雕龙宝扇》		说出实情。正当夏玉英(姚天爵)、高德华(薛景贤)上奏太师夏荣赖婚代嫁之事,黄门官来报台湾妖精作乱,高德华(薛景贤)请缨前去,在小青龙的帮助下,一举灭妖,加封吏部尚书。玉英听说状元回京,书信表明自己身份。高德华(薛景贤)接到书信后,写了一道陈情表,详细把来龙去脉奏明圣上。皇上看后,对高德华、夏玉英、夏琼英、薛玉珍、姚月娥、春香各自敕封,高德华奉旨迎娶五位夫人。夏荣因赖婚罚银五万,郁建文问斩。
《掘藏宝卷》		宋仁宗时,长安富荣一家七口缺衣少食,借债度日。因所借无还,乡邻都不肯再借。富荣夫妻想出个计策,假说家中掘到一缸元宝,到当铺借米油。当铺女主人听说富荣掘到宝藏,就叫丫鬟拿六十两纹银要换一只所掘的银圆宝。富荣搪塞开丫鬟,拿了纹银到钱庄换元宝,回家做旧,就像埋藏地下多年的一样。当铺主请富荣吃酒,又拿了银子与他做生意。富荣拿了本钱,出洋做生意,满载而归,还了当铺主银子,建屋置田。
《林娘传》		明永乐年间,河南御史王文龙受奸臣所害,遗下母子两人。母子因家被抄,无奈投靠儿子王玉从小配亲的表亲庞家。表兄庞乔赖婚,将王玉母子逐出。母子俩走投无路,被寡居的林娘收留。王玉同林娘一夜生情,结为夫妻,苦度光阴。奸臣被除,王文龙昭雪,王玉被召进京为官。表兄闻讯,后悔当初,将王玉骗入府中,兄妹暗使美人计。王玉上当,被逼休妻。后因皇帝驾崩,王文龙昭雪暂搁,王玉封官作罢。表兄再次翻脸,逐出王玉。王玉告状不准,十八年乞讨为生,受尽磨难。王玉同林娘所生之子玉生,刻苦勤读,上京赶考,得中状元,官封知府。回家省亲时,巧遇乞讨返家探母的父亲。玉生深明大义,认父劝母,合家团聚。
《姐妹封王》		明朝嘉靖年间,家住蓬莱城的翰林王充,观音堂烧香求子后,夫人王氏不久便生养一对千金。王充不喜反怒,离开家门,一去十八年。在王氏夫人抚养下,一双女儿出落得花容月貌,美若天仙。姐姐王凤珍喜文,熟读四书,妹妹王凤珠习武,十八般武艺皆精。一日姐妹出游,巧遇一品丞相之子张龙、张虎。调戏王家姐妹未遂的张龙、张虎,

续　表

宝卷名称	异　名	内　容　提　要
《姐妹封王》		回家告知母亲。丞相唤王充到家议亲。王充为升官发财讨好丞相，应下亲事，离家十八年后首次回家逼嫁一对女儿。王凤珍、王凤珠被逼无奈，乔装改扮，逃婚出走，路遇忠良之后刘天豹。姐妹俩被冲散后，妹妹留在山上，姐姐被乡医王德山救下收为义女。妹妹考中武状元，领兵赴边关杀敌，三年后班师回朝，被封为平番王，刘天豹封为大将军。姐姐从义父学医，揭皇榜治好国母娘娘重病，被封为平肩王。三年后，姐妹相见，同归故里山东蓬莱，见到爷娘，王充羞愧无地自容。丞相张洪得知姐妹封王回家，逼亲未成，反告到金銮殿，姐妹险被斩首，被国母娘娘救下。国母娘娘成全王凤珍，册封为西宫娘娘。王凤珠回家与刘天豹结为连理。
《珍珠衫》		明永乐年间，湖北襄阳枣阳城蒋兴哥，善经商，家境富裕。十九岁成亲，妻王三巧儿，夫妻恩爱。新婚八个多月，外出广东经商，临行时将祖传珍珠衫交给妻子三巧儿保管。蒋兴哥在外生病，近年未归，妻思夫心切，楼台望夫。因安徽商人陈商衣着与蒋兴哥相仿，三巧儿受骗失身于陈商，并以珍珠衫相赠。兴哥返家察觉私情，震怒之下休妻。陈商返乡备货，在襄阳遇盗抢，穷困潦倒染上重病，一命呜呼。陈商的妻子王氏接信赴襄阳，孰料丈夫已身亡，后经七婶牵线，嫁给蒋兴哥。三巧儿再嫁吴大人为妾。后蒋兴哥惹出人命官司，三巧儿设法相救。吴大人知情后令蒋兴哥、三巧儿破镜重圆。
《新郎产子》		明朝正德年间，山东省济南府溧城县张家庄大户张荣一家四口，老夫妻张荣、王氏，儿子张志文，媳妇李素贞。八月中秋，张家吃团圆饭，席间产生些小矛盾。送张志文上京时，小夫妻俩悄悄打哑语，又生出误会。后李素贞女扮男装与弟李文清上京城寻夫赶考。二人路过黑虎山，被猛虎冲散，素贞巧遇相爷相救，收为寄子，收留在丞相府，却被相国千金看中，将错就错结为夫妻，洞房之夜，"新郎"产子，素贞说明真相，相国改收其为寄女。而李文清上京后与张志文同上皇榜，分别为状元、榜眼。参相拜相后，张、李团聚，文清与相国千金喜结连理。张志文夫妻荣归故里，父子矛盾冰释，王氏认错，一串小误会变大矛盾，而在顷刻间烟消云散，张、李二家皆大欢喜。

续 表

宝卷名称	异　名	内　容　提　要
《梅花戒》	《千金一笑》《梅戒良缘》	唐太宗年间,浙江定海宰相公子王应文,聪颖好学,十六岁得中解元。得福建浦江杨家母女相助,与杨婉云私订终身。但杨父误认其为"凤阳婆",将他丢在恶虎山,又遭厄运。浦江骆相爷女儿骆蛟英,从小配与王爷之子沈标,因沈标相貌丑陋,行为不端,骆蛟英为此郁郁寡欢,不思茶饭。一日遇衣着、行为怪异的王应文,千金一笑。相爷召之入府,以讨女儿欢心。王应文向骆蛟英讨终身,方知已许配。沈标暗入骆府,巧遇丫头嬉戏扮小姐,误认为小姐其貌不扬,遂退婚,反倒成全王应文与骆蛟英姻缘。后王应文考中状元,与杨婉云、骆蛟英二人喜结良缘,苦尽甘来。
《杀狗劝夫》	《贤良记》《贤良宝卷》《劝夫宝卷》	清乾隆年间,山东曹州南华县青墩港赵大、赵二兄弟,分家后哥穷弟富,哥向弟借钱、米,弟势利不借,反将哥逐出。赵二妻子商秀英贤良,设计杀狗,巧扮无头尸,欲劝夫回心转意。赵二中计,先请两个酒肉朋友车三、王二帮忙未成,无奈复请胞兄,赵大不计前嫌,帮助料理。商秀英为救大伯一家于危难之中,趁机劝夫同哥并家。赵二遭此变故,转意应允。弟兄重合一家,家道日盛。不料两个酒肉朋友嫉恨告官,弟兄蒙冤被拘。商氏弄巧成拙,公堂鸣冤,坦陈实情。县官现场考察,真相大白,将兄弟俩当堂释放。县官将商秀英贤良事迹修文逐级呈报,乾隆帝阅后深为商秀英高尚品行感动,钦赐一金匾,上书"贤德良惠"四字,传为佳话。
《双富贵》	《双富宝卷》	明永乐年间,江南省相州府兴化县富户陶荣,有三子一女。儿子皆已成婚,小女美玉未嫁。陶荣六十寿辰,家人拜寿,子媳齐赞陶公之福,唯有美玉却说命不由人,各人有各福。陶公大怒,将美玉嫁给叫花子。小夫妻二人走到青田地界,见一大屋有妖物害人。美玉低价购得此屋,夜半有五路财神造访,美玉夫妇瞬间暴富。后相州遭水灾,陶家买米赈灾,因听闻青田某户米麦山积,故来青田买米。美玉令使女做鸡脑馄饨与父充饥,陶公甚感伤。原来这是美玉当年常做之物。美玉见父忆旧,出门相见,并送十八船粮米赈灾,一家团聚。
《玉珮记》		明万历年间,苏州府东山镇做珠宝生意的周福寿,娶两房妻子,生两子。二娘生长子周玉君,聪明伶俐;大娘生次子周家麟,是个呆子。为夺家产,大娘欲杀掉长子。二娘得知后,为救长子,恳求奶娘带四岁的周玉君出逃。十六年后,沈君玉上京赶考,到表妹陈惠芬家借银两,兄妹二人

80

第一章 | 同里宣卷艺人班社的组织结构及其演述活动

续 表

宝卷名称	异 名	内 容 提 要
《玉珮记》		私订终身。表妹父母不知其事,将陈惠芬配给周福寿的儿子周家麟。周家麟上门后,老夫妻才知此人是个呆子,悔恨莫及。周家不断逼婚,陈惠芬与丫鬟荷花一起逃走,上京寻找沈君玉。半路被困,陈惠芬被路过官船的船夫救起,而官船的主人正是新科状元、官封七省巡按的沈君玉,表兄妹相见,悲喜交集。回家后,养母告知沈君玉十六年前真相,并带其上周家门认祖归宗,恢复原名周玉君,娶陈惠芬为妻。呆子周家麟也娶丫鬟荷花为妻。大团圆。
《叔嫂风波》		明永乐年间,苏州陈家,家中母亲、弟兄两个,哥陈文龙,弟陈文虎。陈文龙奉诏出征边关,陈文虎从小配娃娃亲,前往吴江寻妻。吴江金家有女儿叫金秀英,从小配婚与陈文虎,到苏州寻夫。秀英、文虎巧遇,同回苏州完婚。恶嫂陆三姑同丫头设计害死秀英。陈文虎知晓后,投河自尽,被扬州商人赵九公搭救,同往扬州。金秀英阴魂不散,到城隍老爷处告状,判官老爷听诉冤情后,准许还魂复活。婆婆外出寻找秀英,两人巧遇,方知冤情,同往京城告状,在扬州与陈文虎相遇,遂同在赵九公店里避难。陈文龙三年征战得胜回朝,封王爷千岁,来到扬州。金秀英前往告状,文龙方知家中变故,审问陆三姑与两个丫头,案情大白。文龙与赵九公女儿完婚,陈文虎被封吏部天官,携妻金秀英赴京上任,同享荣华。
《龙凤锁》	《金凤宝卷》《借红灯》	宋仁宗年间,浙江金华府兰溪县燕庄镇当朝宰相林文高之子林逢春,在街上巧遇豆腐店店主金山之女金凤,两人一见钟情,私订终身。为躲避父亲,金凤将林逢春藏于大红箱子内,酿成窒息死亡,父女入狱之祸。后由太白金星暗中相助,绝处逢生,有情人终成眷属。
《雪里产子》	《半夜夫妻》《攀弓带》	元朝顺帝年间,福建省玉山县梅家庄,已故世袭公梅昆之长子梅士杰,成婚后上京赶考,三年杳无音信。二子梅士俊娶刘家庄刘惠英为妻。成亲之日,皇命圣旨到,要士俊赴边关杀敌。半夜里,士俊放不下惠英,施展轻功,回到家与妻子做了半夜夫妻。谁料想,刘惠英就此怀孕。大儿媳焦三姑煽风点火,说惠英不贞而打入磨坊做苦力,又将惠英赶回娘家。惠英哥哥刘福仁不容,将惠英赶出娘家。雪地里,刘惠英疼痛难耐,幸被林妈妈搭救进草棚,终于产下麒麟子。婴儿刚出世,便被玉山顶报国寺月明师傅收为徒儿,带回山顶学艺习武。奉命出征边关的梅士俊,与几年

81

续表

宝卷名称	异名	内容提要
《雪里产子》	《半夜夫妻》《攀弓带》	前做了番邦驸马的兄长士杰巧遇,时隔八年二人凯旋,荣归故里。梅士俊得知爱妻被休,苦苦寻找,最终寻得妻子和儿子弓带郎,合家团聚。梅府光宗耀祖,弓带郎长大为国建立奇功。
《梦缘记》		明嘉靖年间,湖广荆州刘家庄刘金达年方十八,父母双亡,与杭州顾文学之女顾兰英从小配亲。刘金达因家贫往岳父家借银,顾文学欺贫赖婚,用计逼其写下退婚文书。未婚妻顾兰英深情赠银,并书荐刘金达到自己寄爹家栖身,得以用功勤读,上京赶考。顾兰英被父逼配高亲,无奈离家出走,上京寻夫,半途受挫,幸被放粮返京的丞相沈士松相救,认为义女。刘金达得中状元,参相拜相,沈士松牵线,未婚夫妻重逢。二人在相府拜堂成亲。夫妻同返杭州,妻子劝说,翁婿释嫌,合家团圆。
《借黄糠》	《黄糠宝卷》《欺贫重富宝卷》《报恩宝卷》	宋朝仁宗年间,苏州吴江县张贤文,父母双亡,与妻子徐兰英苦居坟堂。年近岁末,家中粒米全无,徐兰英见状,回娘家借银米,不料父母欺贫爱富,母亲范氏只肯借三斗陈糠。丫鬟春喜以谷米三斗六,积钱八百文相赠,才使张、徐二人暂渡难关。后张贤文得父亲旧同僚潘义相助,考中状元,还乡祭祖,岳父母得知后前来逢迎。徐兰英吩咐厨房用陈糠做成点心给父亲徐克富和母亲范氏品尝。徐氏夫妇自知理亏,悔恨不已,立誓改过,并于东门外造桥修路,救济穷人。
《九件衣》		乔武举与王玉环素有矛盾,遂勾结官府,诬陷王玉环盗窃,并伪造证据将其定罪。张慧珠为救未婚夫,变卖家产,连夜赶制九件衣裳,试图以衣物贿赂官员、疏通关系,为王玉环申冤。尽管张慧珠耗尽心力,但官场腐败,冤案始终未能平反。王玉环最终被屈打成招,判处死刑。王玉环冤死后,张慧珠悲愤交加,身穿九件衣自尽,以死控诉世道不公。后遇清官重审案件,真相大白,恶人伏法,但悲剧已无可挽回。(根据中国传统戏曲《九件衣》改编)
《白毛女》		内容略(根据同名歌剧《白毛女》改编)
《红灯记》		内容略(根据同名京剧《红灯记》改编)
《智取威虎山》		内容略(根据同名京剧《智取威虎山》改编)
《烈火金钢》		内容略(根据小说《烈火金钢》改编)

续 表

宝卷名称	异　名	内　容　提　要
《肖飞买药》		内容略（根据小说《烈火金钢》中的肖飞买药片段改编）
《红岩》		内容略（根据同名长篇革命历史小说《红岩》改编）
《小二黑结婚》		内容略（根据同名小说《小二黑结婚》改编）
《三里湾》		内容略（根据同名小说《三里湾》改编）
《乡下街上人》		同里宣卷紫霞社创编，内容略。
《祸起"双十一"》		同里宣卷紫霞社创编，内容略。
《中国好人杨立新》		同里宣卷紫霞社创编，内容略。

木鱼宣卷以"木鱼宣卷调"为基础，演唱时也兼用"弥陀调""韦陀调""海花调""醒世曲""太子哭坟调"等。丝弦宣卷将基本调改为新的"丝弦宣卷调"，演唱时偶尔沿用木鱼宣卷中几种常用调，此外，还就地取材，融入了各种江南小调。现将同里宣卷常用的曲调整理如下：

表4　同里宣卷艺人演述的常用曲调统计表

类　别	曲　调
宣卷曲调	木鱼宣卷基本调
	丝弦宣卷基本调
	弥陀调
	韦陀调
	海花调
	十字调
	采字调

续　表

类　　别	曲　　调
宣卷曲调	叹五更
	醒世曲
	拜香调
	拜佛调
	花名调
	汪汪调
	大豆调
	太子哭坟调
	妈妈不要哭调
江南小调	大补缸调
	荡湖船
	五更调
	二姑娘相思调
	孟姜女过关调（春调）
	进花园调
	凤阳歌
	叫化调
	金陵塔调
	夸郎调
	滴落生调
	媒婆调
	行路调
	梳妆台调

续 表

类　　别	曲　　调
江南小调	十二调
	四季歌
	无锡景
	吴江调
	银绞丝调
	杨柳青调
	阴司调

如今的同里宣卷,综合运用各种曲调,唱腔多样,江南小调采用得很多,尤其是"孟姜女过关调""无锡景""吴江调""银绞丝调""杨柳青调"等。此外,当代宣卷艺人在演唱时还根据书情将锡剧、沪剧、越剧、黄梅戏、评弹中的一些听众喜闻乐见的曲调加以改编后用于宣唱,这在老一辈宣卷艺人的演唱中比较少见。更有一些青年艺人在宣卷时插入流行音乐元素,使宣卷演唱更活泼、轻快,这种形式也颇受民众喜爱。2018年11月3日、4日,笔者听同里宣卷艺人柳玉兴和朱凤珍搭档宣卷时,对其所用的曲调做了一个统计:11月3日,演述《白兔记》所用曲调共计23种;11月4日,演述《碧玉带》所用曲调共计22种。统计结果如下:

表5　2018年11月3日柳玉兴、朱凤珍演述《白兔记》所用曲调统计表

曲调类别	调　名	板　式	应用次数小计	应用次数总计
宣卷曲调	丝弦宣卷调		7	12
	弥陀调		1	
	海花调		4	

续 表

曲调类别	调　名	板　式	应用次数小计	应用次数总计
越剧	基本调	慢板	8	8
		散板		
		中板		
锡剧		散板	2	10
		簧调	1	
		簧调流水板	1	
		老簧调	1	
		大陆调	2	
		大陆三角板	1	
		大陆散板	1	
		玲玲调	1	
江南小调	吴江调		1	4
	进花园调		1	
	银绞丝调		1	
	五更调		1	
沪剧	基本调	中板	2	8
	凤凰头		1	
	阳血		1	
	簧调		1	
	长腔中板		1	
	三角板		1	
	快板慢唱		1	

表6　2018年11月4日柳玉兴、朱凤珍演述《碧玉带》所用曲调统计表

曲调类别	调　名	板　式	应用次数小计	应用次数总计
宣卷曲调	宣卷丝弦调		13	18
	弥陀调		2	
	海花调		2	
	醒世曲		1	
越剧	基本调	散板	8	9
		中板		
	四工调		1	
锡剧	三角板		1	12
	簧调		2	
	老簧调		1	
	大陆调		5	
	大陆散板		1	
	大陆流水板		1	
	玲玲调		1	
江南小调	吴江调		3	5
	大补缸调		1	
	杨柳青小调		1	
沪剧	绣腔		1	4
	赋子板		1	
	中急板		1	
	三角板		1	
黄梅戏	基本调		1	2
	天仙配		1	

就刻画角色而言,曲调的丰富性显得尤为重要。比如,主要人物唱腔一般使用锡剧"簧调""大陆调"、沪剧"阴阳血""阳血"、越剧"中板""尺调"等塑造;塑造反派角色时,可用"三角板"。针对人物在不同情节和场合中的不同心情,也需要灵活变换唱腔和曲调,比如,男子考取功名,衣锦还乡,可用锡剧"南方调";女子倘是一个人若有所思可用锡剧"迷魂调",若是满心欢喜可用锡剧"玲玲调",如果怒气冲冲可用锡剧"快板""中板大陆调",假使悲不自胜可用越剧"戚派"唱腔、锡剧"苦簧调"(即"慢板簧调")、"春调"等。各种曲调和唱腔的选择都没有严格规定,即便是同一个艺人演唱同一部卷中的同一个情节,也可以根据自己的选择适当变换调子。

锡剧、沪剧、越剧曲调也是当代艺人演唱中经常运用的。常用的锡剧曲调有"簧调""老簧调""大陆调""玲玲调""紫竹调""三角板"等,大多柔和轻快,富有江南水乡传统民间音乐的特色。又因锡剧有男、女分腔的特点,对唱时加入,使二人对话显得活泼轻快,更易于与丝弦调的表、唱区分开来。沪剧"凤凰头""阳血""绣腔""赋子板""中急板""三角板"等曲调在宣卷艺人的演唱中也较为常用,委婉柔和,极易塑造典型环境中的典型人物,如2018年11月4日宣《碧玉带》宝卷,朱凤珍在表演陆青莲小姐花园偶遇刘文英情节时,内心独白运用沪剧"绣腔"来演唱,特别能够塑造陆小姐温柔娴静的气质;演"青莲告状"选段时采用沪剧"赋子板",尤能彰显澄明事实真相时的铿锵有力和正气凛然。多种曲调的综合,能够渲染不同的氛围,使整场宣卷演出带给观众与众不同的效果。

根据目前的调查情况来看,除了丝弦宣卷基本调为宣卷必用的曲调之外,其他传统宣卷曲调使用很少,现存艺人中仍会演唱传统曲调的已不多,笔者仅在芮时龙、柳玉兴等少数几位艺人的演出现场听到过"海花调""醒世曲""太子哭坟调"等调头。第一、二代宣卷艺人所处的那个时代,宣卷和说书、评弹一样,是专业性较强的一门艺术,学习宣卷要经过师父反复的指导和自己长期的观察、跟练,方能真正领悟师父宣唱的精髓。而现代社会中许多艺人往往是看中宣卷这份收入而加入宣卷行业的,部分会唱戏、会唱民间小调的民众都来尝试宣卷,他们中的有些人甚至对宣卷还是一知半解。为了快速投入演出,这批新一代的宣卷艺人学艺时间通常很短,不少人还没有领会宣卷的真正门道就上台宣卷。对于这批艺人来说,演唱几支从小就耳濡目染的江南小调,唱几段越剧、锡剧相对容易,但要演唱一台完整的丝弦宣卷并非易事。因此,如今不少艺人宣卷时直接以江南小调和各类戏曲唱腔取代传统的宣卷曲调,久而久之,传统宣卷调渐趋远离宣卷台,而同里宣卷也逐渐向以"唱"和"做"为主的地方小戏式的样式演变。

第二章 | 民俗生活中的同里宣卷班社

- 第一节 宣卷班社的演述活动与民众仪式生活的维系
- 第二节 宣卷艺人在仪式活动中的主导作用
- 第三节 演述中"神圣-世俗"关联的建立

第二章　民俗生活中的同里宣卷班社

宣卷艺人班社通过演出在社区民俗生活中展现其功能。其演述活动在各类民俗仪式中进行,演述目的并非从艺术性层面出发,更多的是出于民众功利性的信俗需求,这种信俗即当地民众普遍的、共同的祈福禳灾的心意愿景和精神诉求,在此情境之下,他们的表演呈现出文艺与信俗交织为一体的形态,既是信俗化的文艺,又是文艺形态的信俗行为。具体的仪式过程中,宣卷艺人承担着仪式专家的角色,主导仪式的开展,用现时的表演来酬谢神灵,祈求神灵降福庇佑,并通过一系列手段烘托仪式的有效性,从而帮助雇主达成仪式目的。不仅如此,民众通过演述活动来禳灾祈福已成为一种思维观念和生活方式,在民俗生活中有着重要的社会功用。对同里宣卷艺人班社演述活动的社区进行考察,将他们的演述置于社区民众日常生活情景之中,探索他们在民俗生活尤其是仪式生活中的作用,可以获知他们能够长期活跃于当地民间社会的意义与价值。

第一节　宣卷班社的演述活动与民众仪式生活的维系

宣卷在吴江一带极为盛行。当地民众在岁时节日、人生礼仪等各类场合都会请宣卷班子来演唱以赕神佛,祈求家宅平安、增福添寿等。这种习俗在该地区代代相传,已逐渐演变为当地特有的生活样式。

艺人传唱宝卷是在当地民众信俗驱动下发展兴盛起来的。据相关文献和田野调查的资料来看,与江南民众的信俗喜好不无关系。

当地民众对鬼神的崇信由来已久。《吴郡志》卷二"风俗"曰:"江南之俗,火耕水耨,食鱼与稻,以渔猎为业,虽无蓄积之资,然而亦无饥馁,其俗信鬼神，好淫祀。"①

清嘉庆、道光间程寅锡《吴门新乐府·听宣卷》中记载了当地妇女结伴乘船去寺庙上香，上香途中听宣卷消遣的情形：

> 听宣卷，听宣卷，婆儿女儿上僧院。婆儿要似妙庄王，女儿要似三公主。吁嗟乎！大千世界阿弥陀，香儿烛儿一搭施。②

据清同治九年（1870年）毛祥麟《墨余录》（卷二）"巫觋"条描述，吴方言地区民众生病时有请巫觋看香头、宣卷赈佛的习俗：

> 吴俗尚鬼，病必延巫，谓之看香头，其人男女皆有之……其所最盛行者，曰宣卷，有观音卷、十王卷、灶王卷诸名目，俚语悉如盲词。若和卷，则并女巫搀入。又凡宣卷，必俟深更，天明方散，真是鬼蜮行径。③

清光绪初年《海上冶游备览》卷下"宣卷"条记载了民众家中点香设供，宣诵宝卷的情形：

> 一卷两卷不知何书，聚五六人群而讽诵之，仿佛僧道之念经者。堂中亦供有佛马多尊，陈设供品。其人不僧不道，亦无服色。口中喃喃，自朝及夕，大嚼而散。谓可降福，亦不知其意之所在。此事妓家最盛行。或因家中寿诞，或因禳解疾病，无不宣卷也。④

清光绪间王韬《海陬冶游附录》（卷上）记录了妓家遇祖师诞日、年节

---

① （宋）范成大：《吴郡志》，商务印书馆1939年版，第7页。
② （清）张应昌：《清诗铎（下册）》，中华书局1960年版，第903页。
③ （清）毛祥麟：《墨余录》，毕万忱点校，上海古籍出版社1985年版，第140页。
④ （清）指迷生：《海上冶游备览》，寄月轩，清光绪九年刻本（1883年）。

喜事时,请宣卷摆酒席以祭祀的情景:

> 妓家遇祖师诞日及年节喜庆事,或打唱,或宣卷,或烧路头,是日促客摆酒,多者有十数席。①

顾颉刚《苏州近代乐歌》一文中提到苏州地区的宣卷时记录了当地民众娱乐、喜事时请宣卷的情况:

> "宣卷",是宣扬佛法的歌曲,里边的故事总是劝人积德修寿……在我幼时,几个太太们嫌家里闷,常叫来唱;做寿时更是少不了的。②

关于江南地区宣卷艺人的演述活动,古代小说中也不乏相关记述。明崇祯年间陆人龙著话本小说《型世言》中有关于进香途中宣唱宝卷的情节,小说第十回提到,万历十八年(1590年)苏州昆山县陈鼎彝、周氏夫妇一家乘坐香船去杭州上天竺进香还愿,行至平望,船中内眷上岸休息,巧遇周氏娘家亲戚也去杭州烧香,双方上了船,"便把船镶做一块……一路说说笑笑,打鼓筛锣,宣卷念佛,早已过了北新关,直到松木场,寻一个香荡歇下"③。小说中的情节刻画了民众朝山进香时宣唱宝卷的细节,这一细节虽不能用于证明宣卷艺人班社演述活动的发展历史,但从中可以窥知宣卷已成为当时民众信俗生活中的一部分,也可以看出民众的信俗需求为职业宣卷艺人群体的发展奠定了基础。

车锡伦在对吴方言区的宣卷进行调查时便直接指出了宣卷与当地民

---

① (清)玉魫生(王韬):《海陬冶游附录》,周光培编《历代笔记小说集成·清代笔记小说(第十二册)》,河北教育出版社1996年版,第349页。
② 顾颉刚:《苏州近代乐歌》,《歌谣周刊》1937年第3卷第1期,第6—8页。
③ (明)陆人龙:《型世言》,中华书局2002年版,第108页。

众信俗之间的关联：

吴方言区的民众本来就有杂祀鬼神的信仰传统。民间的佛教信徒，除了信仰佛教的佛菩萨，也举行各种庙会、社赛，祭拜早就存在于民间社会的各种"菩萨""老爷"(民众对一些"神"的称呼)；民间流传着这些菩萨、老爷的传说，并编成各种"赞神歌"，在祭拜仪式上演唱。这类民间信仰活动，正统的佛教僧侣是不能做的。最终便由民间一些热心的佛教信徒，他们代替了佛教僧侣，带领民众念佛唱卷，主持祈福禳灾、追亡荐祖等民间法会，并在庙会社赛上编唱一些颂扬各种"菩萨""老爷"的宝卷，如《猛将宝卷》《白龙宝卷》《三官宝卷》《祠山宝卷》《土地宝卷》等。①

受吴方言区信俗影响，人们在庙会、新房进屋、青年婚配、小孩满月、老人做寿等场合都会选择请宣卷艺人来念佛唱卷，或还愿，或祈福，或驱邪等。继承了演述传统的一批职业宣卷艺人，组成班社在各类民俗仪式活动中演出。他们通过反复演述使信俗对民众的刺激不断强化，继而推动这一信俗发展成为当地民众群体的心理印记。

同里宣卷艺人班社参与民俗仪式活动主要分为以下几种类型：

其一，为神佛祭祀而举行的庙会和家会活动。集体做会、朝山进香一般在庙宇中进行。② 吴江地区城镇、农村庙宇很多，有各种庙、庵、宫、观。庙中供奉着庞杂的神佛：有佛教、道教的神，有历史人物，有祖先，还有一

---

① 车锡伦：《中国宝卷研究》，广西师范大学出版社 2009 年版，第 208 页。
② "江浙一带的城镇乡村过去庙宇林立，大底可分为三类：第一类是正神的庙宇，如城隍庙、东岳庙、关帝庙、神仙庙(吕祖、雷神)；第二类是功神的庙宇，如刘王庙(或猛将庙)、七老爷庙、杨五老爷(简称杨庙)；第三类是邪神的庙宇，如狐仙庙、五圣庙、蛇王庙。"见[日]佐藤仁史等：《垂虹问俗——田野中的近现代江南社会与文化》，广东人民出版社 2018 年版，第 208 页。

些民间土神,当地人统称这些神佛为"菩萨""老爷",女性神灵统称"太太"。这些庙宇大都定期举行庙会,有的在该庙所供奉的某个神佛的诞辰或升天日举行;有的每年定期举行一两次赈佛活动,时间自定。

大一点的庙宇一般在村镇上,辐射范围很广。吴江芦墟镇庄家圩的泗州寺,一年举办两次庙会赈猛将,一次是农历正月初五抬猛将老爷"出会"①,另一次是农历八月二十二猛将生日,因庙会在庄家圩举办,又称作"庄家圩庙会"。每年正月初五"出会"日,规模特别大,参与庙会的人尤其多,不仅吴江一带的信众参加,来自上海青浦和浙江嘉善等地的信众也都前来赶庙会。信奉庄家圩猛将老爷的民众,北到金家坝、北厍、芦墟,西到黎里,东到嘉善的陶庄、下甸庙,总共有两三百个村镇,近十万人,甚至有许多人迁居上海后仍年年回乡烧香礼拜,许愿还愿。每逢庙会,都会有主家专门请宣卷班子"送卷"到庙上去给猛将老爷听,在这种大型庙会上常常能看到多个宣卷班子同时演出的情况。②

每个村落通常都有自己的庙宇,庙中供奉本村人信奉的神佛。这些庙是归属于特定区域的某一批人共同建造的,这样的庙规模比较小,辐射范围也小,基本局限在本村和相邻的村落。这类庙宇与地方的关系尤为密切,多数情况下,只保佑某个地界范围内的信众,与之相对,供奉这座庙宇的也基本只限于被庙内神祇护佑的区域内的信众。然而,也有的小庙因被传其"供奉的主神特别'灵验'",信俗辐射范围很广,超出一定的地界范围。笔者于2018年11月4日(农历九月二十七)到吴江金家坝镇长巨村上方山太太佛堂调查时,曾遇到从昆山锦溪镇前来赈佛还愿的雇主,他们告知笔者锦溪一带长期以来都十分信奉金家坝佛堂的上方山太太,经常来此烧香请愿,除了他们之外,上海青浦地区的民众也尤为崇信。

---

① 庙宇每年定期举行迎神赛会,叫作"迎会",也叫"出会"。
② 正月初五"出会"的日子,许多赞神歌班子也要来,有些主家便提前几日请宣卷送至庙中。

此类庙宇所供奉的神佛各不相同,庙中主神还往往附有某些传说故事或历史故事,很多是关于该地区的某些民众曾得到过主神的庇佑而幸免于灾的传说,而这些传说代代相继,成为该地区民众的集体记忆,强化了该地信众的情感联系。基于信众的情感联系,庙中每年都至少举办一次庙会,时间由信众们共同商定,有的选在菩萨或神灵生日时举办庙会,有的庙供奉城隍,在城隍老爷"开印"的日子举办庙会,其他时候办庙会赕佛的情况也有。庙会大多集中在上半年,农历正月、二月、三月较多。庙会时,参与的信众都要出钱"助愿","助愿"的资金用于庙会的各项开支(如香火、聚餐、宣卷或者演戏等)。每年庙会"助愿"和开支的明细都有专人负责记录,并以红榜形式张贴。庙会时,其中一项重要的活动就是宣卷。每座庙宇可根据自身条件,于庙会时请1—3天宣卷,通常第一天为信众集体"助愿"请卷,第二天、第三天可由某位老板或某个家庭单独出资请卷。"助愿"资金充足且有大老板赞助的庙宇每隔几年还会请戏班子来演戏,连演3天。举办庙会时,除了宣卷和演戏,也常伴有一些其他形式的表演和娱乐,如舞龙、打莲湘、唱民间佛曲、唱小调、宴饮等。

无论是大庙还是小庙,庙宇都不仅仅归属于一个特定的地理空间。庙宇所有的信众都自觉地供奉庙内的神佛,因此庙会便成为信众们集体的、特殊的节日,有关这座庙宇的集体做会活动,也就成为所有信众重中之重的公共事务。通过共同供奉某一个神,共同拥有这个神的纪念日,共同操办与这个神有关的祭祀活动,庙宇和它的信众之间建立起一种特殊的精神联系,这种精神上的联系,铸造起一个集体的、以对庙中主神的信仰为核心的精神世界。这些庙宇以及围绕着各类村庙的宣卷赕佛等信俗活动构成了当地民众精神生活的空间,这一空间与民众生活世界和生存逻辑之间的关系相互融合,又形成一种独特的地方性知识。

吴江地区也有不少民众请了菩萨"坐"在自己家中,每年照例要赕菩萨,仪式时请班子来宣卷,基本形式与庙会相同。

其二,人生礼仪,包括婴儿满月、青年婚配、小孩生日、老人做寿等。2018年11月2日(农历九月二十五),笔者跟随江仙丽的"姐妹班"至吴江湖滨华城喜庆苑参加雇主马某儿子的"赕喜宴"①。马某原先为附近农村的村民,农村拆迁后搬到喜庆苑小区。没有了原先传统村落独门独院的居住环境,马家人便在自家楼下临时设佛堂,搭"勃到厅"请宣卷、摆酒席。原定于11月3日在酒店办婚宴,但秉承传统信俗的马家人不愿意丢弃宣卷赕佛来求婚姻和美、家庭幸福的习俗,提前一天在自家楼下办"赕喜宴"。②

其三,还愿。出于还愿目的请宣卷敬菩萨的情况比较多见。民众个人生活中常有求于菩萨,菩萨"显灵"化解之后便需要酬神还愿。艺人芮时龙回忆自己的从艺经历时曾提及他遇到过一户人家,因急于向菩萨还愿几次来求自己上门宣卷的事情:

> 我记得很清楚,1995年的时候,有一次我到金家坝去宣卷,西湖塘来了一个人:"先生啊,你明天有没有空到我家来宣啊?"我因为第二天定了生意,叫他改日。那个人求情求的嘞!他是什么情况呢,他儿子在外面输钱输掉4万块钱,弄得家里面老婆、小孩都顾不上,日子过得一塌糊涂。老人就到"佛女儿"那边去求"老爷","老爷"居然开口了:"可以啊!听大老爷一句话,今年叫你翻本翻出来,不过翻出来之后就不能再赌了!"后来,"大老爷显灵",他儿子赢了4万5千块,真的翻本了。那么,急需要谢谢神道,要请宣卷还愿。③

---

① 在吴江,为家中子女结婚而举办的宣卷赕佛活动称为"赕喜宴",结婚的男、女双方均可举办"赕喜宴"。"赕花宴"特指为女儿结婚举办的宣卷赕佛活动。
② 据调查,吴江地区的渔民群体,因受到根深蒂固的渔民信俗的影响,拆迁之后大多仍以不同的形式保留原先的仪式活动。
③ 芮时龙口述访谈记录。(访谈对象:芮时龙;访谈参与者:芮时龙、芮献峰、张舫澜;采访者:黄亚欣;访谈时间:2019年3月2日10:00—13:30;访谈地点:苏州市吴江区同里镇叶泽湖花苑芮时龙住所。)

当代社会,即使在年轻人群体中,请宣卷班子来赕佛还愿的情况也不在少数。笔者2018年11月4日(农历八月十八日)在吴江金家坝长巨村上方山太太佛堂考察,是日一金姓男子(28岁)在家人陪同下前来烧香还愿,请了柳玉兴的班子宣卷。据该佛堂的佛娘陆美珍(当地人尊称其为"大太太")①说,该男子因为精神方面的疾病,在其家人陪同下前来求菩萨,现在病愈,这次是来还愿的。② 2019年3月15日(农历二月初九),笔者在同里镇沈氏堂门听高黄骥、金兰芳宣卷,当日送卷给"老爷"的主家是一对年轻夫妇,丈夫施某(28岁)与妻子雷某(25岁),因女儿(4岁)感冒发烧多日,来沈氏堂门烧香许愿,几日内女儿病好,于是请了高先生的班子前来宣卷还愿。

其四,新房进屋、新厂开业等。搬迁新房、新厂开业等均要请宣卷谢菩萨,当地民众观念中认为破土兴工,触犯了民俗禁忌,容易造成家宅不安,因此完工之后一定要备好酒菜、香烛,请一台宣卷敬菩萨。2018年10月2日,吴江区黎里镇转址浜江家乔迁新居,请了赵华的"紫霞社"来宣卷庆祝,当日宣的是《掘藏宝卷》,暗含着当地民众乔迁新屋时期待招财进宝、财运亨通的美好祈愿。"小落回"时,宣卷艺人与主家一起互动"接元宝"。艺人参与进新屋的仪式,在仪式中宣唱吉利宝卷,设计财富象征的"接元宝"环节,满足了当地民众求财心理。长此以往,乔迁等各类喜事时请宣卷班子来赕佛便逐渐演变为一种带有吉祥内涵的文化模式,深入一代又一代吴江民众的内心。

同里宣卷艺人班社通过演述参与民众仪式生活,他们在演述中不断强化着民众对神佛的崇信,顺应了民众的心意诉求,与民众信俗之间建立起密切的联系,并推动和延续着这种信俗的发展,进而起到维系民众仪式生活的作用。

---

① 陆美珍年轻时就做了"佛娘"(巫觋的一种,有的地方叫"师娘""仙人"),代表上方山太太,在信众心目中她就是上方山太太,上方山太太就是她,她能通神,拥有上方山太太的神力,故尊称她为"大太太"。
② 具体情况参见陆美珍口述访谈记录。(访谈对象:陆美珍,女,79岁;采访者:黄亚欣;访谈时间:2018年11月4日;访谈地点:苏州市吴江区金家坝上方山太太佛堂。)

第二节 宣卷艺人在仪式活动中的主导作用

在仪式活动中,宣卷艺人主导仪式的开展,承担着仪式程序引导者、仪式动作操演者和仪式表演者的多重角色,他们通过现时的演述并辅以一系列仪式技术,烘托仪式的灵验性,从而使主家祈福求吉的信俗心理得到满足。现以2018年吴江区金家坝镇姚胜荣家新房进屋时的宣卷活动为例,具体说明同里宣卷艺人如何主导仪式活动。[1](仪式活动现场照片详见附录。)

宣卷事由: 姚胜荣家新屋落成请宣卷赕佛
主家: 姚胜荣夫妇
宣卷活动时间: 2018年11月3日(农历九月二十六)
宣卷活动地点: 吴江区金家坝镇埭上村姚胜荣家
宣卷班社组成:

班社名称:"新源社"
宣卷上手:柳玉兴(男)
宣卷下手:朱凤珍(女)
二胡琴师:田文忠(男)
扬琴琴师:顾一文(男)

同里宣卷仪式活动的基本结构为"请神(佛)—酬神—送神(佛)",宣卷艺人作为引导者,负责为人们把信奉的各种神佛请来参加祭仪,在仪式结束前再将其送走。仪式的中间部分为"酬神",其目的是娱神,民众除了精心安排香烛、祭品之外,还特别重视在神前做各种民间文艺表演,宣唱

---

[1] 调查者:黄亚欣;调查资料的整理、记录:黄亚欣。

宝卷便是当地"酬神"的一项重要内容,这种演唱由最初的娱神发展为人神共娱。

整套仪式由宣卷艺人主持,他们作为仪式专家,引导着整个礼仪过程。宣卷时互为搭档的两位艺人(即上手、下手)中,起主要作用的是宣卷上手,下手在请、送佛时配合上手和佛。同里宣卷中请、送佛仪式和宣卷在两个不同的空间内进行。请佛仪式结束后,宣卷班子需移步至佛堂外临时搭建的"勃到厅"进行宣卷。当日活动现场平面示意图如图 5 所示。

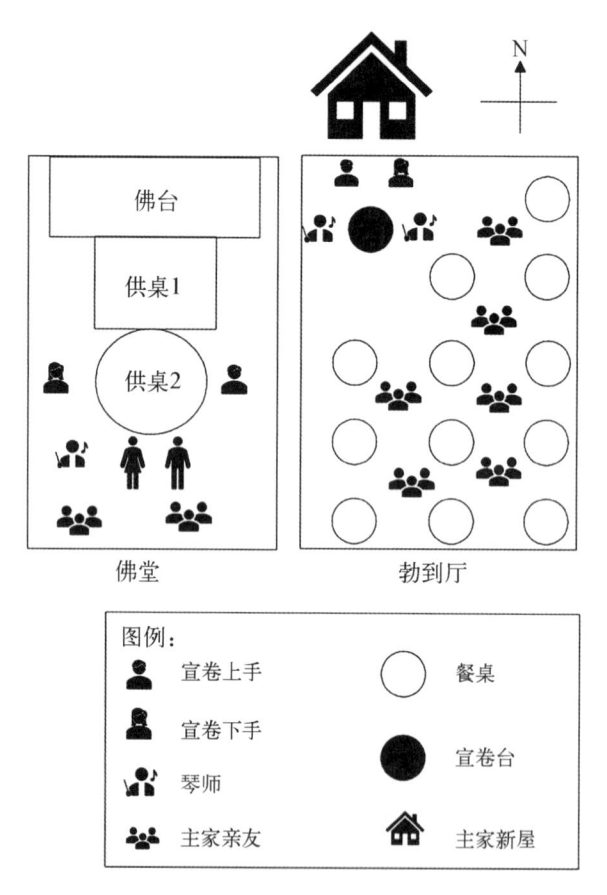

图 5 姚胜荣家宣卷仪式活动平面示意图
(黄亚欣绘制)

佛堂布置

是日主家赕佛所用的佛堂是在家中厢房临时布置的,该厢房建于新屋外,平时用作厨房,请、送佛仪式就在此空间内进行。主家在新屋前的空地上请人搭建了木质的"勃到厅",聚餐和宣卷演唱在该厅内进行。当日来参加宣卷赕佛活动的主家亲友及左邻右舍提前到场帮忙布置佛堂,摆放供品,准备锡箔元宝等。

佛台供18尊佛马,正中间的佛马书写"姚胜荣奉:佛老三宝尊神座下。敬二零[〇]一八年九月廿六日"。佛台前为一方一圆两张供桌,方形小供桌上摆放着水果、点心、面条等供品,圆形大供桌上放置着香炉、香烛和款待神灵的酒菜:八荤八素,菜品周围环绕着29只酒杯,杯中盛放着白酒。[①]

请佛(10:20—10:35)

请佛时所有人面向佛台。主家夫妇跪在佛台前,丈夫在东,妻子在西,其余信众围站在主家周围。宣卷上手柳玉兴手持木鱼,下手朱凤珍手持碰铃,面对佛台,分立在供桌两侧,上手在东,下手在西,有一位二胡师傅伴奏。

10:20,佛堂外燃放鞭炮、高升,上手柳玉兴宣布请佛正式开始,唱《请佛偈》,边唱边敲打手中的木鱼,下手朱凤英敲碰铃伴奏,在落调时和佛。主家及一众亲戚、邻居双手合十,放于胸前,在和佛时跟随两位宣卷艺人一同躬身礼拜。请佛毕,主家夫妇朝佛台行3次磕头礼。

---

① 方形小供桌上摆放食盒1个(置于中间位置),白酒1瓶,酒杯16只(分别放于食盒左右两侧,每侧各8只),黑糯米糍粑1盘,青团、白团2盘(均有压红),面条2盘,水果、点心(白糖糕、红糖糕、小蛋糕等等)若干,食物上方均用红色纸片点缀。圆形大供桌上,香炉和红烛摆放于前排,香炉居正中间,红烛置于香炉左右两侧;香炉和红烛后面陈列着招待神佛的菜肴,八荤八素,分别是红烧蹄膀、红烧猪蹄、红烧鲫鱼、干煎小黄鱼、蒸鸡、肉丸、红烧肉、油炸基围虾、黄花菜、番茄、百叶、西兰花、笋、豇豆、小青菜、桂花糖藕。

《请佛偈》《送佛偈》采用传统木鱼宣卷中的"弥陀调"演唱,很少有纸本唱词流传,基本靠口传心授,每位宣卷艺人请、送佛的唱词内容大体相同,略有差异。(笔者已根据柳玉兴当日的演述录音将其《请佛偈》《送佛偈》唱词以文字形式誊写,详见附录。)就《请佛偈》而言,宣卷上手通常以"清香炉内焚,滔上九霄云,斋主勤礼拜,迎请佛世尊"开场,简单交代是日宣卷赕佛的缘由,而后开始请佛:先请八大护法,然后请吴江一带所信奉的各类地方神灵,再请主家的门神、灶神、祖先神等,最后表达对主家一家人的祝愿。

宣唱宝卷(13:06—16:21)

所宣卷目:《白兔记》(又名《刘知远白兔记》《磨房产子》《李三娘宝卷》《咬脐郎》等,分四回宣唱)

宣卷所用乐器:二胡、扬琴

宣卷所用道具:桌围、木鱼、醒木、碰铃、折扇、丝巾等

宣卷于午饭后在"勃到厅"内进行。宣卷班子选取一张桌子,将其简单布置成宣卷台。在宣卷台上摆放好一应道具和乐器后,宣卷艺人柳玉兴、朱凤珍坐正中,扬琴师傅顾一文和二胡师傅田文忠分坐两侧,演出时无卷本,艺人完全凭借自身记忆演述,演述流程如下:

13:06—13:13　　奏《小三乐》开场

正式开卷之前,一般要先奏一些短小的乐曲闹场。演奏开场曲时宣卷上手柳玉兴敲木鱼,下手朱凤珍敲碰铃,田文忠拉二胡,顾一文奏扬琴。

13:15—13:17　　宣卷上手开卷

宣卷上手柳玉兴开卷,交代当日宣卷活动的缘由、出资请卷的主

家、所宣的卷目,并表达对主家和听众的祝福。

  13:17—13:46   演述《白兔记》第一回《庙堂遇恩》。

  13:47—13:52   小落回

朱凤珍唱小调《恭喜发财》("夜夜游"调)。

  13:52—14:48   演述《白兔记》第二回《分家起祸》。

  14:48—14:58   小落回

朱凤珍唱沪剧《芦荡火种》中的《阿庆嫂办喜宴》选段("吴江调")。

  14:59—15:33   演述《白兔记》第三回《帅府成婚》。

  15:35—15:42   小落回

朱凤珍唱《十只元宝》(越剧调)。

  15:42—16:21   演述《白兔记》第四回《白兔引路》。

送佛(16:30—16:45)

《白兔记》宝卷宣唱完毕后,宣卷班子回到佛堂内准备送佛。送佛仪式于16:30开始,柳玉兴演唱《送佛偈》将请来的神佛依次送回,流程、形式与请佛大致相同。

通化祭祀用品(16:45—17:00)

整场宣卷活动至此结束。

综合整场仪式活动来看,同里宣卷的艺人班社在"请佛""送佛"两个仪式环节中担任仪式引导者和仪式动作操演者,他们引导斋主和信众在请、送佛仪式中根据演唱节奏一齐躬身礼佛,通过演唱邀请神佛前来享用供品,又通过演唱将神佛一一送走,并随即为神佛通化各种祭献用品。宣唱宝卷的过程中艺人主要担任表演者的角色,他们的表演一来愉悦诸佛菩萨,另一方面也为了让前来参与仪式活动的民众得到精神上的消遣,其展演有着既娱神又娱人的特殊功效。

艺人在主导仪式开展的过程中，提供了一套标准化的仪式程序，引导主家在该仪式流程中向神佛礼拜；又通过一套标准化的动作、台词烘托出仪式的神圣特征；此外，他们所唱的内容是对诸佛菩萨的歌颂和慰问，其唱诵配合着香烛、供品和各种祭祀物，起到了娱神作用。他们通过将这些动作、程序、表演按照一定的规则相组合，在演出过程中同时构筑起仪式性空间和表演性空间。

第三节　演述中"神圣-世俗"关联的建立

宣卷艺人在仪式中的演述本质上是为民众功利性的世俗需求服务的，其目的是娱乐神灵，使神灵降福于主家和一众信徒。仪式中，宣卷艺人一直试图建立神圣与世俗之间的关联，他们的演述呈现出明显的"神圣-世俗"的两面性和复杂性。

一方面，宣卷的本质是酬神，主家或信众出资请卷是送给"菩萨""老爷"听的，艺人要通过演述达到敬神娱神的目的，其演述带有神圣属性，并不是单纯曲艺层面上的地方说唱和表演。如不能很好地娱乐神灵，则违背了演出的初衷。2019年3月同里后浜村猛将堂赕猛将，庙会信众坚持要求艺人晚上加宣夜场，理由是"菩萨要听卷"；又如，2019年5月同里屯村碧罗庵赕刘王，由于演出当日大雨，宣卷艺人想尽早结束演唱，却又担心诸佛菩萨未能尽兴，因此向听卷者解释说是同菩萨商量后决定取消夜场："刚刚'佛娘'同菩萨'商量'了，菩萨也是很讲道理（格），考虑到来听卷（格）老伯伯老阿姨的安全，晚上不宣了。"[①]总之，

[①] 陈凤英、潘立群口述访谈记录。（访谈对象：陈凤英、潘立群；采访者：黄亚欣；访谈时间：2019年5月26日；访谈地点：苏州市吴江区同里镇屯村雪塔上碧罗庵。）

仪式活动时的宣卷、点香设供等均是为了款待神灵，从而达成民众的心愿诉求，只有使所供奉的神灵得到充分的娱乐和享受，才能真正达到仪式的目的。

宣卷艺人通过请、送佛仪式将整场宣卷活动串联起来，定制出请、送佛这种面对神圣世界而采用的特殊表达方式，他们作为仪式活动的主持者，在仪式中不断明确着自身沟通人、神的神圣特性。在整个江南太湖流域，为确保仪式的神圣性，请、送佛长期以来一直由男性先生承担，不过就目前的调查情况来看，部分班子已经打破了这一规则，同里宣卷班子中女先生请佛的情况也较为常见。

由"请佛""送佛"仪式可以看出当地民众所信奉的神灵体系，大体可分为"上界天仙""中界云仙""下界游仙"三大系统。宣卷艺人请佛时按照惯例总是先请八大护法，八大护法都请到之后一般请"上界天仙"，如太姆娘娘、释迦牟尼佛、观世音、张大仙等。接着请"中界云仙"，主要是以土地、城隍、灶君为代表的一批地方守护神，当地人又称"本方菩萨"。其中，一些地域性极强的地方神灵几乎是必请的，比如在吴江一带请佛必请刘猛将和上方山太太。如果到了有渔民信仰的村镇或请卷的主家有渔民信仰，艺人请佛一定要请"南北四朝"的神灵（南朝莲泗荡上天皇、西朝石淙亲伯、北朝上方山太太、东朝金泽杨震）。若到上海青浦去宣卷，必须加请上海城隍庙里的秦裕伯。庙会时假如遇到前来吃斋的"佛娘"，特别是一些知名度高的、信俗覆盖范围广的，请佛时也要提及，以表尊敬。家会时，到了雇主家中，本府的菩萨也必须悉数请到。最后就是一些"下界游仙"，例如阎王之类。①

宣卷艺人在"请佛""送佛"时的念唱实则糅合进了咒术的手段。咒术为一种语言巫术，在演唱《请佛偈》《送佛偈》时，艺人十分自信地认为自

---

① 现在有些新艺人并不严格按照上界、中界、下界的顺序请、送佛。

己的语言具有一种超自然的力量,可以与超自然世界沟通,从而实现自己的主观愿望。他们要请神佛,神佛就都来了;他们要请什么神佛,什么神佛就应邀而来;他们要神佛如何保佑、如何降福,神佛就按照他们的主观意愿去庇佑、降福;最后,他们要送,神佛就一一被送走了。由此可见,宣卷艺人念唱的《请佛偈》《送佛偈》带有一定的咒语功能,艺人作为人神沟通的引导者,负责把民众信奉的各方神佛请来参加祭仪,在仪式结束前再将其送走,他们的演唱似乎在人与神佛之间架起了一座沟通的桥梁,传达民众驱鬼逐疫、祈福禳灾的美好愿景。他们通过演唱,试图带动神佛的超自然力量,令神佛为他们效力。

《请佛偈》《送佛偈》不是任何人都可以演唱的,具有神圣内涵,宣卷艺人被神佛授予这种功能,也就相应地打上了神圣性的标签。在吴方言区,不少宣卷艺人是以"佛头""奉佛弟子"自居的(如常熟、无锡的部分宣卷艺人),同里宣卷艺人虽不称自己为佛门子弟,但当地长期以来民众信俗赋予他们的神圣性不减。

正因为宣卷艺人的请、送佛具有至高的神圣性,因此《请佛偈》《送佛偈》是"非仪式不唱"的,更不能公开教授。据多位同里宣卷艺人所述,请、送佛是要自己"偷学"的,主要靠听和记,听师父唱,默记于心,师父一般不能直接"教",更没有写下来传给徒弟的道理。艺人高黄骥说,自己听了师父张宝龙接、送佛以后,大致都背得出,有不清楚的地方再请教师父。[①](当然,也存在个别特例,宣卷艺人严其林在访谈时告诉笔者,师父许素贞曾将请、送佛的唱词一句句教给自己。)艺人们通过自己默记学会了请、送佛,很多情况下不说是跟师父学的,而说是自己顺其自然会的,如此,宣卷艺人便仿佛被神灵赐予了一种超自然的能力,在佛面上有号召

---

① 高黄骥口述访谈记录。(访谈对象:高黄骥;采访者:黄亚欣;访谈时间:2019年5月12日;访谈地点:苏州市吴江区同里镇竹行街高黄骥住所。)

力,非一般人可替代,更不同于一般的民间说唱艺人。①

目前的同里宣卷在请、送佛时仍然保留了传统木鱼宣卷中的礼忏形式。是时,宣卷上手手持木鱼,一边敲一边用木鱼宣卷中的"弥陀调"演唱《请佛偈》;下手手持碰铃,与上手相配合敲奏,上手每唱完一句,下手须以"哎~南无"或"啊~弥陀南无佛南无阿弥"和佛。整个旋律围绕这两个乐句的不断重复而展开。②

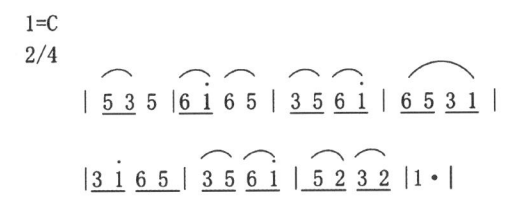

$$1=C$$
$$2/4$$
$$|\ 5\ 3\ 5\ |\ 6\ 1\ 6\ 5\ |\ 3\ 5\ 6\ 1\ |\ 6\ 5\ 3\ 1\ |$$
$$|\ \dot{3}\ 1\ 6\ 5\ |\ 3\ 5\ 6\ 1\ |\ 5\ 2\ 3\ 2\ |\ 1\cdot\ |$$

近似咒语的人声唱诵,伴随着木鱼、碰铃、二胡的器乐演奏,辅以仪式中宣卷艺人、佛娘和信徒心中的默默祈祷,听得见的音声(soundscapes)③与听不见的音声相交织,构成了人、神沟通的一种符号。仪式中"信俗-仪式-音声"相互融合,成为三合一、不可分割的整体,宣卷艺人通过音声的

---

① 在吴江地区,请、送佛仪式中宣卷艺人与佛娘的关系值得注意。多数情况下,佛娘是整场宣卷赕佛活动的组织者,许多宣卷艺人是受佛娘之邀前来演唱,民众与超自然世界的实质性沟通是由佛娘操作的,只不过这种沟通在宣卷艺人的引导下进行。具体参见拙文《"牌话"与"佛娘"在同里宣卷民间传承中的功能分析》,《华东师范大学学报(哲学社会科学版)》2020 年第 2 期,第 147—160 页。
② 田文忠记谱。地点:苏州市吴江区金家坝镇埭上村姚胜荣家;时间:2018 年 11 月 3 日。
③ 仪式中的"音声"(soundscapes)概念来自曹本冶,指一切仪式行为中听得到的和听不到的声音,其中包含一般意义上的"音乐"。曹本冶在 20 世纪 80 年代研究香港道教科仪活动时发现用"音乐"来概括道教科仪展现时所有的声音是不足够的,因此产生了用"音声"的概念来弥补"音乐"之局限的想法。1989 年,曹本冶在 Taoist Ritual Music of the Yu-lan Pen-hui in a Hong Kong Taoist Temple 中首次使用"soundscapes"一词来描述仪式展现时的"音声"境域。参见曹本冶:《思想-行为:仪式中音声的研究》,上海音乐学院出版社 2008 年版,第 13 页。

糅合增强和延续了仪式行为及其氛围,并通过这种方式呈现出仪式的灵验性。

另一方面,宣卷艺人在演述中又显露出一定的世俗性倾向。

艺人的演述是为主家的世俗性利益服务的,达成主家祈福禳灾的世俗心愿是宣卷的主要诉求。在常熟、无锡等地,宣卷艺人所宣的卷本与神佛之间关系紧密,多为神佛本身故事,例如香山坛上必讲《香山宝卷》,新造房子敬鲁班神必宣《鲁班宝卷》。相较而言,在发展过程中同里宣卷艺人演述卷本的选取与民众信俗之间的关联逐渐松散化,为神佛歌功颂德的卷本现已较少演述(如《猛将宝卷》《财神宝卷》),多数民众往往只知道在特定的民俗活动时要请宣卷班子来赕佛,以求平安吉祥,这是代代相承的传统,民众在乎的是必须要有宣卷赕佛这个形式,菩萨面前表衷肠的同时也热闹了场面,对于宣什么卷并不十分在意。甚至宣卷时只要是吉利卷、太平卷皆可,卷本内容是否与所敬神佛直接相关并不重要。艺人选取卷本时只要契合民众普遍的求吉心理便能顺利完成演唱任务,《双富贵》《福寿镜》《万花龙船》等吉利宝卷成了宣卷艺人必备的绝活儿。① 2018年10月2日,吴江区黎里镇转址浜江家乔迁,请了赵华的"紫霞社"来宣卷助兴,当日宣的是一本《掘藏宝卷》。为什么要宣这部宝卷?当地民众有个风俗:中午12点,进房子的主家会提前备好一个米屯(过去米屯中存放的是银圆,现在放的是谷子),将一个硬币用红纸包起来藏在米屯中,再将一棵万年青树插于米屯上,然后用筷子在米屯里面淘、挖,就表示在"掘藏",即挖掘宝藏,讨得好口彩,暗含着当地人进新屋时希望招财进宝、财运亨通的美好祈愿。②

---

① 根据当地风俗,到民众家中宣卷,所宣的卷目必须为吉利卷,宝卷故事中不能有人物亡故。庙会时的卷本选择不受上述限制。
② 吴江地区不同镇、不同村进屋的风俗会略有差异。据《同里镇志》记载:"进屋那天,要祭祀祖宗、安置灶神。主人的岳家要'送进屋'(为分担任务,亦有主人 (转下页)

当地宣卷艺人为了满足民众渐趋多元化的世俗需求,不断改编和新创宝卷,其中有非常大的一部分无论在内容还是在语言上都显得较为随意而弱化了神圣性,但其信俗功效的达成很多时候依赖于宣唱宝卷的仪式过程而非宝卷文本的内容。不仅如此,艺人还特别增设一些仪式环节,例如为了贴合民众求财心理,在新房进屋、新厂开业等场合安排"接元宝"仪式,期望通过这一仪式把具有财富寓意的元宝接到主家家中来。

综合来看,在演述活动中,同里宣卷艺人结合了"神圣""世俗"两方面因素。民众举行宣卷赕佛仪式,内心对"老爷"的崇敬是一方面,另一方面是想通过请宣卷给"老爷"听以求得家庭安康、延年益寿、财运滚滚、子孙成才等现实性的回报。他们在演述中逐渐建立起一种"神圣-世俗"的关联,既传达了对神灵的崇信,又顺应了其受众和潜在受众日益彰显的世俗性心理需求,两方面的兼顾使宣卷祈福禳灾的作用得到进一步的实现和凸显。

(接上页)的其他至亲送进屋的)。一般送鱼肉糕团、画轴对联、扶梯杆秤、厨房用具等。送进屋还有'烧脏饭'的规矩。所谓'脏饭',就是取一个洗干净的罐头,底下放些钱币(旧时放铜钿、银圆,后多放人民币硬币),再放入一付[副]煮熟的猪大肠,然后盛满米饭,上面放些青菜。'脏饭'送到主家,主人夫妇将罐头内物品逐一挖出来,称为'掘藏',讨财运口彩。主家办'进屋酒',邀请亲眷朋友同庆乔迁之喜。"《同里镇志》编纂委员会编:《同里镇志》,广陵书社2007年版,第713页。

第三章 | 同里宣卷艺人班社与演述传统的传承

- 第一节　宣卷艺人的养成
- 第二节　宣卷艺人的传承类型、谱系及传承方式
- 第三节　演出团体的传承：宣卷班社成员的协作

第三章 | 同里宣卷艺人班社与演述传统的传承

活跃于社区民俗生活中的同里宣卷,主要依托从事该行业的艺人班社进行传承。班社的成员,往往就是本社区之中的民众,与社区其他民众一起生活,分散在社区人群中,除了在仪式活动中承担一定的职能之外,与普通民众没有分别,他们以一种仪式专家团体的组织形态出现,为出资赕佛请卷的雇主提供演唱服务并收取酬劳。艺人是宣卷班社的基础,宣卷演述技艺正是依靠这些艺人代代相传,同时,艺人班社构成一个整体,他们密切配合,共同完成宣卷的展演,并通过团体的演出活动推动着宣卷的承续。他们组织结构灵活,自身协调能力强,有利于其在不同的社会阶段生存发展,发挥传承作用。

第一节 宣卷艺人的养成

作为班社核心成员的宣卷艺人是宣卷演述传统的继承者,他们从事演述与自身的表演天赋和对宣卷的热爱是分不开的,这是他们从业的前提。不过,纯粹的爱好并不能成为支撑长久从业的根本动力,也不足以推动宣卷在当地发展成为一个独立的演出行业。他们从何而来?为何学艺?这些细节我们所知甚少。对诸如此类的问题进行细部考察有助于对艺人的传承动机达成更为清晰、具体的认识。

法国哲学家丹纳(H. A. Taine)认为,艺术家本身连同他所产生的全部作品,都不是孤立的,他说:"艺术家与群众息息相通,密切一致。所以我们可以肯定地说:要了解艺术家的趣味与才能,要了解他为什么在绘画或戏剧中选择某个部门,为什么特别喜爱某种典型某种色彩,表现某种感情,就应当到群众的思想感情和风俗习惯中去探求。"[1]同样地,要了解同里宣卷艺人,就应当把他们放到该地域的民众整体中去研究、讨论,综观他们所处的共同的时代精神和风俗习惯,从而了解他们生活的现实,捕捉从业的种种缘由,探究他们的不同状态。

一、以谋生为主的从业缘由

宣卷和类似的一些民间说唱艺术在江南太湖流域俗称"吃开口饭的",赚钱谋生是该地区所有宣卷艺人从事该行业的主要目的。与靖江、常熟、张家港、无锡等地的部分宣卷艺人有所区别,同里宣卷艺人虽参与信俗活动,但他们多数是纯粹的民间艺人,不是"佛头"。根据目前的调查情况来看,该地区宣卷艺人中职业化的占多数,他们过去曾从事过其他工作,或务农,或在某单位上班,或做生意,有少部分艺人曾经在一段时间内边工作边兼职演唱,现如今大多数艺人已停止原先的工作(部分为停业,部分为退休),专职宣卷。

当地从事宣卷行业的艺人主要来源于农民、村干部、工人、个体户、文艺工作者、退休职工等群体,老一辈的宣卷艺人由于社会环境的原因大多出身贫困,外出宣卷主要是将其作为一种谋生的手段;新一代艺人虽没有生活特别贫困的情况,但大部分也都是看中宣卷所带来的经济收入而从业的。

老一辈的同里宣卷艺人芮时龙(男,1935年生)出身贫农家庭,以种田为生,早年担任生产队长的时候,既是一个生产能手,又是文艺宣传队骨干。芮时龙1961年拜同里照浜村的宣卷艺人杨坤荣为师,师父宣卷时帮忙拉二胡,学徒期间因对宣卷很感兴趣,于是在师父的鼓励下上台试

---

[1] [法]丹纳:《艺术哲学》,傅雷译,江苏人民出版社2017年版,第5页。

演,继而走上了宣卷道路。对芮氏来说,宣卷既是自身喜好,也不失为一种赚钱营生的好方法,当时种田收入微薄,并且常常透支,宣卷所得的报酬虽不稳定,但可以贴补家中开销。①

对处于同一时代的宣卷艺人来说,宣卷所带来的经济收入较高,这是吸引他们从业的主要因素。同里宣卷业内的老琴师石启承(男,1941年生)告诉笔者,1965年前后吴江普通工人的月薪只有二三十元的时候,宣卷艺人演出一场就能得到1元的酬劳:

> 石启承:我早年同顾计人一起出去做,我们3个人(顾计人、顾计人的儿子顾建明,还有我),只有3块钱一场,一个人1块钱。
> 黄亚欣:3块钱一场是什么时候?
> 石启承:那要在"文革"之前了。当时一般人的工资只有二三十块钱一个月。那时候我大概二十五六岁的样子。
> 黄亚欣:那就是1965年左右。
> 石启承:差不多,反正在"文革"之前。②

据艺人朱火生(男,1948年生)所述,自己从事宣卷行业之初原本也仅是为了赚取生活费。朱火生出身贫寒,家住草棚,18岁(1966年)起从事理发行业,在此期间与宣卷艺人沈祥元结识,拜沈氏为师,此后常跟沈氏外出宣卷打下手,补贴生活,在沈氏影响下逐渐对宣卷产生兴趣,并习

---

① 据芮时龙所述,种田很苦,且收入十分微薄。他说:"我最早开始种田的时候,透支了10年,一年做到头都没有钱收入的,还要欠钱,'大跃进'运动时(1958—1960)一个人一年只有520斤稻谷吃,直到1978年包产到户之后家庭经济状况才有所改善。"参见芮时龙口述访谈记录。(访谈对象:芮时龙;采访者:黄亚欣;访谈时间:2019年3月2日;访谈地点:苏州市吴江区同里镇叶泽湖花苑芮时龙住所。)
② 石启承口述访谈记录。(访谈对象:石启承;采访者:黄亚欣;访谈时间:2019年4月26日13:00—16:00;访谈地点:苏州市吴江区同里镇朱家浜小区石启承住所。)

得了一些宣卷技能。

嘉善宣卷艺人沈煌荣(男,1946年生,又名沈王荣)也提及自己在1960年前后拜同里宣卷艺人徐筱龙为师主要看中宣卷班子有吃食、有钱赚。在那个艰苦时代,温饱问题是普通民众面临的首要问题,而从事宣卷可以很好地解决这一问题。在当时的嘉善地区,宣卷艺人工作时间短,收入高,挣钱容易,主家又以礼相待。[①] 同一时期,多数人在生产大队务农,每人每天仅挣3个工分,劳作一整年不仅得不到分毫收入还要透支,而外出宣一天卷,既不用参加劳动,又能记大队工分,请卷的主家还要支付演出工钱,是非常实惠的选择。沈煌荣说,后来多人相继拜他为师,也都是受到这份收入的吸引。[②]

"面上社会主义教育"启动之后,突出政治,禁止宣卷。再后来"文化大革命"开始,宣卷艺人在很长一段时间都不能演唱。不过,在这一阶段仍有部分宣卷艺人"偷宣"挣钱。"文革"以后,宣卷活动得以复兴,持续发展。20世纪末至21世纪初的十多年间,同里宣卷发展十分兴盛,达到了一个高峰,盛况远超江南其他地区。这一阶段宣卷业务量的增加直接促进了艺人收入的提高,于是激发了民众从事宣卷的意愿,不少农民和工人踊跃加入宣卷队伍(陈凤英、吴根华、计秋萍、朱海英、屠正兴等均是这一时期出道的),甚至有来自苏州市区和上海的越剧、锡剧演员改行来同里拜师学艺。这一发展态势扩大了宣卷传承群体,民间班社数量一时间剧增,对当地宣卷的承续大有裨益。

总体而言,爱好宣卷是诸多宣卷艺人的共同点,也是他们从业的前提条件,如果没有爱好作为支撑,这些艺人很难在相当长的一段时间内持续

[①] 当时嘉善地区的宣卷13:30开场,至15:30结束,仅需演唱2个小时就可以得到一笔不小的收入,主家还要为宣卷班子准备茶水、吃食。

[②] 沈煌荣口述访谈记录。(访谈对象:沈煌荣;采访者:黄亚欣;访谈时间:2021年8月12日;访谈地点:嘉善银湖饭店。)

从事演唱，甚至在宣卷遭禁的那个时期仍然保有演唱的热情。然而，从本质上说，谋生是不同时期宣卷艺人选择从事该行业最为根本的缘由，仅仅凭借家族和社会责任感去传承宣卷难以长久，公益性质的演唱也只可能是少数。虽然部分艺人是出于个人喜好加入宣卷的，但纯粹的爱好尚不足以成为他们长期从业的根本动力。

二、优良的文艺素养

与其他地区的宣卷班社相比，同里宣卷班社成员的文化水平整体较高。在笔者调查到的艺人和琴师（共计53人）中，高中文化（包括中专）的共12人：宣卷艺人有郑天仙、石念春、计秋萍、李明华、赵华、唐美英、顾剑平等7人；琴师有石启承、金献武、邹兵、庞昌荣、凌永俊等5人。这些艺人和琴师有些出身文艺家庭，自小在耳濡目染中受到熏陶，有些有剧团工作经历，受过戏曲和曲艺专门培训。良好的文艺素养为班社成员创编演述脚本、编排演出和从事演述实践奠定了坚实的基础。

同里宣卷的卷目早已不局限于传统宝卷。自己改编、创作脚本的情况在同里宣卷艺人中不在少数，艺人许维均、严其林、石念春、屠正兴、潘立群等均有自己创编脚本的经历，有时即使所编卷本的名称与传统宝卷相同，但内容已经过了加工和改编。高中毕业的老宣卷石念春，创编宣卷脚本20多部，每一部都详细写出说表、唱词、唱腔曲调，是笔者在吴江地区考察所见的最为详细的民间创编宣卷脚本。

老艺人郑天仙出身同里镇的一个文艺家庭，祖父郑晋卿擅唱京剧，父亲擅唱昆剧旦角，胞兄郑天霖为同里宣卷第一代名师许维钧的弟子。郑天仙幼时就常随兄长的"贤霖社"外出宣卷，熟谙宣卷的套路和技巧；初中毕业后又师从醉霓裳、醉霓仙、金月庵学习评弹。后来，郑天仙常将评弹中的一些元素融入宣卷，偶尔以弹词形式开篇，宣卷表演时颇为讲究人物的语言和功架,风格独树一帜。

班社内的琴师多数有一定的专业基础,精通乐理,部分琴师能够作曲。老琴师石启承初中毕业后,考取苏州专区戏曲学校(中专)表演系,在学期间不仅修读了中国文学和历史,而且熟知做戏的基本程式和曲艺基本理论。虽不会开口宣唱,但由于和老一辈的宣卷艺人多有合作,再加上具备良好的文化素养,又尤为精通曲艺,石启承在同里宣卷业内备受尊敬和爱戴,不少小辈的艺人都曾向他请教。"紫霞社"琴师金献武,其父金恩官原为上海市奉贤越剧团团长,后转业回乡担任同里文化站站长,并兼任文保所所长。金献武自小受父亲感染,爱好戏曲和音乐,先后在吴江县越剧团、浙江临安越剧团工作,与越剧团青年女演员赵华结为夫妇,后回到家乡同里共创丝弦宣卷班。受过专业戏曲和音乐训练的金献武现兼任班社编导、作曲和琴师,他取材"三言二拍",创编了《雪白玉如意》(又名《冒婚记》)和《金丝红肚兜》(又名《双珠花》),近年来又根据当下社会现象、时政新闻等自编自导了多部现代宝卷。

三、多样化的演述风格

每一位同里宣卷艺人的性格都各不相同,有的活泼开朗,有的含蓄内敛,有的锋芒毕露,有的韬光养晦。他们也各有所长,有的善说表,有的好做噱头,有的唱功精湛。因为艺人们不同的性格和优势,他们在实际演述时总是各有千秋的,即便是同一部卷,不同的艺人宣唱,效果和风格也迥然有别。

女艺人中,赵华活泼开朗,善与人打交道,每到一处宣卷,都特别受当地观众喜爱;宣卷时眼神和表情十分到位,对各式人物的模仿生动形象,在人物语言拿捏和角色情感把握方面恰如其分,同时善于与观众互动、调动演出气氛。金兰芳性格内敛,恬静寡言。据她所述,初学宣卷时脸皮薄,起角色时难为情,常抬不起头来。然而因其温婉娴静的个性,尤为擅长饰演小姐、夫人、丫鬟等女角。扮演千金小姐时,一颦一笑、举手移步间颇有大家闺秀的风姿;饰演老夫人时,又不失老成庄重的仪态。肖燕、俞梅芳性格热情豪放,说表泼辣,嗓音浑厚,吐字铿锵有力,出场亮相、举手投足间功架十足,擅长扮演相爷、公子等男角。

男艺人中,柳玉兴质朴敦厚,继承了师父胡婉峰的"乡派"风格,不拘小节,说表较为口语化,迎合了农村民众的审美趣味;刻画人物时神色恰当,又善于插科打诨、做噱头,好用俗语、顺口溜、歇后语等,扮演丑角时活灵活现,惟妙惟肖。屠正兴性格稳重,又因其天生的"小喉咙",说表时有种娓娓道来的感觉。由琴师转而自学成为宣卷上手的潘立群喜好自己改编和创作卷本,对宣卷表演的细节,尤其是曲调唱腔有较高的艺术追求。

第二节 宣卷艺人的传承类型、谱系及传承方式

同里宣卷艺人,除少数自学成才的人,基本遵循一定的代际传承关系。他们的传承方式与北方地区的念卷人形成较大差异,通过抄卷来传承的情况不多,而是以口传心授为主,着重在反复实践中领悟演述技巧、锤炼演述能力。宣卷艺人作为生产者与传承者,他们对演述技能的熟练掌握,为长时间从事演述事业树立了牢固的根基,也为宣卷演述传统的传承延续提供了可能。

一、传承类型

同里宣卷艺人的传承大致可以分为四种类型:一是师徒传承型,二

是自学成才型,三是家族传承型,四是综合型。就目前仍在演出的 15 个班子的 31 位宣卷艺人的情况来看,师徒传承居多,家族传承的现象较少。具体信息如表 7。

表 7 现存同里宣卷艺人传承类型统计表

传承类型	宣 卷 艺 人
师徒传承型	芮时龙、陈凤英、吴根华、顾剑平、江仙丽、唐美英、江伟龙、盛玲英、金兰芳、沈彩妹、柳玉兴、朱凤珍、陆美英、邹雅英、肖燕、俞梅芳、朱海英、计秋萍、朱火生、唐春英、朱梅香、周水火、周秀珠、谈玉英
自学成才型	潘立群、孙阿虎、屠正兴、钱巧英
家族传承型	周建英
综合型	高黄骥、赵华

(一) 师徒传承型

师徒传承即通过师父传授、徒弟学习而进行的传承。同里宣卷艺人大多是靠师徒传承的途径学艺的,有的甚至不止拜过一位师父,不过,这种师徒传承关系有"正式"和"非正式"之分。

1. 正式的师徒关系

包括同里在内的整个江南宣卷界,正式的师徒传承关系一般要举行拜师礼,并且严格遵循业内规矩,"学三年,帮三年",五至六年,方能允许出师,自立门户。这种正式的师徒关系在第一、二代同里宣卷艺人群体中较为多见。

赵永清《宣卷艺人的生活》一文中曾叙述了苏州市吴中区光福镇枫浜的宣卷艺人金火根(男,约 1926 年生)拜师学艺的经历。金火根 13 岁师从本村有名的宣卷先生顾银生学宣卷,拜师仪式很简单,只抬了一石米,买了一对红蜡烛,向师父叩几个头。当地学宣卷有一个规矩:试用期一年。在这一年中,师父要看徒弟手脚是否灵活,口齿是否清楚,嗓子是否响亮,出言吐语是否顺畅。学徒金火根日夜勤学苦练,一年试用期满后,顾银生才与金火根做了"关书"(相当于签订学艺合同),"关书"上写着:学三年、帮三年,每年还要交三石米作为饭钿。"关书"有介绍人的名字,签字画押后就算入行。①

拜师仪式在房屋中堂举行。传统村落中的房子均有中堂,拜师时在中堂内点好香烛,师父坐于正中,徒弟给师父磕三个头,敬三杯茶,这是行业内的基本拜师礼。关门弟子的拜师礼则更为隆重,要做"三拜九礼十八叩"。拜师以后,徒弟就要跟师父出去当下手、做生意。拜师学艺的前三年,徒弟跟师父一起出去宣卷没有工资,此为"学三年"。艺人金火根三年学徒期间不拿工钿(行话叫寸钿),师娘只给些剃头、洗澡钱。一年交三石米,三年交九石米,师父只管三顿饭,一年四季不准回家。②"帮三年"意味着学艺三年之后,练就了一定的基本功,尚不具备独自领班的能力,但可以协助师父一起做生意,此时跟师父出去宣卷所赚的钱要交给师父,自己留一部分生活费,有的徒弟可以拿"半工"(即一位普通宣卷艺人工资的一半),另外"半工"上缴给师父作为答谢。

2. 非正式的师徒关系

师徒传承并不局限于正式的拜师学艺,事实上存在着不少宣卷艺人,他们并没有正式举行拜师礼,但在一段时间内得到了师父的点拨与指导,师父也愿意承认彼此之间的师徒关系,这种非正式的师徒关系也应当算作师徒传承的类型。除此之外,民间有部分艺人并未得到师父的正式认可,但借师父演出的机会暗地里偷学,一招一式均模仿师父,虽不以师徒相称,但二人之间存在不可否认的师承关系,这类艺人同样应归为师徒传承的类别。

现存的同里宣卷艺人(即第三、四代艺人),他们的师徒传承关系多数

---

①② 赵永清:《宣卷艺人的生活》,《苏州杂志》2002年第2期,第70页。

属于非正式的关系。目前资历最深的宣卷艺人芮时龙先后跟随多位师父学习宣卷。1961年,芮时龙拜同里镇照浜村宣卷艺人杨坤荣为师,学艺期间,杨坤荣将自己擅长的《珍珠塔》《描金凤》《玉连环》等卷口头传授给芮时龙。1963年,芮氏拜顾建明的父亲顾计人为师,常与顾家父子合作宣卷,顾计人口头传授了他《乾隆皇帝下江南》《合同计》《白兔记》等几部卷,并且教给他接佛的要领。1978年,芮氏又请艺人闵培传对他的演出予以指导,二人亦师亦友,芮时龙说:"严格意义不是拜师,闵培传和我同台演出的……1959年,我们在吴江参加一个会议的时候就认识了。他说表能力很强,所以我跟他学习说表。不过,他唱得不如我。他也传给我几本书(口头传授),《玉连环》《水泼大红袍》《湿锦帕》《红楼镜》就是他传给我的。"①1992年,芮氏经人介绍到前辈艺人许素贞的"姐妹班"打下手,这期间拜许素贞为师,师徒二人常同台表演:

> 黄亚欣:您跟许老师是怎么认识的呢?
>
> 芮时龙:也是通过顾计人的儿子顾建明。顾建明介绍我去许老师那里试唱的,试试看。当时试唱的是一本《千金一笑》,唱了三回书下来,许老师就看中我了。白天,许老师就跟顾建明讲:"叫芮时龙同我唱,我收他为徒弟。"这样的事情我还是第一次遇到。我唱了一回书,许老师就有感触了,觉得我是宣卷的一块料。她说:"我一世没有收过学生,只收你一个。"②

芮时龙是现存最正宗的"许派"传人,也是第三代同里宣卷艺人中唯一仍在演唱的。他继承了"许派"典型的"书卷派"演述风格,其"丝弦宣

---

①② 芮时龙口述访谈记录。(访谈对象:芮时龙;采访者:黄亚欣;访谈时间:2019年3月2日10:00—13:30;访谈地点:苏州市吴江区同里镇叶泽湖花苑芮时龙住所。)

卷调"唱腔典雅流畅,词句严守韵脚和平仄。不过,芮氏拜许素贞为师并未举行正式的拜师礼,二人之间为口头上的师徒关系。①

艺人严其林13岁读三年级时住在同里镇,隔壁邻居就是许氏"姐妹班"(许雪英、许素贞姐妹)。"姐妹班"成员共十多人,遇到业务忙碌时,姐妹二人便要分为两班演出,此时班子里就缺人手。② 每当许氏姐妹分开演出时,许素贞常邀严其林临时入班做替补,跟她一同出去宣卷。晚间乘凉,闲来无事,许素贞便教严其林和卷、接书,把宣卷的基本要领一一传授于他。严其林虽没有正式拜许素贞为师,但对许师的书路、风格都有明显的继承和沿袭。③

女宣卷计秋萍之父计根生具备宣卷才艺,却未能在家族中传承,计秋萍学艺主要是靠拜师。不过,计秋萍却拜了徐荣球这位"不会宣卷的宣卷师父",这在同里宣卷界比较特殊。计根生早年曾师从仲熊飞学艺,后期转行,宣卷功夫荒废,未能将自身技艺传承下去,但对女儿加入宣卷的想法非常支持。2002年前后,在民间戏班中演出的计秋萍结识了徐荣球,在徐荣

---

① 据老一辈的琴师石启承所述:"许维钧的两位妹妹许素贞、许雪英身体不大好,就想找个人跟她们一起出去宣卷,帮帮忙,于是委托相熟的顾建明代为找人。后来顾建明就介绍了芮时龙到许素贞那里去。芮时龙要拜许素贞为先生,结果许素贞的丈夫姚炳森不答应,这个事情一直耽搁到许素贞过世。但是芮时龙一直当许素贞是自己的先生,两人一起搭档说书。"参见石启承口述访谈记录。(访谈对象:石启承;采访者:黄亚欣;访谈时间:2019年4月26日13:00—16:00;访谈地点:苏州市吴江区同里镇朱家浜小区石启承住所。)
② 早期的同里丝弦宣卷班,一个班子由6—8人组成,但如果少于6人,就只能拿到一半的工钱。比方说一场宣卷100元,如果所请的宣卷班为5人一班,雇主仅支付50元演出报酬;如果是6人一班,雇主则支付100元。
③ 严其林告诉笔者,许素贞是自己的邻居,自己一直以来都叫许素贞"阿姨",后来因许素贞教自己宣卷,故想改口称"先生",许师推说不必客气。参见严其林口述访谈记录。(访谈对象:严其林;采访者:黄亚欣;访谈时间:2019年3月31日;访谈地点:苏州市吴江区同里镇屯村北星路严其林住所。)

球的建议下她离开戏班,转而从事宣卷,拜徐氏为师。① 徐荣球虽不会开口宣卷,但自幼就师从仲熊飞学拉二胡,又曾与许素贞、汪昌贤、顾计人、孙国贤、杨坤荣、闵培传、袁宝庭等老艺人合作,此外,还是地方文艺积极分子,在金家坝一带知名度很高,承接业务的能力强。徐氏精通宣卷的基本套路,在编排卷目、开书、接书、说表、请送佛等方面给予计秋萍指导。

20世纪30年代至1949年,第一、二代同里宣卷艺人开创了同里宣卷的鼎盛局面,从而吸引了苏州市区、上海、浙江一带的人前来学艺。1993年,苏州市区的李明华到吴江下乡演出,巧遇"许派"宣卷艺人吴卯生,遂拜吴卯生为师学习宣卷。同年,陆美英、汪静莲二人也从苏州市区来到同里,拜"许派"姚炳森为师学宣卷。当时,同里宣卷的影响也辐射到附近的浙江嘉善、大舜等地,大舜几位知名宣卷艺人均师承于同里宣卷艺人:蒋福根先后拜了同里徐筱龙、闵培传为师;高仲盈曾师从同里徐筱龙、顾缪丰学艺;沈煌荣(又名沈王荣)师从徐筱龙、闵培传。拜名望高的宣卷艺人为师既可以学到更扎实的基本功,也能给自己带来更多的人气。不过,现如今的艺人拜师的目的更多地并不在于学习演述技艺,而是为了借师父的名气增加自身的影响力。石启承告知笔者:

> 现在不比过去了,过去拜先生可能是要跟先生学三年,老师要教你怎么怎么说,怎么怎么做。现在不是这样了。现在如果要拜先生,就口头说一下:"我拜您先生啊!"有的先生给你一本书就行了,并不是真正意义上的拜师学艺。(这里的给一本书并不是给一本宝卷,而是指口头传授一部戏。)其实这些人都是自学出来的。他们这些人都

---

① 据徐荣球所述,民间戏班演职人员多,每位成员的分成很少,再加上当地戏班的业务量不及宣卷班,因此徐荣球劝说计秋萍改行宣卷。参见徐荣球口述访谈记录。(访谈对象:徐荣球;采访者:黄亚欣;访谈时间:2019年5月19日10:00—11:30;访谈地点:苏州市吴江区同里镇水乡缘饭店。)

是看哪个先生名气响,就去拜谁,说出去"我是×××的学生",自己名气就来了。老先生就不一样了。吴卯生是真正跟许维钧学的。当时,吴卯生和袁宝庭都拜了许维钧为师。拜师学艺期间,吴卯生、袁宝庭要跟着师父许维钧出去宣卷,许维钧觉得身体不大好,唱不动时,常常说了一回书之后叫吴卯生帮忙"替宣"。在一副班子里,师父看得中你,觉得你的本事可以帮忙"替宣",才会选择你,而当时袁宝庭还达不到师父的标准。①

热爱宣卷并饶有天赋的普通民众通过拜有名的宣卷师父来学习宣卷技能既可以磨炼自己的演述能力,也可以通过名师效应来增加自身的名望,除此之外,年轻艺人刚出道时往往缺乏独自领班的能力,他们需要通过一位在宣卷市场上演出多年、积累了大量客户的师父来帮助自己获得演出业务。实际上,艺人主要还是通过"听"和"记"(包括笔记和心中默记)的方式学习,师父常常是在主要程式和技巧上予以提点,很少有一句一句教唱的情况。

(二) 家族传承型

家族传承即家族内部的传承,祖父母辈传给孙辈,父母辈传给子女,叔伯传给侄子辈,舅舅传给外甥辈,夫妻之间传承,哥哥、姐姐传给弟弟妹妹等。

2018年8月笔者对河西地区念卷情况进行过考察,了解到宝卷在河西地区的传承以家族传承为主,现存的10位河西宝卷传承人,其中9位都是传承自家族内部。与河西宝卷的传承相比,家族传承的情况在同里宣卷艺人中不占多数,这种传承类型在第一、二代艺人中存在,新一代宣

---

① 石启承口述访谈记录。(访谈对象:石启承;采访者:黄亚欣;访谈时间:2019年4月26日13:00—16:00;访谈地点:苏州市吴江区同里镇朱家浜小区石启承住所。)

卷艺人群体中较少。老一辈宣卷艺人的子女,有的没有演唱天赋,对此不感兴趣,有的出于社会地位、经济收入等因素的考量不愿继承。

第一代同里宣卷艺人、"许派"宣卷的开创者许维钧将其宣卷技艺传授给自己的三位胞妹:大妹许松宝、二妹许雪英、三妹许素贞。三位妹妹自小就跟着许维钧的班子出去跑码头、赶庙会,边学边演。而后,许素贞又与姐姐许雪英共同组建"姐妹班",二人珠联璧合,各有千秋,在同里地区有口皆碑。宣卷艺人郑天仙幼时也常随兄长郑天霖的"贤霖社"出去宣卷,虽未系统地学习,但耳濡目染中逐步掌握了演述套路和技巧。那时,许雪英、许素贞、袁宝庭常来"贤霖社"捧场,郑天仙多次与他们同台合作演出,演出实践经验颇为丰富。老一辈的宣卷艺人中诸如此类的家族传承情况并不多,顾计人之子顾建明自小跟随父亲外出宣卷,但最终却未能继承父亲的宣卷技能,只是在班子里做家生。"徐派"宣卷开创者徐银桥,其子女也无一人延传父亲的宣卷。芮时龙的女儿芮巧玲青少年时期曾先后跟顾计人和父亲学艺,但婚后便放弃了演唱。

后起之秀周建英随丈夫高黄骥学习宣卷。周建英原有一定的越剧演唱基础,但不善说表,高黄骥便根据妻子的特长,专门为她编排了一些卷目。高氏于2001年下半年开始教周建英宣卷,2003年春夫妻二人正式上台演出,搭档至今,在反复演练中周建英的演述技能得到了锻炼和提升。

根据考察情况来看,同里宣卷艺人在家族内部传承的较少,原因主要有几个方面。一是在当代社会宣卷作为一种职业并不具备太多优势,收入不稳定,且社会地位不高,艺人的子女、亲人等多数不愿意选择继承家族的宣卷技能来谋生。二是同里丝弦宣卷需要起角色,艺人不仅要会"说",还要会"演",需要掌握多种曲调和唱腔,此外,因为演述时脱离底本,十分考验艺人的应变能力和即兴表演能力,这种演述形式对于学艺之人自身条件要求较高,并非任何人都适合从事。长此以往,家族传承在同里宣卷行业中难以成为主流。

（三）自学成才型

自学成才指的是通过自己学、听、记、总结和感悟的方式学艺。这一类宣卷艺人没有拜师，不师承某一门派，但他们的自学并不是完全凭借自身能力，也受到过业内前辈和同行点拨和协助，主要依靠自己的体悟和勤学苦练从而习得宣卷的本领。

同里宣卷中有一批自学成才的艺人，如屠正兴、钱巧英、潘立群、孙阿虎等，他们在自学过程中大都得到了业内相关人员相助。屠正兴、钱巧英、孙阿虎在自学宣卷和创立班子的过程中不仅到多个地方听不同的班子演唱，总结各班演唱的长处，自己反复揣摩、练习，并且多次向老一辈的宣卷班主、琴师石启承讨教，石启承从卷本内容、情节安排、角色称谓和动作、表演技巧等方面给予他们指导。宣卷艺人潘立群，2003年起在朱火生、陈凤英的宣卷班子中做家生，后来朱火生因身体原因无法继续出演，于是在陈凤英的多番鼓励下，潘立群自学出任宣卷上手。潘立群在班中工作多年，虽不曾开口演唱，但基本程式早已烂熟于心，很快便能上台宣唱。

同里宣卷的演述形式在江南地区的丝弦宣卷中较为特殊，如何边敲木鱼边唱，如何安排情节、设置"噱头"，搭档的上、下手之间如何配合等都有一定的技巧，艺人主持宣卷活动中的相关仪式也有特定规则，相对而言，自学并非易事，因而同里宣卷艺人群体中真正自学成才的不多。

（四）综合型

从宣卷艺人学艺的实际情况来看，也有一些艺人不单单依靠某一种方式学艺，而属于某几种类型相结合的综合型传承。高黄骥、赵华皆属于这类情况。

赵华在学艺过程中既受到家族内部传承的影响，又得到师徒传承的磨炼。她是浙江临安人，1998年随丈夫金献武迁至吴江。赵华14岁进艺校，17岁进入临安越剧团，有扎实的表演基本功，这为她后来出道宣卷打下了良好的基础。其夫金献武的舅父金连生为同里知名的宣卷艺人，也成了赵华的宣卷启蒙老师。据赵华所述，随金连生学艺两三个月期间，"他（指金连生）能把主调哼出来。我识谱、识字，他把谱子给了我以后，其实3个月想干这件事也是容易的，没事就天天哼这个曲调。对我来说，一是方言困难，二是一边敲一边唱最困难，我老是唱了忘记敲，敲了忘记唱"①。恰巧，宣卷艺人袁宝庭家住赵华隔壁，袁宝庭听到她练唱，经常热心指点，赵华在学艺过程中遇到问题也多次向他请教，不过，二人之间多为交流与指导，尚未确立师徒关系。1999年赵华加入芮时龙的班子，与芮氏搭班时，正式认袁宝庭为师。赵华进班之初，仅被安排在小落回时唱越剧、小调。芮时龙于演出空闲时给她一些宣卷实践方面的指导，传授她现场演述的技能，赵华年轻好学，勤奋踏实，很快便能独立演唱。但那一阶段赵、芮二人仅是合作，2008年前后赵华正式提出认芮时龙为师。对赵华来说，金连生是她的入门师父，袁宝庭是她的专业指导老师，芮时龙是她的演出实践老师。

艺人高黄骥18岁开始辗转茶楼、车站、轮船、码头等地演出，九腔十八调倒背如流，早年的经历为他后来从事宣卷打下了基础。一次偶然的机会，高黄骥接触到宣卷艺人张宝龙，这次接触使他萌生了迈入宣卷行业的想法。据高黄骥所述，他第一次听张宝龙宣卷时宣的是一部《杨娲女宝卷》，高氏觉得宣卷的演述形式与评弹相仿，又比评弹简单，内容可以现编，演述的自由度很高，于是感觉自己也有向宣卷方面发展的潜质。1994年，经人引荐，张宝龙请高黄骥来班中唱小调。因为高黄骥演唱效果极好，张宝龙便经常邀其合作。多次合作的过程中，高黄骥用心观察宣卷的程式和唱腔曲调，并默记于心，努力模仿张宝龙的动作和技巧，同时

---

① 赵华口述访谈记录。（访谈对象：赵华；采访者：黄亚欣；采访时间：2019年3月25日；采访地点：苏州市吴江区同里镇朱家浜。）

也注意对比其他班子的宣卷演出,自己琢磨、归纳宣卷的演述规则,比如某类剧情所对应的曲调,说表的固定用语等。张宝龙在演出之余也乐于教他接佛、送佛、开篇、起角色等基本知识,因此,高黄骥在心里一直将张宝龙视为授业恩师。① 综合高氏的学艺过程,他本身有演唱的基础,从事宣卷后,一半靠自学,一半靠师父指导、传授,艺人张宝龙对高黄骥走向宣卷道路有着至关重要的影响,他与张氏之间亦师亦友,二人既有合作,也相互学习切磋。

二、传承谱系

同里宣卷艺人大多数遵循一定的师承关系(少数自学成才的艺人除外)。因缺少文字资料的记载,仅凭借艺人的回忆,传承谱系大概可从尚健在的宣卷先生向上推三代,更早的情况便难以清晰、全面地掌握。如前所述,同里宣卷在近现代形成了四大主要流派,分别是许维钧开创的"许派"、徐银桥开创的"徐派"、吴仲和开创的"吴派"和褚凤梅开创的"褚派"。2007—2010年张舫澜曾为《中国·同里宣卷集》的编纂做了大量的调查工作,统计出"同里宣卷艺术四大流派和班社传承谱系表"。② 笔者根据2018—2021年的田野调查,对艺人的传承谱系进行了进一步调查、核对与修订,将"同里宣卷四大主要艺术流派及其传承谱系"整理如下:

---

① 由于张宝龙在合作过程中多次传授高黄骥宣卷的演述技巧,因此高黄骥曾提出正式拜张宝龙为师,张宝龙客气推辞,说可以叔侄相称。二人之间虽未行正式的拜师礼,却存在着师徒传承的关系。参见高黄骥口述访谈记录。(访谈对象:高黄骥;采访者:黄亚欣;访谈时间:2019年5月12日;访谈地点:苏州市吴江区同里镇竹行街高黄骥住所。)
② 中共吴江市委宣传部等编:《中国·同里宣卷集(手抄校点本)》,凤凰出版社2010年版,第366—368页。

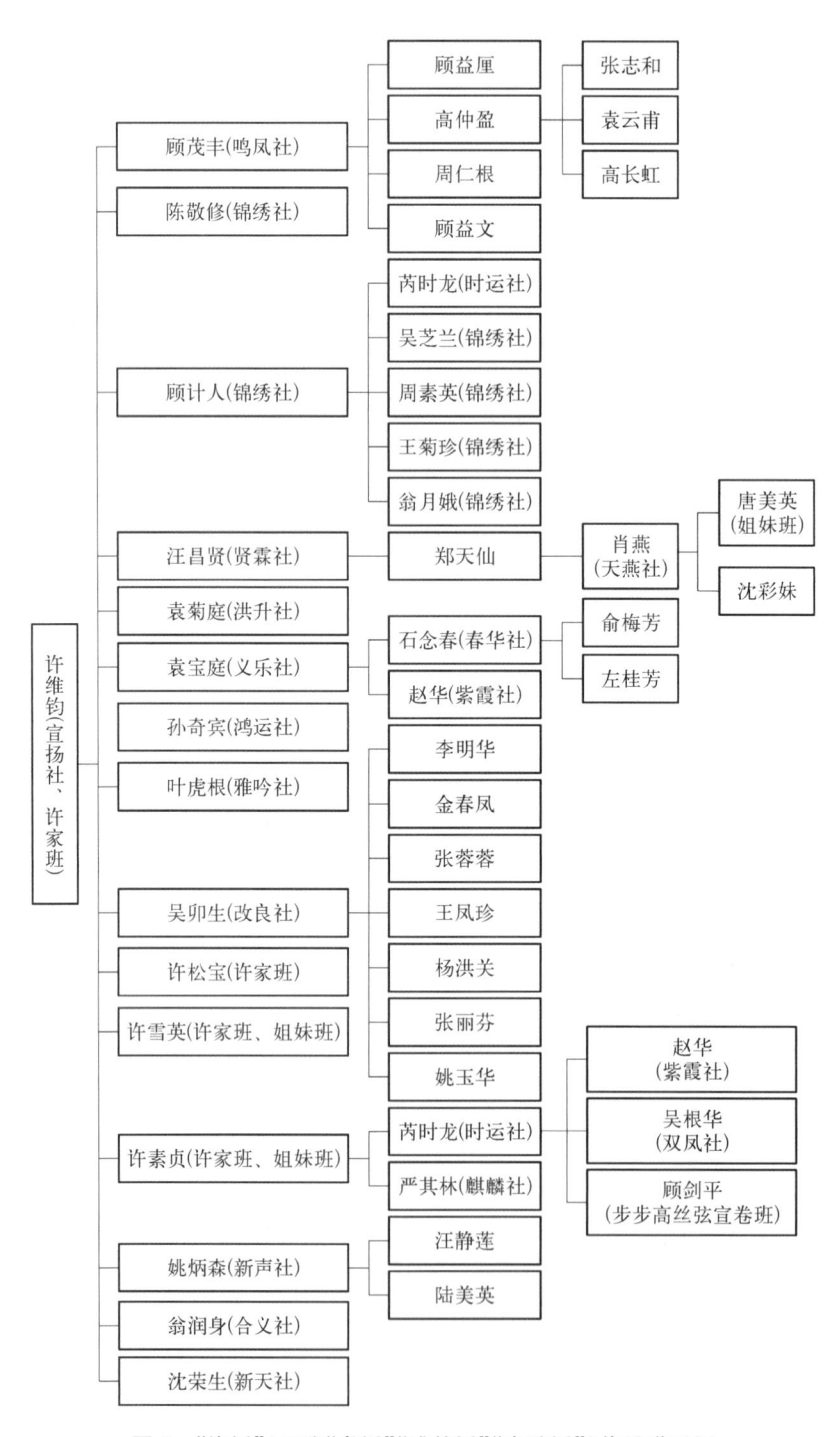

```
                                    ┌─ 顾益厘 ──┬─ 张志和
                    ┌─ 顾茂丰(鸣凤社) ─┼─ 高仲盈 ──┼─ 袁云甫
                    │                ├─ 周仁根    └─ 高长虹
                    ├─ 陈敬修(锦绣社)  └─ 顾益文
                    │
                    │                ┌─ 芮时龙(时运社)
                    │                ├─ 吴芝兰(锦绣社)
                    ├─ 顾计人(锦绣社) ─┼─ 周素英(锦绣社)
                    │                ├─ 王菊珍(锦绣社)
                    │                └─ 翁月娥(锦绣社)
                    │                                   ┌─ 唐美英(姐妹班)
                    ├─ 汪昌贤(贤霖社) ── 郑天仙 ── 肖燕(天燕社) ─┤
                    │                                   └─ 沈彩妹
                    ├─ 袁菊庭(洪升社)
                    │                ┌─ 石念春(春华社) ──┬─ 俞梅芳
许                  ├─ 袁宝庭(义乐社) ─┤                  └─ 左桂芳
维                  │                └─ 赵华(紫霞社)
钧                  ├─ 孙奇宾(鸿运社)
(                   │                ┌─ 李明华
宣                  ├─ 叶虎根(雅吟社) ─┼─ 金春凤
扬                  │                └─ 张蓉蓉
社                  ├─ 吴卯生(改良社) ── 王凤珍
、                  ├─ 许松宝(许家班) ── 杨洪关
许                  ├─ 许雪英(许家班、姐妹班) ── 张丽芬
家                  │                              ┌─ 赵华(紫霞社)
班                  │                ┌─ 姚玉华 ────┼─ 吴根华(双凤社)
)                   ├─ 许素贞(许家班、姐妹班) ─┤    └─ 顾剑平(步步高丝弦宣卷班)
                    │                ├─ 芮时龙(时运社)
                    │                └─ 严其林(麒麟社)
                    │                ┌─ 汪静莲
                    ├─ 姚炳森(新声社) ─┤
                    │                └─ 陆美英
                    ├─ 翁润身(合义社)
                    └─ 沈荣生(新天社)
```

图6 "许派"(又称"书派""雅韵派""韦陀派")传承谱系图

132

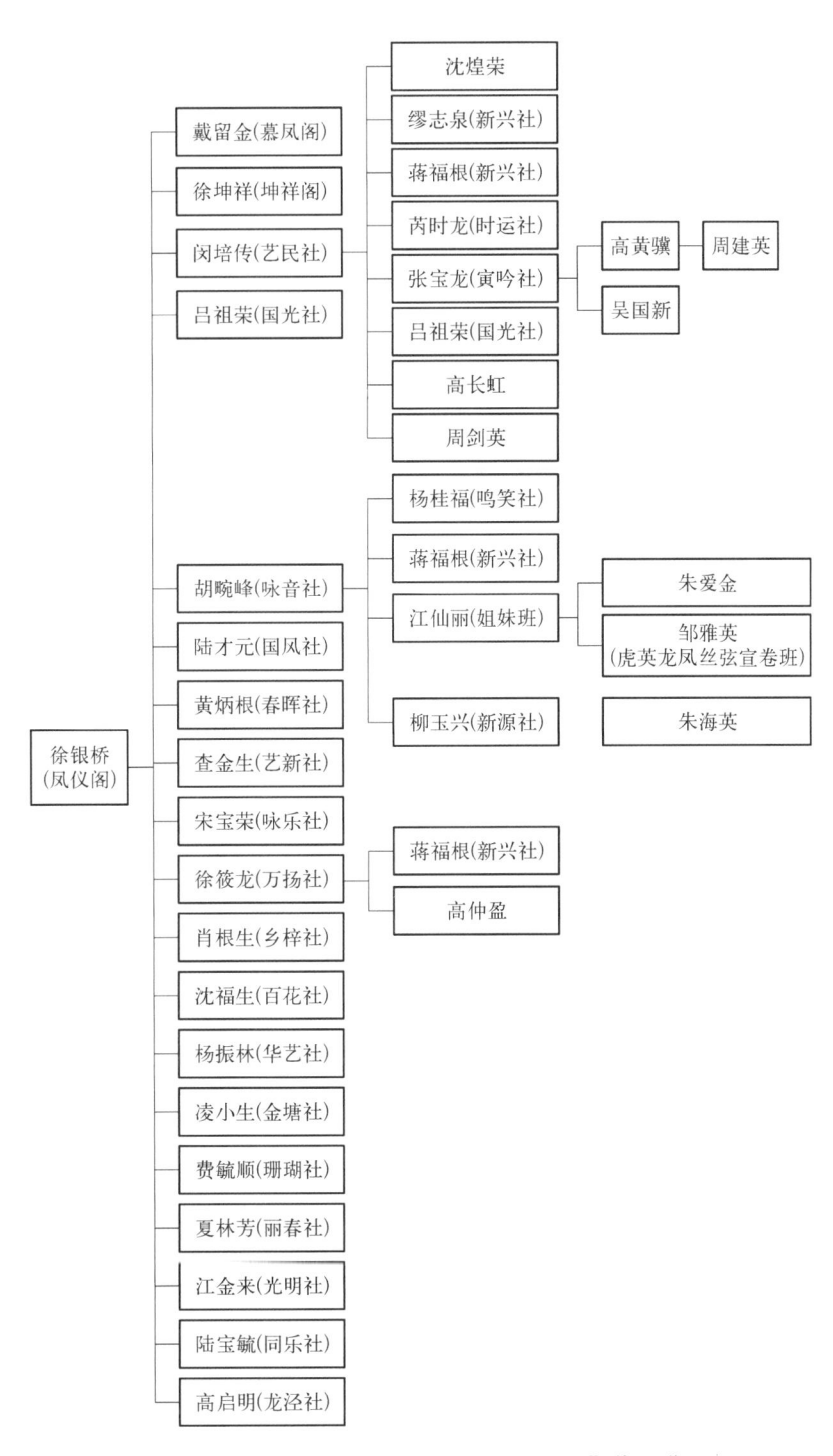

图 7 "徐派"(又称"本土派""改良派""弥陀派")传承谱系图

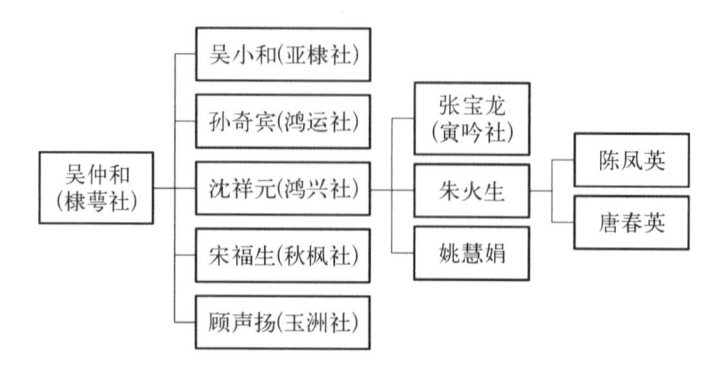

图 8 "吴派"(又称"佛曲派")传承谱系图

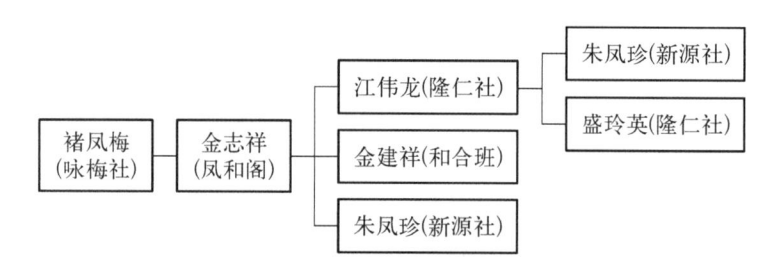

图 9 "褚派"(又称"乡庄派")传承谱系图

除了上述四大主要艺术流派以外,还有不少技艺精湛的宣卷艺人。如陈良彬、王顺泉、查桂生曾做过"许派"开创者许维钧的老师,教授其宣卷;宣卷艺人高尚南曾给予过"徐派"开创者徐银桥相关指导。

与第一代宣卷艺人许维钧、徐银桥等同时代的也有许多杰出艺人,如郑天霖、范晨钟、孙国贤、包浪舟、杨坤荣、朱兆坤、缪高南、陆才源等。其中,郑天霖与汪昌贤(许维钧的得意门生)共组过"贤霖社"。郑天霖与其胞妹郑天仙出身文艺家庭,自幼爱好评弹,兄妹二人宣卷时结合了不少评弹元素,演述风格与评弹非常接近,在当时的同里宣卷圈中别具一格,民间称之为"弹词派宣卷"。① "小调大王"范晨钟也是不得不提的宣卷界老

---

① 郑天仙,原名郑爱云,1928 年农历七月初七日生,现居苏州市,与丈夫吴鸿舒(转下页)

前辈。范晨钟因双目失明，人称"范瞎子"，曾参加过汪昌贤、郑天霖的"贤霖社"，目前已鲜有人知晓。老琴师石启承讲述过艺人范晨钟各类说唱小调储备量大，且对音乐的悟性极高：

> 石启承：……我18岁的时候，跟范瞎子（范晨钟）一道出去宣过卷的。我当时在街上住的房子就在范瞎子隔壁。范瞎子外表看不出来瞎，他妻子一直都跟他一起出去宣卷的。过去宣卷都是一个人。
>
> 黄亚欣：什么时候宣卷变成两个人宣了？
>
> 石启承："文化大革命"过后，就改成两个人了。我当时经常在窗口拉胡琴（我小时候就会拉胡琴了），范瞎子一听，觉得蛮好，正好他那里也缺人，就叫我同他一道出去宣卷。我说："我不会。你们唱的调子我不会拉。"他说："不要紧，我今天出去宣卷要唱的5种调子，我一个一个唱给你听呀！"那时候我年轻，记忆力好，一听就会拉了。就这样，我开始跟范瞎子出去宣卷。他有个儿子在金家坝，你们可以去采访采访。范瞎子这个人很厉害的，人称"小调大王"。他有个兄弟在上海工作，他的这位兄弟曾经把上海说唱类的小调写成一本书寄给范瞎子。范瞎子这个人虽然瞎，但是人非常聪明，调子一听就会。所以他的小调多得不得了！人家都称他为"小调大王"。
>
> 黄亚欣：您18岁跟范瞎子出去宣卷的时候，他多大年纪？

（接上页）（已故）育有四子一女。郑天仙家中姊妹二人，胞兄郑天霖，出生年月不详。郑天霖、郑天仙出生于苏州吴江区同里镇一个文艺家庭，祖父郑晋卿擅唱京剧，父亲擅唱昆剧旦角。郑天仙受家庭影响，从小爱好听评弹，放学后常溜进书场听书。初中毕业后拜师学评弹，先拜醉霓裳、醉霓仙为师，后拜金月庵为师并参加苏州评弹研究协会。1952年，余红仙（原名余国顺，著名苏州评弹表演艺术家）来投醉霓裳为师，成为郑天仙的师妹，郑天仙教她琵琶，师姐妹二人常常同台合作。

> 石启承：总要40岁左右了。他过世蛮早的。①

与第二代宣卷艺人顾计人、闵培传等同时代的艺人有仲熊飞、李顺林、周杏春、顾建华等。仲熊飞精通宣卷，做家生也一流，许多艺人都受到过他的指导。同里宣卷界颇有名气的琴师徐荣球回忆自己的宣卷从业经历时说，最初带自己入行的便是仲熊飞。

在目前的同里宣卷艺人群体中，徐荣球、计秋萍、屠正兴、钱巧英、孙阿虎等，虽不是师出四大主流门派，但在业内均有不小的影响。屠正兴与钱巧英2006年自立"前途社丝弦宣卷班"；孙阿虎与邹雅英2013年组建"虎英龙凤丝弦宣卷班"；徐荣球于2004年与徒弟计秋萍、金春凤组班，名为"秋凤社"。这些新秀成为其他艺人班社强有力的竞争对手。

三、传承方式

同里宣卷演述的自由度较高，并要求演述者有较高的口头演述能力和即兴发挥能力，这种能力既需以口耳相传的方式一代代传承，又需要通过演出实践来提高，搭档之间需要默契配合。

笔者在河西地区的调查中获知，河西宝卷的传承依靠口承、收藏宝卷和抄卷，其中抄卷是河西宝卷传承中至关紧要的一部分。河西宝卷传承人代兴位共收藏宝卷78部，其中10部抄于清代，51部抄于民国，1949年以后抄写11部，还有几部年代不详，所藏宝卷的时间跨度自清乾隆年至今历经三朝，共300余年。与河西地区相比，宝卷卷本的传抄在同里宣卷

---

① 石启承先生口述访谈记录。（访谈对象：石启承；采访者：黄亚欣；访谈时间：2019年4月26日13:00—16:00；访谈地点：苏州市吴江区同里镇朱家浜小区石启承住所。）

艺人中也存在过，不过并不占多数，也不是主要传承方式。第一、二代艺人中还存在传抄卷本的情况，如"许派"创始人许维钧手抄了一些宝卷分赠弟子，自第三代艺人起便很少了。由于同里宣卷的特殊演述形式，因此艺人拿到卷本不可以直接上台宣唱，卷本内容仅是一个故事梗概，具体的情节发展和章回结构要靠宣卷艺人自己巧妙编排，什么情节对应什么唱腔，某个角色在特定情节时的动作、神态又应该怎样，也都要艺人自己把握。除此以外，能否在剧情发展中适当加入一些"噱头"来活跃气氛也要看宣卷艺人自己的本领。芮时龙告知笔者，其师许素贞在教授过程中没有给过他手抄本，他说："她（指许素贞）唱一本书，就（口头）教给我一本书。顾计人过去给过我一本《乾隆皇帝下江南》，还有一本《梅花戒》（又名《千金一笑》）。我还有一本《洛阳桥》是杨坤荣给我的。"[1]严其林跟从许素贞学艺时，许素贞也主要通过口述的方式教给他宣卷的要领，他手上唯一一本手抄本宝卷并不是许素贞所传，而是来自娘舅徐银桥（"徐派"宣卷创始人）的馈赠。

同里宣卷艺人学艺不是以专业培训的模式进行，而是跟着师父外出演唱，现场观摩学习，积累演出经验，师父抽演出的空闲时间为徒弟讲授当日所宣宝卷的主要内容、章回结构、唱腔曲调、动作神情等，徒弟在师父宣卷时默记师父的说表和唱词以及请送佛时的一系列操作，必要时以纸笔记录，有疑难之处再向师父请教。艺人严其林最初只是到许素贞的"姐妹班"打下手，演出休息的时候，许素贞顺便跟严其林谈论宣卷的一些基础知识，刚开始是教他和卷（丝弦宣卷改革初期仍保留着传统木鱼宣卷中的和卷形式），接着又教他接书演唱。同一本宝卷总要宣很多次，所以徒弟便在师父的重复演述中巩固了卷本内容和演述技巧。师父演唱时，偶

---

[1] 芮时龙口述访谈记录。（访谈对象：芮时龙；采访者：黄亚欣；访谈时间：2019年3月2日10:00—13:30；访谈地点：苏州市吴江区同里镇叶泽湖花苑芮时龙住所。）

尔会将其中某一回交给徒弟,徒弟宣完后师父再予以点评,同样的卷目师父可能会让徒弟上台操演多次,使其在反复演练中改进、提升。因此,同里宣卷的许多艺人常常讲,他们所谓的拜师学艺与其说是"拜师父",倒不如说是"跟师父"。

根据考察情况来看,同里宣卷艺人通过口头方式传承演述技艺大致有以下几点原因:其一,在第一、二代艺人所处的那个时代,识字率有限,口头延传遂成了宣卷传承的主要方式,这种方式一代一代延续至今。其二,虽然也有少量卷本流传下来,但因同里宣卷是脱离卷本演述的,即使对照卷本也无法直接进行表演,故技巧和诀窍均在卷本之外。

演述形式上的特殊性决定了同里宣卷的延传方式以口传为主,宣卷艺人学艺并不是依赖读谱识字,而是跟着师父模仿背诵。笔者在调查中发现当地许多艺人识字很少,却丝毫不影响他们成为优秀的表演者,同里宣卷艺人柳玉兴便是如此。宣卷艺人对唱声的依赖超过了对谱字符号本身的依赖,他们学习调子很少有对着曲谱一句句演唱的,而是在师父演唱时凭借自身听觉感受和记忆力学习并反复多次模仿。① 中国自古就有声教传统,瞽蒙史诗就曾采用这种延传方式,在口头传统中这类传承方式非常普遍。

除此之外,口头传授某种程度上使宣卷演述带有保密性和神秘性,正如爱德华·希尔斯所说:"当口头延传在技术上成为多余时,它仍然是经文传统唯一可接受的延传形式;对此,我们也许只能这样解释:只有少数人有资格获得经文传统,除了这些人以外,经文传统需要保密并保持神秘性。"② 口传心授的方式下,一是没有文字流传下来,可防止其他门派和普

---

① 笔者在听卷过程中,有听不懂的词句去请教宣卷艺人,却发现很多艺人对这些词句的含义解释得非常模糊,他们有的无法以文字形式书写或书写出现明显错误,可见他们学艺并非主要依靠文字,更多的是依赖声音记忆。
② [美]爱德华·希尔斯:《论传统》,上海世纪出版社2009年版,第100页。

通民众偷学宣卷技能;二是口头延传的模式使宣卷艺人的地位具有不可替代性,仿佛只有神佛认可的、在佛面上有特定权力的人才能够获得继承这种传统的资格。

第三节 演出团体的传承:宣卷班社成员的协作

宣卷艺人通过师徒和家族传承等途径,以口承方式继承了演述技艺。然而,单个艺人无法独立完成演述,仅依靠艺人个人之力难以推动宣卷演述传统的传承,传统的延续需要班社团体的共同努力。宣卷演述活动是由不可或缺的多个环节和部分组成的,任何环节的个人或群体都不可能独立完成,在演述实践和传承中集体的作用大于个人。宣卷艺人习得演述的基本技能、练就基本功,这为他们传承宣卷奠定了基础,与此同时,艺人与其他成员组成商业性的民间演出团体,彼此分工合作,密切配合,共同推进了演述传统的承续。

同里宣卷中,从事演述的艺人和负责伴奏的琴师作为宣卷班社的成员,他们长期在一个班社里共事、生活,互相之间如何相处,是关系到班社的演述活动能否顺利、稳定开展和延续的关键因素之一。有时候即使是一家人或互为亲戚关系,同班演出,相互之间也未必融洽。以同里许氏"姐妹班"为例,许家姐妹都自诩为最好,妹妹许素贞说表功底扎实,继承了胞兄许维钧的书路,姐姐许雪英唱功好,嗓音独特,二人演述的艺术水平几乎不相上下,但二人彼此之间搭不下档,于是协商好一人一回地轮流宣唱。又如同里金兰芳、俞梅芳二人2007年组成"女双档",共建"梅兰社",二人合作近十年,后因某些原因拆档,各自另立新班,分别组建了"金兰芳丝弦宣卷班"和"俞梅芳丝弦宣卷班"。

同里宣卷经过几番改革，现在已演变为上、下手分饰角色、搭档对唱的形式，下手必不可少。演述过程中上、下手之间的配合和衔接是至关重要的，每位艺人演述风格不一，一方说表结束后，另一方要立马起身接续演唱，衔接过程中如果出现卡顿或者生疏之处，都会降低班社在群众中的评价，对班社声誉产生一定影响。因此，班社更希望能有固定且默契的上、下手。

宣卷艺人与琴师之间的配合对于一个宣卷班子的演出来说也十分重要。就拉二胡而言，会演奏容易，到宣卷班子中来伴奏却不简单。不仅地方小调、各个剧种的曲谱都要熟练，更重要的是懂得每位宣卷艺人的嗓音条件、声部高低和演唱喜好，如此才能当好一个宣卷琴师。琴师俗称是宣卷艺人的"内当家"，要摸准艺人的"七寸三分"，当艺人身体欠佳时，琴师可以根据情况降调演奏，让艺人演唱起来更为轻松，临时招募的琴师就未必能让人满意了。①

在一个班子中，宣卷的上下手之间、宣卷的艺人与琴师之间、班主与其他成员之间的关系与该班社的稳定有着较大关联，当这些关系受到影响，可能会引起班社成员的流动、业务量减少甚至班社的解散。当然，影响这些关系的因素比较复杂，有的是因为成员之间彼此性格不合或观念相悖，有的是因为成员对班社内部的分成不满等。

通常情况下，班中成员配合演出效果好的班子往往能够获得更多的演出业务，成员之间搭配不好的班子一定程度上会影响自身业务，难以取得下一笔生意。一个班子内部，宣卷艺人与其他成员之间的良性关系也是推动班社演出业务量增加的一个原因。比如在一次宣卷活动中，承接业务的宣卷艺人邀请了某位搭档或琴师来参加演出，那么当这些搭档或

---

① 2019年3月，笔者听Y的班子宣卷，班主Y对两位临时琴师的伴奏不满意，认为与自己演唱的声部不符，影响演出效果，最终扣减了琴师的薪酬。

琴师获得宣卷生意的时候,礼尚往来,也会邀请该艺人前来宣卷,这对双方的业务都有一定的促进作用。在一个宣卷班社中,每位成员在演述活动中发挥的作用具有互补性,都不是可有可无的,虽然宣卷艺人在演述活动中处于核心地位,但离开搭档或琴师等其他成员也无法完成整场演出,只有当班社成员一起协调、合作,演述活动才能有序进行,演述传统才能有效承续,在这一过程中传承群体的实践特点极为突出。

为民间仪式活动服务的同里宣卷艺人班社,他们构成了一个仪式专家团体,在仪式中共同从事宣卷的传唱。在当地民间赕佛仪式中演唱的不仅有宣卷班子,还有民间戏班等其他班社团体。目前看来,不少民间戏班面临存续危机,而宣卷班子的演述活动至今仍然较为繁荣,相较而言,宣卷班社走街串巷的能力强,组织结构具有一定的优势,这些优势使他们的演述活动更容易传承延续。

第一,从班社组建的难易程度来看,唱戏对演职人员的专业性要求较高,文本念唱、情节编排、演员的动作神态和唱腔曲调等都需要经过系统、专业的培训,学艺时间较长,此外,演出道具、服装、设备、舞台搭建等各项费用比较高,组成一个戏班的成本高、难度大。相对而言,宣卷的艺术要求不高,能够满足当地农村民众的趣味即可,部分宣卷艺人仅需要短期学习就能演唱,演出所需的道具、服装、设备简易,组建一个班子时间短,难度小。

第二,从班社内部组织运作上看,戏班演职人员多,管理相对困难,且因各成员分工明确,遇到人员流动或演员无法参加的情况临时请人替补不太容易。宣卷班子小,成员少,管理相对简单,他们内部组织更为灵活,即使在班社成员遇到问题无法演唱的情况下,在本社区内随时可以请到其他艺人或琴师组班演出。由于宣卷演述具有一定的模式性,因此不同的成员临时搭班演唱,参与仪式活动,很少出现重大失误。班社演出往往不需要预先协调和彩排(新出道的班子和新编卷本除外),他们组班演出的形式与火居道士临时组团做法事的情形非常相似,"顺畅程度类似于几个爵士乐手或其他类型的音乐家临时凑在一起的即兴合奏"①。其次,戏班成员大多数需要全职从业,如遇戏班经营不善,连续几个月接不到演唱业务,对班社成员影响较大;而宣卷班子的成员在遇到班社业务欠佳的情况下,可以兼做其他行业(如务农、做生意),也可以与其他班社合伙、合并。再次,戏班成员要按照班主预先定好的演出日程长时间连续外出演唱,演出地点通常较远,演出时吃住均在戏班,常常连演数月不能回家,很多民众考虑到家庭因素不愿从业;而宣卷班子主要是为本社区内的民间仪式服务的,演出范围基本限于本社区或邻近社区,除了外出朝山进香之外,大多是当天来回,不影响正常的家庭生活,工作形式自由,相较而言,愿意从业者多。

第三,从演出业务上看,戏班的演出业务很大程度上取决于班主的人际交往能力,人脉广、公关能力强的班主往往能够获得更多演出业务。宣卷班子业务多以本社区为主,他们日常交往的左邻右舍、同乡、亲友等均是他们的潜在客户,与戏班相比,他们在业务公关上所花费的精力相对较少。

第四,从演出费用上来看,演出一台戏的价格较高(目前约为 7 000 元/场),能够承担演戏费用的雇主少,很多情况下需要民众集体出资;而演出一台宣卷的费用相对较低(请一班同里宣卷的价格为 1 300 元/场左右),容易被更多的雇主接受。另外,戏班运营成本高、组建难度大,因此数量并不多,庙会等场合需要雇主从较远的地方请来,远道而来,路途费用自然较高(路费需要雇主报销),邀请一次一般要连演 2—3 天,合计总费用高,通常几年才会请一次;而宣卷班子数量多,本村镇或者附近村镇均有,雇主请一台宣卷比较容易,花销也少(路途近,电瓶车即可到达,路

---

① 参见周越:《中国民间宗教服务的家户制度》,《学海》2010 年第 3 期,第 48 页。

费不需要雇主报销），庙会、家会时可以经常请来演唱。

综合来看，同里宣卷班社结构短小精悍，组织形式简单，适应性强，又熟悉本土情形，容易获得更多的业务，更有利于其演述活动的传承延续。此外，他们的这种组织结构使其在社会环境变革的一些特殊时期能够保护自己免受外界力量的压制，例如宣卷从业者中多数为农民，在宣卷被禁的那一阶段他们可以回家务农，有的班子更换自己的演出名称，换一种方式继续从业，这些特点使宣卷演述传统得以更好地保留和延续。

第四章 同里宣卷艺人在演述活动中的主体性呈现

- 第一节 宣卷艺人的创编与演述脚本的生成
- 第二节 艺人演述中的建构与演述基本法则的形成
- 第三节 演述中的情境化创作
- 第四节 自我变革,发明新的宣卷演述形式
- 第五节 主动调适,赋予宣卷新的活力

第四章 | 同里宣卷艺人在演述活动中的主体性呈现

继承了演述传统的同里宣卷艺人,在演述活动中呈现出鲜明的主体作用。他们的创造性与能动性的发挥对地区特有的宣卷演述传统的建构产生了重要影响,是建构过程中的核心力量。当然,他们有建构,亦有改革。宣卷艺人对旧有的模式和规则从不是被动地接受,而是对自己所接受、继承的模式和规则进行主动的再创造,他们主体功能的发挥使其演述呈现出一种内在张力,对此过程进行一番探索与剖析,或许可以体会同里宣卷在不同的社会阶段始终能够保持鲜活生命力的原因。

第一节 宣卷艺人的创编与演述脚本的生成

宣卷艺人的主体作用并非到表演时才呈现,早在他们创编宣卷脚本,为表演做准备的那一阶段就已经体现出来了。他们搜集整理宣卷脚本用于演述,又为了使自身的演述适应不同的场合和时代而对相关脚本进行改编和新创。搜集整理与创编是他们从事演述的基础,在这一过程中,他们融入了自己的主观理念,同时,其创作深处潜藏着当地民众固有的心意信俗和集体意识,饱含着群体共同的审美情趣和价值判断,这也是他们的演述能够跨时代、稳定地活跃在当地民间的重要因素之一。

一、创编演述脚本的类型

改革开放之后宣卷活动逐步复兴,宣卷艺人要演出,缺少可供宣唱的脚本是一大问题。一方面,历经社会变革后留存下来的卷本已难以满足演述的需要;另一方面,传统木鱼宣卷使用的底本已经不再适用于丝弦宣卷的演述。由此,当地民间出现了宣卷艺人自己创编脚本的现象。宣卷脚本的创编,包括原创和在旧有的宝卷基础上改编,大致分为以下几种类型。

一是以传统宝卷为底本进行整理、加工和改编。因社会环境的变迁,晚清民国时期的许多传统宝卷遭到损毁。"文革"后,部分艺人根据回忆对卷本进行重新整理。他们的整理过程也是一个创作的过程,整理而成的卷本在故事内容、语言表达上都不可能与原本完全一致,记忆的模糊和缺失会无意识地导致宝卷故事中某一人物、主题或情节发生变异,当然,在这一过程中他们也难免会附加自身的主观理念进行有意识的书写。不过,这些情况现已难以考察。有部分艺人会基于传统宝卷的故事内容进行加工和改编。同里宣卷的第一、二代艺人改编卷本的现象不多,他们中的大多数在木鱼宣卷阶段就是脱离卷本演述的,后来虽然经历了丝弦宣卷改革,但对传统卷目的内容早已了然于胸,演述形式改变之后仍能够游刃有余地演出,各种噱头更是信手拈来,对他们来说改编卷本的需求不大。20世纪90年代,同里宣卷中逐渐出现了上、下手搭档对唱的新变,传统卷本似乎难以适应革新后的演述形式,必须加以改编。面对这样的情状,当地部分宣卷艺人开始自己改编脚本。

从琴师转而成为宣卷上手的新艺人潘立群,为了顺利胜任演出任务,借阅了部分传统宝卷,如《孟姜女宝卷》《赵五娘宝卷》等,多方面收集素材,再进行加工和改编,形成可以用于二人搭档对唱的新脚本。收集而来的素材并不是现成的脚本,必须安排对白、对唱,为卷中人物编写相应的唱词。此外,借来的传统木鱼宝卷用文言文写就,多数是很规整的九字句、十字句,讲究押韵,潘立群还需要将文言文改为白话文,且要符合当地方言特色。在曲调上,琴师出身的潘立群往往能够比其他艺人更好地领会每一个唱段适用的唱腔曲调,他告诉笔者:"丫头就是丫头的调子,小姐就是小姐的调子,不能随意的。像我,喜欢拉京胡、唱京剧,在调子上都是很讲究规矩的。"①在潘立群的新编宣卷脚本中,每一处唱词的曲调、唱腔都做了详细标注。

二是取材于通俗文艺。当地不少宣卷艺人依据弹词、戏曲、民间传说、小说、说书脚本等通俗文艺改编宝卷,这些通俗文艺是他们最常接触也最容易接触到的,也成了他们改编的知识来源和主要素材,事实上,这些通俗文艺之间本身也是互相借鉴、互相影响的。"他们很少去参考正史、儒释道三教的基本经典等权威性知识源,宣卷的民间性似乎对知识的准确度并未提出太高的要求,何况这些创编者的文化水平,大多也不具备阅读经典的能力和动力。"②这一类改编本在同里宣卷卷目中数量非常多,多以家庭伦理、公案纠纷和才子佳人为题材,是纯粹的娱乐作品,而在常熟、张家港、无锡、靖江等地区,这类宝卷被归为"闲卷"(或者"白相卷"),与信俗、仪式没有太大关联,很少演述和流传。

三是结合日常生活、时事新闻或政府政策进行文艺创作。在非遗保护热的推动下,新创宝卷的数量在全国各地不断增加,南北方均涌现出不少新创宝卷,这类新创的宝卷大多是宣卷艺人结合主流文化和时事新闻创作而成的。同里宣卷艺人江仙丽、邹雅英与同里赞神歌传承人合作出演了以环境保护为主题的新卷目《清清荷花漾》,这是将宣卷与赞神歌形式相结合所编创的一种新的地方文艺样式——"赞宣文书"。赵华的"紫霞社"为配合某些文艺演出需要,根据时事新闻、社会现象等新编了一些现代卷目,如《乡下街上人》《祸起"双十一"》《宪法护航中国梦》《中国好人——杨立新》等。

---

① 潘立群口述访谈记录。(访谈对象:陈凤英、潘立群;采访者:黄亚欣;采访时间:2019年4月26日;采访地点:苏州市吴江区北厍镇池家湾。)
② 陈泳超:《江南宝卷文本的创编机制——以常熟宝卷为例》,《民间文化论坛》2021年第3期,第59页。

二、创编演述脚本的方式

在同里宣卷行业内,不少艺人有创编宣卷脚本的经历,如许维均、严其林、石念春、潘立群、屠正兴、赵华等。其中,石念春自己创编并手写的脚本有 20 多部,每一部均详细到说表、唱词、曲调等。他的卷本曾借给多位宣卷艺人作为参考。现以其改编的《珍珠衫》为例对其创编的具体过程进行论述。①

（一）变更体裁

宣卷艺人石念春的《珍珠衫》改编自明代冯梦龙《喻世明言》中的第一卷《蒋兴哥重会珍珠衫》。《蒋兴哥重会珍珠衫》为一则反映市井生活的短篇话本小说,石念春将其改为适用于同里丝弦宣卷演述的"剧本"形式。

第一,切分章回。《蒋兴哥重会珍珠衫》为短篇小说,不分章回,小说开头有"引首",以一首词开头,进而引出与故事相关的议论,论说主旨,进行劝诫,再由此议论切入正文。小说又以诗词结尾,总结故事内容,进行社会人生的批判,呼应主题。石念春对故事内容加以改编后进行章回切分,围绕"蒋兴哥经商染病,与妻子王三巧儿两地相思""三巧儿上香问卦,楼台凭窗盼夫归""陈商偶遇三巧儿起歹心,买通薛婆施恶计""陈商夜入蒋府强非礼,巧语迷三巧儿""私情败露蒋兴哥休爱妻,峰回路转二人破镜重圆"等几个主要情节将正卷分为五回,不设"引首""楔子",开篇直接交代故事发生的时间、地点、主要人物等:

---

① 石念春《珍珠衫》手稿原本分为上、下两册,共五回,上册三回,下册五回,现下册遗失,仅有前三回留存。

第四章 | 同里宣卷艺人在演述活动中的主体性呈现

> 事体出在宋朝仁宗年间,地方在湖北襄阳府枣阳县。就在县城里有一条街,叫大市街。大市街浪人家蛮多,勿在我书里我勿关照,我只关照一家人家,主人姓蒋,取名蒋德,表字兴哥,所以大家都叫伊蒋兴哥,今年二十二岁……①

章回的切分并不是随意的。每一个章回都围绕一个主题,每一个主题中都设置了高潮,每一回所演述的内容都是为了表现主要情节并把书情推向高潮。

第二,分配角色。石念春在脚本中标记了宣卷上、下手所分饰的角色,宣卷上手角色用"☆"标记,下手角色用"△"标记。每改编出一部新卷,在正式上台宣唱之前都要与自己的搭档进行简单的排练。石念春在改编脚本时根据宣卷上、下手各自的优势提前将角色分配好,可让搭档的两位艺人在学习新卷时一目了然,方便演练,有助于缩短排演时间,这也为新人学艺提供了便利。当然,一部新卷经过多次宣唱,艺人早就对卷情了如指掌,书中各类角色的扮演更是手到擒来,上、下手配合也更为默契,在实际演述时也不一定遵循脚本中拟定的词句和规则,可以自由发挥。

第三,划分说表、对白和唱词。同里宣卷的演述融说、噱、弹、唱、演等多种演述形式为一体,尤其突出"演"的部分,演述人需要不停地"跳进跳出",穿梭于多个人物角色之间,这就需要合理划分第三人称的叙述(即"说表")以及剧中人物语言和心理活动(即"白"与"唱"),大多数唱词还要依据吴江方言改编成适合独唱和对唱的韵文体。不仅如此,宣卷中的说表与说书、评话有所区别,部分说表起承上启下的作用,要能够配合丝

---

① 石念春:《珍珠衫》(手稿)。艺人在创编脚本时交代的朝代为"宋朝仁宗年间",实际演述时又说是"明朝永乐年间"。

弦宣卷基本调进行演唱。石念春在脚本中将"表""白""唱"的部分都一一做了区分，并加以标示。

第四，匹配相应的曲调、唱腔。石念春在每一段唱词处都标明了该段唱词所对应的曲调，有时还加注唱腔。同里宣卷演述时要起角色，不同的角色所使用的唱腔不同，旦角有旦角的唱腔，小生有小生的唱腔，同一人物在不同的情节冲突下所表现的情感也不一样，因此采用的曲调也不尽相同，如蒋兴哥到广东做生意不幸染疾，在病榻上思念妻子时的内心独白用"阳血转基本调"，三巧儿日夜企盼丈夫归来时的内心独白用"春调"（又名"孟姜女过关调"），丫鬟晴云为三巧儿梳妆时的唱词用"梳妆调"，陈商与三巧儿见面后失魂落魄的自白用"银绞丝调"，薛婆拒绝陈商请求的唱段用"吴江调"，而陈商下跪再三恳求薛婆帮忙时用"醒世曲"。石念春在编写人物唱词并匹配相应的曲调时均做了反复、缜密的考量，比如表现人物忧郁哀伤时可选用"孟姜女过关调"，该调适用的唱词乐段为典型的四句体，每选七言四句，除第三句外，均押平韵。唱词要根据曲调韵律来编排，整段唱词配以相应的曲调，放在改编者所设定的情节位置必须符合特定的书情，并与前后情节之间较好地衔接，形成平稳过渡。

（二）利用典型人物巧妙制造噱头

与小说不同，宝卷需要上台演述。为了博得听卷者的兴趣，艺人要在每一回中制造出一定的噱头或矛盾冲突来强化情节，使故事的叙述有高低起伏。石念春改编的脚本中值得一提的是在宝卷第二回"三巧儿上香问卦，楼台凭窗盼夫归"中扩展了"瞎子卖卦"这一情节，并塑造了"张瞎子"这一穷困潦倒、幽默滑稽的经典丑角形象。《蒋兴哥重会珍珠衫》中"瞎子卖卦"这一情节虽对后续三巧儿一日几遍向外探望进而遇见陈商的故事发展起到一定的推动作用，但并非主要情节，小说仅用了少量笔墨叙述这一情节：

到初四日早饭过后,暖雪下楼小解,忽听得街上当当的敲响。响的这件东西,唤作"报君知",是瞎子卖卦的行头。暖雪等不及解完,慌忙掩了裤腰,跑出门外,叫住了瞎先生,拨转脚头一口气跑上楼来,报知主母。三巧儿吩咐:唤在楼下坐启内坐着。讨他课钱,通陈过了,走下楼梯,听他剖断。那瞎先生占成一卦,问是何用。那时厨下两个婆娘,听得热闹,也都跑将来了,替主母传语道:"这卦是问行人的。"瞎先生道:"可是妻问夫么?"婆娘道:"正是。"先生道:"青龙治世,财爻发动;若是妻问夫,行人在半途,金帛千香有,风波一点无。青龙属木,木旺于春,立春前后,已动身了。月近月初,必然回家,更兼十分财采。"三巧儿叫买办的,把三分银子打发他去,欢天喜地,上楼去了。①

艺人石念春在改编脚本时大幅度扩充了"瞎子卖卦"的情节,将该情节扩写为整整一个章回,为瞎子取名为"张博先",谐音"张半仙",增加了对张瞎子的细节刻画,又增设了"张瞎子自白——晴云上门请张瞎子——晴云领路——张瞎子吃汤团"等分支情节。张瞎子出场时有一段顺口溜式的内心独白:

我格祖浪本姓张,爷娘半夜三更拿我养,直到现在齁天亮。大概生来命忒硬,老早死脱爷勒娘。十岁头上拜先生么,只算命么勿看相。江湖全靠嘴一张,勿怕人家勿上当。人家生活都在奔小康,就是我电灯勿肯装。女人生来最漂亮,在我面前无用场。游山玩水我勿白相,只有进进跳舞场,为啥只去跳舞场,因为里厢黑灯瞎火都一样。②

---

① (明)冯梦龙:《喻世明言》,华夏出版社2013年版,第5页。
② 石念春:《珍珠衫》(手稿)。

石念春利用张瞎子这一段插科打诨迅速制造出噱头，引人发笑。后面又增加了张瞎子走路不小心被石头绊倒、吃汤团几番遭丫鬟晴云戏弄、被汤团的汤汁烫伤喉咙等一系列噱头，塑造出张瞎子诙谐幽默的形象，带动观众情绪，尤其是"吃肉馅汤团"的情节将第二回的故事发展一步步推向高潮：

△【表】晴云到厨房拿了只大碗，一把抄，到隔壁汤团店买仔八只肉汤团，已经是满满交一碗哉。

【白】张先生，汤团买来哉，倷吃吧。

【表】晴云将汤团碗望瞎子边浪茶几上一放。

☆【表】瞎子听到汤团子买来么，恨勿得一下子望肚里倒下去，实在是饿透饿透，所以要紧侧过来，七少摸看汤团碗，在摸到把抄，一想，勿客气，让我吃吧。抄起一只汤团，嘴巴张开，正想吃。

△【白】张先生。（要紧凑）

☆【表】正想要吃，听到有人叫，大概有啥事体。汤团到嘴边，从新放回到碗里。

【白】小阿姐，阿有啥事体？

△【白】大事体无不啥，我想问声倷阿有几岁勒。

☆【表】瞎子一听，心里有点勿大开心，想该种攀谈末等我吃好仔。倷阿晓得我饿伤心勒嗨。但再一想，我毕竟是客，俚是主，人家好心待我吃点心，我何必要勿开心呢。所以汤团放回到碗里，出仔只笑脸。

【白】小阿姐，若问我贵庚，说大勿大，说小勿小，虚度光阴已经五十五春哉。

△【白】先生五十五岁，看勿出，看勿出，一点阿看勿出。倷实介格嫩相，岁数好象勿活倷身浪嘎。

第四章 | 同里宣卷艺人在演述活动中的主体性呈现

☆【表】瞎子一听险介乎跳起来,我搭俫平日无仇,往日无怨,俫作啥要转仔弯来骂我呢。俫听嚷:看勿出看勿出一点阿看勿出,明明勒浪取消我是瞎子。岁数好象勿活我身浪,难道活勒狗身浪嘎。瞎子正想要发火,但一想我是吃江湖饭嘎,俫来作成我生意,俫就是我个上帝,我只要赚得着铜钿,何必同人家去多计较呢。瞎子汤团还齾吃着,一团火气倒往肚里咽。

听听勿在问,想让我吃吧。重新摸着抄,抄仔只汤团,抬起手,嘴巴张大,正想吃。

△【白】张先生。

☆【表】瞎子怨阿,想我搭俫啥格浪冤家。我勿吃,俫勿响,我要吃哉,俫又要叫哉,分明诚心勒浪吊我胃口。勿吃吧,一来勿舍得,二来舍勿得。该歇辰光格瞎子真叫有火发勿出,有怨吐勿出。汤团望碗里噌一放,哭丧仔只面孔。

【白】小阿姐,谢谢俫有啥事体一整档说阿好,让我等俫说完仔吃吧。

△【白】张先生俫齾要发火嚷,我只不过想搭俫瞎攀谈几句。那,我想问俫屋里一共几个人?

☆【表】先问我年纪,现在来调查户口哉。瞎子想省得俫再问长问短,让我回答的割割裂裂,叫俫无啥好问。

【白】小阿姐,俫若问我屋几个人么,俫听好仔,屋里除我之外,只剩几只饿勿煞格老虫哉。

【表】阿清爽。那俫最多问一声老虫阿曾拨猫捉脱。一听,勿有声音。既然俫再无啥好问,格末勿客气,让我吃吧。从新拿汤团抄起来。该趟俚匣称吃一堑长一智,抄起汤团勒浪等俫问。等仔歇勿见问,格末无啥客气,让我抓点紧吃吧,嘴巴突然张大,整只汤团送仔进去。

【白】啊呀勿好哉,救命哎,我喉咙里火着哉。

△【白】张先生,张先生,倷作啥呀?

☆【白】喉咙里火着,喉咙里火着哉。

【表】瞎子啊,倷吃得忒狼形呀。诸位老听众都晓得,吃汤团先咬了个洞,拿里向格汤先呼脱再慢慢交吃。现在倷整只汤团送到嘴里,倷嘴巴抿拢来,汤团阿要穿脱,外加穿来促狭,穿勒里面,所以一包汤直望喉咙里彪进去。我前头已经介绍过,该店是新开汤团店,皮薄汤多油水足,故而烫得格瞎子痛都喊勿出,板叫喉咙里火着。

作孽,瞎子忍仔痛总算拿八只汤团吃完,晴云拿来收拾开。三巧儿匣梳洗完毕下楼而来。瞎子关照焚香点烛。一切舒齐,瞎子从卜袋里摸出卜筒,起乎摸着香炉,卜筒在香上绕仔三圈,然后嚓啷嚓啷摇仔三摇,卜片望台浪一倒,起乎去摸。①

石念春在扩展情节时又十分注重与地方文化要素的糅合,在冯梦龙小说的基础上,采撷了当地特有的一些民俗意象参与形象构建。以"张瞎子吃肉馅汤团"这个情节的设置为例,张瞎子说自己早晨烧的水泼鸡蛋茶还在锅里,尚未用早餐,由此,丫鬟晴云便要出去给他买早点,所买的早点是八只肉馅汤团。在同里一带,早餐吃水泼鸡蛋茶、汤面、汤团是当地民众的一种饮食习俗,咸口的肉馅汤团更是江南特色,具有典型的地方色彩。这一情节的加入看似不经意,实则是同里生活相的真实写照,它代表了地域民众在社会中原生态的生活样式,具有高度的生活真实性和典型性,满足了受众的意象期待。当然,民间艺人的创作有很大的随意性,他们对文学的概念较为模糊,叙事逻辑也不尽严密,一切以演述的实用需要为目的,专业程度明显弱于作家创作。小说《蒋兴哥重会珍珠衫》所设置

---

① 黄亚欣根据石念春《珍珠衫》手稿誊写。

的故事发生地在湖北襄阳,而艺人石念春将早点吃肉馅汤团的细节嵌入故事中,并不符合襄阳食俗,从逻辑上来讲也许不合理,但某种程度上贴近受众生活,让受众听起来仿佛是发生在自己身边的日常故事,更易获得共鸣。

(三) 对演述语言进行通俗化、地方化处理

石念春为将小说改编为适合同里宣卷演述的脚本,对脚本的语言进行了通俗化、地方化的处理,使其符合吴江方言习惯,将小说中的人物语言改为适合说表和唱诵的台词,更为口语化,就像民众日常的聊天和闲谈。脚本的说表、念白和人物唱词中使用了大量的吴江方言词汇和语法,如:

① 人称代词:"侪"、"伲"(第二人称代词)、"伊"(第三人称代词)

侪有心事勿肯说
伲进去吧
因伊长得漂亮

② 位置/地点+"浪"、"浪厢"

大市街浪人家蛮多
到大厅浪厢

③ "阿"+形容词或助动词"要、会、可能"等(石本原文写作"啊")表示选择疑问功能

阿要去请张瞎子来起上一卦
阿太平勿太平

俫看阿好

阿会是生意来哉

④ 助词"哉、勒浪、脱、格、格末"

我格¹食量毋大格²（格¹放在代词后，表示所属关系；格²放在句末，为语气助词，无实际意义）

该歌辰光格瞎子真叫有火发毋出（放在名词性词组后，表修饰）

格末让我明朝早点来等（语气助词连用，无实际意义）

多谢妈妈哉（放在句末，跟全句发生关系，相当于普通话句末的"了"）

生意要荒废脱（跟在形容词后，表示这种性质、状况已经出现或完成）

病好勒浪想屋里（表示已经发生，相当于普通话的"了"）

门还关好勒浪（表示已经发生，相当于普通话的"了"）

除此之外，还有一些吴江方言中常用的名词，如伲子（即儿子）、屋里（即家里）、事体（即事情）；动词，如关照（即交代）、料理（即处理）；形容词，如清爽（即清楚、明白）。演述中不再使用小说中的一些文人化的诗词章句，取而代之的是一些地方歌谣，有的歌谣还可以配以相应的地方小调演唱。比如三巧儿盼夫归来，触景伤情时，小说中插入了四句诗加以映衬："腊尽愁难尽，春归人未归。朝来嗔寂寞，不肯试新衣。"艺人石念春将其改为三巧儿用"春调"唱了一支情歌：

月儿东升夜来临，仍不见郎君转回程。

我望眼欲穿盼夫归，食不思来夜不眠。

二更里来奴坐窗前，试想当初夫妻情。

> 你敬我爱情如漆,为何你一去就不思情。
> 三更里来奴宽衣睡,反来复去两行泪,
> 别人家夫妻情又爱,唯独我巧儿孤单单。
> 四更里来我笑开怀,忽见我夫君转家来,
> 他宽衣解带与我同床睡,喜得我从梦中醒过来。
> 五更里来我睁双眼,回想梦中情一番,
> 何日盼得夫君归,早夕相聚不分开。①

丫鬟晴云给三巧儿梳妆的时候用江南小调中的"梳妆调"唱了一支民歌：

> 娘娘侬坐好,我来搭侬梳。
> 我撑起青铜镜,娘娘侬坐端正。
> 黄杨木梳我手中擒,理得青丝一根根,
> 面上拍点粉,胭脂红衬衬,
> 头上首饰扦端正,娘娘显得好精神。②

陈商进县城时文稿穿插了一段描写城里繁华景象的民谣,艺人说表时加入这段民谣,既描述了城中细节,又有利于营造轻松氛围,颇能展现陈商初进城时的新鲜感：

> 一条大街宽又长,两地店铺齐开张,
> 三门楼牌路中造,四合院内人丁旺,

---

① 石念春：《珍珠衫》(手稿)。
② 石念春：《珍珠衫》(手稿)。

五芳茶楼飘清香,六角凉亭中好乘凉,
七品衙门威严壮,八层宝塔铜铃响,
九州戏院锣鼓闹,十字街头百业旺。①

综合以上几个方面来看,艺人石念春的改编有如下几个特点:

首先,俗化演述语言。宣卷的主要受众并不是知识分子,多数是农民,宣卷的展演场合也以农村为主,正所谓"说书上市镇,宣卷下农村"。由此,石念春在改编演述脚本过程中所做的非常重要的一项处理就是"俗化",在叙述的语言上,说表均使用白话文,唱段才使用韵文;摒弃了经典文本中佶屈聱牙的字词和文人作品中的典故、诗词,大量使用当地民间的俗语、谚语、歌谣甚至是一些稍显粗鄙的修辞,而通俗的文句往往更容易被普通民众所接受。

其次,使演述脚本在地化。宣卷时分角色,采用说、唱、表相结合的形式是对当地颇为流行的评弹、苏滩等艺术形式的吸收和借鉴。艺人演述时赋予了宝卷故事更多本地色彩,"全国性的公共知识在地化而进入地方话语"②,使故事与当地民俗生活形成交融。石念春糅合地方性特色进行叙事情节的扩展和经典形象的塑造往往更能够激发听卷者的热情,烘托演出氛围;当地特有的歌谣小调、方言俚语的加入又构成了同里宣卷与众不同的风味,在意蕴上迎合了受众的期待。

宣卷演述活动是一种群体性的审美活动,它的形成是集体审美意识的结晶。艺人的创编实则凝聚着民众共同的情感,他们加入的民歌、小调等更大程度上蕴含着当地人集体无意识的情感指向。艺人在演述活动中"叙述的不仅仅是情感,还有休戚相关的生活,不仅是个人,更多的是一个

---

① 石念春:《珍珠衫》(手稿)。
② 叶涛:《民间文献与民间传说的在地化研究——以沂源牛郎织女传说为中心的探讨》,《民族艺术》2016年第4期,第108页。

群体,不仅是文艺,还有对于社会人生的理性批判"①。艺人在改编时设置的一些细节是在长期的集体思想情感交流的基础上,经过民众反复地对比、选择、积累而创造出来的,而不是随意为之。它们之所以是这样的而不是那样的,往往出于久远的情感理性与实用需要;看似偶然,实则是深层的民众群体心理意识所构建的民俗喜好或信俗心理所致。

第二节 艺人演述中的建构与演述基本法则的形成

宣卷艺人通常有一套普遍的演述法则,这套法则一部分从前人处继承而来,一部分在演述实践中摸索出来。他们不断探索更合适的表演路径,并逐步建立起固定的演述结构,该结构使得他们的演述区别于当地其他的民间表演艺术,并在行业内广泛推行。同时,他们在实践中积累了一系列程式化的表达,这些表达的运用使他们能够在演述中进行快速创作。在宣卷演述的基本法则之内,艺人的表演呈现出相当的稳定性,无论哪一位艺人进行表演,都不偏离这套法则,所有的演述均在法则内进行,该法则是同里宣卷演述传统建构的重要环节。

目前的同里宣卷活动通常在一日内进行。一部宝卷分几个章回来宣,每一回卷约45分钟。20世纪90年代前后,一部宝卷常常分为六回宣唱,白天三回晚上三回,或者白天四回晚上两回。当时,演出时间较长,艺人在宣卷时会不断加入一些自己临时发挥的说表和唱词。2007年前后,在新一批同里宣卷艺人的带动下,一本宝卷改为分四回宣唱,下午三回晚上一回。现大多数艺人只宣日场,上午一回下午三回,或者一下午将

---

① 陈勤建:《文艺民俗学》,上海文化出版社2009年版,第189页。

四回卷全部演述完毕。①

　　一场完整的宣卷演述主要分为开书、正卷、结尾三个部分：正卷开始之前要开书（又叫唱《开卷偈》《卷前曲》）；然后分为若干回进行演述（现在大多数为四回），每一回开始之前通常都要演述一段短小的《开卷小偈》来引出本回的主要内容，回与回之间有 10 分钟左右的间歇，这个间歇称作"小落回"；宝卷内容演述完毕后，艺人简单结尾，说明宣卷到此结束，并表达对听卷者的祝福。以四回卷为例，基本演述结构为：

　　　　　　《开卷偈》
　　　　　　第一回
　　　　　　小落回
　　　　——————————
　　　　　　《开卷小偈》
　　　　　　第二回
　　　　　　小落回
　　　　——————————
　　　　　　《开卷小偈》
　　　　　　第三回
　　　　　　小落回
　　　　——————————
　　　　　　《开卷小偈》
　　　　　　第四回
　　　　　　结束语

---

① 现吴江大多数宣卷活动都在白天进行，一般 17:00 前结束，仅少数村镇仍保留着夜场习俗，如同里镇的部分村落。

《开卷偈》主要交代宣卷活动的缘由,表达对出资请卷的主家和台下听众的祝福,并告知接下来要宣唱的卷目名称,引出卷情。开卷时宣卷艺人常谦称自己为"小晚生""学生"等。2018年11月3日(农历九月二十六)吴江金家坝埭上村姚胜荣家新房进屋时,柳玉兴《开卷偈》的唱词及其结构如下(表8)①:

表8 柳玉兴《开卷偈》唱词及结构

唱　　词	结　　构
【"丝弦宣卷调"唱】 　　一寸光阴一寸金,寸金(呀)难买(啊)寸(啊)光(啊)阴。 　　十路(啊)黄金(啊)有(啊)万(啊)两,错过(呀)光阴没处停。	开篇/引子
小晚生来到贵府(啊)村(啊)浪厢,今朝头(呀么)姚胜荣老板(么)屋里厢是好报应。 　　阖家老小诚诚心,黄道吉日要赎愿(呀)心。 　　新(啊)造(啊)别墅,今朝楼靠人。 　　老观众(么)千要紧(么)万要紧,人靠佛来佛靠人(啊),有时靠(呀)靠勿着人。	交代是日请卷的主家以及请卷缘由
保佑我姚府门上(么)阖家老小(么)都要手(啊)脚轻, 　　生男养女穿龙门,开店开出么生意(呀)兴。 　　南天门西(呀)地,要来孝顺(啊)佛。 　　佛面上(么)烧香(呀)福气(啊)快,为儿为女(啊)为小辈。 　　保佑伊笃②(么)姚府(啊)门,老年人(呀)越活(呀么)越年(啊)轻,生了头发白来相转(呀)等,落特③牙齿(呀)重生(啊)根,保得伊笃一包两三晓丹(呀)心。 　　中年人(呀)出入平安(么)生意(呀)兴,还有(呀么)屋里厢(么)琳琅公子读书(啊)人,	表达对主家的美好祈愿

---

① 笔者根据柳玉兴当日口头演述录音进行誊写。参见柳玉兴、朱凤珍口头演述记录。(演述人:柳玉兴、朱凤珍;演述时间:2018年11月3日;演述地点:江苏省苏州市吴江区金家坝镇埭上村姚胜荣家。)
② "伊笃",吴江方言,他们。
③ "落特",吴江方言,落掉的意思。

唱　　词	结　　构
保得伊笃(么)琳琅公子(么)将来找(个么)如意称心好娇娘，福(啊)气(呀么)龙凤相配，配鸳(呀)鸯。 保得伊笃(么)姚(啊)门，代(呀)代子孙乐天伦， 屋里厢(么)都有(么)孝子(啊)孙，日日月月长精神(么)，三好学生红领(啊)巾。 出国留学到东(啊)京，博士上来晓丹心，中央做到接班(啊)人。 保佑我(呀么)春风，赢取太平再摇黄金。 【表】 　　那么，今朝头，我伲①到贵府发财村上，姚胜荣老板阖家老小团结一条心啊，黄土也能变成金，门前种起摇钱树(啊)，屋里头放起聚宝盆，早摇金子夜摇银(啊)，亲眷朋友兄弟姐妹皆要做个发财(呀)人！	表达对主家的美好祈愿
【"丝弦宣卷调"唱】 　　掼特伊闲文归正(啊)本。 【表】 　　那么今朝我到姚府门浪厢，喜洋洋乔迁之喜，宣一班宣卷待待千尊好佛，保佑人口平安，恭喜发财。那么，今朝么张老师要来采访我伲格本《白兔记》，我要准备开卷了。格本《白兔记》出自啥个朝代呢……	言归正传，转入是日所宣的卷目

《开卷偈》的唱词内容艺人可自由发挥，常规结构由"开篇/引子——交代出资请卷的主家和请卷缘由——表达对主家和听卷者的祝愿——转入正卷"几大部分组成。在这几个部分中，艺人也积累了一系列程式化的表达，有的是从前辈艺人处习得，有的是从其他艺人的演述中听取而来，有的是借用自评弹等其他曲艺，这些表达方式为当地所有艺人所共享，储存在艺人脑中，他们在演述时可从中随意抽取和调用。

宣卷艺人经常要储备充足的"开篇"或"引子"用于正卷开始之前的热场，以此安定现场受众的情绪，也借机招徕更多的受众，抓住人们的注意力。可以一小段民歌、民谣、顺口溜或者俗语、谚语作为开篇，也有艺人以弹词形式开篇。常用的开篇如：

---

① "伲"，吴江方言，我们，"我伲"也是指我们。

正月里来是新春,二月杏花白如银;

三月桃花红喷喷,四月里蔷薇花开像小牡丹;

五月石榴红一片,六月里荷花透水鲜;

七月里凤仙花开结连理,八月桂花香满园;

九月里菊花像黄金,十月芙蓉应小春;

十一月水仙花开如仙子,十二月腊梅花挺胸膛。

(《十二月花名》)[1]

又如:

八仙过海浪滔滔,王母云中把手招,

要问众仙何处去,特来庆寿赴蟠桃。

铁拐李仙人道德高,腰挎宝葫芦传妙道;

曹国舅喜爱云阳板,诚爱黎民多勤劳;

汉钟离跨海宝扇摇,摇得人间乐逍遥;

蓝采和提着花篮献珠宝,恭贺新禧财神到;

何仙姑手持荷花海上飘,荣华富贵齐来到;

韩湘子口吹玉王箫,吹来大地百花开;

张果老奉劝大家多行善,倒骑毛驴哈哈笑;

吕洞宾云游天下济众生,路见不平剑出鞘。

(《八仙过海》)[2]

---

[1] 计秋萍、金春凤:《玉珮记》,中共吴江市委宣传部等编:《中国·同里宣卷集(口头演唱记录本)》,凤凰出版社2010年版,第306—307页。

[2] 计秋萍、金春凤:《金锁缘》,中共吴江市委宣传部等编:《中国·同里宣卷集(口头演唱记录本)》,凤凰出版社2010年版,第739页。

再如：

> 一人一马一条枪，两国相争动刀枪，
> 三气周瑜芦花荡，杨四郎带令出关见老娘，
> 伍子胥要拿昭关过，杨六郎坐镇三关白虎堂，
> 七擒孟获孔明计，八仙过海浪滔滔，
> 九进中原金兀术，十面埋伏楚霸王。①

开篇的形式和内容多样，完全出自艺人的个人喜好。部分艺人喜欢自编自创一些顺口溜作为开篇，也有部分艺人简单地一句"丝弦家生一声响，让我把宣卷说开场"，随即开卷。开篇不是必需的环节，艺人也可跳过此环节，直接交代宣卷的缘由。

每宣一台卷，艺人需要清楚地交代请卷的主家是谁，还可以补充说明请宣卷赕佛的因由。比如：

> 小晚生来到贵府（啊）村（啊）浪厢，今朝头（呀么）姚胜荣老板（么）屋里厢是好报应。
> 阖家老小诚诚心，黄道吉日要赕愿（呀）心。
> 新（啊）造（啊）别墅，今朝楼靠人。②

或者：

---

① 郑天仙：《黄金印》，中共吴江市委宣传部等编：《中国·同里宣卷集（口头演唱记录本）》，凤凰出版社2010年版，第685—686页。
② 笔者根据柳玉兴当日口头演述录音进行誊写。参见柳玉兴、朱凤珍口头演述记录（演述人：柳玉兴、朱凤珍；演述时间：2018年11月3日；演述地点：苏州市吴江区金家坝镇埭上村姚胜荣家）。

> 今朝在伲金府上，喜气洋洋真闹猛，新屋落成众亲眷齐到场，请一台丝弦宣卷闹开场。①

当然，只简单说明出资请卷的雇主也可以，比如：

> 今朝是朱府门上闹盈盈，朱府女婿有名声，女婿大官翁老板，出手大方待神明。②

交代完请卷的主家，要先对主家一家表达祝愿，为其祈福。如果为家中老人、儿童做生日或子女结婚请卷，要相应地先祝福寿星或一对新人；倘若是新房进屋，可先对主家的新屋进行一番赞美，如"新造别墅是亮铿铿"等。一般情况下，多祝福"阖家老小都要手脚轻""阖家大小幸福长"，祝愿生意兴隆等。

接着问候在场听卷者。问候听卷者不是必需的，但对台下的听众有礼有节，容易在该地获得较好的群众基础，可为今后的戏路做铺垫。有的艺人简单祝愿在场观众身体康健，出入平安，有些艺人对老年人、中青年人、儿童等一一祝愿。在吴江地区，养殖业为重要产业，艺人到了以养殖业为主的村镇（如北库镇、同里镇俞库村等），还要加祝养殖老板产量高。

寒暄一番之后，艺人要言归正传，转向正卷。除了正卷开始之前的《开卷偈》以外，每一回开始之前艺人也会演述一段短小的《开卷小偈》来引出下文，可以是民歌、民谣、顺口溜等，也可以是祝福语或者一些家常闲话。比如2008年4月21日艺人石念春在汾湖镇金家坝社区粮库弄张家

---

① 赵华、章凤英：《雪里产子》，中共吴江市委宣传部等编：《中国·同里宣卷集（口头演唱记录本）》，凤凰出版社2010年版，第117页。
② 计秋萍、金春凤：《金锁缘》，中共吴江市委宣传部等编：《中国·同里宣卷集（口头演唱记录本）》，凤凰出版社2010年版，第739页。

演述宝卷《珍珠衫》时,宣到第三回,开卷时唱道:

> 三回宣我两回过,日里还有一回卷。
> 听完宣卷各自回家转,回到屋里厢去烧夜饭。
> 烧哉夜饭来吃夜饭,吃哉夜饭早点来。
> 七点钟左右把书开,有句闲话我交待:
> 临哉出门要拿房门来关一关,
> 因为现在小贼胚多得来是海海会。
> 勿要倷屋里勿见存款单,骂我宣卷格害人胚。
> 我虱落闲文唱正本,《珍珠衫》宝卷来唱下文。①

每一回卷宣唱完毕,艺人要告知听众本回卷到此结束,比如"宣到该搭么卷来停,夜档再来宣分明""让我晚生停一停,下回之中再孝敬"等,使用"丝弦宣卷调"演唱。一部卷全部演述完毕,艺人通常以几句简单的说表或唱词结卷,告知听众演出结束,有的艺人还要表示自谦,也有的对主家、听卷者表示祝福,如:

> 【表】今朝来到挨搭听宣卷格各位听众朋友,希望老听众听哉格部宝卷,匣是富贵双全!最后祝在座男女听众朋友们,大家身体健康!恭喜发财!
>
> 【"丝弦宣卷调"唱】宣到此地卷完成,谨请各位多指正。②

---

① 石念春:《珍珠衫》,中共吴江市委宣传部等编:《中国·同里宣卷集(口头演唱记录本)》,凤凰出版社2010年版,第618页。
② 高黄骥、周建英:《双富贵》,中共吴江市委宣传部等编:《中国·同里宣卷集(口头演唱记录本)》,凤凰出版社2010年版,第114页。

又比如：

【表】格本《梦缘记》草草宣团圆，小晚生才疏学浅，如若有啥充口、漏洞，多多包涵！

【"丝弦宣卷调"唱】宣到此地卷来停。①

正卷的演述形式类似于"幕表戏""路头戏"。不少宣卷艺人提到自己将宣卷的脚本内容进行简化，做成一张张小卡片。他们将宝卷故事发生的朝代、主要人物、主要情节等写在这张卡片上，外出宣卷时随身携带这些卡片，以免遗忘。宣卷时艺人是来不及看演述脚本的，只要温故卡片便能做到心中有数，演述时以卡片内容为纲，在此基础上加以发挥。

同里宣卷艺人的演述遵循一定的程式，但并无定本，具有灵活性和即兴性。艺人凭借自身记忆演出，在演出时可以自由发挥，灵活编排，时间可长可短。即使有些艺人自己编有脚本，实际表演时也不可能与脚本内容完全一致，甚至有较大变动，可以说演述是宣卷艺人的二次创编。艺人演述时需要把握一个原则，即紧扣每一回卷的主题，并设置高潮，使书情显得跌宕起伏。宣卷老琴师石启承说：

宣卷都是"幕表戏"，不是按照本子上来演的。评弹就两样了，一字一句都要背出来。他们有一些手势，唱的人唱完一段之后会有相应的手势暗示接下来这段戏要放给另一个人，那么另一个人就要接下去。你如果录音下来，可以发现，每次说同一本书都不一样的。内容可以添加，也可以删除。我就同屠正兴他们讲了一个秘诀：过去

---

① 江伟龙、盛玲英：《梦缘记》，中共吴江市委宣传部等编：《中国·同里宣卷集（口头演唱记录本）》，凤凰出版社 2010 年版，第 530 页。

是六回卷,下午三回,晚上三回。每个故事都有主题的,六回就有六个主题。在一回书里,如果你觉得内容已经说得差不多了,但时间仍有富余,你就增加唱的部分,拉长时间。六回卷的第一回,比方说是"夫妻相会",你就把夫妻相会的内容做一做,其他的内容就"表"一"表"好了,不要做了,这样三刻钟时间就已经差不多了。如果像现在,有的改成三回卷了,那么就把这个故事里面最主要的、最精彩的内容做一做,其他的都"表",这样就把时间缩短了。我就教会他们怎么合理地分段。①

艺人演述如何根据书情在每一回中设计情节纠葛以建构高潮是宣卷表演的关键所在,如果一回书的主题是"小姐、书生花园相会",那么情节进行到二人相会的时候,便不能简单地以说表带过,而要以人物对白和对唱的形式呈现,将该情节推向高潮。

为了扮演不同的人物,艺人们需要在演述过程中不断"跳进跳出"。起角色时,人物出相②需要配合一定的功架和挂口。例如,包拯出场时,常用的挂口为:"头戴乌纱双指飘,坐蹬朝靴三寸高。上为君,下为民,赤胆忠心为当朝。"与此同时,艺人还要辅以手捋五缕长须的动作。读书人出相的常用挂口为:"天子重英豪,文章教尔曹。万般皆下品,惟有读书高。"而浪荡公子的挂口是:"天子重英豪,文章不肯抄,万般皆下品,白相(玩)最最好。"③为了令听卷者保持热情,他们还需要即兴创编一些"噱头",使听卷者参与现场的互动。

---

① 石启承口述访谈记录。(访谈对象:石启承;采访者:黄亚欣;访谈时间:2019年4月26日13:00—16:00;访谈地点:苏州市吴江区同里镇朱家浜小区石启承住所。)
② 在民间说唱和戏曲的表演中,人物第一次出场被称为出相。
③ 该句浪荡公子出场的挂口为同里宣卷艺人芮时龙演述现场即兴创编而来,后被多位宣卷艺人反复运用,已成为同里宣卷艺人的程式化表达。

演述所需的挂口、噱头、开篇、祝福语等往往有一些程式化的表达,这些表达储存在艺人脑中或诉诸笔头,有利于他们在演述时快速进行创作。有时,他们将新的内容放入旧有的表达中,新的表达便产生了,如果他们继续使用这些新的表达,这些新的表达就会变成相对固定的表达,倘若这些表达又被其他艺人使用,那么在长期实践过程中这些表达便进入了演述传统,从而成为程式化表达。

第三节　演述中的情境化创作

同里宣卷艺人的演述虽然基于一定的法则,但他们在实际演述时会根据情况适当地加以改编,从"脑中的文本"到实际展演出来的文本,艺人在这一过程中发挥了重要的再创作功能。同一宝卷故事,不同艺人的演述会呈现出较大差异:首先,每位宣卷艺人所使用的宝卷底本不尽相同,部分艺人还会对文本进行创编;其次,艺人一般都有自己的师承和门派,不同门派之间的宣卷演述风格有较大差异;再次,艺人在实际演述时所用的曲调、唱腔不同,各人的音调、语速等也不是完全一致的;最后,宣卷过程中,艺人会根据实际情况对宝卷内容进行适当的增删和调节。总之,同里宣卷艺人的演述不是机械地重复卷本内容,而是在演述中进行再创作,艺人既是表演者,也是创作者。下面将对他们的创作手段进行具体剖析。

一、使用当地方言,按照各自的语言习惯和喜好演述

宣卷时,艺人受到表演情境的影响,是使用当地方言演述的,艺人在演述时的说表和唱词都带有鲜明的地方方言色彩。此外,说表、演唱时,不同的词,不同的艺人读法不同,停顿之处不同,有些艺人还会根据方言习惯在停顿处加上"呀""么""啊""哎""耶"等衬词。

艺人多数情况下可选择自己擅长或偏好的唱腔、曲调来进行演述,如表现女性悲伤之处既可以选用越剧"戚派"唱腔,也可以用锡剧"慢板簧调",或者江南小调中的"春调"等。各种曲调和唱腔的选择并没有严格规定,艺人可依据自身对卷中情节和人物的理解展开演述。

二、依据实际情况调节演述内容

演述要依据实际情况进行,有时需要缩短,有时需要拉长。

宣卷艺人在演出时,很多时候会受到演述场域(包括演出环境、听众反映、自身状况等)的影响,他们会根据实际情况对演出进行相应的调节。遇到演出反响好的宣卷场子,宣卷艺人自己也会被听众的情绪激励,自然而然地愿意延长二人对唱的时间,有时还会加入一些噱头,引人发笑。但也有些宣卷场子上听众对艺人所演述的内容不感兴趣,这种情况下宣卷艺人也希望早早结束表演,通常会减少"唱"和"做"的部分,以几句言简意赅的说表带过。

宣卷艺人在宝卷故事情节编排和演述时长上的安排要考虑主家和听卷者的意愿。艺人屠正兴演述《林娘传》宝卷,一般分为五回来宣,下午三回,晚上两回,当有些主家要求一下午唱完,屠正兴就要适当删减一些情节,将原本的五回卷压缩为三回卷。宣卷艺人演述一本卷的时间可长可短,按实际情况调节演述内容对于他们来说是轻而易举的事情,他们早已适应了在不同的演述时长之间来回切换。在同里宣卷的表演中,听卷者的可变性(viariability)和不稳定性(instability),促使宣卷艺人在表演时需要根据具体情况对演述内容加以现场改编,或使卷本内容更长、更富感染力,或使之缩短、较少雕琢,在每一次的表演中都不断形成新生性的表达,形成模式性与新生性之间的互动。

此外，宣卷艺人的演出也会受自身状况的影响。当艺人身体欠佳时，通常只想尽快完成表演任务，至于表现得是否到位便无暇顾及，甚至会删减部分次要情节，减少对唱。

三、唱词中穿插吉祥语

顾颉刚在《苏州近代乐歌》中就提到宣卷艺人"好说吉利话"[1]。同里宣卷艺人在接、送佛仪式时，不仅按照《请佛偈》《送佛偈》的固定程式把神佛请来、送走，其中还穿插了不少祝福主家和听卷者的吉祥语。艺人在开卷时也喜欢插入一些吉利话，用以在正式宣卷之前烘托演出气氛。他们在演出之前要了解主家的家庭情况，比如家中都有哪些人，分别多大年龄，在哪里工作或者读书，本次请卷赕佛的因由等，掌握了这些情况，艺人便可以即兴编出一些更契合主家心意的吉祥语。现将调查过程中宣卷艺人在《开卷偈》中常用的祝福主家、听卷者的吉祥语整理如下（见表9）：

表9　宣卷艺人《开卷偈》常用祝福语、吉祥语

祝福对象	吉　祥　语
祝福主家	【柳玉兴：】 保佑我姚府门上（么）阖家老小（么）都要手（啊）脚轻。 生男养女穿龙门，开店开出么生意（呀）兴。 保佑伊笃[2]（么）姚府（啊）门，老年人（呀）越活（呀来么）越年（啊）轻，生了头发白来相转（呀）等，落特[3]牙齿（呀）重生（啊）根；中年人（呀）出入

---

[1] 顾颉刚：《苏州近代乐歌》，《歌谣周刊》1937年第3卷第1期，第6—8页。
[2] "伊笃"，吴江方言，他们。
[3] "落特"，吴江方言，落掉的意思。

续 表

祝福对象	吉 祥 语
祝福主家	平安(么)生意(呀)兴,还有(呀么)屋里厢(么)琳琅公子读书(啊)人,保得伊笃(呀)琳琅公子(么)将来找(个么)如意称心好娇娘,福(啊)气(么么)龙凤相配,配鸳(呀)鸯;保得伊笃(么)姚府(啊)门,代(呀)代子孙乐天伦,屋里厢(么)都有(么)孝子(啊)孙,日日月月长精神(么),三好学生红领(啊)巾;出国留学到东(啊)京,博士上来晓丹心,中央做到接班(啊)人。 赢取太平再摇黄金。 门前种起摇钱树(啊),屋里头放起聚宝盆,早摇金子夜摇银(啊),亲眷朋友兄弟姐妹皆要做个发财(呀)人。 【高黄骥:】 巴得望一年四季做生意要生意兴,巴得望子孙万代保太平。 【赵华:】 祝愿金府门上金老板,三字名叫金伟红,从今后阖家大小幸福长;做生意一本万利赚黄金,财源滚滚达三江;好比是芝麻开花节节高,一年更比一年好。 【张宝龙:】 待得俉丹①金府浪厢,一代胜一代,青出于蓝胜于蓝。 【石念春:】 保佑伲金家老板合家老小身健康,财源滚滚进门墙,进进出出保平安。 【芮时龙:】 恳求老爷保佑吴府浪厢都顺当。 【朱梅香:】 今朝格吴老板厂么办起来,望菩萨保佑伊拉一家老少身体健康,长命百岁活到一百岁。 【计秋萍:】 巴得望菩萨来保佑,保佑张府浪厢大门墙。老人是越活越年轻,中年男女进进出出保平安。小囡读书多聪明,开开心心过光阴。巴得望张府门上大福分,开场办业事业兴。黄金万两进家门,红红火火过光阴。 【俞梅芳:】 巴望张家府浪厢财源广进,巴望俚笃②心想事成,样样称心。 【屠正兴:】 保佑伲陈老板小人读书要聪明,将来名牌大学来考上,书包翻身耀门庭,成为国家栋梁材。保佑伲陈老板生意兴隆通四海,顺顺利利多金银,年年月月运道来,生活像芝麻开花节节高。陈府浪厢四世同堂乐天伦,合家老小齐开怀。福禄寿星满堂红,寿星老人百年在。保佑伲陈府浪厢一家老小身健康,长命百岁万年春,万事称心又如意,保佑得一家人家出入平安保太平。

---

① 俉丹,吴江方言,我们。
② 俚笃,吴江方言,他们。

续 表

祝福对象	吉 祥 语
祝福听卷者	【张宝龙:】 　　待得伲丹①在场格观众,身体康好。 【石念春:】 　　听众朋友吃好中饭来到场,拿一本宣卷来听几声。老伯伯拿伲宣卷听一场,倷越活会越寿长。老好婆拿伲宣卷听两声,特落仔格牙齿会得重根生。老嫂嫂拿伲宣卷听两声,倷面孔浪格皱祠会得侪跑光。小伙子拿伲宣卷听两声,事事业业都兴旺。大姑娘拿伲宣卷听两声,来年找一个如意郎。学生子拿伲宣卷听两声,倷出国留学有希望。办厂老板拿伲宣卷听两声,生意兴隆通四海。养殖老板拿伲宣卷听两声,产量一年更比一年高。 【朱梅香:】 　　《恭喜大家大发财》:恭喜大家大发财,在座听众笑开怀。伲子在外头老板当起来,钞票要赚仔上千万。女儿啊外头店来开,金银财宝赚进来。孙子日后上大学,出国留学光耀家门福气来。恭喜恭喜大家大发财,本府浪厢真发财。今朝格吴老板厂么办起来,望菩萨保佑伊拉一家老少身体健康,长命百岁活到一百岁。恭喜恭喜大家大发财,在座听众笑开怀。伲敬老要爱小,婆媳相好,快快活活、开开心心,生活像芝麻开花节节高。恭喜恭喜大家大发财,在座听众笑开怀。伲谢谢好菩萨,保佑大家一年到头手脚轻健,每家每户金银圆宝骨碌碌要滚到那屋里来,哎,滚到那屋里来。 【俞梅芳:】 　　巴望挨搭在座听众朋友,倍笃老年朋友长命百岁,越活越年轻,中年人生意兴隆,财源滚滚,青年朋友工作顺当,一帆风顺,一朋友读书聪明,将来考取名牌大学,出国留学,回转来正所谓荣宗耀祖。 【屠正兴:】 　　保佑伲俞家厍村家家人家匾要大发财,农田每亩超过双千斤,养虾养蟹产量高,经商老板事业兴。

为主家祈福是开卷必备的内容,艺人通过说吉利话的途径祈求菩萨给予出资请卷的雇主一家以福报,这是人之常情。开卷时说明请卷的主家,为其祈祷,引出正题,同时一定程度上展现艺人的个人才能与特长,这些应当是《开卷偈》的主要内容,不过当代部分宣卷艺人将讨好主家和听卷者作为开卷的主题,连篇累牍地编吉利话,甚至这段赞辞编得如何已成为听众评价宣卷艺人的标准之一。据同里宣卷艺人高黄骥所述,目前自

---

① 伲丹,吴江方言,我们。

身的演述水平退步很多,这与现在的听卷者缺乏真正的鉴赏能力而只喜欢听吉利话有关。20世纪初,高黄骥的宣卷班子经常演出新编宝卷《叔嫂风波》,该卷第六回一开场便是金秀英告状情节。告状唱词长达上百句,中间无间歇,采用"赋子板"演唱。该唱段原本是高黄骥最拿手的一段,但因目前的同里宣卷中真正能够欣赏宣卷的艺术并作出评价的"有经验的受众"[①]很少,以中老年妇女为主的听众群体注重的是艺人表演的幽默、滑稽和出口成章的吉祥话、祝福语,导致艺人疏于练习,演述技艺逐渐生疏,现已很难再表演。

第四节 自我变革,发明新的宣卷演述形式

对一种传统的传承与建构,几乎不可避免地包含着改变这种传统和发明新的传统。同里宣卷艺人班社在时代变迁中面临着多重压力和困境:一是与滩簧、堂会、戏班子、赞神歌等其他民间文艺团体的竞争;二是同里宣卷行业内部班社与班社之间的竞争;三是时代迅速发展的背景下现代化、多样化的娱乐形式涌现,整个吴江地区的传统民间表演艺术均面临着被淘汰的危机。然而,宣卷艺人总能采取积极策略以适应不断变化的社会环境,通过自我变革,发明新的演述形式,延续自身的生命力。在这一过程中,他们保留了什么,又遗弃了什么? 保留和遗弃之间的选择根据哪些原则实施? 这样的选择如何完成,意味着什么,又包含了哪些更为深刻的理念?

---

① 此处借用朝戈金"有经验的受众"概念。根据朝戈金的观点,"有经验的受众"可以比较斯坦利·费时"有见识的读者",他们类似京剧票友,对演述内容相当熟悉,对很多精彩情节如数家珍,对演述人的风格和技巧也十分了解,还常常评头论足。参见朝戈金《论口头文学的接受》,《文学评论》2022年第4期,第6页。

一、契合受众审美，推动丝弦宣卷改革

清末民初以来，同里宣卷在发展过程中从木鱼宣卷走向了丝弦宣卷，这一改革是同里宣卷艺人迎合当地民众世俗性审美趣味的一种选择。

随着时代的推移，听卷者的审美要求不断提高，竞争也激烈起来。民国初年，苏滩（苏州滩簧的简称）在苏州、吴江地区十分盛行，由于苏滩曲调多采自民歌小曲，同时又吸收了昆曲"点绛唇""醉花阴""满江红""风入松""山坡羊"等曲调，伴奏乐器有鼓板、胡琴、琵琶、弦子、笛子等，因此与当时的宣卷比起来，曲调的音乐性更强；曲目又包含昆曲中的部分折子戏，相比之下，也更受民众欢迎。面对其他剧种的竞争压力，宣卷艺人也不得不谋求新变。20世纪30年代，同里宣卷艺人许维钧与其所在的"宣扬社"同仁在传统木鱼宣卷的基础上开创了丝弦宣卷。在许维钧的主导下，孙国贤、包浪舟、汪昌贤、闵培传等一批艺人都参与了这一改革过程。

顾颉刚谈及苏州宣卷时曾提到过这种改革："宣卷的乐器很简单，只有一个木鱼，一个小磬。但自摊簧盛行之后，相形之下宣卷真是太朴素了，引不起年轻的奶奶小姐们的兴趣了，于是他们被迫改变旧章，有一位曹少堂始为'文明宣卷'，势力愈来愈大，终至完全替代了旧式的宣卷。其实，所谓文明宣卷者，并没有什么奥妙，乃是宣卷与摊簧的合班，把这两种乐词更番唱着。妇女们既喜摊簧的洋洋盈耳，又喜宣卷的好说吉利话，故到现在仍极盛行。"[①]

同里宣卷在众多宣卷中闻名，其中很重要的一个因素就是它的"丝弦

[①] 顾颉刚：《苏州近代乐歌》，《歌谣周刊》1937年第3卷第1期，第6—8页。"摊簧"现多写作"滩簧"。

宣卷调"（简称"宣调"），这是地理位置上相邻的常熟、张家港等地的宣卷中没有的。丝弦宣卷调的起腔与锡剧簧调非常相似，它以传统的宣卷"弥陀调""韦陀调""海花调"等调头为基础，吸收了锡剧中的簧调（特别是起腔的第一句），行腔又吸收了苏滩当中的太平调，唱起来朗朗上口。

艺人宣卷时一般采取坐唱形式。但同里丝弦宣卷仿评弹的艺术形式，演述时起"生、旦、净、丑"等角色。[①] 艺人说表时可坐唱，采用"苏白"，起角色时要站起来，用"中州韵"开腔。

改革之初，同里丝弦宣卷仍保留着木鱼宣卷的"和卷"形式，后来在长期的演述实践中，艺人们渐渐将"和卷"形式淘汰了（仅在请、送佛仪式中保留和佛），而改以扬琴、二胡、笛子等演奏《快六》《龙虎斗》《小三乐》等短小、轻快的音乐过门。同样地，宗教、神道、劝世故事类宝卷的演述逐渐显得枯燥乏味，而民间传说、民间故事似乎更受民众追捧，这样的趋势下，再穿插神圣性意味浓厚的"和卷"未免显得不合时宜了，改为音乐过门较符合书情。相较而言，周边的胜浦宣卷、青浦宣卷、嘉善宣卷、锦溪宣卷虽已改革为丝弦宣卷，但仍旧保留着1~2人和卷的形式。

二、取消和卷，上、下手搭档对唱

丝弦宣卷盛行以后，宣卷班子中开始出现宣卷下手。两位艺人搭档演述，使宣卷慢慢向地方小戏的形式靠拢。第一、二代同里宣卷艺人活跃的那个时代，没有上、下手搭档之说，宣卷艺人通常是单档演述的。一代

[①] 姜彬主编的《中国民间文学大辞典》的"宣卷"词条中指出了同里宣卷即吴江宣卷的特别之处："宣卷一般采取坐唱形式，但个别地方（如吴江一派）也起角色，分出生、旦、净、丑的身分［份］和表情。"见姜彬：《中国民间文学大辞典》，上海文艺出版社1992年版，第111页。

名师许维钧、许素贞、顾计人、袁宝庭、沈祥元等都是一个人演述。①"许派"第三代传人芮时龙回忆自己1962年第一次独立宣卷的情景时也说是一个人宣唱,他告诉笔者,即使是他和自己的老师许素贞同台宣卷,也是一人一回地唱,并非两个人对唱。②

这一时期也曾有艺人尝试二人搭档的形式,但在当时并不是主流。艺人严其林说起自己20世纪50年代初跟许素贞学徒的经历时提到师父教其"搭书"的情形:

> 刚开始是学和卷。后来,她(指许素贞)就教我:"你要站起来,接书。"比方说,她的书说完了,说:"佣人走出。"那么"佣人"的角色就是我,我就要接:"啊,小姐,佣人来了!"然后站起来,接着唱。……她后来又教我怎么扮角色。她跟我说,相公出来要摇折扇,小姐出来要这样翻个身。③

真正意义上宣卷下手的出现要到20世纪90年代。宣卷艺人发现宣卷时如果二人相互配合,演出效果更好,小落回时下手还可以唱小调以娱乐听众,这样的演出形式更受欢迎。宣卷下手的出现,某种意义上正是为了吸引听卷者,从而增加宣卷班子的业务。艺人芮时龙谈到过1995年前后自己的班子里开始出现宣卷女下手的情况。

黄亚欣:您这里什么时候开始分上、下手的?

---

① 许雪英、许素贞虽共组"姐妹班",但二人并不搭档,而是一人说一回书,轮流宣唱。
② 芮时龙口述访谈记录。(访谈对象:芮时龙;采访者:黄亚欣;访谈时间:2019年3月2日;访谈地点:苏州市吴江区同里镇叶泽湖花苑芮时龙住所。)
③ 严其林口述访谈记录。(访谈对象:严其林;采访者:黄亚欣;访谈时间:2019年3月31日;访谈地点:苏州市吴江区同里镇屯村北星路严其林住所。)

芮时龙：1995年。那年，汪静莲从苏州到我家里来。当时苏州来了两个呢，一个是汪静莲，还有一个叫金凤英。我只看中汪静莲一个。金凤英艺术水平不如汪静莲高。金凤英到我这里来，我们一起吃饭，我就跟她说："金先生，你们苏州来了两个人，我现在只需要一个搭档。"……后来，金凤英跟胡畹峰、金志祥他们去搭档过。[1]

那一阶段，为了在竞争中取得优势，各个班子都纷纷招募宣卷下手。艺人张宝龙曾专门到上海去请人来做下手，宣卷琴师邹迎春曾帮金志祥的宣卷班子请过两个越剧演员（方明雅、李玉华）来做搭档。

传统的宣卷表演，艺人注重说表功夫的千锤百炼，尤其是第一代的同里宣卷艺人，他们往往要经过长年累月地磨炼徒弟的说表功力方能允许出师。如今，演述形式经过不断革新，艺人更注重通过"唱"和"做"来塑造角色、呈现剧情，而在说表方面渐趋弱化。艺人们除了运用传统的宣卷曲调，还根据书情的发展，将吴江一带流行的锡剧、沪剧、越剧、评弹的曲调都综合应用到宣卷演述中，多种曲调的运用更利于上、下手对唱，易于塑造人物、突出高潮，演述的艺术形态更为丰富多变，更容易为听卷者所欣赏。

三、增设附加仪式与环节

演述活动中，宣卷艺人根据场合需要或受众喜好纳入了一些附加仪式与环节，例如"接元宝"仪式和唱小调环节，这些仪式、环节在长期的演述实践中逐步固定下来，成为同里宣卷演出的组成部分。

---

[1] 芮时龙口述访谈记录。（访谈对象：芮时龙；访谈参与者：芮时龙、芮献峰、张舫澜；采访者：黄亚欣；访谈时间：2019年3月2日；访谈地点：苏州市吴江区同里镇叶泽湖花苑芮时龙住所。）

（一）"接元宝"仪式

新房进屋时,如果请宣卷赕佛,按照吴江当地惯例要"接元宝"①。"接元宝"仪式一般在宣卷的某个小落回时进行,仪式中,人们除了有敬奉神灵的信俗之外,更有一种带有世俗色彩的求财心理。主家要求增加"接元宝"仪式,一来为了讨个好彩头,二来图个喜庆和热闹。艺人在宣卷中融入"接元宝"这一仪式,实则将精神层面的民间信俗与日常生活中世俗的娱乐融为一体,并且努力兼顾这两种看似格格不入的心理需求,进而将神圣的仪式外壳下所具有的严肃性与纯粹为取悦主家而设计的游戏相结合。就仪式中艺人所唱的《送元宝》（或《十只元宝》）的唱词来看,大都是表达合家团聚、老人长命百岁、夫妻永结同心、儿女成为栋梁之材、企业生意兴隆、家庭无病无灾、子孙代代享荣华富贵这类美好祝愿。"接元宝"仪式虽有其固定程式,但艺人在仪式中的演述内容也不妨有些自由发挥,可以随意增减唱词,但是最核心的祈愿、求吉的内容必不可少。在相当长的一段时间内,"接元宝"的神圣内涵在民众心中已经渐趋弱化,对他们而言,更在意有这样一种形式留存,并且通过这种形式能把具有财富寓意的元宝接到家里来。

调查获知,"接元宝"仪式从第二代宣卷艺人从事宣卷的那一阶段就已经被纳入新房进屋的宣卷活动中。之所以在宣卷演出中插入这一仪式,一方面能让主家高兴,营造欢快的氛围;另一方面,可以为自身增加收入——艺人"接元宝"可以获得额外的红包,这也是宣卷艺人们最初设计这一仪式最实际的缘由。因演出效果好而受到观众广泛认可的"接元宝"环节,便渐渐成为新房进屋时宣卷仪式活动中的传统,也为艺人班社增加

---

① "接元宝"仪式现已成为吴江地区新房进屋时的一个传统仪式,通常由宣卷艺人与主家互动完成。但也要根据主家的需求和意愿,并不是必须的环节,也有部分地区不遵从这一习俗。

演出报酬提供了一个正当的理由。①

下面以2018年10月2日吴江黎里镇转址浜江家乔迁新居时宣卷艺人赵华主持的"接元宝"仪式为例,具体说明这一仪式的操作流程。

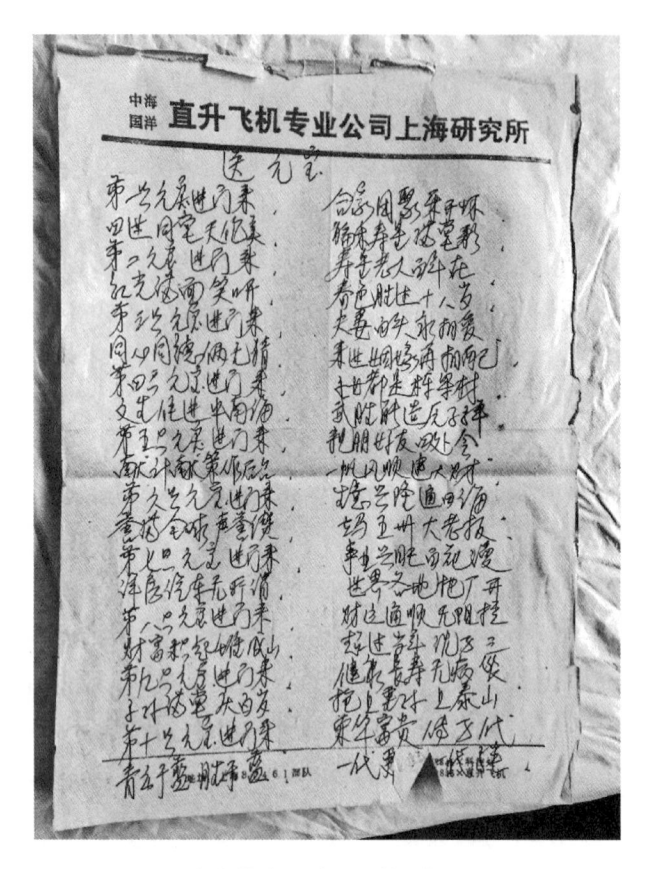

图 10　宣卷艺人严其林手抄《送元宝》唱词
(黄亚欣摄于同里屯村严其林家中,2019年3月31日)

---

① 不过,除非彼此相熟,宣卷艺人为避免显得目的性太强而遭到主家反感,不会正面向主家建议安排"接元宝"仪式,而是通过介绍演出业务的中间人与雇主沟通。如今,做一个"接元宝"仪式,主家会给主唱的艺人一个红包,通常在200元左右,不计入宣卷演出报酬之内。

宣卷班子于午饭后正式开卷,第二个小落回时,宣卷艺人和主家人一起"接元宝"。在当地人心里,接住了元宝就相当于接住了财运,今后的日子才能财源滚滚。艺人主持"接元宝"仪式时通常依据一定的唱词脚本,每个艺人所唱不完全一致,但基本内容大同小异,总是一些祝福主家的韵文体唱词。笔者将赵华当日"接元宝"仪式唱词誊写如下:

【念】今朝江府上小张老板,诚诚心心待老爷孝菩萨,请得一台丝弦宣卷,祝伲江府浪厢张老板生意大发财!发财发财,元宝得来!送元宝啦!①

【唱】(丝弦乐器伴奏)

三炷清香堂内(啊)焚,香烟滔上九霄云。

财神请进江府来,送来元宝迎财神(啊)。

第一只元宝送到江府(啊)来【做送元宝动作】,合家老小笑开(啊)怀。

四世同堂天伦美,福禄寿星满堂彩(啊)。

第二只元宝送到江府(啊)来【做送元宝动作】,寿星老人百年(啊)在。

红光满面笑口开,春色胜过十人岁。

第三只元宝送到江府(啊)来【做送元宝动作】,夫妻白头永(啊)恩爱。

同心同德俩无猜,来世(么)姻缘再成对。

第四只元宝送到江府(啊)来【做送元宝动作】,子女都是栋(啊)梁材。

又生住进中南海,武生能造原子弹。

第五只元宝送到江府(啊)来【做送元宝动作】,亲朋好友四处会。

献计献策作后台,一帆风顺发大财。

---

① 小张老板为主家江珠英的女婿。

第六只元宝送到江府（啊）来【做送元宝动作】，生意兴隆通四海。

汽车洋房无所谓，世界各地大楼盖。

第七只元宝送到江府（啊）来【做送元宝动作】，子女都是栋梁材。

誉满全球把厂来办（么），要做五洲大老板。

第八只元宝送到江府（啊）来【做送元宝动作】，健康长寿无（啊）病灾。

子孙满堂庆百岁，抱起（么）重孙登泰山。

第九只元宝送到江府（啊）来【做送元宝动作】，财运亨通无阻拦。

积起了元宝摆成山，超过当年沈（啊）万三。

第十只元宝送到江府（啊）来【做送元宝动作】，荣华富贵传万代。

青出于蓝胜于蓝，江府子孙一年四季发大财（呀）。【将元宝送到主家女儿女婿红布兜中】

【念】恭喜发财！

图 11　宣卷艺人赵华在主家新房进屋时做"接元宝"仪式

（黄亚欣摄于黎里镇转泚浜江家，2018 年 10 月 2 日）

"接元宝"时,宣卷艺人赵华扮演财神的角色,手拿一个金元宝模型,主家的女儿、女婿面对面站着,分别拿着一块方形红布的两端,时刻准备着接"财神"扔过来的元宝。赵华一边唱着《送元宝》,一边摆假动作,几次试探着要把金元宝扔过来,引得下面的观众不断起哄。等赵华将金元宝扔过来时,主家女儿、女婿一齐用红布兜住,接到元宝以后,再由主家女婿背着红布兜头也不回地往屋子里跑,一直跑到屋顶房梁处,将金元宝摆在屋顶某指定的位置,才算把财运接到自己家。台上台下,宣卷艺人与观众互相交流,民间信俗与文艺表演相互交融,神灵和凡人神会,娱神娱人,已分不清是在祭祀、宣卷还是在娱乐。

(二) 唱小调环节

20 世纪 80 年代,同里宣卷复兴以后,宣卷班子的演出中普遍出现了唱小调的环节。

唱小调早在第一、二代艺人活跃的那个时代就出现了,那时,许维钧出去宣卷时总是带着自己两个年幼的妹妹许雪英、许素贞,一场宣卷结束,就让自己的两个妹妹唱几支小调答谢观众。当时,唱小调是作为一种附赠,不属于必需的演出环节,也不是每个班子都会在宣卷结束时唱小调,加唱小调并没有成为同里宣卷演出时的一种约定俗成。

20 世纪 80 年代以后,为了能够更大程度地争取听众,增加业务量,宣卷班子里专门安排一个人唱小调的情况逐渐多起来。艺人计秋萍说,自己最初进入宣卷这个行当,便是在朋友的宣卷班子里帮忙唱小调。2000 年左右,同里宣卷班社数量剧增,班社之间的竞争也比较激烈,那时,从业数年的艺人 Y 看到一批后起之秀纷纷自立班社,心里不免有些危机感,常叫计秋萍到班中唱小调,以吸引听众。笔者在调查时多位艺人告知说,现在班子里唱小调的传统,是青年宣卷艺人 L 最先带出来的。20 世纪 90 年代末,L 自立班子宣卷,因初出茅庐,自身演唱水平和经验尚且不足,于是想出了在小落回的时候加唱小调的办法娱乐听众,以求增加人气,从而在竞争中获得一定的优势。这样的创举无意之中也给其他的班子带来了压力,渐渐地主家和听众都会要求宣卷班子在小落回时唱几支小调,久而久之,这就逐渐变成了同里宣卷演出时的固定环节和不成文的规矩。一些艺人为了丰富唱小调环节的内容,收集、抄录了不少民间小调(如严其林、郑天仙),部分琴师演出时随身携带各类小调、戏曲的乐谱,用于唱小调时的伴奏(如石启承、周玉龙)。目前,凡立班者必唱小调,这在同里宣卷中已成为一种行业规则。

第五节 主动调适,赋予宣卷新的活力

20世纪80年代以来,随着经济的发展,人们的生活方式、审美趣味发生了巨大的改变,许多民间说唱面临着消失的危机。同里宣卷虽未消失,但其传播动力已经削弱,以往在结婚、小孩满月、为老人做寿等民俗活动中必须请宣卷艺人宣卷,现在也可有可无了。为了使宣卷演述传统得以延续,宣卷艺人不断主动调适,以适应新的社会环境,赋予古老的宣卷新的活力。

一、将民间小调与流行音乐元素相结合

前文中说到"小落回"时要加唱小调。老一辈的艺人唱的多是一些吴方言区的传统民间小调,或江南一带流行的越剧、锡剧、沪剧、黄梅戏选段。现在也有不少艺人演唱流行歌曲和民间创编的顺口溜。2019年3月30日,顾剑平、朱梅香在吴江芦墟镇野猫圩生田村二阿伯庙宣卷时,顾剑平唱了一首最拿手的《小小竹排江中游》。笔者2019年4月2日在吴

江同里镇库头村天林庵听艺人朱火生和唐春英宣卷,朱火生用传统的"五更调"唱了一首现代创编的《现在老年人才是福气人》。宣卷琴师徐荣球说,20世纪90年代香港"四大天王"风靡内地,那时他们班子出去演出,"小落回"时他常给观众演奏香港流行音乐,尤受年轻人追捧,观众甚至更看重唱小调的环节,这也使他们的班子一下子从众多宣卷班子中脱颖而出。除了所唱小调的现代化,如今青年艺人赵华甚至在宣卷演述时大胆加入流行音乐旋律,穿插Rap元素。

同里宣卷是一种传统的民间说唱文艺,而艺人们却将与传统音乐风格迥异的音乐元素插入宣卷演述的整体中,用这样的音乐来为神佛和主家、听卷者祈福,这在传统的宣卷演出中是很难见到的情形。然而,加入这样的表演如果不能为主家和观众所接受,那么艺人不可能坚持,因为任何有违民众趣味的表演,最低限度都会影响班社的生意。可以看到,不同的艺人会对演述做出不同的改变,自由地穿插一些他们认为新潮的内容和形式。有些艺人模仿现代歌手的唱法、表演方法,替代性地满足了观众现场欣赏歌星表演的愿望和需求,虽然这样的表演从艺术水平上看似乎不入流,但从现场氛围来看,这类表演确实能够大幅度提升人气。此外,宣卷艺人需要根据特定的演出时代、场景和受众,寻找与演出受众的交集,才能够达到表演者与鉴赏者之间的共鸣,从而增强演出效果。因此,面对中、老年人群体,唱一些耳熟能详的戏曲、"红色歌曲"更能迎合他们的喜好;而演唱一些当下时兴的流行音乐,又更能抓住年轻观众,从而扩大宣卷演出的受众群体。

二、主动服务社会,宣传国家方针政策

同里宣卷艺人也在配合服务社会、宣传国家方针政策的前提下不断改变着自身的演述形式和内容。20世纪50年代初同里宣卷艺人许维钧

就将"弥陀南无佛南无阿弥"的和卷唱词改为"抗美援朝,保家卫国",一时间带动了所有同里宣卷班社的改革,不仅"许派"的"姐妹班""贤霖社",就连"徐派"的"凤仪阁""艺民社"等也都积极效仿。在"文化大革命"时期宣卷活动遭到批判,大部分宝卷手抄本都在这一时期被焚毁了。不过,同里宣卷艺人依旧在等待机会谋求复兴,尽管环境严苛,但仍然有艺人偷偷出去宣卷。如前所述,芮时龙曾提到自己在此期间偶尔出去"偷宣",苏州郭巷是他最常去的地方,因为按照当地民俗不请宣卷新娘不肯出门。① 在如此严苛的政策夹缝中,同里宣卷的艺人仍然在努力求取生存,他们不断做出适时性的改变,面对政策的变化表现出相当的适应性,甚至改"宣卷"的名称为"什锦书",使宣卷能够以另一种形态得以延续。他们中的有些人甚至利用晚上的时间在生产队里义务宣卷演出(为了不妨碍生产,只能晚上演出),这一行为使同里宣卷即使在严峻的环境压迫下仍能打下广泛、坚实的群众基础,而不至于迅速消失。为了寻求宣卷合法化的复兴,宣卷艺人们不再演述传统宝卷,而是以宣卷的形式演述样板戏、现代剧目。仲熊飞、袁宝庭、芮时龙等老一辈的艺人都唱过这类卷。以这样的形式,宣卷又一次得到认可。直到改革开放以后,宣卷活动逐步恢复,演述内容才不再设限。

同里宣卷进入非遗代表性项目名录以后,为了响应国家非遗保护政策的号召,宣卷艺人们积极思考宣卷活化的策略,对宣卷演述内容和形式进行了创新性的改革尝试。赵华的"紫霞社"根据时事新闻、社会现象等编创了一些具有启示意义或教育意义的现代卷目,这些卷目经常在学校、社区、监狱等场合进行宣唱。在不少人看来,这样的演述似乎不能算是宣

---

① 芮时龙口述访谈记录。(访谈对象:芮时龙;采访者:黄亚欣;访谈时间:2019年3月2日;访谈地点:苏州市吴江区同里镇叶泽湖花苑芮时龙住所。)类似"不请宣卷新娘不肯出门"的民俗传统,是一种深藏当地民众集体无意识中的巨大力量,是同里宣卷得以长期传承最主要的内在动力之一。

卷,然而,观众对这样的表演接受度很高,这也许是新时期宣卷的又一次自我调适。

从历史上来看,同里宣卷艺人所代表的地方传统具有相当强的适应环境变化以及主动再创造的潜能,他们以其自身做出的调整,与外部力量之间形成了鲜明的对话。当代社会语境下,宣卷的生存空间受到挤压,在多重压力下,同里宣卷艺人借助非遗的力量进行一些创新性的探索,使宣卷以一种崭新的形态参与文艺汇演、主题教育演出、民俗活动、校园活动等场合中,无形中拓展了宣卷的生存空间,也不失为当代语境下的一种灵活的生存策略。

第五章 | 同里宣卷班社的运作机制

- 第一节 演述活动承续的内在动力：
  宣卷班社的经营运作
- 第二节 借助演述活动的中介力量：
  宣卷班社与"牌话""佛娘"
  的合作

第五章 同里宣卷班社的运作机制

当代,不少民间表演艺术团体的生存很大程度上需要依靠政府部门的经济资助,而同里宣卷班社无论是在传统社会还是当代社会,即使不依赖政府经济扶持也依然可以在自然状态下从事演述活动,这与他们自身的经营运作有着较大的关联。他们通过灵活、合理的运营和调整,激发了演出市场的活力,他们的运营方式使自身具有一定的适应、协调能力,使宣卷的传承在多变的市场环境中表现出相当强的自生性。运营过程中,宣卷班社不但注重调整自身的运作方式,而且善于借助一些外部力量(包括民间的和官方的)去建立一种灵活机动又更为广泛的市场运作方式,使他们在演出市场中始终保持影响力。

第一节 演述活动承续的内在动力:宣卷班社的经营运作

同里宣卷班社是由职业宣卷艺人组成的、以营利为主要目的的商业性民间演出团体。他们通过演出换取报酬,在相当长的一段时间内,演出所得的经济收入是支撑班社持续运营、演述活动持久进行和宣卷行业存续的最为根本的动力,他们自身的经营运作是其在演出市场中崭露头角、产生影响的基础。

在河西地区,念卷先生念卷通常不收取报酬,他们旧时将念卷作为农闲时的一种娱乐,在农村民众家中演唱。河西宝卷列入非遗代表性项目名录之后,念卷先生除了定期到传习所念卷之外,也到广场、旅游景点念唱宝卷,有时文化局非遗办公室也会组织他们进行念卷活动。对河西宝卷的念卷先生来说,现阶段他们的演述活动几乎全部要靠政府支持,如无政府力量,很难在自然状态下开展演述活动。相较而言,同里宣卷艺人班社始终为自己提供动力,通过自身的商业运作来延续其演述活动,促进宣卷演出市场的繁荣。

一、宣卷艺人的职业化、半职业化

如前所述,谋生是宣卷艺人从业的主要缘由,而谋生的需求促成了其自身的职业化和半职业化。

江南太湖流域的宣卷艺人十分重要的一个特征就是职业化,早在清代,宣卷在该地区就已经发展成为一个成熟的行业。尚丽新、周帆通过对比南北方宣卷人的特点,指出北方宝卷的宣卷人与南方吴方言区宣卷人的最大区别为是否为职业化的艺人,吴方言区宣卷人的职业化是该地区民间宝卷商业化的最明显的标志。[①] 该地区的宣卷艺人大部分不从事其他工作,有的即使兼做其他工作也是一些工作时间相对灵活的岗位。综观该地区的宣卷艺人,他们早期多是半职业化的,后来在发展过程中逐步呈现出职业化、半职业化并存的状态。

吴江以稻作生产为基础,早期宣卷艺人大多数以务农为主,农闲时将宣卷作为一种副业,基本是半职业化的。随着经济发展,农业生产机械化,地方产业结构也更为丰富,原来靠务农、做工生存的兼职宣卷艺人觉得宣卷是一种更好的谋生手段,于是逐渐脱离前者,转而成为专职宣卷艺人。

20世纪五六十年代,因为社会环境的变革,宣卷艺人的演出受到限制甚至禁止,这种情况一直持续到"文化大革命"结束。那一阶段,部分民间表演艺术被纳入政府部门主导的群众文艺,曾经活跃一时的民间班社被文艺宣传队、文工团、村剧团等取代,一些民间艺人(如秧歌艺人、评弹

[①] 尚丽新、周帆:《北方宝卷宣卷人探析》,《文化遗产》2014年第2期,第110—114页。

艺人、说书艺人、宣卷艺人等)配合国家宣传工作,成为文艺宣传工作者,不再演出传统剧目,而是将样板戏、现代剧等加以改编后以政府规定的形式演出。他们中的许多人,因长期偏离职业艺人的道路,后期很难再恢复原先的民间班社,逐渐脱离庙会、红白喜事等,其演出也成为需要依靠政府支持的舞台表演艺术。部分艺人回家务农,偶尔在夜间演出,或者"偷宣",成为半职业化的艺人。也有部分艺人将"宣卷"暂时改为"什锦书""堂会""说唱"等名称,换一种方式继续从业(实质仍是宣卷,改名后方便承接业务)。芮时龙曾告知笔者,宣卷遭禁以后,他便担任了生产大队队长一职,收入微薄,生活极为艰苦,常偷偷外出宣卷挣钱:

> 黄亚欣:"文革"开始以后您就不唱了,对吧?
>
> 芮时龙:对,不准唱了,我就做我的生产队长,偶尔偷偷地出去唱。十年队长,我是很苦的,4个小孩,还有1个老妈,一家子都是我负担。做生产队长又挣不到钱。我那时候偷偷地出去唱,有一个叫郭巷的地方,结婚一定要请宣卷的,不请宣卷新娘子不肯出门的。
>
> 黄亚欣:他们给钱吗?
>
> 芮时龙:给的。6个人30块,按7股开,我拿双份——8块多。那时候不准唱,我因为当生产队长,一旦接到生意,就跟大家说:"今天生产队里面休息!"我就偷偷跑出去唱。我记得有一次到郭巷去,那边人马上定两天,又连着唱,唱了三天,我拿了18块钱,我开心得不得了。我还记得我到郭巷唱了一次《合同计》,他们那边一个大队书记说我唱老书,当地农民倒蛮好的,维护我说:"不是他要唱的,是我们叫他唱的。"这个书记还是很通情达理的,说:"下一次不可以唱,要唱新书!"[1]

---

[1] 芮时龙口述访谈记录。(访谈对象:芮时龙;采访者:黄亚欣;访谈时间:2019年3月2日;访谈地点:苏州市吴江区同里镇叶泽湖花苑芮时龙住所。)

艺人计秋萍也曾提到在宣卷被禁的那个阶段,有不少艺人偷偷外出宣唱,比如自己的父亲计根生(男,1936年生)20世纪60年代初从剧团转业回来后,暗地里常与其他艺人相约晚上出去宣卷。她告诉笔者:"像我爸这种蛮多的,我爸那几年一直去。"①据琴师徐荣球(男,1952年生)所述,自己和师父仲熊飞在"文革"期间屡次暗地里从事宣卷,为了避免犯错误,白天不敢宣,只能夜间出去宣,并且不能宣唱传统卷目(当时称"老书"),只能宣现代卷(当时又称"新书")。吴卯生在其亲笔书写的从业经历中也提及自己从1962年开始重操旧业外出宣卷,做做停停,一直做到1979年参加工作为止。这期间逢节假日吴卯生总要出去宣卷,带领徒弟走遍了江浙沪地区。②

是什么样的动力让芮时龙等这批老一辈的宣卷艺人冒着如此大的风险"偷宣"?最直接也是最关键的原因就是他们非常需要宣卷这份工作,这份工作在他们当时所处的那个阶段比其他谋生方式更能够提高经济收入。正是艺人强烈的从业意愿,使得当地宣卷在社会变迁的特殊时期才不至于迅速消亡,而是得以保留和延传,这也为后期宣卷的复兴提供了可能。

对于多数宣卷艺人来说,他们深知宣卷更广泛的市场在民间,在乡土社会,解禁后很快便恢复了商业演出。"文革"以后,民间信俗逐步复兴,苏州市内的信俗活动有些未能恢复,在仪式活动中演唱的宣卷班子多数已经消失。在苏州农村地区,如同里、锦溪、车坊、斜塘、唯亭、甪直、胜浦等地,宣卷活动均出现部分程度的恢复,有的老艺人带徒传艺,也有民众自学宣卷,他们演出繁忙,收入颇为可观。那一阶段,艺人们复出宣卷,演出活动再度兴盛。胜浦民间文化工作者马觐伯告知笔者,经济收入是苏

---

① 计秋萍口述访谈记录。(访谈对象:计秋萍;采访者:黄亚欣;访谈时间:2019年5月19日10:00—11:30;访谈地点:苏州市吴江区同里镇水乡缘饭店。)
② 详见附录中吴卯生手写的"个人经历"。"文革"期间,同里宣卷艺人演出时很多时候不用"宣卷"之名,而改称"什锦书"。

州农村宣卷艺人恢复职业化,重新投入演唱的主要原因,他说:"农村里的宣卷班子要挣钱。他们为了挣钱,班子必然要存在。"[1]可见,宣卷能够恢复传承很大一部分因素是艺人的职业发展需求,艺人要生存,必然要利用当地民众的传统信俗为自身创造重新就业的机会,这使宣卷即使在遭受政策打压之后仍然能够恢复乡野的韧劲和自然的活力,并不断发展延续。

20世纪末,同里宣卷在当地广为流传,并保持着优良的发展势头,当时有不少工人对其艺术表演形式很感兴趣,业余跟着宣卷班子出去演出。随着社会环境的变迁,20世纪90年代,大批国有企业相继倒闭,原先在这些单位工作的工人面临下岗,这迫使他们中的有些人转而成为职业化的宣卷艺人,顾剑平和高黄骥就属于这一类。[2] 在很长一段时间内,同里宣卷艺人整体趋于职业化,他们演出业务忙碌,很难再兼任其他工作。

2010年前后,同里宣卷班社受到当地新农村建设的影响和现代化进程的冲击,业务受到一定程度的影响,少数艺人也兼做其他工作,出现了半职业化的现象。据高黄骥陈述,同里宣卷的业务大不如前,过去一年至少演出250—280场,那时他们夫妇二人的宣卷班到芦墟演出时,常遇到当地雇主前来相订,订期少则3天,多则5天,到了实际演出时还经常加

---

[1] 马觐伯口述访谈记录。(访谈对象:马觐伯,男,1942年生,苏州工业园区胜浦街道文体站原副站长;采访者:黄亚欣;访谈时间:2021年5月22日;访谈地点:苏州市胜浦街道浪花苑社区。)

[2] 顾剑平(男,1953年生)14岁进入吴江八坼镇农机社上班,因从小酷爱民族乐器,工作之余常跟着宣卷班子出去拉二胡,1999年前后农机社倒闭,为维持生计,全职加入宣卷行业,跟随芮时龙的宣卷班,平均一个月演出20场,月收入超过原单位。因为宣卷的工作时间比较自由,顾剑平对此职业非常满意。2007年起,顾剑平自立"步步高丝弦宣卷班",任宣卷上手,业务发展状况良好。同里宣卷艺人高黄骥(男,1964年生)1986年进入同里富士原料化工厂工作,轮休时跟着宣卷班子出去演唱,成了半职业化的宣卷艺人。1997年高黄骥从化工厂下岗,被迫成为职业宣卷艺人,2003年起又与妻子自立班社,业务量逐年增长,2005—2009年间每年宣卷的场数均在200场以上。

场。然而,近几年宣卷业务量大大缩减,一年仅70—80场,为了补贴家用高黄骥也兼做算命先生和"礼忏班"工作。① 赵华的"紫霞社"2014年以后生意渐少,近几年每年仅160—170场宣卷,其余时间参与越剧演出、各类文艺汇演、司法宣传节目等,也负责宣卷传承班的相关工作。

综观同里宣卷艺人,目前总体呈现出职业化与半职业化并存的状态。不难看出,艺人的职业化与宣卷所带来的经济收益有着直接关联,宣卷演出收益越高,艺人就越趋于职业化;反之,则艺人的职业化程度相对越低。该地区宣卷的传承能够呈现出明显的自生性,与当地宣卷艺人的职业化、半职业化有着较大关联。宣卷艺人要依靠宣卷谋生,他们选择宣卷作为自身的职业,便要以经济因素为中心去考量宣卷发展中的诸多问题,如宣卷的复兴、演述形式的改革和班社的组织运营等,这使得宣卷能够不断适应社会变迁,自然地、自觉地、长时间地在当地承续。

二、宣卷班社的经济收入及内部分成

《中国戏班史》中说:"民间戏班之演出活动,尽管一些人从艺术角度予以评述,人们看戏也以演出质量来议论其上下,但作为戏剧班社,它仍是一个通过演出活动来谋生的社会集体。它的一切活动,都是为了增加

---

① 当地,尤其是在农村,人死以后要在家中设灵堂,请"礼忏班"来敲忏,以悼念亡灵。"礼忏班"就是专门负责哭丧、拜忏的班子,因为"礼忏班"的活动一般都在晚上,所以"礼忏班"土话也叫"夜纪念"。做这种"礼忏班"生意也称为做"白生意"或者做"晚生意","礼忏班"的成员俗称叫"土和尚"(并非真正意义上的佛教僧侣)。高黄骥告诉笔者,他与妻子二人互为搭档出去宣卷,宣一场卷两人共收入600元,按一年90场计算,夫妻总收入也仅有54 000元;而他个人在"礼忏班"工作一晚至少可以收入250元,一场丧事常常连做两三晚,报酬近1 000元。"礼忏班"业务多,其个人年收入能达到8万元。参见高黄骥口述访谈记录。(访谈对象:高黄骥;采访者:黄亚欣;访谈时间:2019年5月12日;访谈地点:苏州市吴江区同里镇竹行街高黄骥住所。)

经济收入,维持和提高戏班班主及其他成员的经济收入和生活水平。舍此,则戏班即不成立。所以对戏班来说,经济收入仍是其经营演出成功与失败的关键所在。"① 与民间戏班相似,同里宣卷班社也是商业性演出团体,每一场演出对他们来说都十分重要,经济收入是他们首要考虑的问题,也是演出的前提。同一地区的宣卷演出价格通常有固定行情,演出报酬各班之间相差不大,班社收入的高低,基本取决于演出场数的多少。

宣卷艺人闵培传回忆,1947年前后同里宣卷普遍改为丝弦宣卷的演述形式(共6人),那时宣卷班子的收入还是以"米"来计算的,具体情况如下:

> 平宣(即木鱼宣卷),留膳,每天白米六斗,与下手四六拆。包膳,每天加二斗。
>
> 丝弦宣卷,每天白米一石五斗。留膳减三斗。②

目前的情况,宣卷班社在吴江地区的演出报酬为1 200—1 300元/场。如到周庄演出,价格较低,约900元/场;到浙江演出,约1 600元/场,一般连做3—5天,由雇主安排食宿。若演出业务为中间人介绍所得,班社还需支付一定的中介费用。按照惯例,艺人班社到宣卷场子上用午餐,餐食标准由雇主自定,如果要唱夜场,宣卷班子还要留在场子上用晚餐。班社到达宣卷场子上,雇主通常还会给班社成员派发烟和点心。

逢年过节或遇菩萨生日,主家高兴,适当给宣卷班子增加演出酬金的情况也很常见。新房进屋时的宣卷活动,如雇主要求安排"接元宝"仪式,宣卷班社也可收入100—200元红包。除此之外,一场演出结束,如遇主

---

① 张发颖:《中国戏班史》,沈阳出版社1991年版,第115页。
② 闵培传口述访谈记录,1988年11月10日。张舫澜提供。

家续约或者其他雇主前来预订,这种情况下,就省去了业务介绍费的支出。

21世纪之前,宣卷艺人请、送佛可以收到主家给的"接佛钱",另外,那时宣卷赕佛活动需要艺人写疏头,他们便可额外获得一份"疏头钱":

黄亚欣:主家有时候会不会给宣卷先生包红包?

芮时龙:过去,一般来讲没有的。过去辰光,接佛、送佛有小红包的,我记得我八几年还拿到过接佛、送佛的红包的。这个叫"接佛钱"或者"请佛钱",接好佛之后主家给宣卷人。

黄亚欣:多少钱呢?

芮时龙:以现在的经济水平来衡量,大概20块吧。主家会分开给几个宣卷的,比方说,上手20块,下手和拉胡琴的每人10块(是上手的一半)。现在没有"接佛钱"了,现在是一场一共多少钱,宣卷人自己去分。

黄亚欣:主家给"接佛钱"大概是什么时候的事情呢?

芮时龙:过去我们一直都有的,一直到90年代还有过。后来就慢慢没有了。"接佛"是宣卷先生接的呀,主家总归要给一点。还有一种叫写疏头的"疏头钱"。宣卷先生要"写疏头"。"疏"是什么东西?过去,一般来说,东家待佛时要写"几时几日,请大卷一场,待刘王或者观音或者某某菩萨、老爷,准备了元宝多少……"这个最后要化给老爷,叫他收下来。过去请宣卷先生都要帮主家"写疏"的。

黄亚欣:"疏头钱"大概多少?

芮时龙:以现在的水平来衡量,20块是起码的。

黄亚欣:给"疏头钱"是什么时候的事呢?

芮时龙:一直到90年代吧。90年代难办有一点,2000年过后基本没有。80年代之前都有的,要么不请宣卷,请宣卷都要写疏的。

以现在的水平来看,改革开放之后差不多10块,80年代20块。①

宣卷班子演出报酬的计算方式各地有一定差异。同里宣卷以一场演出的总价计算,主家直接与领班结算,再由领班去分派。交通费用由班社成员自理,雇主包餐食。

稳定的收入为艺人班社的生存提供了保障,为宣卷演述活动的开展提供了良好的经济动力,也为宣卷市场的运转提供了能量。郑土有于2009年前后考察江浙沪一带的宣卷时就注意到了经济因素在宣卷市场发展中所起的重要驱动作用,他发现吴江地区的宣卷之所以呈现繁荣的景象,其中很重要的原因是经济驱动力。据他当时的考察,当地宣卷艺人一年的演出多达二百余场,收入可达十几万、二十几万,远远超出普通工人。因此,许多中青年人加入了学艺队伍。而在商榻地区,宣卷艺人的演出几乎没有收入。即使在庙会上的演出,通常也不是有人出资请他们演出,往往是艺人们凭自己的喜好自发演出。宣卷等说唱艺术不同于故事、山歌,后者是劳动、休闲时的自娱自乐,不需要多人的配合,也不需要乐器伴奏;但前者需要表演的空间布置、多人的配合,需要较长的时间,因此一定的经济收入是确保演出的前提。没有了收入,艺人就没有了演出的动力,更重要的是没有人愿意加入学艺的队伍,传承就成了问题。② 经过归纳总结,郑土有进而将经济收入比喻为宣卷发展的其中一翼,他说:"民俗信仰活动中的需求,是宣卷得以存在的一翼;有一定的经济收入,艺人生活有保障,是宣卷能够传承的另一翼。现实生活中有需求,又有人愿意从事这项工作,只有具备了这两个翅膀,宣卷才能得以活

---

① 芮时龙口述访谈记录。(访谈对象:芮时龙;采访者:黄亚欣;访谈时间:2019年3月2日;访谈地点:苏州市吴江区同里镇叶泽湖花苑芮时龙住所。)
② 郑土有:《折翼的艺术:上海商榻地区宣卷活动调查》,《中国宝卷国际研讨会论文集》,广陵书社2016年版,第273—279页。

态传承。"①宣卷班社自身的经济运作是他们活跃于演出市场的内在动力,在整个宣卷演出市场的发展中起到了十分重要的作用,二者之间存在着一定的联动关系,如下图所示(图12):

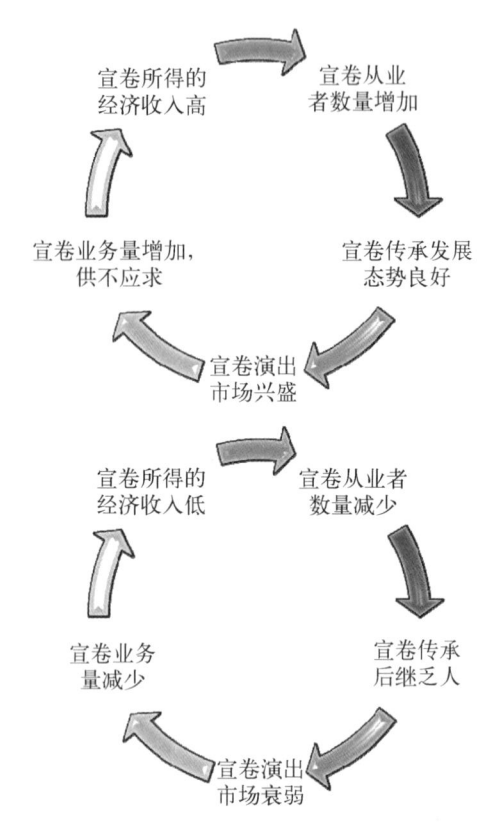

图12 宣卷艺人班社的经济收入与宣卷演出市场发展之联动关系图
(黄亚欣绘制)

宣卷所得的经济收入情况在很大程度上决定了从业者的数量。大部分同里宣卷从业者是看中这份收入而从业的,如若没有经济收入作为支

---

① 郑土有:《折翼的艺术:上海商榻地区宣卷活动调查》,《中国宝卷国际研讨会论文集》,广陵书社2016年版,第273—279页。

柱,单凭纯粹的兴趣爱好很难长久,毕竟无偿劳动不具备可持续性,正如前文所述,谋生、营利是宣卷艺人从业最为根本的缘由。当收入降低,宣卷行业的吸引力也随之下降,从业者数量也会逐渐减少。进一步来看,宣卷从业者数量又会影响到整个宣卷演出市场的发展状况。宣卷收入高,就会吸引大量人员从事宣卷,整个宣卷演出市场就越兴旺,而演出市场的兴旺既带动着业务量的增加,供不应求,又刺激着该行业整体经济收入水平的提高,如此循环;反之,收入低,宣卷从业者数量就会相应地减少,传承后继乏人,整个宣卷演出市场渐趋衰弱,长此以往,会导致整体业务量减少和宣卷行业经济收入水平的下降。

另一方面,班社内部分成对宣卷行业的发展也有一定的影响。在常熟、张家港、无锡、靖江等地,宣卷演出报酬通常是按照参与者所负责的具体工作和人数支付。例如,常熟地区的宣卷,宣卷先生350—400元/人,和佛人150—180元/人,每一类工作的基本工资是固定的,不需要进行分成。而有关同里宣卷班子内部的收入分配,1994年版《吴江县志》曾有记载:"演唱时收费以米计算。宣唱者得收入的一半,和卷者各得米1斗。丝弦宣卷按股计算,宣唱者2股,其余每人1股。"[1]依据目前同里宣卷行业的规矩,班中成员4人,按5股开,宣卷上、下手共得3股,琴师每人1股,这是传统的分配方法。至于上、下手之间如何分配这3股,由他们自己商定,每班情况不同。按照传统方法,宣卷上手适当多分成一些,下手相对少分成一些,比如上手1.8股、下手1.2股,或者上手1.7股、下手1.3股,最多给下手1.4股。艺人在宣卷演出中获得额外的红包、利是,归自己个人所得,还是纳入班社总收入中进行集体分派,取决于各班的内部约定。

上、下手之间的收入分配比例是宣卷艺人流动的一个主要因素,一个

---

[1] 吴江市地方志编纂委员会编:《吴江县志》,江苏科学技术出版社1994年版,第687页。

班社的宣卷上手以更高的演出报酬挖角另一个班社的宣卷下手在同里宣卷行业内是不足为奇的事。合作的上、下手之间拆档也有不少是为了分成问题,琴师翁金南说:"像我们宣卷的换班子一般分几种情况:有的是一个班子里彼此合不来;有的是对自己分到的钱不满意——有些班子上手想多拿,分给其他人的少,那么别人心里就会有意见。"①

内部如何分配演出报酬是班社运作的一个重要方面,长远看来,合理的分配规则能够保证班社演出的顺利进行。如何处理好班中成员之间的关系,减少演职人员的流动,使他们之间的互相配合更默契、更和谐是多数班社都在考虑的问题,调整班社内部的收入分配方式便是策略之一。

同里宣卷的变革也带来了宣卷班社组织结构的变化,在新的社会环境中旧的收入分配方式可能不再适用,于是,改革分配方式、建立新的分配秩序就成了确保演出稳定性的一种应对之策。自从上、下手搭档对唱的演述传统形成之后,宣卷艺人单档演述已不多见,在长期的实践中,宣卷下手渐渐知晓:在新的演述传统之下,虽然自己作为下手,演述水平不高,也不具备单独领班的能力,但在宣卷班子里已经成为必不可缺的一分子,缺少下手,上手能力再强也无法独立完成演出。宣卷下手们不必担心自己没有业务来源,而上手却常常为没有固定的下手与其搭档而发愁,毕竟每次演出都临时招募下手极为不便,不是熟悉的搭档彼此配合也不默契,如配合不好往往会影响演出的整体效果,从而对班子产生负面影响。为了留住搭档,很多班子的上手不得不提高下手的演出待遇,部分班子直接提升到上、下手平分3股。

笔者在向芮时龙了解其班社内部分成情况时得知,芮时龙领班的"时运社"也不得不提高下手的演出报酬,且目前宣卷下手要求与上手分得同

---

① 翁金南口述访谈记录。(访谈对象:翁金南;采访者:黄亚欣;访谈时间:2019年2月19日;访谈地点:苏州市周庄镇东浜村东庄猛将庙。)

等报酬的情况不在少数：

> 芮时龙：那一次你们到我场子上来……1 200块，100块就拿掉给那个庙上的"佛娘"了。
>
> 黄亚欣：那剩下的1 100块你们怎么分？
>
> 芮时龙：琴师220块一个人。如果是1 000块的话，琴师一个人200块。
>
> 黄亚欣：剩余的上、下手平分吗？
>
> 芮时龙：现在有什么上、下手啊？能唱的黑心得要死：你少给我，我不给你唱，让你一个人去唱吧！我最早是跟汪静莲搭档，我同她讲好的："汪先生，你来我这里唱，你拿一成二，我拿一成八。"后来呢，她演出水平上来了，最多是她一成四，我一成六。现在不行了，现在做下手的都要求对半分。①

据当地多位艺人陈述，现在的宣卷下手不论自身演述水平如何，都要求与上手平分3股，即便是临时招募下手来搭档，也同样要求如此。赵华"紫霞社"的拆账方式在众多同里宣卷班社中较为特殊。她与班中其他成员之间相当于"老板-员工"的关系，自己主管班内一切事务，包括联系业务、维护与客户之间的关系、解决演出的交通问题等，演出收入如何分配完全由自己决定，不再按照传统规则分配演出酬金。②

---

① 芮时龙口述访谈记录。（访谈对象：芮时龙；访谈参与者：芮时龙、芮献峰、张舫澜；采访者：黄亚欣；访谈时间：2019年3月2日；访谈地点：苏州市吴江区同里镇叶泽湖花苑芮时龙住所。）
② 以演出报酬为1 200元/场为例，扣除100元车费之后，班主赵华分得500元，剩余的600元分派给宣卷下手和两位琴师（大约是下手240元，琴师每人180元，或下手280元，琴师每人160元）。参见赵华口述访谈记录。（访谈对象：赵华；采访者：黄亚欣；访谈时间：2019年3月25日；访谈地点：苏州市吴江区同里镇朱家浜明德路106号。）

宣卷演述传统的改变导致了旧有的班社收入分配规则的失效,当代社会,适时调整内部收入分配某种程度上可以维持班社演述活动的稳定开展,班社的长久经营才能更有保障。同里宣卷艺人班社善于依据社会环境的变化和演述形式的变革变更班社内部的经济运作模式,使这套模式不断适应新形势,这也是他们能够在当地民间社会长期存在的原因之一。

第二节　借助演述活动的中介力量：宣卷班社与"牌话""佛娘"的合作

同里宣卷班社有其固定的运作机制,另一方面,他们也在借助外部力量企图构建一种不固定的、灵活的,又更为广泛的宣卷行业运作模式。通过田野调查,笔者发现同里宣卷班社的演出活动中存在着一类中介角色——比如"牌话"与"佛娘",他们沟通、协调艺人班社和雇主两方的供需信息,接洽、联络宣卷业务。他们不仅是艺人班社内部运作机制的延伸,又在宣卷传承中起到了中间人的作用,相当于宣卷民间传承中的"二传手",是同里宣卷生命力延续中举足轻重的一环。下面拟就班社与雇主之间的中介——"牌话"与"佛娘"展开讨论,试分析他们与宣卷班社的合作模式,探讨二者间的合作对演述活动承续的作用,探索他们存在的启示意义。①

---

① "二传手"原指排球比赛中第二次传球并组织进攻的队员,常比喻在中间起中介或协调作用的人。在吴江地区,"牌话"和"佛娘"接洽宣卷业务,连接宣卷班子与主家之间的供需关系,在宣卷传播中起到了中间人的作用,因此将他们比作宣卷传承的"二传手"。

一、传统社会中宣卷班社与"牌话"的合作

"牌话"是1949年以前江南地区的一种介绍、联络宣卷等曲艺类业务的兼职中介,主要存在于茶馆中,由茶馆老板(或"跑堂")兼任,饭店、理发店、鱼庠中也有,他们广泛接触农村和市镇群众,承担着信息交流的职能,负责接洽宣卷、堂名、苏滩、戏班子、评弹、说书等业务,连接演出班社与雇主之间的供求关系,并从中提成。据吴江民间文化工作者张舫澜介绍,所谓"牌话"就是将悬挂的"水牌"①上的信息告知别人的意思,"牌话"以其工作性质而得名。吴江、胜浦、嘉善、青浦的宣卷艺人班社都曾依靠"牌话"联系业务。

关于"牌话",目前能够搜集到的较早的文献资料是《北库镇志》中的记载。② 一直以来,鲜有人关注宣卷演出市场中的"牌话",殷秀红曾在《宣卷船》一文中提到过"牌话",文中对"牌话"有部分描述。③ 佐藤仁史在《垂虹问俗——田野中的近现代江南社会与文化》一书中将近年的同里宣卷演出与新中国成立前对比时,也曾提及过"牌话"的功用,并结合宣卷艺人的口述访谈对"牌话"做了进一步的解释。④ 然而,对"牌话"进行专门的研究和探索,思考"牌话"在宣卷艺人班社演述活动中的作用的,尚属空缺。

---

① "水牌"是一种写明演出班社的名称、领班人、演出一场的价格等信息的招牌,"牌话"一般会将其悬挂在自己的经营场所内的醒目位置,下文中有详细的解释。
② 吴江市北库镇地方志编纂委员会编:《北库镇志》,文汇出版社2003年版,第326页。
③ 原文中将"牌话"误写为"牌下",本文在引用时已更正。见殷秀红:《宣卷船》,《苏州杂志》2016年第2期,第79—80页。
④ [日]佐藤仁史、吴滔等:《垂虹问俗——田野中的近现代江南社会与文化》,广东人民出版社2018年版,第248—250页。

传统社会中,"牌话"主要存在于茶馆里,多由茶馆老板兼任。在吴江,茶馆不单单是休闲和消遣的地方,也是洽谈生意、商议婚姻、调解纠纷等的重要场所。茶馆一般在市镇中,聚集了各村来的人,人流量大,是交易和信息聚集的中心地带。樊树志对江南市镇的茶馆进行过详细调查,他说:"基于这样的原因,茶馆就成了市镇运转中不可或缺的一环,它不仅仅是一个供人们歇脚、饮茶、聊天的场所,而且是商品交易和信息传播的场所,兼具社交、信息、娱乐、赌博等多种功能,是以市镇为中心的地域社会的一个缩影。因此茶馆成为市镇文化最集中的载体。"[1]据此,茶馆能够成为宣卷业务的主要承接地便不难理解了。

茶馆老板长期在茶馆里工作,接触的群众多,由他们来兼任"牌话",充当"经纪人",接洽宣卷业务,是最适合不过的了。他们在社会交往中介绍宣卷,对接供需两方的信息,活跃了宣卷演出市场。

"牌话"这一行业的起源与形成,在文献中尚未找到明确的记载。从老一辈的同里宣卷艺人那里得知,"牌话"清朝就有,1949年以后持续了几年便消失了。《北厍镇志》记载:

> 20世纪50年代前,"牌话"作为一种行业,活动于城乡集镇间,十分活跃。它是专为民间文艺团体(班社)联系演出,介绍生意的,通过以招牌的形式传递信息,沟通供、需之间联系,简称"牌话"。
>
> "牌话"由茶馆或理发店兼营,因这两个行业社会接触面广。顾客中各式人物都有,便自然形成传播社会新闻、各类信息的渠道;有

---

[1] 樊树志:《江南市镇:传统的变革》,复旦大学出版社2005年版,第458页。费孝通先生在描述吴江地区民众农闲的娱乐时,也提到过茶馆的功能:"男人们利用这段时间在茶馆里消遣。茶馆在镇里。它聚集了从各村来的人。在茶馆里谈生意,商议婚姻大事,调解纠纷等等。"见费孝通:《江村经济》,北京大学出版社2012年版,第113页。

了这个固定场所,有利于演艺团体、需要方、"牌话"三方之间的联系。

……

街坊或乡间的居民、村民家庭操办喜庆,如新屋落成、婴儿满月(剃头)、老人做寿,大多找"牌话"联系演艺团体,到现场演出,以助兴趣或炫耀门庭。也有由群众集资举办祭神拜佛活动,以及农闲、节假日期间为丰富文娱生活,而聘请演艺团体(班、社)演出的,均与"牌话"预约。演出场次则视操办方的经济能力和需要,一般日、夜2场。①

"牌话"一般会在自己经营场所内的醒目位置悬挂招牌,招牌上写明演出演艺团体(戏班、评弹班社、宣卷班、剧团等)的名称、领班人、演出一场的价格等信息,这块招牌称作"水牌"。② 有的茶馆挂两块"水牌",宣卷单独挂一块,评弹、京剧、越剧等另挂一块。

《北厍镇志》中有关于"水牌"的相关记载:

北厍集镇在解放前后兼营"牌话"业务的有朱桂林剃头店及长乐、福安茶馆店。在店堂的显要位置挂上招牌,招牌用木质或铁皮制作成1尺阔、2尺长的长条形板块,上贴红纸,用毛笔写上可供演出的演艺团体(班、社)名称、领班人姓名、擅长演出戏(曲)名等。1个演出团体(班、社)独占1块。店内挂牌多少则由"牌话"的活动能力强弱、信誉度高低决定。少则一二块,多则一二十块。已挂的牌,一般固定不变,个别时挂时摘。③

---

①③ 吴江市北厍镇地方志编纂委员会编:《北厍镇志》,文汇出版社2003年版,第326页。
② 水牌,旧时民间留言、记事用的粉漆木牌或薄铁牌(多漆成白色或黑色),是告示牌的一种,元、明时期已有。因用后以水洗去字迹可以再写,故称"水牌"。

同里宣卷班子的演出业务也辐射到附近的浙江嘉善一带,车锡伦先生在对浙江嘉善大舜的民间宣卷进行调查时,曾对茶馆里悬挂"水牌",代为接洽宣卷生意的情况有过相应的记录:

> 丝弦宣卷有班名,称为"××社",如"遐岭社""咏音社"。江南的评弹在那时一般在茶馆里演唱;宣卷班到了一处,把书写班名的一块红牌子也挂在小茶馆里,如果谁需要请宣卷班子去演唱,只需与茶馆的"跑堂"联系,由他安排。跑堂的也从中得到一点"分红"。①

"水牌"样式各有不同:有的是一块黑色的板,蘸白色颜料在上面书写;也有的是一块白色的板,上面用黑色毛笔书写。以上两种"水牌"比较常见,当然也有其他不同的式样。老一辈的宣卷先生芮时龙和宣卷琴师石启承回忆他们曾经见到的"水牌",都说是"一块小黑板"。②张舫澜说他年轻时曾在芦墟的茶馆里看到过一块"水牌",是账房柜台后面一块白色的板,长约80厘米,宽约60厘米,板上的内容用黑色毛笔写就,大致内容如下图(图13):

有的宣卷班子在两三个地方挂牌,有的仅在一个地方挂牌。有的班子演出范围小,名气也不太大,在一个地方挂牌即可,一般在自己老家的

---

① 车锡伦:《中国宝卷研究》,广西师范大学出版社2009年版,第382页。"宣卷在大舜乡流行,可追溯到百年以前。据该乡蒋福根回忆,最早是从江苏的苏州吴江县传来的。它有木鱼宣卷和丝弦宣卷之分。"(见车锡伦:《中国宝卷研究》,广西师范大学出版社2009年版,第381页。)大舜有名的宣卷艺人蒋福根与高仲盈都拜了同里宣卷艺人为师:蒋福根先后拜了同里宣卷艺人徐筱龙、闵培传为师;高仲盈也曾师从徐筱龙、顾茂丰学习宣卷。
② 芮时龙口述访谈记录(访谈对象:芮时龙;采访者:黄亚欣;访谈时间:2019年3月2日;访谈地点:苏州市吴江区同里镇叶泽湖花苑芮时龙住所)和石启承口述访谈记录(访谈对象:石启承;采访者:黄亚欣;访谈时间:2019年4月26日;访谈地点:苏州市吴江区同里镇朱家浜小区石启承住所)。

	班社名称	领班人	价格
宣卷	许家班	许维钧	5斗米/场
	凤仪阁	徐银桥	
	鸣凤社	顾茂丰	
	……		
评弹	……	徐云志	
	……	杨仁麟	
	……		
剧团	三庆大舞台	许秀英、王梅芳	
	……		

图 13 "水牌"示意图

（黄亚欣绘制）

茶馆挂牌；名气大的班子，同里要挂牌，芦墟要挂牌，黎里也要挂牌……很多地方都要挂。一个宣卷先生一般有自己的演出"地盘"，如果其演出在某一个地区最受欢迎，就以这个地区的生意为主。

据调查，吴江芦墟镇有三大有名的"牌话"。芦墟松春楼茶馆的老板李其奎（1893—1964），出生于光绪年间，小名李大，是芦墟最有名的"牌话"，他在芦墟镇上还开了一间"又一村书场"。李其奎经营的业务非常广，他的松春楼茶馆里有三块"水牌"，常年承接宣卷、京剧、越剧、锡剧、滩簧、评弹等业务。芦墟的北栅有一个凤翔春茶馆，老板姓张，也是当地的"牌话"。除此之外，还有昶园茶馆的陆老板，该茶馆挂牌的班社较少，经营范围也相对较小。

在同里镇，祥圆茶馆、有缘茶馆、南园茶楼都曾经存在过"牌话"。

黎里镇东市汝家桥南堍的阳春轩茶馆，老板名叫胡银官，是黎里知名的"牌话"，其店堂的墙壁上挂满了宣卷、京剧、越剧等班社的"水牌"，他的"水牌"均为黑色木板，用水粉笔书写。北库镇较为独特，该地的"牌话"主要存在于理发店和鱼库内，由理发店老板和鱼库老板兼营，北库"朱记理发店"的老板朱桂林就是当地有名的"牌话"。此外，北库镇西的鱼库里有一位老板，姓名现难以考证，专营宣卷业务。除了上述几个地区以外,莘塔、周庄、平望、八坼等地也都出现过"牌话"。

　　宣卷艺人与"牌话"之间需要通气。宣卷艺人,特别是领班,一直要到挂自己牌子的茶馆去吃茶、了解市场行情、跟"牌话"聊天。"市镇有早市、午市,茶馆也有早茶、晚茶。以生产经济作物及手工业产品为主的村民、镇民,其经营方式与市镇行情休戚相关,每日赶赴茶馆吃早晚茶,并不是一种单纯的消费行为,而是一种生产行为——目的在于探听市价行情,做成一笔生意。"①宣卷班子的领班人吃茶也是同样的道理。芮时龙说:"每一场宣卷生意结束,从场子上下来,如果第二天没有别家的生意要赶,宣卷班子就在宣卷船上睡一夜,第二天早上摇船的就会把船摇到茶馆边上,宣卷先生要下来到茶馆里去喝茶的。喝茶的时候就顺便跟'牌话'聊聊,问问他有没有人来订自己班子的生意。"②殷秀红也曾提到:"在同里的宣卷班子一般不会直接摇到下一个演出地点,而是一场宣卷结束就直接摇回新园或南园茶楼。原来,船家是依附于宣卷班子的。宣卷老先生要吃早茶。摇船人自然把雇主奉为上帝,先生吃好早茶早点,然后再赴下一演出点……除了宣卷先生要吃茶,赶到南园茶楼还有一个好处就是领市面接生意。解放前,同里宣卷也是有经纪人的。当时的宣卷经纪人被称为'牌话'。'牌话'主要联系宣卷先生或戏班子演出,从中提成谋利。"③当地过去有一种航船,可以寄信、寄纸条(相当于口信),"牌话"可以通过寄信的方式将演出预约信息告知被选定的宣卷班子。

　　"牌话"通常备有一本记录本,本子上记录了每个班子的生意信息:演出日期、雇主信息(姓名、地址、联系方式)、演出事由、价格等。有人要

---

① 樊树志:《江南市镇:传统的变革》,复旦大学出版社2005年版,第462页。
② 芮时龙口述访谈记录。(访谈对象:芮时龙;采访者:黄亚欣;访谈时间:2019年3月2日;访谈地点:苏州市吴江区同里镇叶泽湖花苑芮时龙住所。)
③ 原文中将"牌话"误写为"牌下",本文在引用时已更正。见殷秀红:《宣卷船》,《苏州杂志》2016年第2期,第79—80页。

来订生意,"牌话"便翻出这本本子来查看该雇主要选定的班社在相应的日期是否空闲。达成共识的宣卷班子与雇主之间通常以口头协议为准,也有的"牌话"为双方签订简易的合同,一式两份,班社领班人和主家各一份,双方签字确认。《北库镇志》有云:

> 凡要约请演艺团体(班、社)的私家或单位,事先要到"牌话"处选定认为满意的演艺团体(班、社),然后提出演出日期与上演剧(曲)目。"牌话"便按照定户要求,派人或用信件告知被选定的演艺团体(班、社)领班人,如无异议,约定日期,双方到场,填写定单(协议书),确定演出日期、剧(曲)目、价格等,三方签字,最后敲定。在无意外情况下,双方均不得反悔,谁毁约谁负责赔偿损失责任。①

据浙江嘉善大舜的宣卷艺人蒋福根描述,宣卷班子与主家达成协议,签订合同,合同的形式是:

> 今定到新兴社蒋福根文明宣卷一天一夜,双方议定白米五斗五升,现付定洋贰块,开演日期×月×日。空口无凭,以定单为凭。风雨无阻,各图天命。②

殷秀红《宣卷船》一文中也有对"牌话"接洽宣卷生意的相关记录:

> 记得解放前,新园茶楼隔壁开有一家理发店,店家仲小和、仲熊飞父子就是当时的"牌话"。宣卷先生的牌子挂在理发店墙上。牌子为木制品,大小约20×30厘米,上面用毛笔写上宣卷先生的名号和

---

① 吴江市北库镇地方志编纂委员会编:《北库镇志》,文汇出版社2003年版,第326页。
② 车锡伦:《中国宝卷研究》,广西师范大学出版社2009年版,第382页。

擅长曲目。有宣卷需要的主家就会到理发店里来商洽。主家喜欢哪位先生，直接点将，翻转他的木牌。翻到谁的牌，"牌话"就联系谁，然后再到河埠头上租好宣卷船，到了约定时间，宣卷班子登船出发。那时的宣卷船有船舱，夜里可睡床铺。"牌话"仲熊飞的娘会摇宣卷船，一般就停靠在茶馆前，随叫随摇。①

"牌话"负责连接演出市场的供求关系，在艺人班社与雇主之间起到中介作用，是一种营利性的职业，自然要收取一定的酬劳。营利是"牌话"生存的基础，有利可图，"牌话"才有存在的必要，这无意中也为激发宣卷演出市场的活力提供了有利条件。每介绍成功一笔生意，"牌话"就可以从宣卷班子的领班处获取一定的介绍费作为报酬。付给"牌话"的介绍费并不是随意的，而是直接从宣卷班子演出的总收入中抽成。一般地，提取一成（即10%）作为"牌话"的介绍费，这已成为一种不成文的规矩。同里老宣卷沈祥元提到："八坼第一楼是八坼镇上最大的茶馆，做戏都是那里的。还有芦墟、黎里都有的，都在茶馆。（茶馆的主人）接到一个生意，他拿一成，10%。这是老规矩。"②笔者在调查同里宣卷时，张舫澜、宣卷艺人严其林，以及宣卷老琴师石启承、徐荣球等都曾提起过1949年以前"牌话"要抽一成作为介绍费的情况，唯有老宣卷芮时龙所述的情况略有不同，据芮时龙所说，"牌话"约抽取2%作为回扣。③ 同里宣卷艺人早年外

---

① 原文中将"牌话"误写为"牌下"，本文在引用时已更正。见殷秀红：《宣卷船》，《苏州杂志》2016年第2期，第79—80页。
② 沈祥元先生口述访谈记录。原文中误将同里宣卷艺人"沈祥元"写为"沈祥云"，本文在引用时已更正。见[日]佐藤仁史、吴滔等：《垂虹问俗——田野中的近现代江南社会与文化》，广东人民出版社2018年版，第249页。
③ 2019年3月2日芮时龙先生在接受笔者采访时说"牌话"要抽取2%作为回扣。参见芮时龙口述访谈记录。（访谈对象：芮时龙；采者：黄亚欣；访谈时间：2019年3月2日；访谈地点：苏州市吴江区同里镇叶泽湖花苑芮时龙住所。）

出宣卷时演出报酬以米计算,"牌话"可以从中分得一些米作为酬劳。①

二、当代社会语境下宣卷班社与"佛娘"的合作

宣卷业务的介绍联络,1949年以前主要依靠"牌话",到1955年前后,"牌话"逐步退出历史舞台,后渐渐由"佛娘"替代,成为介绍宣卷业务的主流。不过,"牌话"与"佛娘"作为宣卷中介,其主导地位是在时代发展中逐步自然变换的。张舫澜提及自己少儿时代(1949年前后),宣卷市场也没有完全被"牌话"控制,如北库的西浮楼、圣堂港、庙港上等庙中、家中的宣卷大多由"佛娘"直接请,许维钧、闵培传、翁润身、徐坤祥、胡畹峰、徐筱龙等都去演出过。

1949年以后,"牌话"就渐渐隐退了。张舫澜说,20世纪50年代初还有过少量做"牌话"的,1954年、1955年的时候自己在芦墟的茶馆里曾看到过"牌话"所挂的"水牌",1956年之后就再也没见过了。没有了"牌话"就失去了需求信息来源,宣卷班子难以接到生意,生存陷入困境,宣卷的传承也面临阻碍。此外,因为社会的巨大变革,信俗活动一度被遏制,同里宣卷的发展也相当不景气。

改革开放以后,各地信俗活动开始大规模复兴,并一直寻求合法化的表达。吴江地区的村落中赕菩萨、组织庙会等相关的信俗活动又开始兴盛起来,与地方信俗密不可分的宣卷演述活动也随之恢复。最早从传统的讲经模式中走出来、向娱乐性方向流变的同里宣卷,在这一时期也慢慢与地方民俗活动相结合,强化了与民间信俗的联系,渐趋成为民间赕佛时不可或缺的一个部分。

---

① "牌话"具体可从中分得多少白米,调查中几乎没有人清楚地知道,还需进一步考证。

同里宣卷复兴初期,个人或集体赕佛需要请宣卷,宣卷班社对业务也有迫切需求,然而"牌话"隐退以后,一度缺乏专门的中间人帮忙介绍生意,沟通供需信息。那一阶段,谁家有事需要请宣卷,邻里乡亲或是大队里面的妇女主任、赤脚医生、退休的老书记这类平时接触群众多的人,偶尔可以帮忙介绍,但不带有营利性质。各班也不得不自己找门路、想办法求生意。此时,宣卷市场急需寻求新的能够长期、稳定地提供供求信息、承接业务的中间人。"佛娘"中介功能的发挥,恰恰满足了宣卷演出市场的迫切需要,为宣卷生命力的延续提供了新的能源。

"佛娘"本身并不是中介,而是巫觋,身兼宗教职能,是"香头"的一种,有的地方也叫"师娘",吴江地区称为"佛囡儿"(普通话"佛女儿"),即菩萨的女儿,代表菩萨,可以通神。吴江一带有不少"佛娘"自称是上方山太太的女儿、刘王老爷的女儿。吴江地区的"佛娘"大多数是中老年妇女,她们"吃菩萨饭",主管庙内香火,接待香客,组织赕佛活动,有的还能"附身"、给人看病。1949年以前,"佛娘"就一直存在,那时,主管烧香和给人看病是其主业。1933年《上海报》刊有一则题为《佛娘》的短文(标题上方还特意打上"社会害虫"的字样),对民国时期的"佛娘"形象进行了描述,全文如下:

> 佛娘,是占据□乡村的一种神秘而不可思议的人物。据一般愚夫愚妇的传说,她能借神鬼的力量医治一切内外各科的疑难杂症,所以乡人有犯病者,往往不去延医服药,倒是叫佛娘来看香头。她到了病者的家里,就装腔作势,疑神见鬼,信口胡言的乱断了一下,于是再吩咐病者预备纸马蜡烛、猪头三牲、茶酒饭菜等等,总之视看病者的贫富而定多寡。病者欲求病愈,只好唯命是从。
>
> 如果病轻者,不延医服药,就这样慢慢地好了,乡人们就归功于佛娘的灵验;如果病重者,因为不服药就这样的死了,乡人们竟以为

病者命中注定,也叫没有办法。

　　佛娘这样的妖言惑众,儿戏生命,公安当局,似□便再故作痴聋,一任其逍遥法外了。①

"文革"期间,"佛娘"的一系列活动被视为迷信,严令禁止,直到改革开放以后才逐步复生,她们借着民间信俗复兴的势头组织一些赕佛活动,仪式时请宣卷班子、戏班子等参与进来,与宣卷班社之间的联系便更加紧密。

"佛娘"是地方性民间信俗的权威,在吴江民间的"小传统"中有着极高的话语权。雇主要赕佛祈求菩萨保佑,仪式应当怎么做,需要准备哪些祭祀用品,赕佛时请宣卷还是请戏班子,请一场还是连请多场,具体请哪个班子,这些事项大多数由"佛娘"安排。宣卷班子接生意也要依靠"佛娘"介绍,赕佛时艺人如何根据主家情况在"请佛""送佛"以及卷前"小偈"的唱词中做出改编以迎合主家意愿,也全凭"佛娘"指点。集体做会时,"佛娘"的领袖地位则更为突出,可以代替菩萨发号施令,同时统筹、协调做会的各项细节,前来与会的信众对"佛娘"绝对信服并无条件配合。潘立群、陈凤英2019年在碧罗庵宣了一部《咬脐郎宝卷》,按照该庙会一贯的习俗,白天、晚上都要宣,而当日由于暴雨,宣卷班子与"佛娘"商议后决定取消夜场,将这本《咬脐郎宝卷》由原本的四回压缩为三回来演述,正卷开始前,艺人陈凤英就向听卷者交代说是"佛娘"与菩萨已经商量好了。② 民众自己是无法与菩萨商量的,宣卷艺人也没有能力与菩萨商量,

---

① 张二:《佛娘》,《上海报》中华民国廿二年四月六日(1935年4月6日),第八版。原文为竖排版,只有句读,标点符号为笔者后期添加。原文中显示不清楚的字以□代替。
② 陈凤英、潘立群口述访谈记录。(访谈对象:陈凤英、潘立群;采访者:黄亚欣;访谈时间:2019年5月26日;访谈地点:苏州市吴江区同里镇屯村雪塔上碧罗庵。)

只有"佛娘"才有资格与菩萨交流沟通。明明是由于天气原因,参与活动的人员和宣卷班子想早早结束庙会,但宣卷艺人一定要说是"佛娘同菩萨商量"的结果,足见"佛娘"所具备的超自然能力。由于"佛娘"被视为信俗权威,因此在当代社会文化语境下,信俗内涵的再诠释、各方诉求的平衡、传统规则的改革、宣卷在新文化语境中的适应性变迁等,似乎都在"佛娘"掌握之中。

"佛娘"之所以能作为"协调者"发挥中介作用,是以其信俗权威为根基的。在民间信俗得到弘扬的当代社会,"佛娘"也相应获得了较高的社会地位,其势力以信仰圈为基础,有的影响力甚至超越了村落范围。即使"牌话"在当代仍然存在,也未必有实力与"佛娘"争夺宣卷"经纪人"的角色。

2019年2月18日(农历正月十四)笔者在周庄镇东浜村东庄头猛将庙庙会上调查时,与该庙的"佛娘"高根宝(女,周庄宝坤人,1951年农历十月十六生,刘王老爷的"女儿")聊天,了解其承担的主要任务:

黄亚欣:高阿姨,您管这个庙多长时间啦?

高根宝:三四年了。

黄亚欣:今天这个庙会是为刘王老爷生日做的?

高根宝:对,今天是大老爷生日。我们庙上一年要做三回嘞!正月十四、十五,大老爷生日;五月十四、十五,赕老爷;七月二十、二十一,赕天地菩萨。每次都要请宣卷闹一闹的!二月十九、六月十九、九月十九,赕观音,大家来烧烧香,吃点素面,不请宣卷了。那么,平时初一、月半,香客要来烧香的,我就来庙上开开门,烧点茶水。

黄亚欣:哦,那每次庙会都是您负责啊?

高根宝:我是主要的,买菜、烧饭、请宣卷班子这些都是我来,大家也都过来帮忙的。

黄亚欣：每次都是请屠先生的班子吗？

高根宝：也不是。屠先生他们来我们这里做了几年了。我们也会换一换班子听听，下次再叫他们。

黄亚欣：请宣卷班子的钱谁出呢？

高根宝：大家集体出钱。每次庙会捐了多少钱，用了多少钱，我们都有记录的，本子上记好了之后还要写一份贴在墙上给大家看的。

黄亚欣：哦。阿姨，今天这场卷多少钱啊？

高根宝：今天这个900块。①

与高根宝一样，绝大多数"佛娘"都在组织信俗活动，他们在长时间的组织过程中无意识地渐渐参与了宣卷行业的运转。

佐藤仁史在对"佛娘"的调查中，阐释了"佛娘"在民众信俗中的重要地位，披露了"佛娘"活动的营利性，揭示了"佛娘"作为宣卷活动的组织者的作用，同时，也指明了艺人班社对"佛娘"的依赖关系——"宣卷艺人是否能够接到连续几天大型演出的生意，其关键在于被称为'佛娘'的宗教职能者。"②但对艺人班社与"佛娘"之间的具体利益关系，佐藤并没有予以详细地说明。

"佛娘"充当艺人班社的生意介绍人的情况并不是吴江地区的特例，不少宣卷研究者都注意到"佛娘"与宣卷的艺人班社之间的密切关系。陈泳超在上方山调查常熟宣卷时，曾与宣卷先生及其搭档的"看香人"聊天，他说："这里的'看香人'就是'师娘'，即当地的巫觋，主家如果有某种诉求，一般会先请师娘看香，由师娘告知该如何应对行事，比如烧香、诵经之

---

① 高根宝口述访谈记录。(访谈对象：高根宝；采访者：黄亚欣；访谈时间：2019年2月18日；访谈地点：苏州市昆山市周庄镇东浜村东庄头猛将庙。)
② [日]佐藤仁史、吴滔等：《垂虹问俗——田野中的近现代江南社会与文化》，广东人民出版社2018年版，第267页。

类,而宣卷更是其中最常见的行事之一,所以师娘和宣卷先生有着较为紧密的关联,但互相之间不一定构成排他性的组合关系。"①王若楠在调查常熟支塘地区的宣卷时,明确提到:"私娘和说卷先生一起构成当地宣卷仪式的组织者和实施者。"②"私娘与说卷先生是互相合作,也可以说私娘是讲经宣卷的'经纪人'。那么,宝卷便是私娘的法宝,讲经宣卷便是私娘的施法手段。宝卷在私娘的施法中流传,也因施法的需要而产生新的宝卷。因此,私娘可以看作是宝卷的'推广人'。"③王若楠在了解常熟支塘地区的看香私娘(常熟支塘地区称"佛娘"为"私娘/师娘")时,已发觉私娘是讲经宣卷班子的"经纪人"和"推广人"。这种"经纪"和"推广"是否带有营利性?如果是营利性的,那么获利多少,具体又是怎样的营利关系?这一点,有待进一步探索和挖掘。

在吴江地区,"佛娘"扮演宣卷介绍人的角色,并从中收取报酬,"佛娘"与艺人班社之间逐渐建立起一种利益关系。老琴师石启承告诉笔者,这些都是暗地里的,明的没有人知道。所以,也没有人知道是从谁那里开始的。实际上这些"佛娘"最初并没有主动要去充当"牌话"的角色,宣卷复兴之后,宣卷班子多了起来,竞争激烈,各个班子都要四处求生意、抢业务,于是他们就以"佛娘"为中间人,请她介绍生意。为了能比别的班子多得生意,有的班子就开始动脑筋、想办法,私底下给"佛娘"一点回扣。渐渐地,各个班子都开始学着讨好"佛娘",给"佛娘"一些好处,这似乎就形成了一种潜规则。"佛娘"与艺人班社之间的利益关系一定程度上促进了宣卷业务量的不断增加,20世纪末至21世纪初同里宣卷达到一个兴盛时期,其中"佛娘"起到了很大的助力作用。

---

① 陈泳超:《无为即保护:论民间俗信文艺的保护策略——以常熟地区宣卷活动为中心》,《石河子大学学报(哲学社会科学版)》2017年第31卷第2期,第91—95页。
② 王若楠:《支塘宣卷与日常生活》,华东师范大学硕士学位论文,2018年,第32页。
③ 王若楠:《支塘宣卷与日常生活》,华东师范大学硕士学位论文,2018年,第33页。

根据目前的调查情况来看,现今有些"佛娘"自立规矩,介绍生意时与宣卷班子讲明要收取多少介绍费。石启承说:"现在的'佛娘'跟旧时的'牌话'差不多,抽一成,有的一成不到。比方说,1 000块一场卷,她要抽掉100块;1 200—1 300块一场的话,她也是抽100块。有的'佛娘'虽然没有明说一定要收这个钱,但是如果你还要生意的话,那就得给,如果不给,她下次也不会再介绍生意给你了。"①

现如今,通信发达,艺人班社也通过发放名片的方式宣传、推广自己,电话联系业务。不过,因为"佛娘"在民间信仰中有着较高的地位,所以还是通过"佛娘"接到的业务居多。提到"佛娘"充当艺人班社的生意介绍人的问题,宣卷艺人赵华告诉笔者:"她们(指'佛娘')打电话来,总得给点介绍费吧,这是老先生传下来的。过去有一种人叫'牌话',就像经纪人一样的,你是不是得给他一份收入?后来,'牌话'没有了,'佛娘'电话联系帮你接生意,那你是不是也得给电话费?这就暗中形成了一种规矩。你给60块,我就给80块,你给80块,我就给100块……有点恶性竞争。"②

三、"牌话"与"佛娘"在宣卷班社演出活动中的中介作用

同里宣卷班社演出活动中存在的这类中介角色——"牌话"与"佛娘",他们的存在似乎提供了一些启示:"牌话"与"佛娘"在不同的社会语境下活化了宣卷演出市场,其中介作用的发挥使得这些民间班社的组织结构可以短小精悍,省去了专门的演出经纪人员的配备,他们与艺人班社一同构建起同里宣卷行业的运作机制,一同推动宣卷演出市场的运转,并

---

① 石启承口述访谈记录。(访谈对象:石启承;采访者:黄亚欣;访谈时间:2019年4月26日;访谈地点:苏州市吴江区同里镇朱家浜小区石启承住所。)
② 赵华口述访谈记录。(访谈对象:赵华;采访者:黄亚欣;访谈时间:2019年3月25日;访谈地点:苏州市吴江区同里镇朱家浜明德路106号。)

无意识地延传着宣卷演述传统,他们的存在及其功能的展现也许可以为其他民间演出团体的生存提供部分借鉴。

宣卷在传统社会也有其他的传播媒介,比如报纸和无线电广播。在上海市区,20世纪30年代有四明宣卷艺人在私家电台播唱,民国时期《时报》就曾辟出专门的版面刊登无线电各电台的播音表,每逢礼拜五刊登,其中包括歌唱、话剧、平话、弹词、学术、宗教、故事、文书、平剧、申曲、苏滩、戏曲、文戏、宣卷、滑稽、唱片等栏目。① 然而,就吴江地区而言,由于乡土社会的社会文明程度还不够高,报纸和无线电作为传播媒介在当地并不普及。再加上吴江地区水网密布的特殊的自然地理环境,传统社会民众出行极为不便,很少与邻近的城镇有沟通。这种闭塞造成了与外界的直接交流相当贫乏。"牌话"的出现,恰好满足了当地民众信息沟通的需要,又适应了吴江的地方文化背景,其中介作用的发挥,使同里宣卷班社的演出活动在当地传统社会中得到了更好的传播。

"牌话"的介绍、联络和协调实则是一种无意识的传承行为。他们常在与顾客的闲聊中探听雇主的相关信息,甚至对一些熟客的情况了如指掌,伺机向雇主介绍宣卷业务,比如得知客人的老父亲今年要过80大寿,便会顺口建议:"做寿的话,要不要请一台卷到家里闹一闹? 我们这里许维钧先生的班子名气可是响当当的!"②这种推广方式实际上强化了民众内心对宣卷的集体认同,办大事请宣卷赕神佛遂成为当地一种传统习俗,潜移默化地规范着一代代人的行为,而这种行为能够在相当长的一段时间内表现出无意识的一致性。"牌话"中介功能的展现助推了同里宣卷成为一种代代相承的地方性"文化模式"。

当代,"牌话"职业消失了,但其中介功能在当地社会仍然需要,"佛

---

① 参见《无线电各台播音表》,《时报》,中华民国廿八年(1939年)六月九日,第五版。
② 张舫澜口述访谈记录。(访谈对象:张舫澜;采访者:黄亚欣;访谈时间:2018年10月30日;访谈地点:苏州市吴江区芦墟镇西栅街清河书屋。)

娘"逐步接续了这一功能，成为当代社会中的新"牌话"。黑格尔说："凡是合乎理性的东西都是现实的；凡是现实的东西都是合乎理性的。"①"佛娘"虽因从事迷信活动而几度受到质疑，但她们在当代社会中仍然能够生存，自然有其合理性。民众的心理需求、地方性民间信俗赋予了新的中介角色——"佛娘"在当代同里宣卷演述活动中存在的必要性，只要信俗还在，"佛娘"就一直需要。在地方信俗中拥有绝对话语权的"佛娘"，因其权威进而能够成为班社演述活动的协调者，她们无意识的组织行为对宣卷行业的发展起到了一定的引导作用。在现实生活中，"佛娘"组织宣卷，使宣卷班子的演述更多地参与和融入民众的日常生活实践；她们的反馈和协调作用，又使艺人班社的演述能够在多重因素互相影响的社会文化语境中表现出相当的适应性；此外，"佛娘"与艺人班社之间的利益关系，促进了宣卷业务量的剧增，甚至在20世纪末到21世纪初的吴江地区产生了一种民间"宣卷效应"，对宣卷在当代的延续和活跃产生了较大的影响。

类似"牌话"和"佛娘"这样的中介角色在当代不少民间表演艺术中都存在着，他们在民间戏班、乐班等班社中发挥了协调、促进作用，在民间说唱艺术的传承过程中扮演着至关重要的角色。2000年前后，陈勤建在调查浙江象山东门岛庙戏时，发现庙中有专门负责联系戏班子的执事，因其熟悉东门岛的各方面信息，并且经常要在岛上各处往来穿梭以联系业务，当地人形象地称之为"土狗"。哪家需要请庙戏，一般要提前几个月甚至一年半载联络商定，"临时抱佛脚"地要演出，是行不通的。② 东家想请哪个戏班子、出于什么原因请、对戏班子的演出有什么要求等，均通过"土

---

① ［德］黑格尔：《法哲学原理》，范扬、张企泰译，商务印书馆1961年版，《序言》第11页。
② 关于"土狗"的叙述，详见陈勤建：《现有乡村戏剧生存空间功能探析——以中国浙江象山东门岛及顺泰地域为例》，《文化遗产》2014年第5期，第67—73页。

狗"告知被选定的戏班子。同时,戏班子如对演出报酬有特殊要求等,也由"土狗"出面去与东家商定。"土狗"作为"协调者"的角色,规范了庙戏演出的秩序,也使庙戏演出能够做出适应时代的改革,拓宽了庙戏在当代的生存空间。

傅谨在台州地区调查民间戏班时,发现台州地区也存在类似演出经纪人的"土狗",此外,还有一类组织演剧的中介类角色——"戏头"。在当地,祠堂和庙宇举办祭祀等活动时,会组织戏剧演出。戏剧演出需要组织者,通常情况下,愿意承接演出的祠堂或者寺庙之类演出的邀请主体,都会自动出现一个或两三个人,来义务承担演出组织、剧团接待以及资金筹措等具体事项,他们作为演出组织者的身份得到这个演出邀请主体的认可,这些人就被称为"戏头"。"戏头"联系戏班有各种不同的情况,有时会通过专门的经纪人,有时则是自己直接与戏班联系。"戏头"直接联络戏班时,"戏头"实际上就充当了演出邀请主体与戏班之间的中介,商定演出时间、演出酬金以及邀请方要为戏班提供的具体食宿条件等都由"戏头"完成。各个戏班的老板要了解各地的演出信息,自然要与各村的"戏头"经常性地、主动地联系。由于"戏头"是各台口演出事务的具体经办者,因此戏班必须经常用各种办法与其联络感情,包括建立亲密的个人关系,直接或间接地给予"戏头"一定的劳务补偿等。"戏头"承担演出组织工作看似是义务的、非营利性的,但其与戏班之间潜在的利益关系或多或少仍然是存在的。① "戏头"在演出邀请方和戏班之间起到了平衡功能,一方面,要让需要演出的邀请方公众诉求得到满足;另一方面,也要让邀请主体给出的戏金数额足够支付戏班的演出以及食宿、交通等相关费用。只有做好演出的支出与收益之间的平衡,祭祀和宗族活动时的戏剧演出

---

① 傅谨:《台州地区民间戏剧与宗教祭祀关系——以温岭林家祠堂福建的祭祀与戏剧演出为重点》,载《中国民间仪式音乐研究》,上海音乐学院出版社 2007 年版,第189—277页。

才能够常年不衰。在台州地区,也有与民间宗教祭祀及宗族活动无关、纯粹为了娱乐而组织的"闲戏"演出,然而,由于当今娱乐形式逐渐多样化,为这类活动而组织的、曾在各地戏剧演出中占据一定地位的"闲戏"已经被歌舞表演替代,而只有寺庙和祠堂祭祀中包含信俗因素的戏剧演出不能以歌舞替代,于是这些信俗类活动中的演出就成为台州戏剧演出的主要市场。在民间戏班生存空间窄化的当代社会语境下,"戏头"恰到好处的平衡作用在某种程度上维持和促进了民间戏班演出活动的延续。

"牌话"与"佛娘"分别在传统社会和当代社会中发挥了中介功能,他们介绍和联络演出业务,沟通班社与主家之间的供需,在班社演出活动的整个过程中及过程前后及时反馈相关信息,促进宣卷业务的发展。他们的存在是对宣卷班社内部经营运作模式的补充,他们以一种灵活机动的形式活跃于宣卷演出市场,推动了宣卷行业的繁荣兴盛。

结　语

同里宣卷至今依旧能够活跃于民众日常生活中并展现出旺盛的生命力，这与艺人班社的存在及其在演述活动中发挥的作用密切相关。在社区民众生活中，这些宣卷艺人班社的演述不仅是一种文艺，通过演述来满足祈福禳灾的心愿诉求已成为当地人的一种生活相。

同里宣卷艺人继承了宣卷演述技能，他们在演述传统的代际传承中发挥着传递作用，又通过班社的团体协作共同推动着传统的延续。当然，艺人不仅仅是传统的延传者，也是传统的创造者，在传承中不断建构着传统。

艺人通过发挥其主体性，参与宣卷演述传统的建构。他们搜集整理、创编演述脚本，为演出业务服务，并在实践中逐渐创建出一套基本的演述法则。这套法则既具有稳定性与自由度，使艺人的表演能在一定的框架下进行，又可以根据自身理念适度发挥。他们在演述中融入各自不同的观念意识进行再创造，形成各种新生性的表达，在这一过程中艺人的传递和创造是一次性同时完成的，他们既是表演者又是创造者，他们无论表演什么，都要进行再创造，其表演没有一次是相同的。他们以表演的形式来进行创作，表演的那一刻即伴随着创作，表演和创作是他们同一演述行为的不同侧面，这使得其表演既具有模式性又具有新生性。

他们的大脑中储存了演述的固定结构与程式化的表达，这些逐步成为意识中的产物，也是他们在演述宝卷故事时快速创作的诀窍。当然，通常需要在积累了一定的程式化表达的基础上才能游刃有余地进行创作，他们必须对这些程式化表达有适应能力，演述时才能够在程式中随时调整。

他们继承旧的程式化表达，也在演述中创造出新生性表达。这些程

结　语

式化表达和新生性表达都只服务于一个目的,就是为演述宝卷故事提供一种方法和手段。艺人在演述中,一个主题牵动着另一个主题,从而组成了一部完整的宝卷故事。他们演述某一个主题时通常受到某一位艺人的影响较大,该艺人可能是他的师父,或者是他模仿的对象,在这一主题的演述中可能也掺杂了多个艺人演述同一部卷中同一个主题的风格特点。久而久之,宣卷艺人会自动地添加、删减或改编主题中的一些内容,这常常是无意识的,又或是某一时刻的灵感启发。在艺人日积月累的演述实践中,一个重要的主题可以采用多种可能的演述形式,当他演述到这一主题时,他可以依据自己脑中储备的素材来重新创作这一主题。他们在演述时必须一边表演一边构思宝卷故事的运作,在脑海中确定宝卷故事的基本主题群,以及这些主题出现的顺序,然后按照一定的叙事逻辑一步步推进主题向前发展。

艺人在建构传统的过程中也积极改革,发明新传统。其中,"自我变革,主动调适"是同里宣卷艺人班社在面临多次传承危机后得以继续生存发展的重要原因。宣卷艺人们根据社会环境的变迁适时而变、推陈出新。不同时代、不同艺人的演述差异也许很大,却仍然可以为人们所认可,宣卷依然是宣卷,无论它在仪式性、神圣性的层面,还是在世俗性的层面,功能依旧。在演述形式上,宣卷艺人始终以当地民众的审美喜好为中心,围绕民众兴趣的变化而自我调整,摒弃了传统宣卷中一些较为单调的部分,捕捉当地流行的艺术元素丰富自身形态;同时,善于和不同时代背景下的主流文化元素相融通,主动配合国家方针政策,为传统带来新变,使其在传承危机中重获新生。他们的这种变革和调适使其演唱紧扣民俗生活,在各类民俗场景中的展演,满足了不同民俗场景下民众对种种现实性利益的期待,反复演述不断强化着民众的这种心理,进而使这种民俗心理发展成为一种深藏于民众内心的文化认同,这是同里宣卷得以长期延续的重要动力之一。唯有看清这些,方能理解同里宣卷目前正在发生变化的一些现象,如现代艺术元素的介入、演唱卷本选择的世俗化倾向、舞台化演出等,才能理解其在不同时期、不同情境中始终保持旺盛生命力的原因。

同里宣卷演述传统作为一种古老的民间文艺样式,至今仍呈现出顽强的生命力,它的根基在于当地丰厚的民俗文化土壤。这种演述传统能够长期盛行,无疑与宣卷艺人的演述及其仪轨所宣称的具有禳灾祈福的神力有莫大的关系,而这正是人对自然的驾驭能力较低的那个时代民众内心最为渴求的,艺人们带有神圣性的演述与民众现实需求相结合,造就了当地民众强大的信俗热忱,并在神圣空间的仪式表演中得以显现。如今,虽然人们驾驭自然的能力提高,但在传统社会中形成的信俗心理早已发展成深藏于当地人内心的集体记忆,这种集体记忆在宣卷艺人的演唱中被一次次唤起,又一次次强化,升华成为代代相承的地方性信俗。

宣卷艺人班社通过演述活动维系了民众仪式生活,与民众信俗之间建立起密切的联系,并推动了这种信俗的发展;民众信俗的延续又成为宣卷艺人演述活动开展的根基,只要信俗持续,演述活动就有源源不断的需求,宣卷艺人就能够继续原生态地生存下去。同里宣卷艺人,他们作为主持宣卷活动的仪式专家,在活动中扮演着仪式程序引导者、仪式动作操演者和仪式表演者的多重角色,突出仪式活动的神圣性,又在演述中兼顾"神圣-世俗"两个层面,使民众的世俗心理得到关照,仪式的目的在其演述中得到最终实现。他们在仪式活动中提供的标准化的仪式程序构成了一种"文化黏合剂"[①],在精神层面将复杂、多元的社区民众统合起来,深

[①] 此处借用华琛"文化黏合剂"的概念。华琛在研究中国标准化的丧葬仪式结构时说:"在帝国晚期(约1750年至1920年),婚嫁和死亡的仪式构成了一种'文化黏合剂',把这个庞大、复杂和多元的社会维系起来。"详见华琛:《中国丧葬仪式的结构——基本形态、仪式次序、动作的首先性》,《历史人类学学刊》2003年第1卷第2期,第100页。

化了该社区的地方信俗,对社区文化体系有着深远的影响。

宣卷、赞神歌、太保书、骚子歌(民间俗称"烧纸歌")等,它们都是祭仪时表演的民间文艺,具有神圣属性。20世纪三四十年代,部分太保先生开始不满足于仅仅在做社的祭祀仪式上唱书,他们为了增加收入,也到集镇、茶馆内卖唱,在这种卖唱过程中,太保先生自动摈弃了"做社"这一仪式上的程序,而只保留了"唱书"。久而久之,太保书终于走下神坛,脱离了神圣性的内涵,进入了民众娱乐圈,而太保先生最终成了纯粹的曲艺艺人。在后世的流变中,太保书这种民俗文艺逐渐衰亡,太保先生或转业,或从事其他类别的演述活动。[1] 与太保先生相比,同里宣卷艺人在其演述活动中始终秉持着神圣性的特质,因而富有普通说唱艺人所不具备的功能,他们在祭仪上演唱,引导人神对话,具有不可替代性,这也是众多民间说唱艺人面临生存空间窄化的普遍境况下,同里宣卷艺人仍然能够活跃在民间舞台的重要因素之一。

这些宣卷艺人,他们既是仪式专家,又是文化专家。当地民众深深依赖他们的视觉和口头表演传达历史"事实"和文化准则,不论年长还是年幼的民众都在宣卷艺人的演述中受到教化。演述所具有的文化灌输作用力量无穷,艺人班社通过演述宝卷故事来灌输道德观念,并在重复的演述中使这些观念成为民众日常生活中的习惯。戴维斯(John Francis Davis)注意到这种社会灌输所产生的正面影响,他曾于19世纪30年代评论道:"同其他大多数国家相比,中国的下层阶级受到了更好的教育,或至少得到了更好的训练。"[2]在当地,即使是部分识字较少、阅读能力较低的民

---

[1] 受到苏州弹词的影响,太保书的内部脱胎出两种不同的地方曲艺——锣鼓书和铍子书。上述太保书的相关论述详见姜彬:《吴越民间信仰民俗》,上海文艺出版社1992年版,第181—194页。

[2] John Francis Davis: *The Chinese: A General Description of the Empire of China and its Inhabitants*, London: Charles Knight, 1836, vol. II, pp.29-30.

众,也能够通过宣卷艺人班社的演述熟知妙善公主积德行善的修行故事、刘猛将帮助民众抗击蝗灾的英雄故事、商秀英杀狗劝夫的贤良故事、张四姐为救夫婿大闹东京的真情故事等,并从这些宝卷故事中获得对民间性的历史、民族与国家的认知。

当代,许多与宣卷类似的民间说唱文艺即将面临失传。例如清代以后广东东莞地区十分盛行的木鱼歌,后来因演述形式单一、缺少变化等原因而落后于时代,目前极少在日常生活中演述。而在经济高速发展的吴江,宣卷艺人班社依旧能够以活态形式持续开展演述活动,他们的生存之道或许可以为解决众多民间表演文艺所面临的普遍危机提供借鉴。① 十多年来,各地宝卷及宣卷活动相继列入各级非物质文化遗产代表性项目名录。就目前的情况来看,宣卷保护工作取得了显著成效,相对而言,北方地区的宣卷传承较为依赖政府力量,而南方地区,尤其是江南太湖流域一带的宣卷,其传承展现出较强的自生性,这与宣卷班社的经营运作有着较大关联。同里宣卷艺人的职业化、半职业化使当地宣卷在不同时期均能够自然传承,甚至在宣卷屡次面临传承危机的境况下依旧保持着较强的存续力。以宣卷为职业的艺人,他们为了维持演出业务,必须配合主家、听众的喜好和需求进行演述,甚至为达商业目的,对演述形式进行改编与新创,不断吐故纳新。他们始终为自己提供动力,并通过一定的商业运作来延续其演述活动,促进宣卷演出市场的繁荣。他们的职业化使其能够适应社会环境的变化而生存,他们的半职业化又使其能够灵活从业,并在社会变革的一些特殊时期能够保护自己免受外部力量的制约,使宣

---

① 此处借用陈泳超提出的"民间表演文艺"的概念。根据陈泳超的观点,在民间文学中,民间说唱和戏曲均是在日常生活中发生着娱乐和实用功效的审美活动,是民众生活的一部分,可在"民间表演文艺"的概念统摄下,将它们安置于民间文学学科版图之中。参见陈泳超:《日常生活中的表演文艺——重建民间文学学科版图中的说唱和戏曲》,《民俗研究》2024年第4期,第53—65页。

卷演述传统得以延续。他们在组班运营过程中，既注重维护班社内部经济运作的微环境，又结合市场发展的宏观环境，借助"牌话""佛娘"等各种外部力量，寻求符合市场需求的运营思路，为宣卷演出市场注入能量，激发市场活力。

如今，相当数目的民间说唱已经失去了自我经营生存的能力，成为单纯依靠国家扶植的、被展示的"文化遗产"，通过对同里宣卷艺人班社的组织结构、生产方式、经营运作等进行剖析，解读他们在演述活动中的作用以及对演述活动自然传承的影响，可以更好地获知其至今仍能够活跃于传统与当代社会的价值，也可以为众多被列入非遗代表性项目的民间说唱文艺更好地保持存续力提供参考。

参考文献

一、原始文献

（一）通行古籍

[1][南朝]刘勰.文心雕龙[M].戚良德,注说,开封：河南大学出版社,2008.

[2][汉]班固.汉书[M].北京：中华书局,1964.

[3][明]冯梦龙.喻世明言[M].北京：华夏出版社,2013.

[4][明]陆人龙.型世言[M].北京：中华书局,1993.

[5][清]指迷生.海上冶游备览[M].寄月轩,清光绪九年刻本,1883.

[6][清]沈云.盛湖竹枝词[M].民国七年线装书,1918.

[7][清]张应昌.清诗铎（下册）[M].北京：中华书局,1960.

[8][清]毛祥麟.墨余录[M].毕万忱,点校,上海：上海古籍出版社,1985.

[9][清]朱彬.十三经清人注疏·礼记训纂（上）[M].饶钦农,点校,北京：中华书局,1995.

[10][清]玉魷生（王韬）.海陬冶游录[M]//历代笔记小说集成·清代笔记小说（十二册）,石家庄：河北教育出版社,1996：291—470.

（二）地方志

[1][宋]范成大.吴郡志[M].上海：商务印书馆,1939.

[2][明]徐宪忠.吴兴掌故集[M].中国方志丛书·华中地方·第484号,台北：台湾成文出版社有限公司,1983：764.据明嘉靖三十九年(1560)刊本影印.

[3][明]曹一麟,徐师曾.(嘉靖)吴江县志[M].明嘉靖四十年刻本,1561.

[4][明]李培修,黄洪宪纂.(万历)秀水县志[M].明万历二十四年(1596)修,民国十四年铅字重刊本.

[5][明]刘沂春,徐守纲.(崇祯)乌程县志[M].明崇祯十年刻本,1637.

[6][清]袁景澜撰.吴郡岁华纪丽[M].甘兰经,吴琴,校点,南京：江苏古籍出版社,1998.

[7][清]郭琇.(康熙)吴江县志[M].康熙二十三年刻本,1684.

[8][清]陈莫缠,丁元正等.(乾隆)吴江县志[M].清乾隆十二年刻本,1747.
[9]吴江市地方志编纂委员会.吴江县志[M].南京:江苏科学技术出版社,1994.
[10]吴江市北厍镇地方志编纂委员会.北厍镇志[M].上海:文汇出版社,2003.
[11]同里镇志编纂委员会.同里镇志[M].扬州:广陵书社,2007.

(三)宝卷文献集成

[1]张希舜等.宝卷初集[G].太原:山西人民出版社,1994.
[2]王见川等.明清民间宗教经卷文献[G].台北:新文丰出版公司,1999.
[3]濮文起.民间宝卷[G].合肥:黄山书社,2005.
[4]王见川等.明清民间宗教经卷文献续编[G].台北:新文丰出版公司,2006.
[5]尤红.中国靖江宝卷[G].南京:江苏文艺出版,2007.
[6]梁一波.中国·河阳宝卷集[G].上海:上海文化出版社,2007.
[7]俞前.中国·同里宣卷集[G].南京:凤凰出版社,2010.
[8]马西沙.中华珍本宝卷(第一辑)[G].北京:社会科学文献出版社,2012.
[9]霍建瑜编.美国哈佛大学哈佛燕京图书馆藏宝卷汇刊[G].桂林:广西师范大学出版社,2013.
[10]车锡伦,钱铁民.中国民间宝卷文献集成·江苏无锡卷[G].北京:商务印书馆,2014.
[11]马西沙.中华珍本宝卷(第二辑)[G].北京:社会科学文献出版社,2014.
[12]张舫澜,许佳明.中国·芦墟山歌续集[G].上海:上海文艺出版社,2014.
[13]马西沙.中华珍本宝卷(第三辑)[G].北京:社会科学文献出版社,2015.
[14]吴伟.中国常熟宝卷[G].苏州:吴古轩出版社,2015.
[15]郭腊梅.苏州戏曲博物馆藏宝卷提要[G].北京:国家图书馆出版社,2018.
[16]周波,孙艳艳编.日本早稻田大学图书馆藏中国宝卷选编(上、下)[G].西安:陕西师范大学出版社,2023.

二、研究论著

中文论著

(一)专著

[1]齐如山.戏班[M].北京:北平国剧学会,1935.

［2］郑振铎.中国俗文学史[M].长沙：商务印书馆，1938.

［3］傅惜华.宝卷总录[M].巴黎：巴黎大学北京汉学研究所，1951.

［4］胡士莹.弹词宝卷书目[M].上海：古典文学出版社，1957.

［5］［德］黑格尔.法哲学原理[M].范扬，张企泰，译.北京：商务印书馆，1961.

［6］李世瑜.宝卷综录[M].北京：中华书局，1961.

［7］［美］露丝·本尼迪克特.文化模式[M].王炜，译.北京：生活·读书·新知三联书店，1988.

［8］胡祖德.沪谚外编[M].上海：上海古籍出版社，1989.

［9］［俄］李福清.妙善传说——观音菩萨缘起考[M].李文彬，译，台北：台北巨流图书公司，1990.

［10］张发颖.中国戏班史[M].沈阳：沈阳出版社，1991.

［11］段平.河西宝卷的调查研究[M].兰州：兰州大学出版社，1992.

［12］方步和.河西宝卷真本校注研究[M].兰州：兰州大学出版社，1992.

［13］姜彬.吴越民间信仰民俗[M].上海：上海文艺出版社，1992.

［14］姜彬.中国民间文学大辞典[M].上海：上海文艺出版社，1992.

［15］［美］韩森.变迁之神：南宋时期的民间信仰[M].包伟民，译.杭州：浙江人民出版社，1999.

［16］车锡伦.中国宝卷总目[M].北京：北京燕山出版社，2000.

［17］［美］约翰·迈尔斯·弗里.口头诗学：帕里——洛德理论[M].朝戈金，译，中国社会科学院出版社，2000.

［18］项阳.山西乐户研究[M].北京：北京文物出版社，2001.

［19］顾炳权.上海历代竹枝词[M].上海：上海书店出版社，2001.

［20］傅谨.草根的力量：台州戏班的田野调查与研究[M].南宁：广西人民出版社，2001.

［21］［日］井口淳子.中国北方农村的口传文化——说唱的书、文本、表演[M].林琦，译，厦门大学出版社，2003.

［22］［美］阿尔伯特·贝茨·洛德.故事的歌手[M].尹虎彬，译，北京：中华书局，2004.

［23］樊树志.江南市镇：传统的变革[M].上海：复旦大学出版社，2005.

［24］郑土有.吴语叙事山歌演唱传统研究[M].上海：上海辞书出版社，2005.

［25］曹本冶.中国民间仪式音乐研究（华东卷）[M].上海：上海音乐学院出版社，2007.

[26] 陈勤建.中国民俗学[M].上海：华东师范大学出版社,2007.

[27] 岳永逸.空间、自我与社会——天桥街头艺人的生成与系谱[M].北京：中央编译出版社,2007.

[28] 曹本冶.思想-行为：仪式中音声的研究[M].上海：上海音乐学院出版社,2008.

[29] [美]理查德·鲍曼.作为表演的口头艺术[M].杨利慧,安德明,译,桂林：广西师范大学出版社,2008.

[30] [日]滨岛敦俊.明清江南农村社会与民间信仰[M].厦门：厦门大学出版社,2008.

[31] 陆永峰,车锡伦.靖江宝卷研究[M].北京：社会科学文献出版社,2008.

[32] 朱海滨.祭祀政策与民间信仰变迁：近世浙江民间信仰研究[M].上海：复旦大学出版社,2008.

[33] [美]爱德华·希尔斯.论传统[M].上海：上海世纪出版集团,2009.

[34] 车锡伦.中国宝卷研究[M].桂林：广西师范大学出版社,2009.

[35] 陈勤建.文艺民俗学[M].上海：上海文化出版社,2009.

[36] 傅谨.戏班[M].北京大学出版社,2010.

[37] 王健.利害相关：明清以来江南苏松地区民间信仰研究[M].上海：上海人民出版社,2010.

[38] 周巍.技艺与性别：晚清以来江南女弹词研究[M].上海：上海人民出版社,2010.

[39] [美]梅维恒.绘画与表演：中国绘画叙事及其起源研究[M].王邦维,荣新江,钱文忠,译,上海：中西书局,2011.

[40] [英]贝拉·迪克斯:被展示的文化：当代"可参观性"的生产[M].冯悦,译,北京：北京大学出版社,2012.

[41] 费孝通.江村经济[M].北京：北京大学出版社,2012.

[42] 陆永峰,车锡伦.吴方言区宝卷研究[M].北京：社会科学文献出版社,2012.

[43] [加]欧大年.宝卷：十六至十七世纪中国宗教经卷导论[M].马睿,译,北京：中央编译出版社,2012.

[44] 陈勤建.当代民间信仰与民众生活[M].上海：上海锦绣文章出版社,2013.

[45] 冯丽娜.盲人说书的调查与研究[M].中国文史出版社,2013.

[46] 何其亮.个体与集体之间：二十世纪五六十年代的评弹事业[M].北京：商务印书馆,2013.

［47］陈泳超.背过身去的大娘娘：地方民间传说生息的动力学研究［M］.北京：北京大学出版社，2015.

［48］尚丽新.北方民间宝卷研究［M］.北京：商务印书馆，2015.

［49］沈卫新.吴江历代旧志辑考［M］.扬州：广陵书社，2015.

［50］［德］扬·阿斯曼.文化记忆：早期高级文化中的文字、回忆和政治身份［M］.金寿福，黄晓晨，译.北京：北京大学出版社，2015.

［51］李永平.禳灾与记忆：宝卷的社会功能研究［M］.北京：中国社会科学出版社，2016.

［52］［美］杨庆堃.中国社会中的宗教：宗教的现代社会功能与其历史因素之研究（修订版）［M］.范丽珠，译，成都：四川人民出版社，2016.

［53］［法］阿诺尔德·范热内普.过渡礼仪［M］.张举文，译，北京：商务印书馆，2017.

［54］杨洪恩.民间诗神——格萨尔艺人研究（增订本）［M］.北京：中国社会科学院出版社，2017.

［55］赵世瑜.狂欢与日常：明清以来的庙会与民间社会［M］.北京：北京大学出版社，2017.

［56］［美］万志英.左道：中国宗教文化中的神与魔［M］.廖涵缤，译.北京：社会科学文献出版社，2018.

［57］［丹］易德波.说书：扬州评话的口传艺术［M］.李含冰，译，扬州：广陵书社，2018.

［58］曾澜.地方记忆与身份呈现：江西傩艺人身份问题的艺术人类学考察［M］.北京：生活·读书·新知三联书店，2018.

［59］祝鹏程.文本的社会建构——以十七年（1949—1966）的相声为考察对象［M］.北京：中国社会科学出版社，2018.

［60］［日］佐藤仁史，吴滔等.垂虹问俗——田野中的近现代江南社会与文化［M］.广州：广东人民出版社，2018.

［61］李永平，［荷］伊维德，［俄］白若思，等.海外中国宝卷收藏与研究导论［M］.上海：上海古籍出版社，2023.

［62］裴雪莱.清代江南职业昆班研究［M］.北京：中国社会科学出版社，2024.

（二）论文（包括期刊、报纸、学位论文以及专著、论文集中的析出文献）

［1］张二.佛娘［N］.上海报，1933-4-6（8）.

参考文献

[2] 李家瑞.宣卷[J].剧学月刊,1935(10).

[3] 陈志良.宣卷——上海民间文艺漫谈之一[N].大晚报"火炬通俗文学"周刊,1936-09-23.

[4] 陈志良.宝卷提要[N].大晚报"火炬通俗文学"周刊 1936-11-25,1936-12-9,1936-12-30.

[5] 顾颉刚.苏州近代乐歌[J].歌谣周刊,1937,3(1):6—8.

[6] 李世瑜.江浙诸省的宣卷[M]//文学遗产增刊七辑.北京:中华书局出版,1962:197—213.

[7] 闵培传.我和宣卷[J].鲈乡,1989(10).

[8] 桑毓喜.苏州宣卷考略[J].艺术百家,1992(3):122—126.

[9] 车锡伦.中国最早的宝卷[J].中国文哲研究通讯,1996,6(3):45—52.

[10] 李世瑜.民间秘密宗教与宝卷[J].曲艺讲坛,1998(5).

[11] 赵永清.宣卷艺人的生活[J].苏州杂志,2002(2):70.

[12] 华琛.中国丧葬仪式的结构——基本形态、仪式次序、动作的首要性[J].历史人类学刊,2003,1(2):98—114.

[13] 巴莫曲布嫫.叙事语境与演述场域——以诺苏彝族的口头论辩和史诗传统为例[J].文学评论,2004(1):147—155.

[14] 戴宁.太湖地区民间信仰音乐研究[D].上海:上海音乐学院,2004.

[15] 陈默耘.昆曲曲社研究——以传承为中心的非物质文化遗产保护研究个案[D].上海:华东师范大学,2007.

[16] 傅谨.台州地区民间戏剧与宗教祭祀关系——以温岭林家祠堂福建的祭祀与戏剧演出为重点[C]//中国民间仪式音乐研究.上海:上海音乐学院出版社,2007:189—277.

[17] 徐薇.从戏班到乐队——东北农村二人转的人类学考察[D].南宁:广西民族大学,2007.

[18] 郑土有.一个民间信仰组织的"节日"生活——以江苏芦墟镇"旗伞社"为例[J].节日研究,2010(2):48—65.

[19] 周越.中国民间宗教服务的家户制度[J].学海,2010(3):44—56.

[20] 李淑如.河阳宝卷研究[D].台南:成功大学中文所,2011.

[21] 李萍.无锡宣卷仪式音声研究——宣卷之仪式重访[D].上海:上海音乐学院,2012.

[22] 曾澜.地方记忆与身份呈现:江西傩艺人身份问题的艺术人类学考察[D].上海:复旦大学,2012.

[23] 张灵.民间宝卷与中国古代小说[D].上海:上海师范大学,2012.

[24] 彭媛媛.金华婺剧民间戏班的生存调查与研究[D].杭州:浙江师范大学,2013.

[25] 周桑."渊源流新"——从沈煌荣的表演看宣卷"移步不换形"式传承[D].沈阳:中国音乐学院,2013.

[26] 陈勤建.现有乡村戏剧生存空间功能探析——以中国浙江象山东门岛及顺泰地域为例[J].文化遗产,2014(5):67—73.

[27] 尚丽新,周帆.北方宝卷宣卷人探析[J].文化遗产,2014(2):110—114.

[28] 王定勇.宝卷与道情关系略论[J].文化遗产,2015(4):123—131.

[29] 陈安梅.中国宝卷在日本[C]//中国宝卷国际研讨会论文集,扬州:广陵书社,2016.

[30] 徐国源,谷鹏.田野笔记:苏州宣卷存续现状的调查与思考[J].东吴学术,2016(6):107—116.

[31] 殷秀红.宣卷船[J].苏州杂志,2016(2):79—80.

[32] [日] 中村贵.追寻主观性事实:口述史在现代民俗应用的方法与思考[J].文化遗产,2016(6):89—95.

[33] 陈泳超.无为即保护:论民间俗信文艺的保护策略——以常熟地区宣卷活动为中心[J].石河子大学学报(哲学社会科学版),2017,31(2):91—95.

[34] 袁瑾.非遗语境下当代民间信仰的生存策略与变迁[J].福州大学学报(哲学社会科学版),2017(5):13.

[35] 王若楠.支塘宣卷与日常生活[D].上海:华东师范大学,2018.

[36] 陈勤建.非文学的民间文学[J].苏州教育学院学报,2021(2):2—6.

[37] 陈泳超.江南地方宝卷文本的创编机制——以常熟宝卷为例[J].民间文化论坛,2021(3):57—66.

[38] 尚丽新.南北民间宝卷同源异流关系探微[J].2021(3):89—99.

[39] 陈泳超.江南宝卷创编的地方传统和个人风格——以常熟宣卷先生余鼎君为例

[J].阅江学刊,2022(1):147.

[40] 陈泳超.论仪式文艺的功能导向[J].民俗研究,2023(2):99—113.

[41] 陈泳超.日常生活中的表演文艺——重建民间文学学科版图中的说唱和戏曲[J].民俗研究,2024(4):53—65.

外文论著

[1] John Francis Davis. The Chinese: A General Description of the Empire of China and its Inhabitants [M]. London: Charles Knight, 1836.

[2] [日] 澤田瑞穂.(増補)寶卷の研究[M].東京:国書刊行会,1975.

[3] [日] 铃木健之.生きていた語り物「宝卷」:江蘇省靖江県「做会講経」の場合[J].東京学芸大学紀要,1994:297—308.

[4] Mark Bender. A Description of Jingjiang "Telling Scriptures" Services in Jingjiang [J]. Asia Folklore Studies, Vol.60, 2001: 101—133.

[5] Vibeke Børdahl and Jette Ross. Chinese Storytellers: Life and Art in the Yangzhou Tradition [M]. Boston: Cheng & Tsui Company, 2002.

[6] Stephen Jones. Plucking the Winds: Lives of Village Musicians in Old and New China [M]. Leiden: Chime Foundation, 2004.

[7] Victor H. Mair, Mark Bender. The Columbia Anthology of Chinese Folk and Popular Literature [M]. New York: Columbia University Press, 2011.

[8] Rostislav Berezkin. The Lithographic Printing and the Development of Baojuan Genre in Shanghai in the 1900—1920s: On the Question of the Interaction of Print Technology and Popular Literature in China (Preliminary Observations) [J].中正大学中文学术年刊,2011(17):337—368.

[9] Rostislav Berezkin. New Texts in the「Scripture Telling」of Shanghu, Changshu City, Jiangsu province: with the texts composed by Yu Dingjun as an example [J].戏曲学报,2015(3):101—140.

索 引

一、插图索引

图 1 同里宣卷从业者历年演出场次变化图（2002—2023） ………… 42
图 2 陈凤英历年演出场次统计图（2012—2018） ………… 44
图 3 陈凤英月演出场次变化图（2012—2018） ………… 45
图 4 吴江地区农村自建房一层建筑平面简图 ………… 51
图 5 姚胜荣家宣卷仪式活动平面示意图 ………… 102
图 6 "许派"（又称"书派""雅韵派""韦陀派"）传承谱系图 ………… 132
图 7 "徐派"（又称"本土派""改良派""弥陀派"）传承谱系图 ………… 133
图 8 "吴派"（又称"佛曲派"）传承谱系图 ………… 134
图 9 "褚派"（又称"乡庄派"）传承谱系图 ………… 134
图 10 宣卷艺人严其林手抄《送元宝》唱词 ………… 182
图 11 宣卷艺人赵华在主家新房进屋时做"接元宝"仪式 ………… 184
图 12 宣卷艺人班社的经济收入与宣卷演出市场发展之联动关系图 ………… 202
图 13 "水牌"示意图 ………… 211

二、表格索引

表 1 现存同里宣卷艺人班社统计表 ………… 37
表 2 陈凤英历年演出场次统计表（2012—2018） ………… 43
表 3 现阶段同里宣卷艺人演述的主要卷目统计表 ………… 66
表 4 同里宣卷艺人演述的常用曲调统计表 ………… 83

索　引

表 5　2018 年 11 月 3 日柳玉兴、朱凤珍演述《白兔记》所用曲调
　　　 统计表 ··· 85
表 6　2018 年 11 月 4 日柳玉兴、朱凤珍演述《碧玉带》所用曲调
　　　 统计表 ··· 87
表 7　现存同里宣卷艺人传承类型统计表 ······················ 122
表 8　柳玉兴《开卷偈》唱词及结构 ···························· 163
表 9　宣卷艺人《开卷偈》常用祝福语、吉祥语 ·············· 173

附 录

附录一 相关田野调查情况汇总表

宣卷活动调查表

时间	地点	宣卷艺人	宣卷类型	活动事由	所宣卷本
2018-7-20	苏州市吴江区同里懿园	赵华	同里宣卷（丝弦宣卷）	同里宣卷的宣传、推广活动。主要介绍同里宣卷的基本知识以及发展传承情况。	《十二月花名》
2018-9-17	苏州市吴江区城南花苑社区文化书场	赵华、芮时龙	同里宣卷（丝弦宣卷）		《三线姻缘》
2018-9-23	苏州市吴江区同里镇沈氏堂门	江仙丽、邹雅英等	同里宣卷（丝弦宣卷）	沈氏堂门金秋庙会	
2018-10-1（上午）	苏州市吴江区芦墟镇泗州寺	赵华、柳玉兴、孙阿虎、吴根华、陈凤英、江伟龙等	同里宣卷（丝弦宣卷）	泗州寺庙会	
2018-10-1（晚上）	吴中区横泾镇义金庙	赵华、章凤英	同里宣卷（丝弦宣卷）		《攀弓带》
2018-10-2	苏州市吴江区黎里镇转汕浜	赵华、章凤英	同里宣卷（丝弦宣卷）	江珠英家新房进屋	《掘藏宝卷》《双富贵》
2018-11-2	苏州市吴江区湖滨华城喜庆苑	江仙丽、唐美英	同里宣卷（丝弦宣卷）	主家马大弟为儿子办"赕喜宴"	《福寿镜》

附 录

续　表

时　间	地　点	宣卷艺人	宣卷类型	活动事由	所宣卷本
2018-11-3	苏州市吴江区金家坝镇埭上村	柳玉兴、朱凤珍	同里宣卷（丝弦宣卷）	主家姚胜荣家新房进屋	《白兔记》
2018-11-4	苏州市吴江区金家坝镇长巨村上方山太太佛堂	柳玉兴、朱凤珍	同里宣卷（丝弦宣卷）	病愈还愿	《碧玉带》
2019-2-9	苏州市吴江区芦墟镇泗州寺			庄家圩猛将庙会	
2019-2-18—2019-2-19	苏州市昆山区周庄镇东浜村东庄头猛将庙	屠正兴、钱巧英	同里宣卷（丝弦宣卷）	庙会，赕猛将	《林娘传》
2019-2-21	苏州市吴江区扎网港刘王、关帝庙	孙阿虎、邹雅英	同里宣卷（丝弦宣卷）	庙会，赕刘王	《福寿镜》
2019-2-24	苏州市吴江区同里镇史家库城隍庙	芮时龙、朱梅香	同里宣卷（丝弦宣卷）	庙会，赕城隍	《双夫夺妻》
2019-3-2	苏州市吴江区莘塔镇女字村	吴根华、陈凤英	同里宣卷（丝弦宣卷）	家会，主家马雪洪赕茅山老爷	《陶疯子》
2019-3-9	苏州市吴江区同里镇仪塔村三官堂	金兰芳、沈彩妹	同里宣卷（丝弦宣卷）	庙会，赕三官老爷	《父子双状元》
2019-3-10	苏州市吴江区同里镇张塔村后浜猛将堂	肖燕、沈彩妹	同里宣卷（丝弦宣卷）	庙会，赕猛将	《红灯花轿》
2019-3-15	苏州市吴江区同里镇沈氏堂门	高黄骥、金兰芳	同里宣卷（丝弦宣卷）	病愈还愿	《合同计》
2019-3-16	苏州市吴江区黎里镇北库社区财神庙	俞梅芳、朱海英	同里宣卷（丝弦宣卷）	庙会，赕财神	《万花龙船》

续 表

时 间	地 点	宣卷艺人	宣卷类型	活动事由	所宣卷本
2019-3-18	苏州市吴江区芦墟镇野猫圩五号区	江伟龙、盛玲英	同里宣卷（丝弦宣卷）	家会赕佛	《还魂记》
2019-3-23	苏州市吴江区芦墟镇西栅大仙庙	顾剑平、陆美英	同里宣卷（丝弦宣卷）	大仙庙庙会	《三拜花堂》
2019-3-25	苏州市吴江区同里镇朱家浜	赵华、计秋萍	同里宣卷（丝弦宣卷）	家会赕佛	《蛇酒奇缘》
2019-3-30	苏州市吴江区芦墟镇野猫圩8号区	顾剑平、朱梅香	同里宣卷（丝弦宣卷）	二阿伯庙庙会	《洛阳桥》
2019-4-2	苏州市吴江区同里镇屯村厍头天林庵	朱火生、唐春英	同里宣卷（丝弦宣卷）	庙会，赕刘王	《珍珠衫》
2019-5-26（白天）	苏州市吴江区同里镇屯村雪塔上碧罗庵	潘立群、陈凤英	同里宣卷（丝弦宣卷）	碧罗庵庙会	《咬脐郎》
2021-5-9	上海市青浦区金泽镇颐浩禅寺			廿八香汛	
2021-5-31	常熟市余鼎君住所	余鼎君、蒋秀金、毛凤英	常熟宣卷（木鱼宣卷）	结婚、新房进屋	《玉皇宝卷》《太阳宝卷》《祖师宝卷》《三官宝卷》《大乘香山宝卷》《香山宝卷》《太姆宝卷》《和合宝卷》《西湖刘神宝卷》《桃花宝卷》《小王宝卷》《香山超度宝卷》《双忠宝卷》

附 录

续 表

时 间	地 点	宣卷艺人	宣卷类型	活动事由	所宣卷本
2021-5-31	常熟市余鼎君住所	余鼎君、蒋秀金、毛凤英	常熟宣卷（木鱼宣卷）	结婚、新房进屋	《城隍宝卷》《莲船偈》《财神宝卷》《路神宝卷》《家堂宝卷》《八仙上寿》《灶王宝卷》《门神宝卷》
2021-6-13	苏州市虎丘区通安镇树山村云泉寺	周招根	枫桥宣卷（木鱼宣卷）	庙会，赈猛将	《贪心卷》
2022-1-23	苏州市昆山区昆曲茶社	王丽娟	锦溪宣卷（丝弦宣卷）		《包公巧断红楼镜》
2022-2-6	苏州市吴中区清水港	王丽娟	锦溪宣卷（丝弦宣卷）	主家顾小琴为父母做寿	《双富贵》
2023-10-4	上方山庙会	周招根、王菊方等			
2024-7-6	上海市青浦区淀湖村朱梅香住所	朱梅香	同里宣卷/青浦宣卷（丝弦宣卷）	宣卷传承活动	《云中落绣鞋》
2024-10-26	江苏省靖江市柏木新村	马国林、刘乃杰	靖江宣卷（木鱼宣卷）	还愿	

宣卷从业人员及相关民间文化工作者访谈

时 间	地 点	访谈对象	采访者
2018-7-18	苏州市吴江区同里镇文化站	顾华衍、李强、芮时龙、赵华	郑土有、黄亚欣
2018-10-30	苏州市吴江区芦墟镇西栅街	张舫澜（民间文化工作者）	黄亚欣

续　表

时　间	地　点	访谈对象	采访者
2019-3-3（上午）	苏州市吴江区同里镇叶泽湖花苑芮时龙家中	芮时龙（同里宣卷艺人）	黄亚欣
2019-3-3（下午）	苏州市吴江区同里镇屯村吴家浜石念春家中	石念春（同里宣卷艺人）	黄亚欣
2019-3-31（上午）	苏州市吴江区同里镇屯村北星路严其林家中	严其林（同里宣卷艺人）	黄亚欣
2019-3-31（下午）	苏州市吴江区同里镇环湖西路百草园	徐春生（同里宣卷艺人徐银桥之子）	黄亚欣
2019-4-13	苏州市南门小区郑天仙住所	郑天仙（同里宣卷艺人）	黄亚欣
2019-4-26	苏州市吴江区同里镇朱家浜小区石启承住所	石启承（同里宣卷琴师）	黄亚欣
2019-5-12	苏州市吴江区同里镇竹行街高黄骥住所	高黄骥（同里宣卷艺人）	黄亚欣
2019-5-19	苏州市吴江区同里镇水乡缘饭店	徐荣球、计秋萍（同里宣卷艺人）	黄亚欣
2019-5-26（晚上）	苏州市吴江区同里镇富观街庞昌荣住所	庞昌荣（同里宣卷琴师）	黄亚欣
2020-1-20	苏州市吴江区芦墟镇西栅街	张舫澜（民间文化工作者）	黄亚欣
2021-4-17	常熟市元和路建华新村余鼎君住所	余鼎君（常熟宣卷艺人）	黄亚欣
2021-5-22	苏州市胜浦街道浪花苑社区	马觐伯（原胜浦镇文化站副站长）、沈桂芬（胜浦宣卷艺人）	黄亚欣

附 录

续 表

时　间	地　点	访谈对象	采访者
2021-7-7	上海市青浦区孙留云住所	孙留云、朱其元、张海龙（青浦宣卷艺人）	黄亚欣、纪秋悦、李丰等
2021-7-8	上海市青浦区雪米村俞思林住所	俞思林（青浦宣卷艺人）	郑土有、黄亚欣、纪秋悦、李丰等
2021-8-12	嘉兴市嘉善县银湖大酒店	沈煌荣（嘉善宣卷艺人）	
2021-10-17	张家港市恬庄花苑	虞永良（张家港民间文化工作者）	
2021-10-25	无锡市滨湖区人民政府张敏伟工作室	张敏伟（无锡宣卷艺人）	黄亚欣、纪秋悦、徐鹏飞
2024-7-5	上海市青浦区淀湖村朱梅香住所	朱梅香	黄亚欣、万梦娇、刘墨涵、彭麒、徐筱蓓

附录二　同里宣卷艺人柳玉兴《请佛偈》《送佛偈》口头演述记录

演述人：柳玉兴

演述时间：2018年11月3日（农历九月二十六）

演述地点：苏州市吴江区金家坝镇埭上村

誊写与整理：黄亚欣

一、柳玉兴《请佛偈》口头演述记录

【念】

清香炉内焚，滔上九霄云。

斋主勤礼拜，迎请佛世尊。

（此时上手敲木鱼，下手敲碰铃，二胡伴奏）

【"弥陀调"唱】

一炷（哪）清香（呀）炉（啊）内焚（哎）【下手和：哎～南无】

香烟（呀）滔滔上九霄云（啊）【下手和：啊～弥陀南无佛南无阿弥】

今（啊）朝（么）姚胜荣老板（呀）阖家老小是诚（啊）诚心（哎）【下手和：哎～南无】

新造别墅（呀）亮晶晶（啊），菩（啊）萨（啊）门前来赎愿心（啊）【下手和：啊～弥陀南无佛南无阿弥】

保得圣府门上（么）年年月月（么）手（啊）脚轻①（哎）【下手和：哎～南无】

---

① "手脚轻"，吴江方言，指手脚轻健，即身体健康的意思。

附 录

一帆风顺(呀)生意兴,生男养女(呀)穿龙门(啊)【下手和:啊~弥陀南无佛南无阿弥】

拜佛烧香(啊)福气来快(哎)【下手和:哎~南无】

命中奇(呀)事(呀)暗中来,三分计谋(呀)七分才(呀),菩萨暗中(呀)帮忙来(呀)【下手和:呀~弥陀南无佛南无阿弥】

先请护法摩天(呀)尊(哎)【下手和:哎~南无】

二请大闹(格①)黑虎云台赵将军(哪)【下手和:哪~弥陀南无佛南无阿弥】

三请小海一尊温(呀)元帅(哎)【下手和:哎~南无】

第四请那个精忠报国(呀)岳大人(哪)【下手和:哪~弥陀南无佛南无阿弥】

第五请格②尊杨三太(哎)【下手和:哎~南无】

六请大闹文武双全(格)关圣君(呀)【下手和:呀~弥陀南无佛南无阿弥】

第七请那个弥陀菩萨(呀)笑盈盈(哎)【下手和:哎~南无】

第八请那拿妖捉怪格朱(呀)天尊(哪)【下手和:哪~弥陀南无佛南无阿弥】

八大个护法(么)都(啊)请(啊)到(啊)【下手和:哎~南无】

还会再请佛世尊(哪)【下手和:哪~弥陀南无佛南无阿弥】

奉请太姆娘娘(格)真金(啊)佛(哎)【下手和:哎~南无】

花子妹妹呀一同行(啊),王爷千岁(呀)到来临(啊)【下手和:啊~弥陀南无佛南无阿弥】

奉请释迦(啊)牟(啊)尼(啊)佛(哎)【下手和:哎~南无】

寄伯(格③)施相公到来临(啊)【下手和:啊~弥陀南无佛南无阿弥】

---

① "格",吴江方言,用在词与词之间,作助词"的"。
② "格",吴江方言,"这"的意思,如格个、格搭、格么。
③ "格",吴江方言,用在词与词之间,调节语气。

奉请有名(格)张大仙(哎)【下手和：哎～南无】

黄大仙一同行(啊)，金府大仙(啊)到来临(啊)【下手和：啊～弥陀南无佛南无阿弥】

奉请(啊)大慈大悲(格)观世音(哎)【下手和：哎～南无】

送子观音一同行(啊)，善财、龙女(呀)两边分(啊)【下手和：啊～弥陀南无佛南无阿弥】

奉请千岁(格)大观音(哎)【下手和：哎～南无】

南海观音一同行，白莲观音到来临(啊)【下手和：啊～弥陀南无佛南无阿弥】

奉请(啊)紫竹林中(格)观(呀)世(啊)音(哎)【下手和：哎～南无】

青冥观音一同行，脚踏(格)莲花观音(啊)到来临(啊)【下手和：啊～弥陀南无佛南无阿弥】

奉请赤脚(格)刘(啊)猛(啊)将(哎)【下手和：哎～南无】

马公宋相一同行(啊)，田公、田婆(呀)到来临(啊)【下手和：啊～弥陀南无佛南无阿弥】

奉请阎老爷(格)真金佛(哎)【下手和：哎～南无】

三老爷(啊)一同行(啊)，飞天王爷到来临(啊)【下手和：啊～弥陀南无佛南无阿弥】

奉请庄家圩老爷真金佛(哎)【下手和：哎～南无】

请上娘舅一同行，莲泗荡(格)大伯千岁到来临(啊)【下手和：啊～弥陀南无佛南无阿弥】

奉请黑面(格)杨老爷(哎)【下手和：哎～南无】

封地百亩(啊)笑盈盈，夫人、妹妹(么)到来临(啊)【下手和：啊～弥陀南无佛南无阿弥】

奉请东海(格)老龙王(哎)【下手和：哎～南无】

桥神菩萨一同行(啊)，无锡寄伯(呀)到来临(啊)【下手和：啊～弥陀

附　录

南无佛南无阿弥】

奉请肃王老爷真金佛(哎)【下手和：哎～南无】

泗县老爷一同行(啊)，玉龙太子到来临(啊)【下手和：啊～弥陀南无佛南无阿弥】

奉请玉皇大帝尊(呀)【下手和：哎～南无】

王母娘娘(呀)到来临(啊)【下手和：啊～弥陀南无佛南无阿弥】

奉请西方老爷(呀)真金(啊)佛(哎)【下手和：哎～南无】

黄土老爷一同行(啊)，托塔(格)天王到来临(啊)【下手和：啊～弥陀南无佛南无阿弥】

奉请大太、二太、三娘娘(哎)【下手和：哎～南无】

金穗小姐一同行(啊)，大阿爹爷到来临(啊)【下手和：啊～弥陀南无佛南无阿弥】

奉请关(呀)大将军(哎)【下手和：哎～南无】

幕府老爷一同行，官兵手插(呀)两边分(啊)待大老爷(呀)到来临(啊)【下手和：啊～弥陀南无佛南无阿弥】

奉请三世(格)如来佛(哎)【下手和：哎～南无】

天神天将(啊)到来临(啊)【下手和：啊～弥陀南无佛南无阿弥】

奉请泰山老爷真金佛(哎)【下手和：哎～南无】

五百尊罗(啊)汉(啊)两边分(啊)【下手和：啊～弥陀南无佛南无阿弥】

奉请九天四(啊)明(啊)茅山佛(哎)【下手和：哎～南无】

王灵官将军一同行，幕府老爷(呀)到来临(啊)【下手和：啊～弥陀南无佛南无阿弥】

(节奏渐缓)

奉请(啊)金土老爷(呀)真金佛(哎)【下手和：哎～南无】

白土老爷一同行,西土老爷来等行(啊),刘郎妹妹(么)到来临(啊)【下手和:啊～弥陀南无佛南无阿弥】

奉请(啊)东岳皇帝真金(啊)佛(哎)【下手和:哎～南无】

圣天菩萨一同行(啊),莲荡老爷(呀)两边分,杨爷、太太(呀)到来临(啊)【下手和:啊～弥陀南无佛南无阿弥】

奉请来香公公(呀)真金佛(哎)【下手和:哎～南无】

伏羲娘娘一同行(啊),济公老爷(呀)到来临(啊)【下手和:啊～弥陀南无佛南无阿弥】

奉请杨寄母、大(啊)寄母(哎)【下手和:哎～南无】

石淙寄母到来临(啊)【下手和:啊～弥陀南无佛南无阿弥】

奉请(啊)戚爷爷弟兄(呀)真金佛(哎)【下手和:哎～南无】

十里外道姑(呀)两边分,元帅夫(啊)人(啊)到来临(啊)【下手和:啊～弥陀南无佛南无阿弥】

奉请大势至菩萨真金佛(哎)【下手和:哎～南无】

祖师菩萨一同行(啊),地藏王菩萨(呀)到来临(啊)【下手和:啊～弥陀南无佛南无阿弥】

奉请阎世王菩萨真金佛(哎)【下手和:哎～南无】

天官菩(啊)萨(呀)到来临(啊)【下手和:啊～弥陀南无佛南无阿弥】

奉请文殊(么)利师王(哎)【下手和:哎～南无】

随粮皇帝(呀)到来临(啊)【下手和:啊～弥陀南无佛南无阿弥】

奉请(啊)三官三地(呀)大帝尊(哎)【下手和:哎～南无】

赤脚殇官(来)两边分,三官老爷(呀)到来临(啊)【下手和:啊～弥陀南无佛南无阿弥】

奉请(啊)中山老爷真金佛(啊)【下手和:哎～南无】

五门徒(啊)弟(啊)到来临(啊)【下手和:啊～弥陀南无佛南无阿弥】

奉请福禄(格)寿(啊)三星(啊)【下手和:哎～南无】

附　录

金童玉女(呀)两边(呀)分(啊)【下手和：啊～弥陀南无佛南无阿弥】

奉请八仙过海(么)吕纯阳(哎)【下手和：哎～南无】

钟离三郎出(啊)门(啊)【下手和：啊～弥陀南无佛南无阿弥】

奉请本府本圣(啊)王爷(啊)【下手和：哎～南无】

圣王、夫人一同行，当方(格)土(啊)地(啊)到来临(啊)【下手和：啊～弥陀南无佛南无阿弥】

奉请(啊)姚府门上照光菩萨(么)真金(啊)佛(啊)【下手和：哎～南无】

一杯风(啊)尘(呀)到来临(啊)【下手和：啊～弥陀南无佛南无阿弥】

奉请(啊)姚府门上(么)祖宗三(呀)忙人(啊)【下手和：哎～南无】

门神菩萨一同行，聊(啊格)五神到来临(啊)【下手和：啊～弥陀南无佛南无阿弥】

奉请四面八方五路大财神(啊)【下手和：哎～南无】

张三李(啊)四(啊)送金银，姚府门上是好良心，黄道吉日要来赎愿心，香烟直上九霄云，代代要出个发财(呀)人(啊)【下手和：啊～弥陀南无佛南无阿弥】

烧香拜佛福气来快(哎)【下手和：哎～南无】

长命且要都百岁，年年月月大发财(呀)【下手和：啊～弥陀南无佛南无阿弥】

一炷(格)清香炉生上，夫妻(么)龙凤相配配鸳鸯，长命百岁(么)喜(呀)洋(格)洋(啊)【下手和：啊～弥陀南无佛南无阿弥】

二炷清香来敬观音，姚府老板(么)代代要出个好子孙，代代要出个聪明人，代代要出个好良心(啊)，代代要出发财(呀格)人(呀)【下手和：呀～弥陀南无佛南无阿弥】

三炷清香(呀)敬如来，老板出入平安第一位，车轮滚滚通四海，到东到西厂来开，生男养女(呀)且要做了个大老板(呀)【下手和：呀～弥陀南无佛南无阿弥】

一代蜡烛(呀)红又火,两条青龙马上盘,青龙助力要把名字扬,还佛还愿(么)烧好太平(格)发财(呀格)香(啊)【上、下手齐唱】:啊～弥陀南无佛南无请圣王菩萨。

二、柳玉兴《送佛偈》口头演述记录

【念】

量量广无边,功圆满堂千。

有岁千无月,送佛上西天。

(上手敲木鱼,下手敲碰铃,二胡伴奏)

【"弥陀调"唱】

即到(格)满(啊)雨(呀)送(啊)如来(哎)【下手和:哎～南无】

返送千(呀)鸿(呀)福报来(呀)【下手和:呀～弥陀南无佛南无阿弥】

奉(啊)送(啊)百堂(格)将军(呀)上山林(哎)【下手和:哎～南无】

保佑我们(么)姚府门,代代子孙(啊)乐天伦,生男养女(么)保聪明(啊),子孙岁岁(呀)穿(呀)龙门(啊)【下手和:啊～弥陀南无佛南无阿弥】

夫妻(呀)白头到(那个)冬到根(哎)【下手和:哎～南无】

一帆风顺(么)生意兴(啊),今朝(么)黄道吉日要来耀观音(啊)【下手和:啊～弥陀南无佛南无阿弥】

奉送太姆娘娘(呀)真金佛(哎)【下手和:哎～南无】

花子妹妹呀一同行(啊),王爷千岁到上方山坐金身(啊)【下手和:啊～弥陀南无佛南无阿弥】

奉送释迦(啊)牟(啊)尼(啊)佛(哎)【下手和:哎～南无】

施相公(呀)一同行(啊),十三金(那么)坐金身(啊)【下手和:啊～弥

附 录

陀南无佛南无阿弥】

　　奉送有名(么)张大仙(哎)【下手和:哎~南无】

　　黄大仙一同行(啊),到峨眉山上(么)坐金身(啊)【下手和:啊~弥陀南无佛南无阿弥】

　　奉送(啊)大慈大悲(格)观(啊)世(啊)音(哎)【下手和:哎~南无】

　　千尊观音(啊)一同行,善财、龙女(呀)守着灯到珞珈山上(么)坐金身(啊)【下手和:啊~弥陀南无佛南无阿弥】

　　奉送赤脚(格)刘(啊)猛(啊)将(哎)【下手和:哎~南无】

　　马公宋相一同行(啊),田公、田婆(呀)两边分,泗泾七伯坐金身(啊)【下手和:啊~弥陀南无佛南无阿弥】

　　奉送阎老爷(格)真金佛(哎)【下手和:哎~南无】

　　三老爷(呀格)一同行(啊),飞天王爷(呀)上天庭(啊)【下手和:啊~弥陀南无佛南无阿弥】

　　奉送庄家圩老爷真金佛(哎)【下手和:哎~南无】

　　娘舅、弟兄一同行,莲泗荡(格)大伯千岁(呀)上天庭(啊)【下手和:啊~弥陀南无佛南无阿弥】

　　奉送黑面(格)杨老爷(哎)【下手和:哎~南无】

　　夫人、妹妹一同行,今朝今日(么)坐金身(啊)【下手和:啊~弥陀南无佛南无阿弥】

　　奉送东海老龙王(哎)【下手和:哎~南无】

　　桥神菩萨一同行,(那个)无锡寄伯(呀)转(呀)庙门(啊)【下手和:啊~弥陀南无佛南无阿弥】

　　奉送(啊)肃王老爷(呀)真金佛(哎)【下手和:哎~南无】

　　泗县老爷一同行,玉龙太子(么)水晶宫里(么)坐金身(啊)【下手和:啊~弥陀南无佛南无阿弥】

　　奉送玉皇大帝尊(哎)【下手和:哎~南无】

王母娘娘一同行,到凌霄宝殿上坐金身(啊)【下手和:啊~弥陀南无佛南无阿弥】

奉送西方老爷(呀)真金(啊)佛(哎)【下手和:哎~南无】

黄土老爷一同行(啊),九池山上坐金身(啊)【下手和:啊~弥陀南无佛南无阿弥】

奉送大太、二太、三(呀)娘娘(哎)【下手和:哎~南无】

大阿爹一同行(啊),到五峰山上坐金身(啊)【下手和:啊~弥陀南无佛南无阿弥】

奉送关(呀么)大将军(哎)【下手和:哎~南无】

幕府老爷一同行,官兵手插(呀)两边分(啊)抬大老爷(呀)到玉莲山上坐金身(啊)【下手和:啊~弥陀南无佛南无阿弥】

奉送三世(格)如来佛(哎)【下手和:哎~南无】

天神天将(啊)到南(呀)天门(啊)【下手和:啊~弥陀南无佛南无阿弥】

奉送(啊)泰山老爷真金佛(哎)【下手和:哎~南无】

五百尊罗汉(啊)到九霄云(啊)【下手和:啊~弥陀南无佛南无阿弥】

奉送九天四(啊)明(啊)茅山佛(哎)【下手和:哎~南无】

王灵官将军一同行,幕府老爷(呀)到茅山顶上坐金身(啊)【下手和:啊~弥陀南无佛南无阿弥】

奉送(啊)金土老爷(呀)真金(啊)佛(哎)【下手和:哎~南无】白土老爷一同行,西土老爷(呀)来等行(啊),刘郎妹妹(么)到琉璃山上坐金身(啊)【下手和:啊~弥陀南无佛南无阿弥】

奉送(啊)东岳皇帝真金佛(哎)【下手和:哎~南无】

圣天菩萨一同行(啊),莲荡老爷(呀)两边分,(那个)杨爷、太太到葛岭山上坐金身(啊)【下手和:啊~弥陀南无佛南无阿弥】

奉送来香公公(呀)真金佛(哎)【下手和:哎~南无】

附　录

伏羲娘娘一同行,济公老爷(呀)到天王山上坐金身(啊)【下手和：啊～弥陀南无佛南无阿弥】

奉送杨寄母、大(呀)寄母(哎)【下手和：哎～南无】

石淙寄母一同行(啊),到茅台山上坐金身(啊)【下手和：啊～弥陀南无佛无阿弥】

奉送(啊)戚爷爷弟兄(呀)真金佛(哎)【下手和：哎～南无】

十里外道姑(呀)两边分,元帅夫(啊)人(啊)到乌金山上坐金身(啊)【下手和：啊～弥陀南无佛南无阿弥】

奉送大势至菩萨真金(啊)佛(哎)【下手和：哎～南无】

祖师菩萨一同行(啊),地藏王菩萨(呀)到五台山上坐金身(啊)【下手和：啊～弥陀南无佛南无阿弥】

奉送阎世王菩萨真金佛(哎)【下手和：哎～南无】

天官菩(啊)萨(呀)到天(呀)庭(啊)【下手和：啊～弥陀南无佛南无阿弥】

奉送(啊)中山老爷真金佛(啊)【下手和：哎～南无】

五门徒(啊)弟(啊)转庙门(啊)【下手和：啊～弥陀南无佛南无阿弥】

奉送文殊(么)利(啊)师(啊)王(哎)【下手和：哎～南无】

普贤王爷一同行,随粮皇帝(么)笑盈盈,到终南山上坐金身(啊)【下手和：啊～弥陀南无佛南无阿弥】

奉送(啊)三官三地(呀)大帝尊(哎)【下手和：哎～南无】

赤脚殇官(呀)两边分,三官老爷(呀)到云台上坐金身(啊)【下手和：啊～弥陀南无佛南无阿弥】

奉送福禄(么)寿(啊)三星(啊)【下手和：哎～南无】

金童玉女(呀)两边(呀)分,到昆仑山上(么)坐金身(啊)【下手和：啊～弥陀南无佛南无阿弥】

奉送八仙(么)吕纯阳(哎)【下手和：哎～南无】

钟离三郎坐金身(啊)【下手和：啊～弥陀南无佛南无阿弥】

奉送本府本圣(啊)王爷(哎)【下手和：哎～南无】

圣王、夫人一同行(啊)，当方(格)土(啊)地(啊)转庙门(啊)【下手和：啊～弥陀南无佛南无阿弥】

奉送(啊)姚府门上照光菩萨(么)真金(啊)佛(哎)【下手和：哎～南无】

关峰岭(了么)照光菩萨(么)坐堂门(哪)【下手和：啊～弥陀南无佛南无阿弥】

奉送高堂灶王老(啊)人(哎)【下手和：哎～南无】

门神菩萨一同行，聊(伊个)五神笑盈盈，一杯风尘(么)转(呀)庙门(啊)【下手和：啊～弥陀南无佛南无阿弥】

(节奏渐缓)

长姐(么)伲(呀)贵(呀)上轿(啊)去(哎)【下手和：哎～南无】

五阿姐(呀)伊(呀格)转庙堂(格)门(啊)【下手和：啊～弥陀南无佛南无阿弥】

所有(格)路头菩萨(么)保佑姚胜荣老板(么)府(啊)门上(哎)【下手和：哎～南无】

年年月月(么)手脚轻，年年月月(么)大好人，一杯风尘(么)生意兴(啊)【下手和：啊～弥陀南无佛南无阿弥】

佛面上烧香(呀)运道好，财神一道要来送(啊)元宝(啊)【下手和：啊～弥陀南无佛南无阿弥】

老板夫妻道台浪厢①么苦磕头(哎)【下手和：哎～南无】

大人小人(么)年年月月(呀)好道运(呀)【下手和：呀～弥陀南无佛南无阿弥】

---

① 浪厢，吴方言中的方位词，表示上面、里面等。

附　录

　　道台奇(呀)事(呀)到财神,命中奇事暗中来,三分计谋七分才,菩萨暗中帮忙来,子孙代代(么)年年月月(呀)大发(个)财(呀)【下手和:呀～弥陀南无佛南无阿弥】

　　即到(么)五(啊)天(呀)步步高,王母娘娘送仙桃,阖府门上采仙桃,年年月月(么)福分好(啊)吃仙(呀个)桃(啊)【上、下手齐唱:啊～弥陀南无佛南无送圣王菩萨。】

附录三 同里宣卷艺人及相关人员口述访谈记录

一、芮时龙口述访谈记录

访谈对象：芮时龙（男，1935 年生，同里宣卷艺人，苏州市吴江区同里镇人）

访谈参与者：张舫澜、芮献峰（芮时龙之子）

采访者：黄亚欣

访谈时间：2019 年 3 月 2 日 10:00—13:30

访谈地点：苏州市吴江区同里镇叶泽湖花苑芮时龙先生家中

访谈整理：黄亚欣

黄亚欣：芮先生，您现在是跟儿子一起住，是吗？

芮时龙：对，这是我最小的儿子。

黄亚欣：您就一个儿子，是吧？

芮时龙：有一个儿子，还有三个女儿。儿子是最小的。我孙子现在已经 23 岁了。

黄亚欣：芮先生，您跟我提过，您是贫农家庭出身，对吧？

芮时龙：是的，贫农。我的父亲苦得要死，出生在江阴，13 岁到常州做漆工学徒。我母亲是常州人。我家穷了好几代。我祖父是做小长工的，东家看他做工做得好，把自家小姐许配给他的。我祖父很穷，从江阴搬到苏州，又从苏州搬到同里来租田种的。原来他们连安身之处都没有，都是租房，在同里落脚之后，就搭一个草棚过过日子。我们到同里来落脚大概八十几年了。

黄亚欣：您是在同里出生的吗？

芮时龙：对，我是在同里出生的。我祖父早就来同里这边落脚，我祖父死的时候我只有3岁。

  黄亚欣：念书念了四年？

  芮时龙：对，念了四年，念不起了呀。

  黄亚欣：不念书了以后做什么呢？

  芮时龙：种田。我父亲又不在家，他在常州做工。我母亲原先也在常州做工，后来为了照顾家里，才到同里来的。

  黄亚欣：您家里姊妹几个啊？

  芮时龙：三个。我有两个妹妹，我是老大。我15岁就种田了。

  黄亚欣：您还做过生产队长，是吧？

  芮时龙：对，做了19年了。1959年开始做的。

  黄亚欣：在哪个村做队长？

  芮时龙：同里小桥村。后来，队长不做了，就到大队里管水利。

  黄亚欣：您做队长做到哪一年？

  芮时龙：1978年过后。

  黄亚欣：您还做过文工团团长啊？

  芮时龙：对。1959年文工团解散了，我就回来当生产队队长。

  黄亚欣：您在文工团的时间也比较短，是吧？

  芮时龙：对。1959年到1960年期间解散的，我也就做了半年时间。

  黄亚欣：您也在村里的文艺宣传队里做？

  芮时龙：文艺宣传队我一直做的，这个是业余的，又没有钱的。我们晚上经常出去演出的。

  黄亚欣：芮先生，您上次跟我说二十多岁的时候就出来宣卷啦？

  芮时龙：对的。就是跟杨坤荣学的，1961年的时候。我原来会拉胡琴的，杨坤荣就叫我一起去拉琴，教我唱，后来我就拜他为师了。我从小就对宣卷感兴趣，很小的时候就喜欢听宣卷，10岁左右就在外面听宣卷了。杨坤荣刚开始教我唱的时候，我一上台就唱不出了，唱了5分钟就唱不下去了。

黄亚欣：您第一次唱的什么卷呢？

芮时龙：《珍珠塔》。后来，又跟他唱了一本《玉连环》，唱了15分钟，又不行了，紧张呀！台下面好多人啊！不像现在，原来的场子上面人头济济的，看的人太多了。

黄亚欣：有一百人吗？

芮时龙：不止，有好几百人！那个时候，群众对文艺渴望得不得了，哪里有宣卷他们都要来看！

黄亚欣：那么，您是怎么克服自己的紧张情绪的呢？

芮时龙：慢慢地，逼上梁山。过去有一次，在现在的八坼友谊大队那边演出。那时交通还很不方便，要过塘的。我记得那是大年初二，人家家里结婚来订宣卷的。一只小船在塘边上等我。我上船之后，看到里面坐着一个白面书生，我问他："今天宣卷是你吧？"他回答说："不是我啊，是你啊！"我一想："啊？是我？"主家来订宣卷，我又不知道。主家也是经人推荐，叫我去唱的。（他们知道我跟着杨坤荣唱，介绍我过去的。）我一到场子上，看到人家结婚，就唱了一本《描金凤》。

黄亚欣：也就是说，您第一次自己独立上台唱，就唱这本《描金凤》。

芮时龙：对呀。

黄亚欣：跟谁搭档啊？

芮时龙：就我一个啊，那个时候没有搭档。我们宣卷6个人，5个人是拉琴的，那时候我们有弦子、琵琶、笛子、二胡、扬琴。我那时候一直一个人担当，到九几年才改成两个人唱的。我同许老师唱，也是一个人的呀！我同许老师唱的时候，她把戏排给我，她唱一回，我唱一回，没有两个人对唱的。

黄亚欣：这个事情是哪一年呀？

芮时龙：大概1962年、1963年的样子。我那时候自己也不知道人家来订了我的宣卷,所以说叫"逼上梁山"呀。那一次六回卷,下午三回、晚上三回。

黄亚欣: 早上先请佛,然后吃午饭,下午开始唱,对吧?

芮时龙: 不是,不请佛,他们结婚呀。中午吃好中午饭唱三回,晚上再唱三回。那一天下大雪,不能回来啦,我们6个人就在人家家里打地铺住下。正好,他们队里有个姓沈的大队长,这一天也来听宣卷的,他们请我第二天到大队里面继续唱。我一想,我只会《描金凤》这一本书呀,这可怎么办?好在我出来的时候带了宣卷本子的,我有好多本。这些本子,"文化大革命"的时候我自己烧掉的呀,十多本我通通烧光,一本都没有留!我还记得,其中有一本《钱笃笤》,有一本《苦叔嫂》,还有一本《白鹤图》。

黄亚欣: 那个时候您唱一场收入多少?

芮时龙: 不给钱,他们叫我去练练的呀,第二天也不给钱。

黄亚欣: 那您什么时候开始宣卷赚钱的呢?

芮时龙: 那两次过后。他们知道我唱得不错么,我就好拿钱了呀。

黄亚欣: 那时候收入多少呢?

芮时龙: 大概18块钱一场,6个人分。

黄亚欣: 您刚刚提到的那些宣卷本子是哪位先生留给您的呀?

芮时龙: 我原来自己买的。

黄亚欣: 您原来拜过许素贞先生,她没有给您本子吗?

芮时龙: 她没有给我手抄本,她唱一本书,就(口头)教给我一本书。顾计人过去给过我一本《乾隆皇帝下江南》,还有一本《梅花戒》(又名《千金一笑》)。我还有 本《洛阳桥》是杨坤荣给我的。

黄亚欣: 姓沈的大队长邀您第二天继续唱,您唱的什么书呢?

芮时龙:《苦叔嫂》呀。就这样被逼出来了。后来我就出名了。1964年,面上社会主义教育,突出政治,不能唱了。接着,开始"四清"运动,再后来,"文化大革命"开始了,很长一段时间都不能唱。

黄亚欣：您 1963 年还拜过顾计人先生为师的，对吧？

芮时龙：对。他原来在越剧团的，越剧团解散以后他就回来了。他去越剧团之前是宣卷的，回来之后又重操旧业，带我一起学宣卷。

黄亚欣：您怎么认识顾计人先生的呢？

芮时龙：1960 年，我在当生产队长，顾计人的儿子顾建明，下放到我队里来，同我蛮要好的，像亲兄弟一样。于是他就带我拜他父亲做师父，学习宣卷。他一直到死之前还在跟我一起做呢。他走得早，54 岁就走了。

张舫澜：你们家里有没有顾计人的照片？

芮献峰①：没有。要找的话，有办法，去找顾建明的老婆。她现在好像拆迁到明德小区了。

芮时龙：顾建明的老婆叫张龙英，现住在同里朱家浜小区。

芮献峰：他们结婚好像还是我大姐做的媒。他们结婚也很晚的——1986 年有的小孩，大概是 1985 年结婚的。

黄亚欣：顾建明自己会宣卷吗？

芮时龙：不会。他的口才好得不得了，但是宣卷一声都唱不出。他主要是做乐器。

黄亚欣：有没有其他人跟你们一起学？

芮时龙：没有，就我们两个。

黄亚欣：顾计人先生也带了不少徒弟的。

芮时龙：他带了不少，都没有带出来。有的人只能跟着他唱唱小曲。

黄亚欣：顾先生收了吴芝兰、周素英、周剑英、王菊珍、翁月娥等几个徒弟的，对吧？

芮时龙：对。吴芝兰我认识的。周剑英跟顾计人学唱开篇评弹的，

---

① 芮献峰，男，1969 年生，芮时龙之子。

因为顾计人早先也唱评弹、跑码头。我比她们这些人入门早,她们都是后来学的。

黄亚欣:那您算是顾先生的第一个徒弟吗?

芮时龙:可以这么讲。

黄亚欣:您跟着顾计人先生学了多长时间?

芮时龙:好多年了,一直到他死。他90年代左右过世的。后来他年纪大了就不唱了,都叫我去唱。

黄亚欣:真正学习宣卷有多长时间?

芮时龙:我学了一年多就出师了。

黄亚欣:他教了您一些什么呢?

芮时龙:他教了我几本书:《乾隆皇帝下江南》《合同计》《白兔记》。

黄亚欣:"文革"开始以后您就不唱了,对吧?

芮时龙:对,不准唱了,我就做我的生产队长,偶尔偷偷地出去唱。十年队长,我是很苦的,4个小孩,还有1个老妈,一家子都是我负担。做生产队长又挣不到钱。我那时候偷偷地出去唱,有一个叫郭巷的地方,结婚一定要请宣卷的,不请宣卷新娘子不肯出门的。

黄亚欣:他们给钱吗?

芮时龙:给的。6个人30块,按7股开,我拿双份——8块多。那时候不准唱,我因为当生产队长,一旦接到生意,就跟大家说:"今天生产队里面休息!"我就偷偷跑出去唱。我记得有一次到郭巷去,那边人马上订两天,又连着唱,唱了三天,我拿了18块钱,我开心得不得了。我还记得我到郭巷唱了 次《合同计》,他们那边一个大队书记说我唱老书,当地农民倒蛮好的,维护我说:"不是他要唱的,是我们叫他唱的。"这个书记还是很通情达理的,说:"下一次不可以唱,要唱新书!"1978年改革开放以后(大概是1978年秋天),可以唱了,我记得当时的同里文化站唐守成站长叫我去唱,买的宣卷用的胡琴、凤凰琴、琵琶这些东西都可以报销的。

当时只准唱《十五贯》这一本。不过,也只好晚上出去唱唱,白天不可以唱的,要妨碍生产的。晚上,站长叫我一个大队、一个大队地去巡回演出。

黄亚欣:您这个巡回演出有收入吗?

芮时龙:有的。大队里面出钱,文化站也要从中提成的,我唱一个晚上能拿到4块钱,拉琴的两块钱。那个时候已经改革了,我和拉琴的一共4个人。

黄亚欣:您1978年又拜师父了,对吧?您拜了闵培传先生。

芮时龙:严格意义不是拜师,闵培传和我同台演出的。他后来身体不好了,气喘,就不唱了,到吴江文化馆去工作了。

黄亚欣:你们怎么认识的呢?

芮时龙:1959年,我们在吴江参加一个会议的时候就认识了。他说表能力很强,所以我跟他学习说表。不过,他唱得不如我。他也传给我几本书(口头传授),《玉连环》《水泼大红袍》《湿锦帕》《红楼镜》就是他传给我的。

黄亚欣:闵培传先生也收了不少徒弟呢,张宝龙先生也是跟他学的。

芮时龙:对,是的。我跟闵培传认识得早,张宝龙是后来跟闵培传学的,跟着他边拉胡琴边学。

黄亚欣:徐荣球也是跟闵先生学的吧?

芮时龙:对,他也是跟着闵培传出去拉拉胡琴,他跟张宝龙一起学的。

黄亚欣:早先还有沈煌荣、缪志泉、蒋福根几位也跟闵培传先生学的。

芮时龙:蒋福根他们是老一辈的,我不认识的。

黄亚欣:1978年以后,您生产队队长就不做了,对吗?

芮时龙:对的,不做了。1978年以后包产到户了呀,在家种田,我有18亩6分田。

黄亚欣:也就是说,您一边务农,一边宣卷。

芮时龙:对。

黄亚欣：家里面也主要是靠您负担，是吧？

芮时龙：对，妹妹们都出嫁了，主要是子女和妻子。

黄亚欣：您什么时候结婚成家的呢？

芮时龙：1959年。我爱人也是同里人，采字村的。她跟着我受了不少苦，她们家里条件很好，私田30亩，家里房子也很大，有大屋有小屋，嫁到我家里来，就三间草房。

黄亚欣：您爱人现在还健在吗？

芮时龙：死了，到今年已经10年了。2009年骨癌死的。

黄亚欣：您爱人叫什么？

芮时龙：陈玉英，1938年农历十一月生的。

黄亚欣：您90年代又跟许老师学，对吗？

芮时龙：是的。

黄亚欣：您跟许老师是怎么认识的呢？

芮时龙：也是通过顾计人的儿子顾建明。顾建明介绍我去许老师那里试唱的，试试看。当时试唱的是一本《千金一笑》，唱了三回书下来，许老师就看中我了。白天，许老师就跟顾建明讲："叫芮时龙同我唱，我收他为徒弟。"这样的事情我还是第一次遇到。我唱了一回书，许老师就有感触了，觉得我是宣卷的一块料。她说："我一世没有收过学生，只收你一个。"

黄亚欣：您跟了许老师几年？

芮时龙：一直到她死。她生病的时候，我还是挂着她的"姐妹班"的牌子出去唱，直到她死了之后，这块牌子我才还给她的丈夫。

黄亚欣：您挂许老师的牌子出去演出的时候，多少钱一场？

芮时龙：那时候一百几十块钱。九几年的时候120块—180块一场，120、140、160、180……这样子慢慢加上去的。

黄亚欣：七八十年代的时候还是30块左右一场呢，一下子涨到这么高啦？

芮时龙：对呀！1989年前后已经涨到80块一场了。

黄亚欣：九几年能拿到一百多一场，还是蛮多的。那时候普通工人一个月的工资也并不多啊。

芮时龙：那时候物价已经涨了。

黄亚欣：您这个时候还是靠种田和宣卷这两份收入？

芮时龙：对的。种田很苦的呀！在我们同里，有钱的人花12 000块钱买城镇户口，田不要种了呀！

黄亚欣：您种田收入不多的吧？

芮时龙：很微小的一点收入。我最早开始种田的时候，透支了10年，一年做到头都没有钱收入的，还要欠钱，"大跃进"的时候一个人一年只有520斤稻谷吃。1978年包产到户之后就好多了，自己能吃饱，我18亩6分田，收入还可以，一年能有几千块钱。

黄亚欣：那您一年宣卷收入多少呢？

芮时龙：宣卷的收入不固定，基本上只够家里开销、零用。

黄亚欣：芮先生，您什么时候创立了自己的班子？

芮时龙：那时候我先生还没有死，她不能唱了。大概在九几年吧，我创立了自己的班子，挂一块牌，叫"同里宣卷芮时龙"。

黄亚欣：当时还是您一个人唱？

芮时龙：对。

黄亚欣：您这里什么时候开始分上、下手的？

芮时龙：1995年。那年，汪静莲从苏州到我家里来。当时苏州来了两个呢，一个是汪静莲，还有一个叫金凤英。我只看中汪静莲一个。……

张舫澜：为什么会有苏州人跑到我们同里来学宣卷呢？因为在我们整个苏州地区，同里宣卷兴起最早，并且发展起来了，其他几个地方都没有发展起来。并且，我们同里宣卷有几位很好的老师，像许维钧、许素贞、顾计人、闵培传等。同里宣卷当时名声在外，周围的胜浦、太仓、常熟这些地方当时还都没有我们同里这么响的名气。宣卷复兴以后，苏州有些向往宣卷的，本身有一点越剧、锡剧、小调基础的女艺人，她们纷纷投奔到我们同里来，一方面是冲着我们的宣卷艺术，另一方面也是冲着这份收入。她们来跟着姚炳森、吴卯生等几位先生学，后来慢慢就跟我们吴江的宣卷圈子融合了。她们看到下一辈的宣卷艺人（如芮时龙先生）——特别有实力，十分崇拜，所以前来投奔，想一起合作。所以说，我们吴江的宣卷因为艺术水平高、发展得好，吸引了苏州人加入。像陆美英，她也是苏州过来的。她们本身爱好宣卷艺术，同时，也想要赚钱。当时浙江嘉善、上海青浦和金泽这些地方的人都到我们吴江来拜师学艺的，像陶庄的沈煌荣、大舜的蒋福根，等等。

芮时龙：我们同里宣卷的形式不同，像"什锦书"一样，形式很丰富，不像胜浦这些地方的宣卷，拿本书唱唱的。

黄亚欣：你们那时候一个班子是4个人吗？

芮时龙：对的。原来我有3个琴师，汪静莲来了以后，就去掉一个琴师了。

黄亚欣：也就是说，汪静莲是您的第一个搭档。

芮时龙：对。

黄亚欣：你们第一次出去宣卷是什么时候？

芮时龙：1995年秋天，她来了以后，我们就一起到芦墟、黎里、周庄这些地方去宣卷。

黄亚欣：您跟汪静莲搭档搭了几年？

芮时龙：4年。

黄亚欣：后来换了谁呢？

芮时龙：后来赵华来了呀。大概1998年、1999年来的。

黄亚欣：她来是与您搭档还是拜师？

芮时龙：搭档。她刚来的时候宣卷调是什么都不知道，懂都不懂，就在旁边唱唱越调,因为她原来是唱越剧的嘛。但是她学习蛮用功的,都记下来的。她年轻,又好学。

黄亚欣:赵华跟您搭档了几年?

芮时龙:她后来回家生孩子了,就分开了。

黄亚欣:赵华走了之后,谁跟您搭档呢?

芮时龙:吴根华来了,时间不长,就1年吧。

黄亚欣:我们昨天听了吴根华先生的宣卷,她说她大概2001年来拜您师父的。

芮时龙:对的,差不多。

黄亚欣:吴根华跟您搭档了1年以后又换了谁呢?

芮时龙:吴江锡剧团的黄凤珍①。她跟我搭了三四年之后,后来身体不好了,我就换了朱梅香做搭档。

黄亚欣:2006年朱梅香老师来的。

芮时龙:对,搭档了6年吧。

黄亚欣:您之前还跟我提过上海的李玉华,她是什么时候来的呢?

芮时龙:她大概2003年左右来的,来了没有几天的,她身体不好,不做了。她当时还要收我儿子做徒弟呢,她自告奋勇地跟我儿子说:"你跟你父亲学不出的,跟我来学。"

黄亚欣:后来一直是陆美英老师跟您搭档,对吧?

芮时龙:对。朱梅香被张宝龙挖走了嘛,陆美英就到我这里来了。她大概是2013年来的,一直搭档到现在。

芮献峰:宣卷刚开始的时候一直是一个人,我和我姐姐小时候一直跟着我父亲出去的。那时候,我姐姐、我老爸、我,外加两个琴师,那时候我只有十几岁。我13岁第一次跟我老爸出去宣卷。

---

① 黄凤珍,江苏溧阳人,曾在溧阳戏剧团当过花旦,后来又到吴江锡剧团工作。

黄亚欣：你也唱吗？

芮献峰：我不唱，我做家生，我八九岁就开始学民族乐器。那时候其实都是为了生存。刚开始时宣卷是1个人，后来，有个女的搭档好像比较受欢迎，中间停的时候可以唱唱小调。我姐姐学过评弹，我和我姐跟我老爸一起出去宣卷的时候，中间休息，我姐就弹个琵琶，唱个评弹。那时候是80年代，我们拉琴的出去一天可以拿十几块钱，开心得不得了，那时候普通工人工资才二三十块一个月。

黄亚欣：您姐姐叫什么？是什么时候开始学宣卷的？

芮献峰：我姐姐叫芮巧玲，是1982年的时候（大概十七八岁）正式开始学宣卷的，先是跟顾计人学，然后就跟我父亲一起出去演出了。1984年左右，我姐姐进了同里越剧团。1986—1987年，她找对象了，之后也就不再出去宣卷了。

黄亚欣：上次见到的芮先生的侄女芮玉娥也是跟芮先生学的吗？

芮献峰：他们这些都是后来的了，都不能算是徒弟的。他们就是看宣卷好像也是个不错的生存之道，就出来宣卷，都是半路出身。芮玉娥跟我老爸班子里的一个琴师学伴奏。

黄亚欣：您家里姊妹4个，您上面3个姐姐，对吧？

芮献峰：对的。我大姐叫芮巧妹，今年61岁；二姐芮巧珍，57岁；三姐芮巧珍，55岁；我最小，今年51岁。

黄亚欣：芮先生，您自己承认的徒弟有哪几个？一个赵华，一个吴根华，还有吗？顾剑平您算不算？

芮时龙：顾剑平原来一直跟我拉胡琴的，我叫他开口唱的。也可以算。

黄亚欣：那么，您第一个徒弟是赵华？

芮时龙：对，还有一个陈凤英。

黄亚欣：顾剑平是什么时候到您班子里来拉胡琴的？

芮时龙：顾剑平到我班子里来了之后走了几次的。1998—1999年的时候第一次来,后来又到张宝龙那里去了,跟张宝龙做了几个月,又回到我这里,他在我这儿几出几进的。

黄亚欣:芮先生,现在的同里宣卷艺人中,您会的老的调头是最多的。

芮时龙:是的,老的调子我基本上都会。我的接佛是最正宗的。我的接佛主要是顾计人教的。

黄亚欣:他给您写下来吗?

芮时龙:写下来是一方面,更重要的是掌握接佛的特点:接佛一般从大佛、大仙一直接到地方神道,从大到小,按次序接下来,一个不能漏。

黄亚欣:每个班子接佛好像都有点不一样的。

芮时龙:肯定不一样。很多班子都是乱来的,听都听不懂。

黄亚欣:芮先生,您最早出来宣卷的时候,一年能做多少场?

芮时龙:改革开放以后最兴旺,一年250场肯定有的。大概1995年的时候,我曾经连唱38场,白天加晚上,一天都没有休息。90年代生意好得不得了。

黄亚欣:2000年以后呢?

芮时龙:初期,生意还可以。2004年以后,一直走下坡路。拆迁了,要做不能做了。宣卷同拆迁肯定是大有关系的。我们这个宣卷主要是靠神、靠"老爷"吃饭的,待佛最重要,没有"老爷",一落千丈。

黄亚欣:现在人家家里做寿还请不请宣卷呀?

芮时龙:很少。现在大多数人家做寿在饭店里吃一顿就结束了。原来我们这里做寿可是像模像样的:老寿星把寿衣、寿帽穿好,身上挎一个钱袋,里面装着红包,小辈们依次给老寿星磕头,老寿星给他们红包。

黄亚欣:拆迁以后一年有多少场生意?

芮时龙:还能有180场左右。这几年更少。从2006年开始,我估计绝大多数人一年不满200场的。

黄亚欣:2010年以后到现在,更少了,对吧?

芮时龙：对，更少了。原来，都是主家打电话来凑先生时间的："先生啊，您哪个日子空啊？""我不空的。"现在宣卷先生都是求着人家说："让我做一做吧。"不是人家来订宣卷，而是变成宣卷先生倒求他们了。现在有的班子到处求人家："让我做做啊！让我做做啊！"都变成这个样子了。我芮时龙从来不这样的。

黄亚欣：90年代最兴旺的时候，多少钱一场？

芮时龙：一百多块。400块的时间最长，后来涨到600块。现在你知道他们怎么搞吗？比方说，你求人家给你生意做，要给人家回扣100块一场。

黄亚欣：给谁呢？

芮时龙：谁帮你接的生意，回扣就给谁。现在这些宣卷的人出去兜，到处求人家给生意做。那么人家给了你生意，你总要给点回扣。现在叫回扣，以前叫"中间介绍费"，也就是"中介费"。

黄亚欣：现在是1 200块一场吗？

芮时龙：1 200是讲讲的，实际上宣卷人拿不到的，肯定拿不到。现在经常有一些情况，主家来问宣卷先生："1 000块做不做啊？"你也要做的呀！只要能赚到钱，多少钱你也得做啊！你不要说1 000块了，900块也要做的呀。还有的班子，为了求生意，跟主家说："人家1 000块的，我来做，900块。"这样子的。

黄亚欣：900块一场还要给介绍人回扣吗？

芮时龙：900块的话就不用给回扣了。那一次你们到我场子上来，我跟朱梅香一起做的，1 200块，100块就拿掉给那个庙上的佛娘了。

黄亚欣：那剩下的1 100块你们怎么分？

芮时龙：琴师220块一个人。如果是1 000块的话，琴师一个人200块。

黄亚欣：剩余的上、下手平分吗？

芮时龙：现在有什么上、下手啊？你少给我，我不给你唱，让你一个人去唱吧！我最早是跟汪静莲搭档，我同她讲好的："汪先生，你来我这里唱,你拿一成二,我拿一成八。"后来呢,她演出水平上来了,最多是她一成四,我一成六。现在不行了,现在做下手的都要求对半分。

张舫澜:过去,茶馆里面有一种人叫"牌话",专门负责介绍宣卷生意的。

芮时龙:过去,我们的宣卷人有一只宣卷船。因为交通不方便嘛,出去都是坐船。摇船的也蛮苦的呀!我们晚上宣好卷,加唱小调,基本上要到夜里11点至12点了。结束之后,宣卷人还要在主家家里吃"半夜顿"(即夜宵)。吃好之后,宣卷人上船,就住在小船里边。摇船人晚上就慢慢摇——我们乡下这里算算也得有十多里路吧——一直摇到喝茶的茶馆,在旁边停下来,他才能休息。第二天,先生要上楼吃茶。吃茶是假的,"水牌"上面去看生意是真的。当时我们同里镇有13班宣卷,每个班子都有牌子的。其中有个"范瞎子"(范晨钟)的"半白宣卷",也叫"瞎子宣卷"。这个瞎子很有水平的!在茶馆里,某某宣卷、某某宣卷,都写好牌子的。订宣卷的人都要到茶馆里去订的。宣卷人要经常跑去看看,如果订我芮时龙的宣卷,我就有生意了;如果订的是别人的,我就白跑一趟。茶馆老板叫"牌话"。他们是怎么分成的呢?"牌话"要抽2%。过去,拿到钱,一个班子6个人按7份半来分。2%给牌话。3%是家生,过去家生都是宣卷先生买的,琴弦、松香等要经常消耗,还有像四明钟这些摆设都是要摆在宣卷台上的,这3%就用于家生,相当于折旧费(这笔折旧费由宣卷先生拿)。那么,总的来说,宣卷先生拿两份三,5个琴师一人一份。

黄亚欣:琴师的琴都是宣卷先生买?

芮时龙:对的,都是宣卷先生买。现在都是自己买。

黄亚欣:那么,交通费呢?

芮时龙:交通费有的,过去辰光10%。交通费是请宣卷的人出的。如果30块一场,主家要多拿出3块钱给摇船的,吃饭都跟宣卷人一起在东家家里吃。像他们这些都是专门摇宣卷船的。

黄亚欣:现在的交通费都是各自管各自的,东家不负担,对吧?

芮时龙：对的，都是自己来。

黄亚欣：现在，琴也是琴师自己买，交通费也是各自自理，对吧？

芮时龙：是的。现在有公路，交通方便。过去摇船，一个塘里兜一兜半天过去了。

黄亚欣：宣卷先生每天都要上茶馆去看有没有自己的生意吗？

芮时龙：比方说，这个生意要做三天，宣卷先生就在场子上面，宣卷船也不开了。所以，摇宣卷船的最喜欢宣卷连做五六天了，他就在宣卷场子上待着，东家照付3块钱一天的摇船费。生意结束了，再到茶馆里去看。

黄亚欣：茶馆的"水牌"上都写了些什么呢？

芮时龙：宣卷人的名字。如果有生意的，"牌话"会在下面纸牌上注明的。订宣卷的人又没有电话的，都要到茶馆里去订的呀。茶馆里的老板叫"牌话"，是专门定生意的。你比如说，张三、李四、王五……一个一个班子都排好了的，我就去看一看，如果没有我芮时龙的生意，那就是没有；如果有人订了我的生意，那么2%的中介费我当场就要给那个"牌话"了。还要看我空不空，如果人家来订生意，我那一天正好被订掉了，那就要回掉。"牌话"就会同来定宣卷的人说："这个宣卷先生这一天不空，已经被订掉了，你要不换一个宣卷先生吧。"

黄亚欣：也有的主家会点名要某某宣卷先生的吧？

芮时龙：就是要点名的呀！比如说，有的主家说："我就要订这个先生，别的先生我不要。"而他想订的先生又正好不空，那"牌话"就会跟他商量："要么你日子改一改，行不行？"

黄亚欣："牌话"存在了多长时间啊？

芮时龙：过去一直有的，老早就是这个规矩，到"文化大革命"结束，就没有了。

张舫澜："牌话"，总归80%—90%在茶馆里，一般都在茶馆。还有少量的"牌话"在饭店、鱼库。北库地区比较特别，鱼库里也有"牌话"的。

芮时龙：宣卷先生什么时候有点外快呢？如果生意在场子上直接订下来，不经过牌话的，可以多得2％。比如，在场子上，有人同宣卷先生讲好了："明天到我家来啊!"那么，这种情况，就不需要给"牌话"中介费，这笔中介费就进宣卷先生自己口袋了。

黄亚欣：主家有时候会不会给宣卷先生包红包？

芮时龙：过去，一般来讲没有的。过去辰光，接佛、送佛有小红包的，我记得我八几年还拿到过接佛、送佛的红包的。这个叫"接佛钱"或者"请佛钱"，接好佛之后主家给宣卷人。

黄亚欣：多少钱呢？

芮时龙：以现在的经济水平来衡量，大概20块吧。主家会分开给几个宣卷的，比方说，上手20块，下手和拉胡琴的每人10块（是上手的一半）。现在没有"接佛钱"了，现在是一场一共多少钱，宣卷人自己去分。

黄亚欣：主家给"接佛钱"大概是什么时候的事情呢？

芮时龙：过去我们一直都有的，一直到90年代还有过。后来就慢慢没有了。"接佛"是宣卷先生接的呀，主家总归要给一点。还有一种叫写疏头的"疏头钱"。宣卷先生要"写疏头"。"疏"是什么东西？过去，一般来说，东家待佛时要写"几时几日，请大卷一场，待刘王或者观音或者某某菩萨、老爷，准备了元宝多少……"这个最后要化给老爷，叫他收下来。过去请宣卷先生都要帮主家"写疏"的。

黄亚欣："疏头钱"大概多少？

芮时龙：以现在的水平来衡量，20块是起码的。

黄亚欣：给"疏头钱"是什么时候的事呢？

芮时龙：一直到90年代吧。90年代难办有一点，2000年过后基本没有。80年代之前都有的，要么不请宣卷，请宣卷都要写疏的。以现在的水平来看，改革开放之后差不多10块钱，80年代20块。

张舫澜：90年代以后人家发财、做寿、小孩生日什么的要说好话，宣卷艺人有红包的。

黄亚欣：我看到人家新房进屋主家包红包的。

芮时龙：现在进房子"送元宝"可以得 100 块、200 块。

黄亚欣：这个 100 块、200 块的红包还要不要再 4 个人分？

芮时龙：分的。有些先生分的，也有些先生自己拿掉了。现在很多班子里面，大家一起做的，做到后面不高兴同你做了，都是因为钱。

黄亚欣：您的班子得了"接元宝"的红包怎么分呢？

芮时龙：放在总收入里面一起分。

黄亚欣：也有的主家不包红包，可能发点香烟什么的，对吧？

芮时龙：香烟一般是每人一包的。

黄亚欣：芮先生，您先前跟我说 400 块一场宣卷大约是哪一阶段？

芮时龙：400 块时间最长了，从 1996 年开始，大概到 2005 年左右。2007 年过后，涨到 600 块，然后慢慢涨到 800 块。2010 年过后涨得比较多，2010 年以后，一般来讲 1 000 块一场。

黄亚欣：现在是 1 200 块。

芮时龙：1 200 都不到的，刚才我同你讲的，常常要扣一点的（指给介绍人的回扣）。现在比方说，主家来订宣卷，你说 1 200 块，他会问你："1 000 块你做不做啊？"现在都可以还价了，宣卷人变得不值钱了。以前从来没有讲价的事情，现在居然好还价了，你看看！以前我们宣卷，都是牌话介绍，给他 2% 的介绍费。改革开放以后，还没有形成回扣，现在这些佛娘越弄越精了。宣卷人主动凑上去，最初给 20 块、40 块的回扣，现在弄到 100 块了。现在供大于求，变成宣卷人倒求人家给生意做了，所以宣卷走下坡路了呀。我记得很清楚：1995 年的时候，有一次我到金家坝去宣卷，西湖塘来了一个人："先生啊，你明天有没有空到我家来宣啊？"我因为第二天订了生意，叫他改日。那个人求情求的嘞！他是什么情况呢，他儿子在外面输钱输掉 4 万块钱，弄得家里面老婆、小孩都顾不上，日子过得一塌糊涂。老人就到"佛女儿"那边去求"老爷","老爷"居然开口了:"可以啊！不过听大老爷一句话,今年叫你翻本翻出来,不过翻出来之后就不能再赌了。"后来,"大老爷显灵",他儿子赢了4万5千块,真的翻本了。那么,急需要谢谢神道,要请宣卷还愿。

黄亚欣：春节的时候,宣卷要不要涨点价?

芮时龙：有的人要加的,我芮时龙不加,过年、过节、观音生日都不加价。我们现在一般都是1 200、1 300,当然个别的情况也是有的：前年在一个庙上,有老板个人出钱请宣卷,宣好卷之后,老板直接给我一个红包,1 800块。去年在同里宣卷,老板要6个人,讲好给2 000块,后来我们只来了4个人,4个人来么减轻点老板的负担嘛,最后老板给了1 600块,不是蛮合算的嘛。

黄亚欣：芮先生,老的宣卷调子您都会唱的,对吧——像"海花调""弥陀调""韦陀调""十字调"这些?

芮时龙：对的。还有"上香调""妈妈不要哭调""醒世曲"。"醒世曲"现在他们都不唱了。老的木鱼宣卷调和现在的丝弦宣卷调又是两回事。老的木鱼宣卷调我唱给你听：……一个人敲,一个人"叮,叮,叮"和调的。上手唱一句,下手要一边"叮,叮,叮"地敲,一边唱"弥陀南无佛南无阿弥"——这叫和卷。我唱的《螳螂做亲》就是木鱼宣卷调,有人(指荷兰汉学家施聂姐)录下来拿到意大利去放的。我的木鱼宣卷调是许家的木鱼宣卷调。

黄亚欣：许家和徐家两家的木鱼宣卷调有什么区别呢?

芮时龙：有区别。许家的调是书卷派的,徐家的调是乡派的。讲话两样的,许家说书比较书卷气,有中州音的;徐家说书比较有乡土特色。我唱的丝弦宣卷调也是很标准的,现在很多艺人唱的丝弦调都不像。

黄亚欣：芮先生,您现在一共可以唱多少本书?

芮时龙：实实在在,六十本书。我唱的书,他们一般人都不会唱的,比如《辕门斩女》。还有一本《碧玉带》也是我拿手的。还有一本《包公杀杨二》，这部书他们也都不会的。

黄亚欣：您比较拿手的是《洛阳桥》，对吧？

芮时龙：倒不一定。《洛阳桥》只是其中一部吧。

黄亚欣：您比较拿手的还有像《水泼大红袍》《白鹤图》《金枝玉叶》这些吧。

芮时龙：对。《金枝玉叶》还有一种叫法，叫《红楼镜》。

黄亚欣：芮先生，您能跟我们说说您的先生许素贞吗？

芮时龙：我的老师是很苦的，红颜薄命。她的先生姚炳森也是苦出身，以前跟着许维钧一起出去宣卷，拉胡琴。

张舫澜：许素贞和她姐姐许雪英还一起出去宣卷，那时候挂的是"什锦书"的牌子。她们二人一起到常熟评弹团去工作，因为在评弹团，所以不好叫"宣卷"了，所以挂一块牌子叫"什锦书"。

黄亚欣：那是什么年代的事情呢？

张舫澜：20世纪50年代末到60年代。

芮时龙：嗯，差不多在60年代。

张舫澜：我看到她们到我们芦墟的一个书场里来演出，来过两次。我在吴江也看到过她们。她们挂牌叫"许氏姐妹什锦书"。那时候我们宣卷的"什锦书"跟评弹还打擂台呢！

芮时龙：这中间还有一个狠角色，叫郑天仙。

张舫澜：她的哥哥叫郑天霖，是与许维钧同时代的宣卷艺人。她早年曾经拜醉霓裳为师学评弹，她的小师妹现在在上海，是很有名的评弹艺人，叫余红仙。余红仙曾经到北京给毛主席和周总理唱过评弹的。

芮时龙：郑天霖宣卷不会宣的，他是做乐器的……我家里原来有不少老的资料，2007年拆迁的时候都处理掉了。

张舫澜：芮先生拆迁之前住在小桥村，我去过他们家里两次。后来拆迁,搬到这里,我也来过三四次了。我第一次采访芮先生的时候在我们西栅那边,大概1997年、1998年。

芮时龙:那时候我的下手好像是汪静莲先生,大概是1996年吧。

张舫澜:对,汪先生。我还有一次采访芮先生,他是跟黄凤珍搭档的。

芮时龙:我记得,有一次有人来采访我,问我:"芮先生,您怎么不招一个男徒弟呀?"我说:"我找不到。"为什么找不到?我们宣卷属于民间曲艺,没有保障的呀!现在的小孩都要以念书为主,长大以后要参加工作的,工作以后会有养老保险等各种保障。而我这里,做一天有一天钱,不做就没有。

黄亚欣:那您现在很少宣卷了,有没有其他收入呢?

张舫澜:农保有吗?

芮时龙:730块一个月,叫土保,拆迁以后的失地农民补贴。我如果住商品房就好了,可以补贴1 800块一个月。我们现在是宅基地自建房,只有730块一个月的土保。

黄亚欣:现在您是国家级传承人,国家每年还会给一点的。

芮时龙:国家给20 000块一年,苏州市和省里面都不给了。

张舫澜:芮先生现在评到国家级传承人了,国家给一笔,吴江区也给的,苏州市和省里面都不给了。

黄亚欣:吴江区给多少?

芮时龙:1 000块一年。另外,同里也给1 000块一年。

黄亚欣:您平时生活,儿子、女儿也给一点生活费吧?

芮时龙:我不要他们的,自己够了。乡下生活简单,消费也小一点,我自己还种一点蔬菜。

黄亚欣:了解了。谢谢您,芮先生!感谢您对我们的帮助!

芮时龙:不要紧的,下次有问题我们再联络,我知道的情况总归都愿意讲讲的。

二、严其林口述访谈记录

访谈对象:严其林(男,1937年生,同里宣卷艺人,苏州市吴江区同里镇人)

采访者:黄亚欣

访谈时间:2019年3月31日10:00—11:30

访谈地点:苏州市吴江区同里镇屯村北星路

访谈整理:黄亚欣

黄亚欣:严先生,您好!您今年贵庚啊?

严其林:我虚龄85岁。

黄亚欣:哦,1937年出生。

严其林:对,1937年6月13日(阳历)。我这里找出来一张我宣卷的照片,给你们看看。

黄亚欣:好的。照片里面您的下手是谁呢?

严其林:殷大妹。

黄亚欣:两位琴师分别是谁呢?

严其林:一个叫金康元,一个叫"金根"(大名金振华)。

黄亚欣:严先生,您是吴江汾湖中学毕业的,对吧?

严其林:对。

黄亚欣:这个是初中还是高中?

严其林:初中。我没有上高中。

黄亚欣:在您那个年代,初中毕业是文化水平蛮高的了。

张舫澜:严先生在宣卷艺人当中是知识分子了!

严其林:我出生在同里。同里镇上有个做戏的戏台的,戏台后面就是我老家。后来,我奶奶死了,爸爸也死了,我妈妈没有办法,就把我的户口带到严舍。我是17岁搬到严舍去的。1958年成立"人民公社",1951年我就到屯村民办文化站当站长了,当了1年。到1957年、1958年的时候,开辟太浦河,叫我去当文书。做了1年,又到大队里面当了3年会计。后来,又把我调回严舍,叫我在大队里做血防大队的大队长。我13岁读三年级的时候住在同里,隔壁就是我们同里宣卷"姐妹班"(许雪英、许素贞姐妹)。"姐妹班"有十来个人,如果她们姐妹俩要分开做呢,就缺一个人。许素贞就叫我跟她一道出去宣卷,教我和卷,教我接书。原来丝弦宣卷要8个人,6个人也可以去宣,但是5个人的话,钱只给一半的——比方说,100块一场卷的,如果5个人宣,只给50块。她们姐妹二人如果分开做生意,许素贞那边就少了一个人,于是她就叫我临时替补一下。晚上乘风凉的时候,没有事做,她就教我宣卷,一样一样地都教给我。

黄亚欣:那个时候8个人一个班子,几个人唱?

严其林:两个人。我跟许素贞一起,下手就是我。

黄亚欣:还有6个人是乐队,是吧?

严其林:对。

黄亚欣:有二胡、扬琴,还有什么?

严其林:琵琶、弦子、碰铃。

黄亚欣:那还少一个呀?

严其林:二胡有两个人,一个人是主胡,还有一个是板胡。主胡是主要的,板胡么就是跟着拉拉的呀。

黄亚欣:那个时候就有两个人唱吗?最早不是只有一个人唱的吗?

严其林:一个人唱是木鱼宣卷,改成丝弦宣卷就是两个人了呀。

黄亚欣:许维钧不是都一个人唱的吗?

严其林:许维钧不一样的,他一直是一个人唱的。许素贞、许雪英两姐妹自己组了一个"姐妹班"就是两个人唱了。那个时候,许素贞的男人叫汪昌贤(但没有婚姻关系)。我因为做大队干部,宣卷也不能做。后来大队里开始"文化大革命",我才回到家里。在那之前,生产队里知道我会宣卷的,叫我到11个生产队,夜里一个队一个队地去宣卷,义务演出。

黄亚欣:白天不能宣卷?

严其林:白天要干活的呀,都是晚上出去宣。有时出去,到三友这些地方去演出。后来开始"文化大革命"了,因为书里面有仙人,有老爷,因此宣卷被称为"宣卷黄色",遭到批斗,我也是被"斗"的对象。从1966年6月份开始,一直批斗到1967年7月份结束。平反之后,再叫我重新回大队,做血防大队长,我不当了。那时候,正好严舍大队的严舍小学缺个教师,校长赵和生叫我去做教师,我就去了。

黄亚欣:做了几年教师呢?

严其林:6年。从1967年9月开始,到严舍北校教了一年,之后,又把我调到南校。南校就我一个人,扫地也是我,教师也是我。我一个人要教四个年级,一年级、二年级、三年级、四年级都在一起,是一个复式班,都是我一个人教。后来,公社里面的一个干部同我有点意见,我们原先管文教的一个人又调走了,我教师就不当了。到1974年,我就不做了。那时候,我们这边的"下伸店"看中我,叫我到他们店里面去做三年。我这个人又不喜欢蹲在店里,有时候我就出来到屯村粮库去,他们征收粮食的时候我帮他们记账、算账,算是个临时工。屯村粮库的书记倒看中我了,叫我到他们粮库里来工作,做外勤工作,到外面去采购,一做就是13年。后来,粮库解散,没有了,1989年我就回来跟儿子开店。我们这里有个人看到我回来开店,就建议我出来宣卷,这样我才再一次开始宣卷的。

黄亚欣:现在不宣了吧?

严其林:去年我还去芦墟那边做的,正好人家班子里缺个人。现在基本上不出去宣了。

黄亚欣:您有自己的班子吗?

严其林：有啊。现在不做了么，班子也就散掉了。

黄亚欣：什么时候组的班子呀？

严其林：1989年。

黄亚欣：班子叫什么名字呀？

严其林：麒麟社。

黄亚欣：大概是1989年几月份呢？

严其林：下半年，大概是9月份。

黄亚欣：您班子里都有些什么人呢？

严其林：我培养了一个人，叫梅菊英。后来，我又找了金兰芳和我一道做。

黄亚欣：梅菊英跟您唱了多长时间啊？

严其林：不长的，最多3个月。

黄亚欣：那您刚开始组班子的时候，琴师是哪两位呢？

严其林：二胡叫严进先，扬琴是沈小荣。

黄亚欣：您后来跟金兰芳搭档了多久呢？

严其林：时间长呢，大概两三年。后来，左桂芳也到我这里来了，我们5个人一起做。一段时间以后，左桂芳基本上可以做了，我就把金兰芳放掉了，同左桂芳一道搭档。

黄亚欣：您跟左桂芳合作了多长时间？

严其林：七八年。后来左桂芳想要自己出去立班子，同杨洪生搭档，我就找了金凤英来同我一道做。

黄亚欣：同金凤英搭档了多长时间？

严其林：四五年。

黄亚欣：后来又换了谁呢？

严其林：我因为开了个小超市，其实不大想做了。朱火生眼睛瞎了之后，他的下手陈凤英没有人搭档了，就到我这里来同我一道做，做了一年多。后来，陈凤英原来那个班子敲扬琴的潘立群起来唱了，陈凤英就同潘立群一道搭档出去唱了。我有个小店,也就不高兴再出去宣卷了,有时候临时跟人家搭档出去做做。盛玲英也同我一道搭档过,不过都是临时的。再后来,左桂芳又回到我这里来同我搭档。我这个班子真正不做了,到今年3年吧。

黄亚欣:差不多2016年吧?

严其林:对。之后我就是临时给人家帮帮忙,因为自己再出去唱觉得吃力得不得了。宣卷不是唱戏,唱戏一是一,二是二。宣卷是凭自己的才能发挥。我这里有自己编的宣卷脚本,拿给你们看一看。这里还有一本徐银桥亲笔的《雕龙宝卷》。这本《雕龙宝卷》我真正地唱可以唱两天两晚。年数多了,我自己编的36部书要忘掉的呀,我就翻出来看一看就行了。书里面什么人讲什么话我全部写出来的,人物的唱词都讲究押韵的。他们很多艺人都拿不出书来的。

黄亚欣:严先生,请问一下,您1989年刚刚立班子的时候,唱一场多少钱?

严其林:两百几十块钱,大概是280块。到1995年左右,差不多360块。我这里还有自己做的卡片,给你们看看——一本书,比如《雕龙宝卷》,故事发生在什么朝代,里面有什么人物,故事梗概都写在这张卡片上。这些卡片我出去宣卷的时候都带着,到了场子上,人家要求宣什么书,我来不及看详细的脚本,我只要看一眼卡片,心里面就有数了。

黄亚欣:严先生,您能不能跟我们详细讲讲您具体是怎么学习宣卷的呢?

严其林:原因是她们"姐妹班"少了一个人。我在同里一个小学念书,那时候13岁,上三年级。她们"姐妹班"的两姐妹分班,一个班子至少要6个人,一共要12个人,而她们班子只有11个人,缺一个人。因为我家住在她们旁边,许素贞就叫我去帮忙。这样子经常跟她们出去,书没有读好,自己留级了。跟她们出去,夜里没事的时候,许素贞就跟我说宣卷是怎么回事。她先教我和卷。那时候和卷的调头与现在不同的，原来和卷是"弥陀南无佛南无阿弥"，我们那时候改成"抗美援朝，保家卫国"。

黄亚欣：这是哪一阶段？

张舫澜：50年代初，抗美援朝的时候。

严其林：刚开始是和卷。后来，她就教我："你要站起来，接书。"比方说，她的书说完了，说："佣人走出。"那么"佣人"的角色就是我，我就要接："啊，小姐，佣人来了。"然后站起来，接着唱。很快，我就接得蛮好了。后来我上中学，到芦墟去念书了，她也不好叫我了。念到初三那一年，我姐姐死了，我奶奶也死了，就我妈妈一个人带着我，付不起学费，所以初中没有毕业就跟我妈妈回了严舍。

黄亚欣：那么，您念书之后几十年都没有宣过卷？

严其林：对。

黄亚欣：到1989年您自己立班子的时候，您还记得怎么宣吗？

严其林：会的呀，我原来就会的。

黄亚欣：请佛、送佛呢？

严其林：这个我原来都会的，许素贞都教给我的，我有本子的呀。我原来记在一张张小纸头上面，后来我自己又重新誊写了一遍。

黄亚欣：哦，这样子。您记的这个请佛的脚本我们还是第一次看到。请佛调许先生也教给您的，对吧？

严其林：对的，教给我的。这样子请的：

【白】清香炉内焚，香烟九霄云。斋主勤礼拜，请佛下山林。

【丝弦宣卷调唱】一支清香炉内焚（【和】啊，南无），香烟透上九霄云（【和】啊～弥陀南无佛南无阿弥）。

黄亚欣：老师教的调子您都记得，请佛词自己背下来，对吧？

严其林：会的，她教给我的东西我全部会的。她原来把请佛词抄了一张纸头给我的，你们现在看到的本子是我后来重新誊写的。……她后来又教我怎么扮角色。她跟我说，相公出来要摇折扇，小姐出来要这样翻个身。那时候宣卷的调子不像现在有宣卷调、沪剧、越剧、锡剧等等。那时候，比方说，《蝴蝶杯》里面"游龟山"那一段要唱"太子哭坟调"，这是古典的。"太子哭坟调"现在宣卷班里面没有人会唱，只有一个，刚过世的张宝龙。

张舫澜：陆美英也会唱的。

严其林：对，陆美英会的，陆美英跟过张宝龙班子的。其他班子没有人会唱的。

黄亚欣：早年不唱沪剧、锡剧、越剧的时候，除了丝弦宣卷调、太子哭坟调之外，还唱哪些调？

严其林："银绞丝调""春调""醒世曲"。

张舫澜：还有"吴江调""无锡景"。

严其林：我们《雕龙卷》开书的时候，在人家家里，胡琴一拉，炮仗一放，于是宣卷先生就开始：

【丝弦宣卷调唱】炮竹声声，震天响。今（啊）朝东（啊）家，图（啊）高升。请一班（么）丝弦宣卷闹开场，我别本宝卷全不宣（么），《雕龙宝卷》宣开（啊）场。

《雕龙宝卷》宣起来要有力，我现在年纪大了，没有力气了。

黄亚欣：这些东西都是许先生当时一点一点教给您的，对吧？

严其林：对呀，我经常跟她们一起出去宣卷的呀。本身我叫她阿姨的，我说："您教我，我应当叫您'先生'的。"她说："不要紧，不要紧。"我有时候问："许先生，宣卷的这个地方怎么怎么……"她说："我尽量教你，这里应该……这里应该……"那么,我手上这本《雕龙卷》哪里来的呢?徐银桥给我的。徐银桥做的是木鱼宣卷,他是我外婆的阿侄,叫我娘妹子,所以我要叫他娘舅的。他经常到同里来宣卷,总要到我们屋里来的,他要吃白粉的。他那时到我们屋里来,吃好点心之后要吃白粉的,吃完白粉再去宣卷。他说:"我知道你跟着许素贞和卷,和得蛮好,我这部书(即《雕龙宝卷》)送给你。"

黄亚欣:许先生有没有给过您宝卷?

严其林:没有。她主要是教我怎么宣,都是口头的。"文化大革命"的时候如果不斗嘛我之后还可能宣一宣,一斗嘛我就不高兴做了,那时候都叫我们立在台上批斗的。

黄亚欣:许素贞和徐银桥您都接触过,他们这两派宣卷有什么不同?

严其林:两样的。徐银桥是木鱼宣卷,用的是"请佛调"(即"弥陀调"),一边敲木鱼,一边和"弥陀南无佛南无阿弥";许派用的是"丝弦宣卷调"。徐银桥唱得好啊!他的《卖花三娘》这部书做得好得不得了!

黄亚欣:两派的说表呢?

严其林:说表差不多。

张舫澜:许维钧比较"文"一点。

严其林:对,对。许维钧那一派就是唱了说,唱了说。许维钧有时候还到轮船上去唱的。

黄亚欣:徐银桥那一派比较通俗,土一点。

严其林:对,土一点。

黄亚欣:明白了。

严其林:我跟许素贞学的时候,后来我一个人可以唱了,跟她一样,她做上手,我也可以做上手,接书的时候两个人通的呀,我还过去她接书,她还过来我接书,两个人对。我自己也可惜:如果"文化大革命"不斗我呢,我后来肯定不做其他的,要去宣卷的,这样一斗呢,我就放弃了。

黄亚欣:您从1989年立班子以来,一直到歇业,生意的情况大概是怎么样的啊?

严其林:还可以。

黄亚欣:刚开始做的时候一年多少场?

严其林:五六十场。最最多的时候——我自己原来有本子记录的——我统计下来是189场,大概是2006年的时候。我做得最高的是800块一场。现在都是一千多一场了。

黄亚欣:您都去过哪些地方宣卷啊?

严其林:我浙江也去过,像嘉兴那边。还有黎里、芦墟、屯村、同里、八圻、北厍、金家坝、吴江市里面(吴江市里有一个"佛娘",左桂芳认识这个佛娘,所以经常去)。另外,还有苏州红庄(尹山旁边)。

张舫澜:南厍去吗?

严其林:南厍去的,一直去的。青浦那边的金泽我也去的。

黄亚欣:去得比较多的是哪些地方?

严其林:主要是同里、屯村、吴江、芦墟、黎里、北厍、金家坝。

黄亚欣:您收徒弟吗?梅菊英算不算是您的一个徒弟?

严其林:可以算。我主要是后来不高兴做了。俞梅芳原来要跟我学的,我说你同我一道做可以的,徒弟我不收。左桂芳也可以算徒弟。

黄亚欣:严先生,一年当中是不是正月、二月、三月的生意比较多?

严其林:对,一直要到五月。关老爷生日(农历五月十三)过后,生意就清淡了。到农历八月、九月、十月,生意又多一些。

黄亚欣:严先生,您的生意是庙里多一些还是家里多一些?

严其林:家里多。家里做寿、结婚、生孩子、待老爷。红庄那边我宣了六年,每年四场,每年到了约定的时间我就过去,都是讲好的。

黄亚欣:跟"佛娘"讲好的,对吧?

严其林：对，对，对，"佛娘"，红庄有三个"佛娘"。

黄亚欣：佛娘请您去，您要不要给一点报酬？

严其林：要的，这个没有办法的。原来380块一场的时候，要拿出50块给她们，她们有几个"师娘"的呀。一个"师娘"的话，380块里面抽出20块就够了。

黄亚欣：明白，您给50块让她们几个"佛娘"自己去分，对吧？

严其林：对的，她们自己分，怎么分我们不管。

黄亚欣：380块扣掉50块，剩下330块，你们班子里怎么分呢？

严其林：5股开。琴师每人1股，共2股。上、下手分3股。正宗的宣卷应该是这样子分成。一般来讲，唱的人，上班要拿大一点，下班小一点。我是不管的，我班子里是上、下手两个人平分。

黄亚欣：如果是小辈的、刚学宣卷的艺人呢？

严其林：我也是平分。我都是平分的，人家知道我的，宣卷班就我一个人平分。

黄亚欣：宣卷用的道具、琴等等是谁买？

严其林：都是各人自己的。

黄亚欣：交通费用也是各人自己管？

严其林：对，都是自己管自己。

黄亚欣：严先生，早先像许先生她们一个班子有6个人，怎么分成？

严其林：这个我不清楚，她给我多少就多少，我不去多问。师父的事情我不去参与的，她怎么分我不知道。

黄亚欣：严先生，有时候主人家里搬新房子，有"接元宝"的红包的，这个红包您分不分？

严其林：分的。

黄亚欣：也分给琴师？

严其林：对，都分的。我放在总收入里面一起分的。

三、石启承口述访谈记录

访谈对象：石启承(男,1941年生,同里宣卷琴师,苏州市吴江区同里镇人)

采访者：黄亚欣

访谈时间：2019年4月26日13:00—16:00

访谈地点：苏州市吴江区同里镇朱家浜小区石启承先生住所

访谈整理：黄亚欣

黄亚欣：石先生,您好!很高兴又跟您见面了!您的名字是启发的启,继承的承,对吧?

石启承：对,这是我身份证上的名字。

黄亚欣：您还有其他的名字吗?

石启承：其他的名字没有,小名叫顺官。我出生在金家坝杨家村,就在九曲港西面。我当时的名字叫杨根林。我原来不姓石,是6岁的时候被父母送给同里镇石家的,石家一个小孩都没有。到了石家以后,同里一位老先生给我取名叫"石启承",意思是告知大家我是来继承石家的。我的领父(即养父)叫石中杰,是开烟纸店的。我的生父是做长工的,我们家里有姊妹5个(3女,2男),我是最小的,家里因为极其贫困,养不起,就把我送掉了。我4岁时,生母就过世了。

黄亚欣：石先生,您是哪一年生的?

石启承：我是1941年9月25日生的,今年虚龄79岁。这位是我爱人,1949年生的,今年虚龄71岁。

黄亚欣：您读书读到什么时候?

石启承：我初中毕业以后,还没考高中。那时候,苏州专区戏曲学校

（中专）来招生，我就到这个学校去了。我当时考这个学校不是考家生，是考演员的。我们那时候要读高中文学和历史，因为做戏要了解文学和历史。读了1年多，我自己不想读了。为什么呢？我当时19岁，学校要求练功——弯腰、劈腿等，我吃不消，就不读了。

黄亚欣：您从戏曲学校出来以后做什么呢？

石启承：到小学代课。镇上去过两个学校，乡下学校也去过。教了两年——镇上小学1年，乡下小学1年，觉得小孩子太顽皮，教小孩子读书太麻烦了，就不想继续教了。那时，教师待遇相当不好的，不像现在。后来，人家介绍我到同里化工厂去工作，是1961年冬天进厂，1962年5月份就下放到农村去做会计了。下放结束以后，我35岁（1975年），又回到镇上，到吴江电器厂工作，58岁的时候，电器厂解散，61岁（2001年）正式办理退休。

张舫澜：你现在退休工资多少？

石启承：3 700块一个月。我的工龄（1962年—2001年）从下放开始算起的。

张舫澜：那很好了！您爱人有没有退休工资？

石启承：她没有。

黄亚欣：您被下放到哪个村呢？

石启承：小桥。

黄亚欣：哦，就是芮时龙先生那个村，小桥村。

石启承：对，芮时龙在2队，我在4队。我爱人也是小桥村的，芮时龙就在她们队里面做队长，所以我们跟芮时龙熟悉得不得了。那时候正是"文化大革命"尾声，根本不允许宣卷。我下放的时候大队里成立了文工团（即宣传队），芮时龙也在文工团里面做戏的。我18岁的时候，跟范瞎子（范晨钟）一道出去宣过卷的。我当时在街上住的房子就在范瞎子隔壁。范瞎子外表看不出来瞎，他妻子一直都跟他一起出去宣卷的。过去宣卷都是一个人。

黄亚欣：什么时候宣卷变成两个人宣了？

石启承："文化大革命"过后，就改成两个人了。我当时经常在窗口拉胡琴（我小时候就会拉胡琴了），范瞎子一听，觉得蛮好。正好他那里也缺人，就叫我同他一道出去宣卷。我说："我不会。你们唱的调子我不会拉。"他说："不要紧，我今天出去宣卷要唱的 5 种调子，我一个一个唱给你听呀！"那时候我年轻，记忆力好，一听就会拉了。就这样，我开始跟范瞎子出去宣卷。他有个儿子在金家坝，你们可以去采访采访。范瞎子这个人很厉害的，人称"小调大王"。他有个兄弟在上海工作，他的这位兄弟曾经把上海说唱类的小调写成一本书寄给范瞎子。范瞎子这个人虽然瞎，但是人非常聪明，调子一听就会。所以他的小调多得不得了！人家都称他为"小调大王"。

黄亚欣：您 18 岁跟范瞎子出去宣卷的时候，他多大年纪？

石启承：总要 40 岁左右了。他过世蛮早的。因为我曾经跟范瞎子出去宣过卷，所以我那时下放到农村，跟芮时龙在一起在宣传队里做戏的时候，他就想找我一起宣卷，叫我拉胡琴。芮时龙在队里有一个亲戚，介绍他去试一试宣卷，那时还不允许宣卷。正是他这个亲戚启蒙芮时龙接触宣卷的。

黄亚欣：芮先生的启蒙老师不是许素贞先生吗？

石启承：不是的，最早是他的这个亲戚介绍他去宣卷的。芮时龙跟许素贞宣卷是后来由顾计人的儿子顾建明介绍的，顾建明与芮时龙是朋友，两个人在一个大队里的。许维钧的两个妹子许素贞、许雪英身体不大好，就想找个人跟她们一起出去宣卷，帮帮忙，于是委托相熟的顾建明代为找人。后来顾建明就介绍了芮时龙到许素贞那里去。芮时龙一直当许素贞是自己的先生，两人一起搭档说书。

黄亚欣：芮时龙先生一直敬许素贞先生为恩师的，许先生心里也认芮时龙这个弟子,只不过姚炳森先生反对,所以没有举行正式的拜师仪式,对吧?

石启承:对,对,对!芮时龙也拜过闵培传先生的。

黄亚欣:所以说,芮时龙拜许先生为师也是后来的事情了,是由于许素贞先生身体不好,才找芮先生一起搭档的,对吗?

石启承:对。许素贞开始跟她哥哥许维钧一起宣卷,后来又到苏州曲艺团去唱"什锦书"。许素贞的台风好,说表好,在当时一炮打响。

黄亚欣:哦,原来是这样的。

石启承:最初在大队里,芮时龙想宣卷,但没有家生,所以找我拉胡琴。芮时龙跟我说:"我想宣卷,但是本子什么的一点资料都没有,怎么宣呢?"我就叫他找一本连环画,连环画都是一个故事接着一个故事的,我说:"你就照着连环画的内容宣。"结果芮时龙一试就成功了。

黄亚欣:"文革"之前芮先生没宣过卷吗?

石启承:他之前没有宣过,"文革"之前宣卷的都是那一批老先生。

黄亚欣:许维钧先生他们,对吧?

石启承:许维钧我认识。

黄亚欣:您也跟他拉过琴?

石启承:没有。

黄亚欣:那你是怎么认识他的呢?

石启承:许维钧最早是在船上卖唱的。

张舫澜:宣卷有一个时期不太景气,没落了,许维钧就在苏州——芦墟、芦墟——苏州的轮船上拉着胡琴卖唱,我见到过的。后来被苏州曲艺团和文广局的一个科长发现了,觉得蛮可惜的(因为许维钧过去宣卷有点小名气的),就把许维钧介绍到苏州昆曲团工作。许维钧年纪大了以后,又经人介绍,到苏州图书馆去工作,许维钧最后是从苏州图书馆退休的。

黄亚欣:许维钧在船上卖唱是哪一年的事情啊?

石启承：我十几岁的时候。

张舫澜：我算一下，大概在1954年—1956年这个阶段，没有三年，大概在一年多到两年时间。我记得我去苏州考初中，我们几个同学一起去的，我在苏州——芦墟的船上看到过他的，那是1954年。当时他小调、宣卷都唱，最拿手的是唱"醒世曲"。

石启承：他还会自己编的。

张舫澜：对，还有"十二月花名""吴江调""梳妆台调""银绞丝"，这几个小调也是他拿手的。我看到他唱的那一次，他唱的是"醒世曲"。

石启承：解放过后，大概1950年以后，抗美援朝过后（1952年—1953年），许维钧把宣卷的和卷由原来的"弥陀南无佛南无阿弥"改编为"抗美援朝，保家卫国"。许维钧这个人很聪明，文化也高。那个阶段，我们整个同里宣卷就属许维钧和徐银桥最出名。

黄亚欣：他有一个妹妹叫许素贞，也跟他一起宣卷的，对吧？

石启承：对，他宣卷，她妹妹也跟去的。

黄亚欣：那时候不是一个人宣卷吗？

石启承：对啊，一个人宣，他妹妹做什么呢——唱小调。宣卷结束了，唱两支小调，小调就是他两个妹子唱的。那个时候是宣卷结束之后唱小调，是送的，不像现在这样，每一回结束唱一支小调。

黄亚欣：他那个时候唱一场收入多少？

石启承：我也不是十分清楚，我也是听别人说的，那时候讲"米"的，给几斗米。

黄亚欣：具体给多少斗呢？

石启承：这个不知道。

黄亚欣：他那个时候一个班子几个人？

石启承：当初的时候，他一个班子6个人。那时伴奏没有扬琴，只有琵琶、弦子、胡琴（胡琴可能有两个人）、笛子。但说《洛阳桥》这部书的时候要 8 个人。

黄亚欣：要 7 个琴师吗？

石启承：每个人都是琴师。为什么要 8 个人呢？书中有个情节：上洛阳桥的时候，要一个墩子一个墩子地打夯，每上一个墩子就要一个小调，每个人都要开口，只有一个主胡的不开口。一共要十几个小调呢！

张舫澜：你唱一个"醒世曲"，我唱一个"无锡景"，他唱一个"杨柳青"，就类似这种形式。

黄亚欣：石先生，您跟这些许维钧先生这些老一辈的宣卷先生都认识吗？

石启承：基本上都认识的，徐银桥我不认识。

黄亚欣：许素贞先生您也接触过吗？

石启承：对，我跟她一起出去做过生意的。

黄亚欣：您也跟她拉过琴？

石启承：对，跟她拉过琴。

黄亚欣：什么时候？

石启承：记不太清楚了。

黄亚欣：跟她做生意的时候您大概多大年纪？

石启承：40 岁左右。

黄亚欣：您跟许先生拉琴拉了多长时间呢？

石启承：两三年。

黄亚欣：那时许先生跟谁搭档？

石启承：他们许家姐妹俩搭档（指许素贞和许雪英）。

黄亚欣：当时琴师除了您还有谁？

石启承：许素贞的姐夫。

黄亚欣：哦，那你们一共 4 个人。

石启承：不是，我们那时候没有一个规定的，不像现在一般都是 4 个人。我们那时候4个人也有,5个人也有,都可以的。

黄亚欣:那时候宣卷分不分上、下手?

石启承:不分的,她们姐妹两个一个人说一回书。她们姐妹两个搭不下档的,姐妹两个都自认为最好,你说你好,我说我好,搭不了档,所以一人一回地说。许素贞的姐姐许雪英说书嗓子比许素贞还要好,说倒不一定,唱的喉咙特别好。

黄亚欣:您跟许家姐妹做生意的时候,多少钱一场?

石启承:大概两三百块钱一场。

黄亚欣:钱怎么分呢?

石启承:也是4个人照5股来分,5个人就照6股来分。

黄亚欣:琴师1人一股,唱的人两个人分3股,对吧?

石启承:唱的人也是1股。

黄亚欣:唱的人不是应该多分吗?

石启承:她们这个班子都是自己人,拉琴的有许素贞的姐夫、许素贞自己的丈夫姚炳森,还有好朋友顾计人的儿子顾建明,就我一个人算是外人吧,那就大家平均分。许素贞气量大,都是大家平分,唱的人跟拉琴的人分的都一样。

黄亚欣:哦,这两三百块就大家一起分了。

石启承:我最早的时候没有两三百块一场呢,只有五六十块。

黄亚欣:五六十块一场是什么时候呢?

石启承:总要在"文革"以后。我早年同顾计人一起出去做,我们3个人(顾计人、顾计人的儿子顾建明,还有我),只有3块钱一场,一个人1块钱。

黄亚欣:3块钱一场是什么时候?

石启承:那要在"文革"之前了。当时一般人的工资只有二三十块钱一个月。那时候我大概二十五六岁的样子。

黄亚欣：那就是1965年左右。

石启承：差不多，反正在"文革"之前。

黄亚欣：您18岁跟"范瞎子"出去做的时候多少钱一场？

石启承：也只有几块钱。每人拿1块钱已经算蛮好了。

张舫澜：我当时的工资32块一个月。

黄亚欣：您跟"范瞎子"合作了多长时间？

石启承：只有两次。后来我就去念书了。

黄亚欣：念完书出来，您先到小学去教书，后来跟谁一起做呢？

石启承：我下放的时候就开始做了，就是跟顾计人（70多岁过世）。我跟顾计人早就认识了，他原来所在的剧团解散了，后来回到老家。他儿子顾建明比我小6岁，大家都叫他"阿明"，也是搞家生的，死得早，51岁就死了。顾计人这个儿子也不是他的亲生儿子，是领养的上塘孙建林的儿子。

黄亚欣：您跟顾计人父子做了多少年？

石启承：蛮长时间的，零零散散有五六年。

黄亚欣：石先生，您从事宣卷行当早，您知道"牌话"吗？

石启承：知道的。一直到解放初期还有的。

黄亚欣："牌话"这个职业是什么时候出现的呢？

石启承：老早就有，过去一直有。那时候有宣卷、堂名、苏滩、戏班子、评弹、说书等等，这些都要"牌话"介绍生意。

黄亚欣："牌话"一般在什么地方呢？

石启承：茶馆里面。

张舫澜：主要是茶馆，除了茶馆以外，还有饭店、理发店、鱼庠。北库有个开理发店（朱记理发店）的朱桂林，就是做"牌话"的。他儿子我们见过的，就是上次领我们去北库财神庙的那位老先生。北库蛮有意思的，这个地方的"牌话"不在茶馆里，一是在理发店里，二是在鱼庠里面。这种做"牌话"的人要广泛接触群众的。

附 录

黄亚欣："牌话"要做一个"水牌"的,对吧？

石启承：对。

黄亚欣："水牌"是什么样子的？是红纸做的吗？

石启承：就一块小黑板。

黄亚欣：上面写什么内容呢？

张舫澜：我看到芦墟有一个茶馆,茶馆的里面有一个书场,这个茶馆里的"水牌"是这样的:收银的背后有一块板,白色的,研好黑墨用毛笔写上去的。大体格式如下图：

	班 社 名 称	领班人姓名	价　　格
宣卷	许家班	许维钧	
	凤仪阁	徐银桥	
	鸣凤社	顾茂丰	
	……	……	
评弹	……	徐云志	
	……	杨仁麟	
	……	……	
剧团	三庆大舞台	许秀英、王梅芳	
	天际大舞台	江阳军	
	××京剧团	张金晨	
		……	
……			

黄亚欣：日期不写在上面吗？几月几号这个班子有生意不在牌子上写出来吗？

张舫澜：这个信息"牌话"记在另外的本子上的，有人来订生意，他要翻这个本子来看。

黄亚欣："牌话"从中抽成抽多少？

石启承：宣卷抽一成。

黄亚欣：10%，对吧？

石启承：对。

黄亚欣：上次芮时龙先生跟我们说2%。

石启承：那不对的，不对的。一成，10%。

黄亚欣："牌话"先抽掉10%，然后班子里再分，对吧？

石启承：对。就跟现在的"佛娘"一样的，"佛娘"也要抽一成，有时候一成不到点。比方说，1 000块一场，她要抽100块；1 200块一场，她也是抽100块。

黄亚欣：我们也听别的艺人说"佛娘"要从中抽成的，但也是不一定要给她吧？

石启承：没有说一定要给，但是你如果还要生意，那就要给，不给的话她下次不介绍生意给你。

张舫澜：同里过去有一个"祥圆茶馆"，有"牌话"的。这是许维钧、闵培传、吴卯生跟我说的。

石启承：祥圆茶馆、有缘茶馆，都有"牌话"的。

张舫澜：对。一个宣卷班子有的在两三个地方挂牌，有的只在一个地方挂牌。有的班子演出范围小，名气也不太大，在一个地方挂牌就行了，一般在自己老家挂一挂；像那几个名气大的班子，芦墟要挂牌，黎里也要挂牌……很多地方都要挂。

黄亚欣：挂牌挂多了就有一个问题：这个"牌话"可以给你订生意，那个"牌话"也可以给你订生意，万一订重了怎么办？

张舫澜：宣卷班子与"牌话"之间要通气。过去有"航船"，可以寄信、寄个纸条什么的。有的宣卷的艺人一直要到挂他牌子的这个茶馆去喝茶的。

石启承：一个宣卷先生一般有自己的"地盘"的——他如果在一个地方非常有名气，就以这个地方的生意为主。

张舫澜：我大概2003—2006年这个阶段采访过袁宝庭、吴卯生这批老艺人，他们说过有关"牌话"的一些事情，我都有记录，等我回去以后找一找。

石启承：袁宝庭还有一个哥哥叫袁菊庭，宣卷宣得比袁宝庭好，但名气没有他响。

黄亚欣：您跟袁宝庭、袁菊庭两位先生都认识？

石启承：袁菊庭我不认识，他老早就过世了。

黄亚欣：您给袁宝庭先生拉过琴吗？

石启承：对呀，拉过的。

黄亚欣：大约在什么时候呢？

石启承：记不得了，我给很多人拉过琴。袁宝庭原来同芮时龙也一道做过。

黄亚欣：他们两个人都是上手，怎么搭档啊？

张舫澜：对，做过。有时候袁宝庭同吴卯生两个人也一起做。像他们这样，是不分上、下手的，也可以是上手，也可以是下手，两个人都可以起角色。

石启承：我跟吴卯生还做过两年呢。

黄亚欣：什么时候？

石启承：李明华那时候跟吴卯生一道做，我跟陈四海拉琴。陈四海拉胡琴，我是扬琴。

黄亚欣：您跟吴卯生一起做的时候，您多大年纪？

石启承：记不清了，大概是40岁左右。

黄亚欣：石先生，还想向您了解一下"宣卷船"的事情。

石启承：宣卷船就类似"网船"一样，是一种有篷的小船，宣卷先生可以在里面睡觉的。

黄亚欣：这种船专门为宣卷班子服务吗？

石启承：有宣卷生意的时候，跟着宣卷班子一道出去做生意。没有宣卷生意，就去做别的生意。有的非常有名气的宣卷班子，一直有生意的，就把船包下来。

黄亚欣：摇宣卷船的拿多少工钱？

石启承：这个倒不清楚。宣卷的人从一个场子上下来了，晚上就睡在船里面，摇船的就把他们摇到下一个场子上去。

黄亚欣：摇船的人的工钱从宣卷的人那里拿，对吗？

石启承：对，从宣卷的领班那里拿，他们之间事先都讲好价钱。

黄亚欣：宣卷船什么时候消失的呢？

石启承：解放过后就没有了。

黄亚欣：柳玉兴的班子好像一直在用宣卷船。

张舫澜：那是他自己的船。他自己买了一条船，他们的班子就在船上面烧饭、休息。

石启承：我们同里宣卷也就柳玉兴有船，他不会骑车子。

张舫澜：到粉碎"四人帮"的时候，个别不会骑车子的也用船的，但是到最后，只剩下柳玉兴有船了。

石启承：现在交通方便了，全部改骑车子了，他（柳玉兴）也没办法了。

黄亚欣：您认不认识什么人以前摇过宣卷船的？

张舫澜：很多都死了。

石启承：金家坝南厅有一个老宣卷叫"阿四林"，他有个女儿现在还在南厅，现在大概六七十岁，你们去问他女儿，她应该知道有关宣卷船的事。金家坝好像还有一个老宣卷叫徐筱龙。

张舫澜：徐筱龙不是金家坝的，是方家浜的。他的生意很好的，做生意一直做到浙江大舜、陶庄。我记得"四人帮"快要粉碎的时候，他经常要乘轮船往来吴江和浙江，我家里靠近轮船码头，他每次到码头这边总要到我家里弯一弯，和我打个招呼。他收了好多个徒弟，浙江有个叫蒋福根的宣卷先生，最早就是拜徐筱龙为师的。蒋福根早先在嘉善宣卷宣的好得不得了！在嘉善那边最有名了！这位蒋福根先生最早先拜徐筱龙为师，后来闵培传也对他有过一些指导。

石启承：北厍有位先生叫徐坤祥，也是一位老宣卷。

张舫澜：对，还有翁润身、胡阿根（即胡婉峰），他们都是一批的老宣卷。

黄亚欣：石先生，您从刚开始接触宣卷到现在，主要与哪些艺人合作过？

石启承：我接触过的艺人很多，主要是这几个：

序号	合作艺人姓名	合作时间	合作相关情况
1	范晨钟	1958 年	仅合作过 1 到 2 次。最初接触宣卷，就是因为范晨钟。
2	顾计人	1964—1970 年	零零散散合作 5—6 年。
3	郑天仙	1976—1981 年	合作 5—6 年。
4	吴卯生	1981—1984 年	合作 3 年左右。
5	袁宝庭	1984—1986 年	合作 2 年左右。
6	金志祥	1988—1993 年	合作 7—8 年。那时田文忠在班子里做家生。
7	芮时龙	1993—1998 年	合作 5—6 年。
8	金兰芳	1998 年	石启承自立班子，请金兰芳演唱。那时盛玲英尚不会宣卷，在班中唱小调。合作时间较短。

续 表

序号	合作艺人姓名	合作时间	合作相关情况
9	高黄骥	1998—2004 年	合作 6—7 年。
10	张宝龙	2004—2006 年	合作 2 年。
11	俞梅芳	2006—2013 年	合作 7—8 年。
12	屠正兴	2013—2016 年	合作 3—4 年。
13	金兰芳	2016—2018 年	合作 2 年。
14	江伟龙	2018 年至今	合作 1 年半。

黄亚欣：另外，石先生，您跟我们说说同里宣卷这几个班子哪些是由您帮忙组建起来的？我们之前去采访屠正兴、钱巧英的班子时，他们说他们的班子就是由您帮忙才得以建立起来的。

石启承：我 1996 年左右在金家坝租房子，租了 16 年。那时候，屠正兴想宣卷，就来我这里问。我爱人那时在金家坝的老年活动中心做生意，那么我就叫屠正兴、钱巧英他们到老年活动中心去锻炼锻炼。

黄亚欣：您是怎么教他们的呢？

石启承：我给他们讲戏里面人物的称呼、宣卷时手的动作，等等。我是在苏州专区戏曲学校学过的嘛，所以这些我都会。我让他们一个唱，一个说，慢慢地练。他们很聪明，一个多月下来他们就要上台唱。

黄亚欣：那么请、送佛他们是怎么学的呢？

石启承：老一辈的先生都有请、送佛的词，另一方面，请、送佛会的人也蛮多的，可以听和学。不过，每个人请、送佛不太一样的。过去请佛很简单，八大护法请完了之后就没有了，很短的。现在八大护法请完之后，什么地方的菩萨、本方的老爷这些都要请。

黄亚欣：屠正兴先生并没有宝卷的本子，他怎么学呢？

石启承：就靠听啊。宣卷都是"幕表戏"，不是按照本子上来演的。评弹就两样了，一字一句都要背出来。他们有一些手势，唱的人唱完一段之后会有相应的手势暗示接下来这段戏要放给另一个人，那么另一个人就要接下去。你如果录音下来，可以发现，每次说同一本书都不一样的。内容可以添加，也可以删除。我就同屠正兴他们讲了一个秘诀：过去是六回卷，下午三回，晚上三回。每个故事都有主题的，六回就有六个主题。在一回书里，如果你觉得内容已经说得差不多了，但时间仍有富余，你就增加唱的部分，拉长时间。六回卷的第一回，比方说是"夫妻相会"，你就把夫妻相会的内容做一做，其他的内容就"表"一"表"好了，不要做了，这样三刻钟时间就已经差不多了。如果像现在，有的改成三回卷了，那么就把这个故事里面最主要的、最精彩的内容做一做，其他的都"表"，这样就把时间缩短了。我就教会他们怎么合理地分段。

黄亚欣：石先生，您觉得艺人出去宣卷最需要把握的是什么？

石启承：最重要的就是每一回一定要有一个高潮，没有高潮人家不喜欢听的。

黄亚欣：那么如何把这个高潮拉起来呢？

石启承：根据书情。你比如说，一回书的主题是"小姐、书生花园相会"，那么情节进行到二人相会的时候，一定要做一做，要表演的，不能简单地"表"。这样，高潮就拉起来了。其他的内容可以"表"一"表"。也就是说，一定要抓住每一回的重点。平平淡淡的，人家不要听。此外呢，宣卷要有一定的文化水平，没有一定的文化基础，你讲给他听，他也不懂。

黄亚欣：您觉得相比那些拜师学艺的宣卷艺人，自学的艺人有没有什么缺点和不足？

石启承：有的。在语言方面，有一些宣卷上的老的"噱头"他们需要去吸收过来。他们可以去听人家宣卷，听一听人家有什么优点，记下来，去弥补自己的缺点。以前一位说书、评弹的老先生曾经说过一句话："最好的老师就是观众。"你在说书的时候,如果有漏洞,观众一听就听出来了。你下来之后,可以去征求观众的意见:"我今天说得怎么样?"有观众就会跟你说,你什么什么方面说得不好,应该怎么样。

黄亚欣:有些人觉得有正规师承的宣卷艺人比自学成才正规,您怎么看的?

石启承:的确是有这样的倾向,但我认为不是这样。现在不比过去了,过去拜先生可能是要跟先生学三年,老师要教你怎么怎么说,怎么怎么做。现在不是这样了。现在如果要拜先生,就口头说一下:"我拜您先生啊!"有的先生给你一本书就行了,并不是真正意义上的拜师学艺。(这里的给一本书并不是给一本宝卷,而是指口头传授一部戏。)其实这些人都是自学出来的。他们这些人都是看哪个先生名气响,就去拜谁,说出去"我是×××学生",自己名气就来了。老先生就不一样了。吴卯生是真正跟许维钧学的。当时,吴卯生和袁宝庭都拜了许维钧为师。拜师学艺期间,吴卯生、袁宝庭要跟着师父许维钧出去宣卷,许维钧觉得身体不大好,唱不动时,常常说了一回书之后叫吴卯生帮忙"替宣"。在一副班子里,师父看得中你,觉得你的本事可以帮忙"替宣",才会选择你,而当时袁宝庭还达不到师父的标准。但是,每个人都有每个人的优点。袁宝庭的优点是什么呢——"噱"。做"噱头"的时候,脸部表情非常到位。现在农村不比过去。过去村上来听宣卷的都是一些老"阿爹",他们是真正懂宣卷的,闭着眼睛,喝着茶,听宣卷先生宣。现在来听宣卷的都是些"包包头"(指老年妇女,农村的老年妇女常用一块毛巾包着头,所以又被称为"包包头"),她们根本不懂什么宣卷,艺人只要有点"噱头"了,就说这个先生宣得好;艺人只要能拉两嗓子,声调好,就说这个先生唱得好。老太婆的欣赏水平低,所以现在的宣卷实际上没有以前好了。

黄亚欣:石先生,现在年轻人也很少有人愿意来学宣卷,那同里宣卷会不会就此消失了?

石启承：宣卷有还是会有的，就是形式方面要改变一下。可以根据现在农村的特色，多唱唱，甚至于中间做一段小戏。宣卷不会灭亡的，你看现在50岁左右的人，她们就喜欢这种唱唱、跳跳、蹦蹦的，她们这批人会接上来的，接上来以后可能会把宣卷往以小戏为主的形式方面改。

黄亚欣：以后宣卷可能就要变掉了。

石启承：对，要变掉了。宣卷现在还存在一个问题：老的宣卷调不多了。顾计人过去宣卷的时候，宣卷调清板可以唱10分钟，唱得眼泪都掉下来了。现在宣卷艺人用宣卷调少了，只有上一句，下一句，很少了。现在的先生，唱一句两句，三句四句还可以，再长就不行了，不会唱了。

张舫澜：顾计人的清板好得不得了！我们现在的《同里宣卷集》里面还收了顾计人唱的《白兔记》中"李三娘磨房产子"选段。

石启承：要把清板唱好不容易！

张舫澜：现在的艺人中，属柳玉兴老的调头最多，他的"吴江调""哭五更"唱得都很好。

石启承：清板就像沪剧里的《杨秀英告状》选段（赋子板）。这多长啊！这么长的清板现在可听不到了！宣卷各个地方有很多，为什么同里的宣卷这么出名呢？其中很重要的一点就是宣卷调（即丝弦宣卷调）。宣卷调的创始人是谁我不太清楚，这个调子总体跟锡剧的簧调差不多的。

张舫澜：宣卷调的起腔跟锡剧簧调非常像。宣卷调，又叫"丝弦宣卷调"，简称"宣调"，它以传统的宣卷"弥陀调""海花调"等为基础，吸收了锡剧中的"簧调"（特别是起腔的第一句），行腔又吸收了苏滩当中的"太平调"。这个调头真的蛮好唱的！

黄亚欣：孙院长是怎么认识您的呢？

石启承：我那时候在金家坝，他在金家坝医院里做院长，他还没有退休的时候就来问我："宣卷怎么宣？我退休了之后想宣卷，具体怎么个做法？"当时他对宣卷还一窍不通，我就把宫廷故事怎么宣、民间故事怎么宣讲给他听听。

黄亚欣：孙院长学了多长时间呢？

石启承：他很聪明的！离退休还有一两年的时候就开始出去宣卷了。他去听人家宣卷，自己也在电视里看各种戏，自己学。但是他嗓子不行，所以唱得不算好。我很佩服他的一点是：他小学只读到一二年级，文化水平其实并不高。他一切靠自学，人很聪明！

黄亚欣：您觉得对于一个宣卷艺人来说，最重要的基本功是什么？

石启承：上手，男宣卷，说表应该是一个基础。评弹里有"说""噱""弹""唱"，"说"是第一位的，"噱头"要排在第二，"唱"是最末位的。

黄亚欣：石先生，现在"小落回"的时候都要唱小调，以前不唱的，对吧？

石启承：对！唱小调也是为了满足观众的要求。

黄亚欣：什么时候开始的呢？

石启承：好多年了，总要在2000年之前。

黄亚欣：是谁先带的这个头呢？

石启承：大家要生意嘛。比方说，你唱一个小调，人家会说："哎哟，这个班子好！"另一个人唱两个小调，人家会说："这个班子还要好！"就是这样竞争上去的。

黄亚欣：最早是没有唱小调的说法的，对吗？

石启承：有的，最早是宣卷宣完了，唱一两个小调。现在变成每一回结束都要唱了。解放之前，宣完卷唱小调属于送的；现在是能立班就必须唱。

黄亚欣：您除了指导过屠正兴、孙阿虎的这两套班子，还对谁进行过个人指导吗？

石启承：盛玲英，还有一个叫沈雪凤。

黄亚欣：您还指导过几个琴师的，对吧？

石启承：对，黄梅声、周雪根，还有金家坝的蒋潜生，外号"小黄牛"。

黄亚欣：石先生，再请教您一个问题："佛娘"是什么时候出现的？

石启承：老早就有的，旧时称作"师娘"，现在叫"佛女儿"，就是"老爷"的女儿，是代表"老爷"的。现在有些不正当的地方，就是她要看病，这个有一点迷信的。不带看病的就是好的。不看病的"佛娘"只是代表一种信仰。这里面有一个问题：你说你代表一种信仰，群众怎么信你呢？她就要通过看病来获取群众的信任。如果有人来找"佛娘"看病，拎得清的"佛娘"就要看看这个人是心病还是实病，心病她可以看的，实病就要叫人家到医院去看。一个人精神上有毛病，"佛娘"可以安慰安慰他，告诉他"老爷"会保佑他的。那么这个人知道"老爷"会保佑自己，就心情开朗起来了，心病就好了。如果是身体有疾病，"佛娘"说能看好的，那都是假的。政府现在不管"佛娘"，管就是管她们看病。

黄亚欣："佛娘"的经济来源从哪里来呢？

石启承：人家找"佛娘"看病看好了，来还愿，都会给1 000块、2 000块，都是"佛娘"自己拿去。还有每次香客们捐的香火钱，待完佛之后总有多的，都是进"佛娘"自己的口袋。香客们每次来待佛，都会自己买东西来（香、蜡烛、面条、水果，等等），另外还要捐钱，所以这些钱总归会有多出来的。

黄亚欣：还有宣卷先生们给的介绍费。

石启承：对。

黄亚欣："佛娘"收取介绍费有多长时间了。

石启承：这个时间长了，不超过20年吧。

黄亚欣：谁带头收取介绍费的呢？

石启承：带头也是暗地里的，明的没有人知道。

张舫澜："佛娘"是早就有了，但早期"佛娘"并不是以介绍宣卷生意为主的，"佛娘"真正起到中介作用，要到粉碎"四人帮"以后了。我在1954年、1955年前后，在茶馆里还经常看到"水牌"的。大概在1956年以后,"牌话"彻底没有了,这个时候,"佛娘"慢慢开始代替"牌话"帮忙介绍生意。"佛娘"起到中介的作用最主要的是在粉碎"四人帮"以后。这一时期,宣卷再一次发展起来了,复兴了。但是"佛娘"收取介绍费又是这之后的事情:宣卷班子都要拉住"佛娘",这个宣卷也要"佛娘"介绍生意,那个班子也要她介绍生意,那么这些宣卷班子就要想办法了,就私下里给"佛娘"一点钱。

石启承:对,就像一种潜规则。

黄亚欣:最后想了解一下您一共会几种乐器?

石启承:胡琴(12岁开始学)、扬琴(50岁开始学)、手风琴、口琴、笛子、凤凰琴。

四、赵华口述访谈记录

（一）

访谈对象:赵华(女,1979年生,原名章赵霞,同里宣卷艺人,浙江临安人)

采访者:黄亚欣

访谈时间:2018年10月2日 17:00—18:00

访谈地点:苏州市吴江区金家坝镇转汜浜

访谈整理:黄亚欣

赵华:昨天带你们去的是横泾镇镇上的一个庙。今天这个是村落里的小庙,庙里供的多是他们本方的菩萨(每个庙供奉的菩萨都不一定一样),这户人家把菩萨从庙里请到他们自己家里做宣卷。等一下带你去我干妈家,我干妈自己就是一个佛娘,或者我们说的"佛女儿",是可以和菩萨通灵的那种人。她自己家里供了菩萨,情况和我们前面说的两种是不一样的。前面几次你听我宣过《三线姻缘》《姐妹调嫁》,宣卷的内容你懂吗?

黄亚欣:《同里宣卷集》里面有记录。

赵华:对,那个书里面有剧本。但你不能完全按那个剧本看。那本书出了有10年了吧,那个时候还是老传统,我们是唱6回的:白天4回,晚上2回。那时候,宣卷时间长一点,许多可有可无的内容都加进去了。现在我们缩减为4回,每一回的故事只要理得通就行,所以有不少情节都减掉了。然后,每一个人说同一部书都不一定一样。不同的师父带出来的,说的都不一样。主要内容肯定是差不多的,最终结果都是一样的——比如说最后这个男孩做官了。所以,总的来说:一是,每一个先生说书都各个不同;二是,6回书和4回书是有区别的。还有一点要告诉你:昨天上午去的庄家圩泗洲寺是大庙,供的是刘王老爷,整个江南都有名;昨天晚上去的是横泾镇上的一个庙,供的是他们地方菩萨;今天这个是主家从他们村落的小庙里把菩萨请到自己家来。等会儿我们去我干妈家,我干妈家里自己供了菩萨。这几种情况下请佛都是有区别的。请佛时,如果我说"庙堂""庙堂衙门"就是指庙里的;我说"台文"就是指把菩萨请到家里来的;我说"公堂衙门"就是说像我干妈这种自己家里供菩萨的,打个比方,我姓"赵",我说"赵府公堂衙门",就是指这个菩萨是坐在我家里的。这些情况不同,请佛的时候都有区别。

黄亚欣:你们请佛有没有一个固定的请佛词?

赵华:以前是有的,现在都背熟了,也不需要看了。我们老祖宗传下来一个规矩:请佛这个东西不能教,要自己偷学。像我师父芮时龙先生是有老传统的,他认为不能外漏。我年轻,跟老一辈的想法不同,我觉得宣卷还要靠你们年轻人去推广。当然,宣卷很可能会消失的,但有我们这些人去推广,宣卷本来只能活5年的,现在就可以活6年、7年或者8年。其实不只是请佛,宣卷里面很多东西都是要自己偷学的,除非他是诚心要收你这个徒弟,他才会把全部家当都传给你。我的师父袁宝庭收我为关门徒弟,他就是把所有家当都传授给我了。当然,全部东西都传授给你是不行的,宣卷不是纸上谈兵,你必须跟人家先生去搭过档,体会这一部书到底应该怎么去讲述,然后再加上你自己的想法去表演出来。所以,芮时龙先生是我实践的师父,而袁宝庭先生是传授东西给我的师父,是不一样的。跟你讲,和带着你出去唱,那是两回事,不一样的。

……

黄亚欣：您今天在金家坝江家唱的是什么宝卷？

赵华：今天是进房子,唱的是《掘藏宝卷》《双富贵》(也叫《富贵双全》)。我们这里有一个风俗：进房子的人家,到中午12点钟要准备好一个米屯(米屯里面原来放的是银圆,现在放的是谷子),把一个硬币用红纸包起来,藏在米屯里,上面插一棵万年青的树,然后用筷子在里面淘,就表示在"掘藏"。进房子必须有这么一个"掘藏"的形式。

黄亚欣：哦,原来是这样。您这段时间生意一直比较忙的吧？

赵华：现在是农历的八月,生意忙的,一直忙到农历的九月十九。我们宣卷都有个旺季——正月、二月、三月,一直到四月十四,四月十四以后就少了。我们宣卷本来就是一个农村的曲艺,到四月十四以后,农忙了,大家要干农活,没人来听宣卷了。慢慢地就形成这么一个旺季和淡季。农历四月十四有一个"轧神仙"的习俗,赶庙会、"轧神仙",这个神仙就是苏州玄妙观里供奉的吕纯阳,这一天有庙会,非常热闹,有花灯、打莲湘,等等,过完这一天就开始农忙了。当然,有些非得供奉的,就没办法了,像六月十九观音生日。还有一个,五月十三,关老爷生日,家里供奉关帝的要请宣卷。

黄亚欣：哦。请问您一下,今天来您干妈这里吃饭的都是自家亲戚吗？

赵华：不,他们都是老板,这几天做戏都是他们出钱包下来的。我干妈这里今年是做戏,今年5场戏,就是5个老板各自出的钱请的。明年可能不做戏,那就是请宣卷,也是每个老板出钱送一场戏,唱肯定是我来唱,但是每天一场宣卷都是不同的老板出钱。这些老板都是来供奉我干妈这里的菩萨的。

黄亚欣:您干妈这里供奉的是什么菩萨呢?

赵华:刘承忠,刘皇。我们土话都叫他"阿大"。你们没听过这个卷(《刘皇宝卷》),因为这个卷很长,一定是在供奉真正的刘皇的时候才宣的。我干妈供奉的这个"爹爹"(指菩萨)已经是刘皇的化身了。最早的"刘阿大"的化身就是刘皇、上天王、庄家圩大老爷、莲泗荡千岁老爷。最早,我们也叫"刘猛将"。我们这里的传说是这样的:刘猛将本来是天上的仙家,犯了天条被罚下凡,到了这户姓刘的人家。他命里克死了亲妈,父亲找了一个后妈。后妈百般虐待他,几次害他未遂。他受尽磨难,于是修道。宋江那个时候,蝗虫灾害,刘阿大去帮忙赶走了蝗虫,为民除了害,皇帝就封他为刘猛将。所以刘猛将并不是神道封号,而是皇帝给的封号。他过世以后,上了天庭,于是被敕封为"刘府上天皇"。上天庭以后,他又救助凡人,化身为水、农作物,等等,让渔民得到丰收,于是又被封为"莲泗荡大老爷"。我们这边泗洲寺,还有地方小庙里,还有莲泗荡那边供奉的都是这个刘猛将。

(二)

访谈对象:赵华
采访者:黄亚欣
访谈时间:2019 年 3 月 25 日 12:00—12:45
访谈地点:苏州市吴江区同里镇朱家浜
访谈整理:黄亚欣

黄亚欣:赵老师,您好!您能跟我们说说您的从艺过程吗?

赵华：我发一份简历给你，简历上基本都写了。

黄亚欣：您很小就到越剧团去了是吧？

赵华：是的，读书的时候。

黄亚欣：您是1979年1月份的生日？农历一月？

赵华：不是，阳历生日，1月17日。

黄亚欣：看您的简历，您1994年在越剧团工作。您是小时候就在那边学了，是吧？

赵华：我1989年10岁，在学校里，我就被放在剧团了。1994年至1998年4年我在读书。14岁我进艺校，17岁下半年进越剧团，17岁下半年至21岁下半年在越剧团，21岁的下半年已经在学宣卷，22岁才正儿八经地进入宣卷圈。

黄亚欣：是谁第一个带您进入这个圈子的呢？

赵华：我老公的舅舅，叫金连生。

黄亚欣：那为什么您要从越剧转到宣卷？

赵华：我们剧团改制了，国营剧团变成民营，所以就转行了。正好我和我老公两个人确定了恋爱关系，跟着他一起回到同里。

黄亚欣：您从浙江到同里这边来，金先生的舅舅带您学宣卷倒也是一个很不错的机会。您跟金老先生学了多长时间？

赵华：其实很短，两三个月吧。

黄亚欣：那他都教您些什么？

赵华：他能把主调哼出来。我识谱、识字，他把谱子给了我以后，其实3个月想干这件事也是容易的，没事就天天哼这个曲调。对我来说，一是方言困难，二是一边敲一边唱最困难，我老是唱了忘记敲，敲了忘记唱。

黄亚欣：那两三个月后您会唱了吗？能独立唱了吗？

赵华：不行，只能是给别人打下手。

黄亚欣：那离开金老先生之后呢？

赵华：跟金老先生学的第二年的下半年吧……其实我是1998年的下半年才学的，跟他学也就两三个月。1999年上半年，就有人叫我出去唱着玩儿了。那时候就是你叫我，我也去；他叫我，我也去。在1999年的农历三月份，芮时龙老师找到了我。找到我后，我还没有正儿八经一天到晚和他一起唱，要到1999年的农历八月，才正儿八经地搭班，然后到2002年夏天，我怀孕回家休息，后来就不跟他一起唱了。

黄亚欣：您怀孕停了几年？

赵华：没有停。我怀孕后休息了一段时间。我6月怀孕，在8月份左右休息下来。有一个叫朱火生的，刚刚学会，自己想领班，那时候我唱戏已经成熟了，他想和我搭班。他唱得不熟，所以他特别想要一个唱得熟的打下手，可以带着他走。说是说他做上手，我做下手，其实是我带着他走。我跟他搭班搭到年底左右，我肚子已经蛮大了嘛，就不能再唱了，但是我手里还有活，接来的活让我老公带班出去，找一些老的退休阿姨帮着唱。

黄亚欣：那其实跟朱火生也没唱多长时间。

赵华：是的，假如说他不来叫我，我可能就停到生好孩子以后。他跟我搭班以后，人家知道我还在唱，而且是独立成班了，有的老书迷都会直接打电话来联系我。后来朱火生又找了另外一个下手，叫陈凤英，然后他就带陈凤英出去唱了，我们就分开了。我本来就是有活接的，断不了呀，我哪怕大肚子，我不唱，听众只要看到我到了，就知道是我的班子。我找其他人唱。

黄亚欣：他们就是喜欢听你唱。

赵华：是的。那一年2003年，正好遇上"非典"，我4月19日生的孩子，3月"非典"期间禁止一切聚会活动。我正好下半年8月再开始出来唱。

黄亚欣：再开始您和谁搭班？

赵华：我母亲，章凤英。

黄亚欣：跟您母亲搭了多少年？

赵华：我女儿14岁，那就搭了14年。之后跟肖燕搭了二年多。肖燕的女儿生了儿子，她要帮忙带小孩，就不适合长期搭班做，但我的活还是比较多的，我就不能用她了。后来就跟这位计秋萍老师搭档。

黄亚欣：您现在跟计秋萍老师搭了也不久，对吧？

赵华：去年你来的那个时候已经搭了，你来的那几天正好我们分班。

黄亚欣：那么，搭了1年都不到。

赵华：对，不到。

黄亚欣：他们这家好像供了很多菩萨。

赵华：对，我讲给你听：有天王爷、上方山太太、金小姐——金山寺城隍爷的女儿、萧山观音、上方山三公子、济公、猛将、毛老爷（毛泽东）。

黄亚欣：今天是待观音，是吧？

赵华：是的，他家是一年两次，一次是二月十九待观音，还有一次是八月十八待上方山太太。

黄亚欣：您之前跟我提过也拜过袁宝庭先生，您跟袁宝庭先生学是什么时候？

赵华：就在我舅舅教我的时候，袁宝庭先生也过来的。

黄亚欣：那时候您跟他学了多少时间？

赵华：他比我舅舅教我的时间长，后来我到芮时龙那里去了，他有时候还会过来，拿点书啊，小曲啦什么的给我。

黄亚欣：你是先跟芮先生？

赵华：不是，先跟袁宝庭。顺序是最早先跟我舅舅学，大概2至3个月。袁宝庭知道这个事情，他经常过来听听，帮我指导指导，但是没有确定认他师父。刚刚要和芮时龙一起搭班的时候，我认了袁宝庭为师父。

黄亚欣：然后给了你一些本子？

赵华：嗯，也带我出去过的，认了他（袁宝庭）以后，他带我出去过一两场，然后在我怀孕以后，跟芮时龙分开来，他又带我出去好几场。

黄亚欣：严格意义上来说，您有几年时间跟着袁宝庭先生学也不好界定，因为他一直都在给您指导。

赵华：对，袁宝庭先生就住在我家隔壁，我唱他都听得见。

黄亚欣：所以经常会教你些东西？

赵华：有时候有不懂的就去问他，这个师父就在身边，随时可以请教他。

黄亚欣：所以说，他不是专门教你调子？

赵华：没有，调子是我舅舅已经教好了的。他教的只是怎么说表，怎么唱，以前是怎么样的，现在是什么样的。

黄亚欣：那你第一次自己独立出来登台是什么时候？

赵华：舅舅年轻的时候就是唱这个的，唱这个要三四十年了。收了我以后，他其实自己已经很久没唱了。那时候他自己村里订了3天，第1天、第2天能唱的，第3天他嗓子哑了，就变成我一个人独唱了，就是这么逼上梁山逼出来的。这个是我第一次独立登场，真正自己立班做，是要等我女儿生完以后。

黄亚欣：那个时候您创立了自己的班社，也就是2004年？

赵华：我这个班子可以说是我女儿在肚子里的时候就已经成立了。2002年跟芮时龙分开以后，就已经成立了，我接了生意，我老公出去做，我大着肚子跟着，偶尔唱唱，这个时候我们已经形成了自己的班子。琴师是我老公，还有一个叫陈四海。

黄亚欣：下手呢？

赵华：东叫西叫的，还不稳定，基本上是我妈坐在旁边唱小调为主，再另外叫一个人来唱，但是班子已经形成了。

黄亚欣：第一次登台是您跟您舅舅在村子里头，那个时候是九几年啊？

赵华：1999年的上半年。

黄亚欣：您自己组班子是2002年，对吧？

赵华：对，2002年下半年。

黄亚欣：您收徒弟吗？

赵华：我不收徒弟。你想一想：你要真心放弃任何事情来学这个的话，你的出路在哪里？

黄亚欣：可是这个也是有收入的呀？

赵华：收入好少的呀，再下去会越来越少。我都42岁了，再混个十来年，可能还能勉强混个十来年。你说我再收个42岁的徒弟有意思吗？收个三十六七岁的徒弟也没有意思！你收个二十几岁的徒弟，他的出路在哪里？他混到退休要多少年以后？你不是误人子弟嘛！

黄亚欣：现在宣卷生意没有以前那么好了，对吧？

赵华：肯定是没有以前那么好。宣卷吧，它很可能要往下走的，就像花要枯萎的。我们现在能够做的事情，就是延续（推迟）它枯萎的时间，能够让它再多活一段时间。人家说，你明知道会那样，你还去教现在的小朋友，为什么？你是为了这份收入吗？一是为了这份收入，二是等他们（现在的小朋友）以后做爷爷、奶奶的时候，他们的孙子、孙女儿问他们，我们同里曾经有过宣卷，那是什么东西？肯定很多人回答不知道。如果他们跟我学过，他们会说爷爷、奶奶以前学过宣卷，宣卷是什么样的。有可能记忆力好的，还能哼几句宣卷调。那时，我肯定已经不在世了，这对我来说也是一种欣慰。我们能够做的，只是尽量让人记住宣卷。我现在教的这些小朋友，聪明的会记住一两句曲调，会记得我们老师教过宣卷，知道宣卷是怎么回事。那么，对我们这批人来说，就是很欣慰了。

黄亚欣：最近这几年，宣卷生意一年收入能有多少？

赵华：宣卷啊？

黄亚欣：越剧表演不谈，只是宣卷。

赵华：我去年宣卷是160场，我个人一般出去，我自己拿500块左右一场，一年将近10万左右。

黄亚欣：那还是蛮多的！据同里文化站的人说很多班子现在基本没有什么生意。

赵华：我去年160场，还有一些小活没算的。

黄亚欣：其他的演出不算。

赵华：是的，光宣卷我是168场。

黄亚欣：还是蛮多的。

赵华：所以，目前我的宣卷生意还是可以的。我觉得我们是在慢慢退化：以前的话我一年要做300多场，后来200多场，再后来近200场，去年168场，人家都说不得了！我前年二百零几场的时候，有的宣卷艺人就跟我说他只有七十几场，只有我的三分之一。我立班以来，第一年130多场，接下来就是超过200场了。

黄亚欣：200多场是2000年左右的时候？

赵华：2003年以后。我立班是早就立了，2003年我孩子生好，完全可以自己唱的时候，那一年我是130多场。第二年我是将近200场，再接下来我是年年都能超过200场，甚至于连续有两年到三年，都是300多场。最高的那一年我记得好像是323还是332场。

黄亚欣：最高的是哪一年？

赵华：是2009或者2010年。那一年真是生意好，我老公开车开得脚都抽筋了，早上、下午、晚上都有的，一天要赶3场。

黄亚欣：那您早上来不及的呀，早上要请佛。

赵华：他们要求不会像现在这么正规，但是要求你人必须到。我早上5点钟出去，到那边6点多一点开始，做到10点多就结束了，送好佛回去。然后到中午那户人家吃饭，吃好午饭做到下午4点钟左右结束。然后一脚油门开出去，到晚上那户人家家里，6点多开始，做到9点半结束。

黄亚欣：很辛苦哦。

赵华：对，3小时一场。

黄亚欣：那你一天要唱歌9个、10个小时！

赵华：那个时候就是靠这个生存的嘛！而且你不是说非要赚那个钱。人家今天请了你，你这次拒绝他了，他下次不请你了，会断了来路，那就没办法。

黄亚欣：您300多场有大概3年左右？

赵华：对，有3年左右，近300，比如说二百九十几啊，或者三百零几啊。反正有一个高峰是323场还是332场，那一年特别高。有一年是312场，有一年309场，还有一年是323场还是332场，我记得大概是这样的。

黄亚欣：哪一年开始生意变少的？

赵华：我估计是在2014、2015年开始变少。

黄亚欣：是否跟拆迁房子有关系？

赵华：是的，房子都拆迁光了嘛。拆迁后农村生意虽然少了，但拆迁户进新房，乔迁，我们也多了一批生意，每家每户乔迁会请我们去宣卷。当然，这种生意也是一时的，乔迁3年之内都搞完了，那么，大概2014、2015年的时候生意就慢慢少了。

黄亚欣：主要生意是否来自庙上？

赵华：不一定的，我庙里倒是去得少的，我以前300多场的时候，庙里的生意都接，现在我庙里接得少。庙里嘛一是收入太少，二是环境不好，三是常常有夜场。我去年168场，那也是我推掉了不少，不推掉的话，估计200场左右还是有的。北库那边都是要唱夜场的，我都回掉了。

黄亚欣：对的，您之前说过，您晚上不唱的。

赵华：对的，芦墟唱夜场的我都回掉了。

黄亚欣：现在还有人要唱夜场啊？

赵华：有很多唱夜场的，不过我都回掉了。

黄亚欣：夜场弄到 9 点也是蛮晚的。有的艺人生意越来越少了，最后就不做了。

赵华：我也不想做了。我现在就是有个意念吧，毕竟我是从宣卷开始创业的。宣卷从哪里来的？就是庙里菩萨面前来的。我不是说信佛信到什么程度，但就是菩萨面前我不能断。就算少一点，我每一个月至少会来一两次菩萨面前宣卷，就是了却我自己的心愿。因为早先的时候人家都说我佛缘好，有佛缘。包括我师父都说："你有佛缘啊，所以会有这么多人欢迎你。你有佛缘啊，所以你才会有 300 多场生意。菩萨喜欢你，才让你生意兴隆，人家都愿意来订你。"芮时龙老师说我交了宣卷运，袁宝庭先生说我有佛缘，所以佛会找你来宣卷，所以让你学起来这么容易，然后生意这么兴隆，既然师傅都说我这么有佛缘，所以我想我在佛面前不要断了这个缘。

黄亚欣：对。

赵华：生意要来，但是不要来太多，太累了。

黄亚欣：那您除了宣卷，您平时还做点越剧或其他的演出吗？还有传承班吗？

赵华：传承班、越剧班、司法宣传节目，等等。我做越剧演出，一年也要 30 来场。

黄亚欣：所以不完全靠宣卷。

赵华：对，还有帮别人排排节目，创作一点小节目，这也是一份收入。

黄亚欣：比宣卷要好一些，宣卷蛮辛苦的。

赵华：是的。

黄亚欣：最早是不是不要求唱小调的？后来才唱小调。

赵华：这些都是宣卷人自己搞出来的，因为他们求生意啊。老早嘛，中间休息的时候，先生下来洗洗脸，喝喝水，最早的有些老先生会换换行头,就像班子里面的角一样,现在弄得……

黄亚欣: 哪一年开始要求要唱小调的?民众好像也要求宣卷先生唱,自己也会上去唱,都在那儿起哄。

赵华: 我跟芮时龙搭档的那个时候就已经有了,但是我们不是每一场都唱。有人家已经打电话来或者场子里说你们怎么不唱小调?谁谁的班子都会唱的。还有些人要抢生意,像我们现在下午 4 回结束了,有些甚至于 3 回结束了,他们要生意的人怎么做——早晨唱 1 回,下午唱 3 回,晚上再唱 2 回,共 6 回。

黄亚欣: 现在哪还有 6 回?不是早就没有了嘛?

赵华: 有的,有的班子到角直那边去就是 6 回。

黄亚欣: 现在大多数都是一下午就结束吧。

赵华: 也有夜场。我因为不大喜欢做夜场,如果我做夜场的话,现在一年最起码满 200 场。现在屯村、北厍这些地方的生意我不接了,芦墟那边如果是夜场我也不接了。我因为不做夜场,所以放弃了不少地方的生意。

黄亚欣: 像这些"佛娘"给您生意做,是不是也需要给一点回扣?

赵华: 这个不叫回扣,她们打电话来,给点介绍费吧。这是老先生传下来的。过去有一种人叫"牌话",就像经纪人一样的,你是不是得给他一份收入?后来,"牌话"没有了,电话联系给你接生意的,那你是不是得给他电话费?这就暗中形成了一种规矩。也不是说给多或者给少,每个人给的可能都不一样。这也是自己害死自己:你给 60 块,我给 80 块;你给 80 块,我给 100……有点恶性循环。

黄亚欣: 如果是主家自己家里搬房子,应该不用给介绍费的吧?

赵华: 搬房子也要看情况的。如果主家自己打电话来的话,可以不用给,但如果是通过"佛娘"打电话来的,还是要给。不过我给人家介绍费的情况不多的。我一是靠我自己的真本事,二是感情投资,我跟一些"佛娘"已经慢慢成为朋友或者亲戚了。

黄亚欣：没有问您要钱的，对吧？

赵华：你给她她都不会要。但有的人有这种不成文的规矩，明的要收介绍费的，但我很少有这种关系。

黄亚欣：其实现在宣卷1 200—1 300块一场，也不算特别高的，还要抽出一部分介绍费，真正自己收入的又少了。

赵华：那没办法，你做这个行当就得遵守这个行规啊。就像买东西一样的，愿买愿卖嘛。

黄亚欣：像你们班子出来做生意都开车的，开车费用怎么算？

赵华：像我们这个班子，有个规矩：因为出来都是我开车，所以不管收入多少，100块车费我拿掉了。我出车、出油费，一年下来车子还要保养，交保险，还有损耗的费用，等等。像你们在上海还要交停车费，一辆车一天下来100块开支可能还不够。

黄亚欣：计秋萍和徐荣球两位先生也是跟您的车，是吧？

赵华：对的，都坐我的车。除非是特别近的地方，他们自己骑摩托车。如果是往吴江方向去的，他们都是乘一块钱的公交车到我家楼下，然后我接上他们一起走。如果是往金家坝去的，他们就在屯村路口等我，我带上他们一起走。

黄亚欣：那么除去车费，剩下来的费用你们怎么分呢？

赵华：剩下来的基本上是五五开：分5份，琴师各拿1份，我们上、下手一共拿3份。差不多就这个规矩。但我的经济处理方法并不是这样的，我其实已经不再遵守老先生那种"五五开账"的方法了，我的这种经营方式就像自己做老板一样的。你想一想：我又唱上手，又要负责接生意、联系业务，人际关系都是我在搞，班子里开车接送也是我。我的班子一年200场生意，基本上160—170场生意都是我个人接的。所以其实就像我是老板一样。我们年轻人都能接受这种方式的，不能再按他们老先生那一套来了。

五、高黄骥口述访谈记录

（一）

访谈对象：高黄骥（男，1964年生，同里宣卷艺人，苏州市吴江区同里镇人）

访谈参与者：金兰芳、张舫澜

采访者：黄亚欣

访谈时间：2019年3月15日 10:00—11:30

访谈地点：苏州市吴江区同里镇沈氏堂门公子社

访谈整理：黄亚欣

黄亚欣：高先生，您好！请问您是哪一年生的？

高黄骥：1964年12月21日，农历十一月十八。

黄亚欣：您是哪里人呀？

高黄骥：同里人。我老家在同里镇上，我爱人是平望的，我后来搬到平望，现在又回到同里镇上住了。

黄亚欣：您读书读了多少年？

高黄骥：准确说是4年半，读到5年级上半学期我就退学了。为什么呢？我读了4年半，一个字都不会写，我父亲就说："那就别浪费钱了。"于是，我就退学了。有的时候，人家来采访我，问我什么文化水平，我说小学毕业。其实我小学都没有毕业。

张舫澜：你当时眼睛好不好？

高黄骥：我生出来就不好，先天性的白内障，手术也没用的。但是，我能看见一点光，比如说你的衣服是红的，领子是白的，这个我能看得出来。我还记得2004年的时候，张老师来采录我们的《叔嫂风波》。我们没有剧本,边演,边改,根据每一个阶段发展的不同进行一些改动。过去,我们一天说 6 回卷,1 部书就是 6 回,下午 3 回,晚上 3 回。后来,就变成下午 4 回,晚上 2 回。再后来呢,随着同里新出炉的一批艺人的带动,又改为下午 3 回,晚上 1 回。现在有的地方只做日场,下午 4 回就结束了。

张舫澜:有的班子上午接好佛之后先做 1 回,下午再做 3 回。

黄亚欣:下午 3 回,晚上 3 回是什么时候的事情呢?

高黄骥:2005 年、2006 年以前。到 2007 年、2008 年的时候改了,改成下午 3 回,晚上 1 回了。下午 4 回,晚上 2 回的做法也还有,大概延续到 2010 年左右吧。现在大多是一下午说完,4 回书。也有的班子是一下午 3 回书,全部说完的,他们一般到了第三回的时候会说明是把第三回、第四回合在一起了,最后一回时间稍微长一点(其实最多也就是 1 小时 10 分钟)。按照我们宣卷的规矩,每一部书至少得三刻钟。其实,这也是根据实际时间来算的。我们要把接、送佛的时间与宣卷融合在一个版块里面,得留出接、送佛的时间。一般地,现在我们出一个场子,演出,连同接、送佛在内,差不多 4 个小时(吃饭和休息的时间不计算在内)。比方说,我 10 点钟到的,到下午 4 点钟基本上就结束了。如果 12:40 开卷,下午 3:40 基本上要结束了,然后送佛。不过,我接、送佛的时间比一般人要长一些。宣卷的内容我可以根据实际情况缩减,但接、送佛是一点点都不能打折扣的。你如果要录我的接、送佛,总归要在 18 分钟左右。现在,宣卷当中的接、送佛,应该说是我最长了。

黄亚欣:那别人的接、送佛与您的接、送佛中间相差了些什么呢?

高黄骥:很多艺人对接、送佛并不一定特别熟的,而我是有脚木的。此外呢,你比如说我们到村上去宣卷,要把当地的佛也接一下。还有一些来吃斋的"佛姑娘"或者叫"佛女儿",我一般也要接一下——比方说:"你是住在什么地方的,你今天来了,……"当然了,也是要有一定头衔,知名度高的"佛女儿"。这些东西都加进去,时间就长了。

黄亚欣：您请佛的脚本能看一下吗？

高黄骥：脚本我没有留。当时我的授业恩师张宝龙先生费了很大的精力才把这个接、送佛的材料落实了。我初次跟他出去宣卷的时候，他跟我说："你一定要把接、送佛先学会。但我不能教你，靠你自己听。你听得会，算你的运气。听不会，那就没办法了。"他最后说了一句："不能轻传。靠你自己去领悟。"所以，我没有脚本，所有东西都在我肚子里。所以，大多数的人接、送佛都只有 10 分钟左右。

黄亚欣：没领悟到位，是吧？

高黄骥：对。

黄亚欣：您能跟我说一说您请佛的层次和步骤吗？先请什么，再请什么？

高黄骥：先请八大护法，接下来就是普陀观音、消灾延寿如来佛等，然后就是地方上的佛，再后面是上天竺观音、灵隐寺道济、琉璃山弥勒佛等。基本上就是这几个层次。其实我们这个宣卷基本上都一样的，请佛啊、唱啊，大同小异。

黄亚欣：不过每位先生擅长的东西不一样。

高黄骥：这倒是对的！我擅长唱，你要我摆"噱头"啊，那我就不如张宝龙先生。不仅是我，我们宣卷行当里的那些人，都做不到，很难很难的。"噱头"引人发笑，那是属于"丑"行类的，"丑"行是很累的，如果能把"丑角"演好，就算是炉火纯青了。我呢，岁数也大了，自己也不想练，业务量也少了。现在业务不像过去，过去一年 200 本算少的，至少得 250 到 280 场。过去我们在芦墟，订的就是 3 天，多则 5 天，到了那边，还经常加场。现在，订就订 1 场。所以，宣卷的业务量持续下滑。

黄亚欣：您是什么时候出来宣卷的呢？

高黄骥：1995 年，跟张宝龙先生入的这个行。当时他说完一回书，我就跟在后面唱几段戏曲、小调。后来，我看他宣卷也没有剧本什么的，现编现演,好像也挺容易的嘛!据我所知,我们老一辈的宣卷先生,他们都有剧本的。就从我们张宝龙先生这一代开始,没有剧本了,演出内容现编。你们现在来了解我们宣卷,我说句真话,我们现在的宣卷已经是"淡而无味"。老一辈的宣卷艺人确实有很多特色,但随着他们的逝去,也都把这些东西带走了。像许素贞的"许派"宣卷,很有特色;袁宝庭先生的表演也是十分细腻、传神。现在,我们仍然健在的老一辈的一些先生,虽然说、表、唱确实不错,但并没有什么"噱头"。现在新出来的一代宣卷艺人,就更不行了,包括我在内。你别看我做了25年宣卷(我从31岁开始宣卷),没有进步,只有退步。现在都是做日场,4回书,很多东西发挥不出来。如果把一本书从头至尾详详细细地表演出来,那还能够达到一定的欣赏效果。

……

黄亚欣:高先生,您今天这个请佛是怎么请的?

高黄骥:佛是一样的,就是加了两句话:"南北四朝都请过,调转马头再请神。""南北四朝"是我们这里渔民信仰的一个部分,渔民是"南北四朝"领导的。就我所知,我们今天所在的沈氏堂门是以苏州城隍为主的,而我们渔民信仰是以莲泗荡大老爷为主的。所以我们在渔民这里接佛,要加一个"南北四朝"。

黄亚欣:也就是说,您也要根据主家的特定情况来请佛,对吗?

高黄骥:对!你比如说,我们到青浦去宣卷,请佛就要请上海城隍庙里的春申君。

黄亚欣:哦,您青浦也去的?

高黄骥:对,我们青浦、金泽这些地方都去。

金兰芳:等一下我们就把台子放到佛堂里面吧,这样声音也听得清楚。

高黄骥:好的,外面声音嘈杂,那些叔叔、婶婶讲话声音太大了,还有的地方有那种喝完酒撒酒疯的,我们说书的声音听都听不清楚。

金兰芳:我们这些宣卷先生,现在没人尊重了呀!不像以前。

高黄骥:是,我们以前宣卷一开场,底下鸦雀无声。人特别多,但我们连音响都不用。我们以前下午1点钟开卷,上午10:30下面座无虚席,我们一开口,下面没有人讲话的。现在,下面的听众说话说个不停,我们没办法表演。

黄亚欣:以前的听众男女老少都有的,对吧?现在是不是都是年纪大的比较多?

高黄骥:对。现在的娱乐工具多了,大家都去玩手机,上年纪的也不要听宣卷。

金兰芳:现在这种宣卷没人听的,以前娱乐方式太少。

高黄骥:以前人家要是听说这个宣卷先生还会唱锡剧啊,会觉得:"啊呀,真是太好了!"现在不稀奇了。现在很多人都会唱锡剧、越剧啊,这样一来,我们宣卷也就不行了。

黄亚欣:高先生,请问一下,不同的场合选择本子有没有什么讲究?

高黄骥:有,有讲究的。现在大多在人家家里做,大家都希望做这种大吉大利的书,不要死人,没有灾难。我自己其实最喜欢做"公案书"。"公案书",就是有人命案子的,那么,这个里面就可以制造很多"噱头"。

黄亚欣:"公案书"有哪些呢?

高黄骥:比如说,《法门寺》《三试闫成明》《胭脂》等。这类书中审案子,小人物出场,就可以有很多"噱头"。一般的家庭书,讨个吉利,说几句好话,比较平淡。

金兰芳:其实每一部书都有自己特定的情节,都有喜怒哀乐的成分在里面。现在这些人真是愚昧!比如说家里造房子啦,请客啦,就希望书里面什么都没有,全是开心的。这怎么可能呢?戏都有曲折,有高低起伏。

黄亚欣：金先生，您一般哪里宣卷宣得比较多？

金兰芳：主要是同里、金家坝。

（二）

访谈对象：高黄骥

采访者：黄亚欣

访谈时间：2019年5月12日9:00—11:30

访谈地点：吴江区同里镇竹行街高黄骥先生住所

访谈整理：黄亚欣

黄亚欣：高先生，您好！您原先是住同里镇，后来移居平望，现在又回到同里镇，对吧？

高黄骥：我出生就在同里，只不过在平望待了十几年。同里是我的老家。

黄亚欣：您是1964年12月21日生的对吧？

高黄骥：对。这是阳历，如果是阴历的话，就是1964年的11月18日。

黄亚欣：您读书读到什么时候呢？

高黄骥：读书读了5年，准确说应该是"跟"了5年。为什么？因为这5年我没有写过一个字，更没有认识过一个字。当然了，大、小、上、下我还认识。

黄亚欣：您家里原来是做什么的呢？

高黄骥：我的父亲是做糕点出身，馒头、汤圆之类的。我的祖上是苏北东台的，富农，我的父亲17岁就到了苏南。我的祖籍是原来的东台县廉贻乡古洪村。我父亲出生是1928年，正好是张作霖被炸的那一年。我父亲名字叫高日升，1928年阴历十一月初十生的。父亲17岁来到同里。

他有一个堂叔在这边,我父亲就是跟他堂叔学的手艺。首先是学做豆腐,然后再学做糕点。

黄亚欣:您母亲呢?

高黄骥:我母亲是同里仪塔村人。我舅父就是拉二胡的庞金福,你们应该见过的。

黄亚欣:对,他跟着金兰芳先生拉琴也有 20 年了。

高黄骥:最早的时候金兰芳跟我一块合作过,后来因为宣卷班子里边也有一些分歧,我们就分班了。分班之后,我就培养我妻子跟我一起做宣卷这行。我妻子原来喜欢唱越剧,不过她只会唱越剧,其他的戏不会。后来我就根据她的特长,给她量身定做了一些戏。反正她跟我一块合作嘛,有些她不擅长的东西我可以在演出中帮忙掩盖掉。当然了,有些东西没法盖。

黄亚欣:所以说,您的妻子可以算是您教的第一个徒弟。

高黄骥:对,可以这样说。说实在的话,我到现在都很遗憾,没有其他徒弟。

黄亚欣:可是,我们从张老师统计的宣卷传承表格里面可以看到,您有周建英、周文光、庞土英、姚剑芳这四位徒弟。

高黄骥:庞土英不能算是徒弟,她根本没有跟我学过宣卷。周文光倒是确实学过,他是我老婆的内侄,他过去学过扬琴,但不会唱的,后来改行了。姚剑芳这个人我没有什么印象了。

黄亚欣:您跟您妻子一起合作宣卷是哪一年的事情?

高黄骥:我们一起合作是 2003 年的事。我跟我妻子是 1999 年结婚的,2001 年的下半年我开始教她,2003 年春天正式上台演出,一直到现在我们都是固定搭档。偶尔她有事,临时叫别人搭档。现在的宣卷生意都不多,所以随时随地都可以叫得到人。现在基本上都是做日场,如果做日场、晚场的话,要是发现特殊情况,日场退下来以后也可以临时找人来帮忙。日场对我们有帮助，但是也有害处。首先，有帮助，我们早做早歇了。那么，害处是什么？业务量就明显减少了，听客不多了。听客不多了，他们就也不希望做夜场，反正你们做了以后，说句好听的话——就是完成日程，难听的话——就是去取钱，就这么简单。原来我们做日场是中午12点钟开卷，至少到下午5点钟结束。现在不行了，12:30开卷，到下午3:40必须得结束，总共3回书。昨天我们在屯村做生意，中间还有跳广场舞的。我本来打算说4回书，最多到下午4:30。后来，主家就过来跟我们说，做到下午3:40差不多了。所以现在这个行情对我们有利，但是也有不利的因素。不利的因素就是业务量的减少。现在的宣卷生意，可以说是一落千丈。所以，你们来采录我们这样的一些民间的东西，应该算是对民间艺术的一个保护。真正能够去欣赏宣卷的人，我估计越来越少。越来越少有两个原因：一个就是后起之秀没有；第二，那些老一辈的人，去世的去世，退化的退化。剩下我们这些"中间体"学艺不高，也收不到徒弟。所以宣卷就慢慢、慢慢地一落千丈。

张舫澜：高先生这个总结好：第一个，老一辈的艺人离我们去了；第二个，在现存的艺人当中，能够真正"拿得起"的人不多；第三个，培养宣卷接班人比较困难。

高黄骥：我们现在在学校里也看到，赵华老师带了三十几个学生，教他们宣卷的表演，这个是可以的。但是，如果你要这些学生真的出去做一本长篇的宣卷，说一本传统的书，那肯定是不行的。一是他们自己不行，二是没有一个人会赞成的。父母就不一定赞成，父母会觉得：你做那玩意儿有什么用？没用！你还不如搞音乐，去读某某音乐学院或者是去某某歌舞团。我们整个的吴江的二三十个宣卷班子，像模像样的没有几家。

黄亚欣：现在估计没有二三十个班子了，十五六个吧。

高黄骥：对，对。现在班子全都分散了，大家都是你到我那里，我到你那里。还有一些乐队也慢慢开始转行了,跟宣卷赚不到钱,还不如当"和尚"①赚钱。像我一个晚上200块、250块,如果要是做一个周期的话,就千把块钱,那多划得来。

黄亚欣: 现在一场宣卷一般1 200块、1 300块,对吧?

高黄骥: 对!

黄亚欣: 班子里面怎么分成?

高黄骥: 按照我们传统的惯例是5股开成。4个人5股开成。五股中多出来的一股拿出来给开口的,就是唱的。乐队的琴师是一人一股。开口的里边还有上、下之分。水平高一点的,1.4股;水平差一点的,至少也得给他1.2股。现在不行了,现在你要么不要叫我,你要叫我,我跟你两个人开口的,每人一半,也就是平分。乐队有的时候稍微吃亏了一点。原来乐队就是每人一股,有的水平差的就少一点。为什么呢?这里有一个内幕。其实,每一样行当都是这样的。比如说,你叫我去宣卷了:"高先生,你的一台卷多少钱?"我说,1 200块。那么,人家会这么说:"这么着吧,这家人家挺苦的,你看我的面上就收他1 000块吧。我的那份(抽成)呢就算了。这是你同情贫苦人家。"如果说,我们张老师新盖大楼,要乔迁了,你又来找我了。乔迁之喜肯定是1 200块的,是不可能还价的。你不是给我做了生意了嘛,那么我至少给你这个数——200块。

黄亚欣: 一般不是给100块就够了吗?

高黄骥: 那得看情况。你比如说,我们老张不是乔迁嘛。那么你作为介绍生意的,就会跟主家张老师说:"今天乔迁之喜,你看要不要跟他们说,让他们给你接个元宝?"我们宣卷的说没有用,主家会反感,会抵触,觉得这些宣卷的只知道要钱、接元宝,元宝能白接吗?得给他们红包!他

---

① 这里的"和尚"不是真正意义上的和尚,是吴江地区的"礼忏班"中的成员,专为死人念经、颂卷、敲忏。在当地,"做和尚"又叫"做夜生意"。

们就会有这种抵触心理。但是,你作为介绍生意的中间人,就可以去跟主家说:"张老师,你们今天乔迁,要不要讨个吉利,接个发财元宝,让你们家小辈生意兴隆?"那么主家一般会说:"行,行!那么你说红包要包多少?"中间人就会说:"就你们这样的环境,一两百块肯定的吧!180块吧!"那么主家一般会说:"好了,算了,算了,我就包200块吧!"如果说这样的话,那么你这个中间人就可以拿到200块。

黄亚欣:那就等于接元宝的钱给中间人?

高黄骥:对。总体来说,他就可以得到100—200块。任何一个行业都是这样的,我们可以换位思考——人家帮了你,互利互惠,你总得给他们一点电话费,或者叫劳务费吧!如果说,你跟我是深交,说:"算了,算了,我还能要你的钱吗?"这是深交了,你是死心塌地地为我拉生意的。那么,逢年过节我也得送一点儿礼吧!这个礼是不会轻的。这是老客户!新客户的话,有来有往,你给我一个生意,我给你一笔钱——一笔电话费。这是我们宣卷班子的情况,戏班子也是一样的。戏班子的价位抬得很高。现在演一场戏,日、夜两场可能七八千。如果单独一场的话,比方说白天演,就是五六千。这个中间人,你起码得给他500块一场戏。为什么现在喜欢做戏?同样是一天,演出价位高一点,中间人可以从中多拿一点。宣卷一场,中间人得200块钱,最多就买包烟抽。500块钱性质就不一样了,连做三台戏中间人就可以赚1 500块了,多省事。这个里边的差异是相当大的,这也算是我们宣卷走下坡路的一个原因。

黄亚欣:以前不是这样的,对吧?

高黄骥:最早的时候没有。

黄亚欣:您说的最早的时候是指什么时候?

高黄骥:"文革"之前吧。"文革"以后才有这样的情况的。

张舫澜:以前呢,有一种类似的职业叫"牌话"。

高黄骥:对。在我们这个行业,他就像一个总管一样。比方说,我们要在某一个村宣半个月,已经做完了10天了,那么我们要抽一点时间到茶馆里来找他:"我们还有5天基本上结束了。""牌话"会说:"好,我帮你看一下啊,某某地方,什么时候,你们又可以到另外一个村上去宣。"那么,他从中拿一点辛苦钱。

黄亚欣:您见过"牌话"吗?

高黄骥:没有。实际上就是一种中介性质,相当于经纪人。

黄亚欣:"牌话"存在的时间大概是什么时间到什么时候?

高黄骥:自古以来就有,"文革"以前有的,五六十年代一直有。"文革"以后就没有了,就出现了介绍人。比如说,我跟你是邻居,你会宣卷的,正好我的姐姐要过生日,你到我们那儿去闹一下吧。

张舫澜:对,还有比如说,大队里面的妇女主任、赤脚医生、退休的老书记这类人,都可以充当介绍人。

高黄骥:对。比如说,我与你认识,今天晚上我们一起吃一顿饭,我说:"我这里有几个人,他们会唱唱弄弄的,你能不能帮我安排几场演出?"你说:"那行,没问题的,反正都是老熟人了。我帮你们安排去演出,如果演得好么,就多演几场,演得不好那就两看了。"这样一来呢,我们宣卷生意慢慢地又变成了一种"化整为零"的现象(原来所有的生意是由"牌话"统管的)。所谓的"化整为零"就是说自己找门路,自己叫,自己推销。改革开放以后,那些迷信的东西又抬头了,宣卷生意到了这些"巫婆"的手里,就是"佛娘"。其实,称她们"佛娘",那是一种礼貌,说穿了,就是"巫婆"。我们也得靠她们,因为要到庙上,或者是人家家里。比方说谁家有个毛病了,他们来找佛娘了。佛娘给他啰哩吧嗦说了一大堆。然后,你说这邪门儿吧——病居然好了!好了以后怎么办呢?许个愿吧——做一台戏!太贵!那宣个卷吧,只要几百块钱。"文革"刚结束以后宣卷的价位是便宜的。

黄亚欣:"文革"刚结束以后一场宣卷多少钱?

高黄骥：8 块钱都有过。最少就是 8 块，然后 20、40、80、120……慢慢这样涨上来的。

张舫澜：早先闵培传宣卷那时候，根本没有钱，宣一场卷得多少斤米。

黄亚欣：您说的介绍人生意的人，除了"佛娘"，一般还有些什么人？

高黄骥：基本上都是"佛娘"，其他的人基本上没有办法介绍的，哪怕就是乔迁之喜，也有很多是"佛娘"介绍的。还有就是宣卷艺人的亲戚、熟人了。

黄亚欣：这种认识的人帮忙介绍生意，还需要给他们介绍费吗？

高黄骥：从礼仪上来说给是应该给的。如果说你跟我是深交，你说："算了，我姐姐做生日还用得着给我嘛！"一般不肯收。但给还是要给的，这是礼貌。哪怕就是我干妹子的父亲和她的姐夫去世以后，请我去做了两场生意，最后我也照给不误。反正谁打电话的，我把这个钱给谁，拿了钱你们自己去分摊，总之我心意要到。

黄亚欣：一般是 100 到 200 块，对吧？如果是乔迁之喜这种，可能会给 200 块，小一点的生意，至少也要给 100 块。是这样吗？

高黄骥：是的！现在这个现象，我也认为用不着藏着掖着，因为现在大家都知道的。我认为这是很正常的现象，不能说是不正当竞争。

黄亚欣："文革"以后，为了生意，给介绍人回扣，是从谁那边开始的？

高黄骥：我印象中最深的莫过于我们一个老一辈的宣卷先生金志祥，外号叫"白皮"，"金白皮"。有一次，我在场子上看到金先生怎么给一个人钱？我觉得很奇怪。当时我们一起到屯村的一个地方去宣卷，那是 1995 年。

黄亚欣：那是您第一次看到给回扣，对吗？

高黄骥：对，第一次。我看到他给那个"佛娘"钱。当时只有 20 块左右。每次跟他出去宣卷，他总归要给"佛娘"意思意思的。我记得在金家坝有一个村叫九曲岗村。有一次张宝龙请我跟他一块合作，做一天宣卷，做日场,就在九曲岗。那个时候,低的到 360 块一场,高的 400 块一场。这里边就有一个玄机了,如果 400 块一场的话,那么介绍生意的这个人就可以拿到 40 块;如果 380 块一场的话,他就可以拿到 20 块。

黄亚欣:要是 360 元一场的话,中间人不是一分钱也拿不到了?

高黄骥:那次跟张先生去宣卷,就是 360 块。这 360 元主家还不是直接给我们宣卷的张先生,而是给了介绍生意的那个"佛娘"。"佛娘"从中就扣掉了 50 块,把 310 块钱给了张先生。那一次,我才详细了解了这个内幕。我们后来就跟这个"佛娘"协商,我们采取一种"双赢"政策:你给我介绍生意,宣一场至少得给我 360 块,你有本事你去跟主家开高价,多出 360 块的部分全归你。一些艺人刚刚出来创业的时候,自己的水平他们自己也知道。他们明白,就他们当时的水平要想立足于宣卷圈是不可能的,因此,他们也只能通过这种途径去扩大他们的业务量。我过去还是很愚昧的,我认为我凭本事——因为我南腔北调、九腔十八调、各地方的戏曲我都会唱,我凭什么给他们回扣?但是我想错了。没用,天大的本事都没用。这也无意中造成了我本人宣卷的退化。我说句实在话,我现在宣卷确实退步很多了。过去我们曾经录制过一部《叔嫂风波》,第六回中我上来就有一段上百句的赋子板。在我们南方一带沪剧《杨乃武和小白菜》里的赋子板是很有名的,但是你现在再叫我唱这一段,我唱不了了。为什么呢?退化了。因为了解了市场的行情:说些恭喜发财、财源广进之类的话就行了。说的书都没有质量了,所以这个宣卷艺术无形当中就退化了。

现在多数艺人只想着噱头怎么做,一点艺术都没有了。我还是追求一种艺术,因为我喜欢艺术。以前我总觉得自己有本事,不用怕,现在也一样也要去讨好,要去给回扣。甚至如果这个生意是乐队联系的,那么我也要从总收入中抽出 100 块钱给乐队,由他们去处理,而不是说乐队是跟我一块做生意的,我就不给回扣。这样,我们整个的一套班子就不会有太远的距离了,否则的话,他们跟我们的距离就会越拉越远,他们会觉得:反正我同样是要叫人一起做生意,我为什么要叫你?我可以叫我喜欢的人一起去做啊!

黄亚欣:你们现在有固定的乐队吗?

高黄骥:有,严云高、周雪根。严云高二胡、扬琴都会,周雪根只会拉二胡。

黄亚欣:高先生,请问同样宣一场卷,地区之间有没有价钱的差异?

高黄骥:也分地段的,最多也不可能超过1 300块,那么也不低于1 200块的价位。这是在我们吴江一带,包括周庄。如果到了甪直或者到了浙江一带,那么这个价位就不一定了,至少得要1 600块左右,因为路途太远。

黄亚欣:甪直、浙江那边是日场还是日、夜场?

高黄骥:现在大部分都是日场。日、夜场和日场其实有区别,日场又叫"走过场",反正白天宣好了以后把神佛都送回去了,把银子、锡箔都化掉了,任务就完成了。主要不是给观众看的,是给老爷看的。过去日、夜场是很不一样的,三分迷信,七分是演艺。有人要来看、要来欣赏你的东西。没人来欣赏,你还去费这么大的劲干什么呀?就当是走一个过场了。现在不要说宣卷了,就是做戏也是一样,晚上来看戏的人都不多的。宣卷、做戏都变成一种形式了。过去我们在芦墟、北库、黎里这些地方宣卷,订的就是三天,常常都要挽留我们两天。经常遇到有的人家要(单独)送卷给"老爷"的,那么就再挽留我们两天。比如说,我们遇到过人家家里有乔迁之喜的,主家跟我说:"高先生,我们今天是乔迁,明天我们村里面这些人想在我这里做一个集体的会,待待'老爷',大家再凑点钱,你们再来一台,宣个两天,你看怎么样啊?"有的村里过去没有庙,那么他们就把"老爷"接到某一户人家,反正接来了,索性多搞几场。宣了五场之后,又来一个人来打听:"帮忙问一下宣卷先生,他们五天以后有没有空啦?有空的话,我也送一台卷。"大家都很热情,抢着要请,是真的喜欢。我过去出去宣卷,基本上今天出去宣了,人家要问我第二天有没有空,想请我再留一天。忙的时候,一天要做两家。

黄亚欣:这个情况大概是在什么时间段呢?

高黄骥:90年代末,1997年以后吧,大概持续到2006年左右。那个阶段可以说是供不应求,比如说你订了这个日子,另一个人也要这个日子。当时,大家都看好宣卷这个市场,慢慢地都加入宣卷。一些女艺人原来是在舞龙队里边的,舞龙、打莲湘、挑花篮,慢慢地也学会唱几段戏,久而久之就开始成立宣卷班子。

黄亚欣:您这几年一年宣多少场?

高黄骥:这几年是不能谈了,这几年就是一点做做、玩玩的生意了,不存在什么业务。

黄亚欣:一年也有个几十场吧!

高黄骥:七八十场。2017年是83场,2018年是73场,今年可能还要少一些,还没统计。我每年都统计的。

黄亚欣:您除了宣卷,还做不做其他的生意呢?

高黄骥:逃不了开口饭,算命、当和尚。业余的时候没事干,我就拿了一块招牌,上面写着"排八字",在门口一站。有些游客感兴趣,过来算一下。

黄亚欣:您也学过算命?

高黄骥:我是1987年学的,跟我继父学的。

黄亚欣:您算一次收多少钱呢?

高黄骥:我刚搬回来的时候,算一次收50块,现在要100块。我继父现在起码收200块一次。有人找我继父帮儿子挑个好日子结婚,给辛苦费300块。如果说,要先生帮忙看看在结婚以前要做点什么事情,那就得880块了。

黄亚欣:您一年算命收多少钱呢?

高黄骥：这也不能算收入吧。我现在总的来说，"第二产业"就是做"晚生意"，就是做人家家里去世的生意。这种生意要么不做，一做收入就多。

黄亚欣：比宣卷多？

高黄骥：应该可以这么说。现在我们了解了一下，凡是出来做"晚生意"的，每个人每年总得在8万块左右。如果说我们夫妻两个人一起宣卷，我们来算一笔账，就算就按照2017年来算：我们假设一年宣了90本卷，我们两个人是600块一场，一共才54000块。两个人只有54000块！所以还是当"和尚"好呀！我们毕竟是普通的老百姓，民以食为天啊！我们现在一年宣卷七八十本也够了，问题在于：生意做得小，但是我们的生活档次却要往中、高档发展，至少要有一辆车子、一套房子。没有这一点，好像这个人现在在社会上根本不能立足，这是一种小康现象。我没这个本事，那么我只有增加"第二产业"，就是靠当"和尚"增加一点收入。如果说不是为了这个，就是吃用开销，那根本不是问题啊！我的"白生意"相对没有很多，因为我有的时候要出来宣卷。比方说，你今天叫我去做这个"白生意"，那么我就要看一下明天我们有没有宣卷。如果说明天有宣卷生意的话，我可能就不能接这个"白生意"的单子了，因为"白生意"至少要做三天、两个晚上。芦墟的"白生意"是只做晚上的，那么我可以今天晚上去做"白生意"，明天白天去宣卷，宣好卷以后，晚上我再回到那一户人家去做"白生意"，晚上吃好饭以后开始。我们平望就不行了，平望、盛泽、黎里的"白生意"日、夜都要做。

黄亚欣：你们这个做"白生意"的班子叫什么名字？

高黄骥：土话叫"夜纪念"，就是悼念死人的班子。说好听一点，叫"礼忏班"。

张舫澜："礼忏"，也有叫"敲忏""经忏"或者"拜忏"的。

黄亚欣：您是哪一年进入宣卷这个行当的？

高黄骥：1993年，我认识了张宝龙先生。我第一次接触张宝龙先生的时候，我还在我们单位里。我们单位里边有一个叫沈海林的，现在他已经死了，他住在朱家浜。就在他们家隔壁，做了两天宣卷，请的是张宝龙和张慧芳。单位里边的人就叫我一起去听宣卷。

黄亚欣：您是什么单位？

高黄骥：富士原料化工厂。我那时在单位正好是做一天休息一天，第二天我正好有空，我就去听宣卷去了。那个时候是第一次跟张宝龙直接接触。其实早先在茶楼上的时候我就认识他，但是没有正面接触过。后来我去了以后，徐荣球先生特地拿了一根竹笛，让我跟他们一起演奏宣卷开场以前的《三六》。徐荣球的儿子叫徐方琪，那时还小，只有18岁。那个时候他们的组合是徐方琪、徐荣球、张慧芳、张宝龙。然后我就开始听张宝龙宣卷。那一次我还记得他们宣的是《杨娲女》。我就听着他们宣卷，觉得就跟评弹一样嘛！我就觉得，这玩意儿挺省事的。内容现编，自己想什么唱就怎么唱，这太简单了！说来正巧，赶上张慧芳春节（1994年春节）没空，她要去做戏，张宝龙手头上没有人了。最后，徐荣球给他出了个主意，说："要不然叫小高帮你去撑撑场子吧！反正你一回书下来，让他给你唱几段戏，这样一来就可以把时间拉长一点。"后来，张宝龙特地来找我，跟我说："你跟我一块儿去做，做10天，每一天的出场费是20元。"那个时候的宣卷是280块一场。那个时候我就开始注意宣卷的格式。他那天在芦墟，连做了3天，年初二到初四。做的什么书呢——《黄金印》。这本书他做了3天，一共18回。初五我们就转到庄家圩对面一个叫杜家山的地方，又做了3天，还是做这本书。他一回书唱完了以后，我就开始唱地方戏。后来，我们又转到双石村等地方，前后一共10天。在杜家山这个地方我还拿到了80块的小费，这是一个姓马的老板给我的。我想我毕竟也是在张先生的平台上演出，我就拿出40块钱给张先生。这样一来我出去10天就赚到了240块钱，这是我第一次出来做生意。到了农历五月初五之前,他又来找我去做两天。到了阳历的1994年年底,张宝龙本人来找我,他说他们那里缺人:订了两家,在金家坝的同字村,其中一家是元旦要演出,然后又在金家坝的半爿港订了两天,两个生意时间冲突了,回又回不掉。他想办法分配了一下:我跟屯村的江仙丽搭档,再加上徐荣球,我们几个人一个组合;张宝龙跟徐方琪,另外再加一个徐夫生,他们几个另一个组合。本来金志祥那里也缺人,来找过我,我其实已经答应了金志祥了。因此,我开口宣卷的第一场,就是在1995年的元月1号。那一天,我正式开口。

黄亚欣:江仙丽做您的下手?

高黄骥:没有下手,就我一个人唱。江仙丽、徐荣球是乐队。

黄亚欣:那么,一共就3个人?

高黄骥:对,一共就我们3个人,那时候没有下手也不要紧的。

黄亚欣:那一天您唱的什么本子?

高黄骥:我唱了一本《闹严府》,也就是原来的《盘夫》《索夫》。我一个人做,白天3回,晚上3回。

黄亚欣:那一场你们赚了多少钱?

高黄骥:我想想……280块。我一个人拿了140块,他们两个人每人拿70块。

黄亚欣:那回扣呢?

高黄骥:那个时候没给回扣,我根本不懂什么回扣。

黄亚欣:那个时候,其实也没有规定中间要加唱小调,对吧?

高黄骥:对!那个时候能够叫得到一副宣卷班子已经算是不错啦!那时候班子少啊,那时我们同里宣卷最出名的就是"两条龙,一张皮"——芮时龙、张宝龙、"金白皮"(金志祥,外号"金白皮")。虽然说,当时宣卷艺人也有袁宝庭、郑天仙这些人,但他们搞不过这"两条龙,一张皮"。张宝龙到上海去请人,还有我们做乐队的邹迎春(就是邹志敏的父亲)也到上海一带去请人。后来，金志祥又来找我，希望我跟他一起合作。那大概是在1995年、1996年的时候。合作以后，他又请过两个唱越剧的，一个叫方明雅，还有一个叫李玉华。准确说，这两个人是邹迎春请过来的。

黄亚欣：她又请这两个人干什么呢？人已经够了呀。

高黄骥：有的时候，谁空就谁做。我那个时候还在单位里上班，不一定每场都有空。这样跟金志祥一起做了两三年吧。

黄亚欣：您是哪一年到哪一年在化工厂工作的？

高黄骥：1987年做到1997年，1997年我就下岗了。下岗之后，我还是跟金志祥一块儿做，那时经常到吴江到八坼之间的庞杨村、友谊村、白龙桥村去做，这些地方都是富有人家，我们去做都有小费的。那个时候我跟方明雅一起做，金志祥是班主，他最多唱一回书，剩下的都是我跟方明雅一起唱。金志祥自己也说："如果要是让我做一两回书还行，要是长期这样，嗓子也不行。"那么，他就负责接佛、送佛。在那期间，我认识了另外一个朋友——今年83岁高龄的陈四海。他想自己另立山头，请人来合作。当时他请了谁——吴卯生、李明华、金凤英、陈英。这几个人里面，吴卯生是为主的，李明华有空叫李明华，李明华没空，就叫金凤英，金凤英没空就叫陈英。后来做得不行，吴卯生跟陈四海之间也发生分歧：吴卯生嫌陈四海琴拉得不好，陈四海嫌吴卯生说书说得不好。常常订了三天生意，总是只能做一天。陈四海说："这不行，这样我的业务量要严重受到影响。"后来，有一个谋士跟他出了个主意，这个谋士叫石启承，是搞乐队的。他说："我看见小高跟李玉华一块儿做过几天，你要么叫他跟你来帮帮忙看？"他们还特地找到我单位，在我单位隔壁一个小饭店里商量。陈四海说："我有几个生意，你能不能帮我一块儿去宣卷？"我说："行，跟谁搭档？""李明华。"我说："行。"当时，他的乐队的阵容也很强大——顾剑平、胡虎生、石启承，再加上他自己、李明华和我，我们这样一个组合就是六个人。合作下来，大家印象都不错，后来他得闲的时候总是来找我，叫我一块儿去做。他有主心骨了，就可以去拿生意了。有一回，在八坼南塘村，有一户人家，他们跟陈四海点名要我。这样一来，我又跟李明华一块儿合作了一个阶段。后来，李明华跟陈四海分开，陈四海就再去物色了汪家姐妹——汪静莲和汪宝珠。汪静莲那个时候在跟芮时龙一块儿合作，她就提出："要么，让我的妹子汪宝珠跟高先生一块儿合作。"汪宝珠女士，你别看她人小，一开口什么都会。说一句大话，我跟汪宝珠出去合作以后，基本上一到，就有人来问我们某年、某月、什么日子有没有空。基本上每次出去都有订单。

黄亚欣：您跟汪宝珠合作了大概有多长时间？

高黄骥：3到4年。

黄亚欣：您之前与李明华合作了多长时间？

高黄骥：两年不到。后来与汪宝珠合作了3到4年，二人分开。陈四海后来又找了一个叫姚慧娟的，让我跟姚慧娟搭档。

黄亚欣：您跟姚慧娟合作了多长时间？

高黄骥：两个月都不到。我跟姚慧娟合作以后，业务量就减退了。我就跟陈四海商量，我说："这样长时间下去不行。这些观众，我们来宣卷，我发现他们都坐不住。这个是一个很重要的问题，你要考虑考虑。"就在这个时候，我的舅父庞金福要出来搞宣卷了，他去找原来在陈四海手下的谋士——石启承。我的舅父原来也找过我，那时是想加盟我们这个宣卷班子。我说我可以把你带出来，但是我不能把你留在我的身边，因为我也是伙计，我不是领头。所以他做了几个星期以后，他就离开了陈四海，自己去拉班子了。他拉到了汪静莲姊妹两个。乐队是哪两个人呢——江仙丽和我舅父庞金福。汪静莲后来又请琴师石启承加入。后来石启承叫过我和汪家姐妹搭档。汪静莲当时跟我们共事过几个月，在周庄一带也是一炮打响。做了没多少时间之后，她还是跟芮时龙一块儿合作，我还是跟汪宝珠一块儿合作，一直合作到2000年以后，汪宝珠慢慢地隐退了。

那个时候应该说我应该算是半个老板。班子内部的工作由石启承来做，他算是我的谋士吧。到了 2000 年以后，我们这个班子由于一些原因解散了。我在"白皮"的撮合下，跟金兰芳合作了一个阶段，大概半年多。这一个阶段挺乱的，跟金兰芳合作，然后又跟李明华合作。我跟李明华一直合作到我老婆生孩子以后，也就是 2003 年。慢慢地，我开始培养我爱人。

黄亚欣：您跟李明华合作了多长时间？

高黄骥：最多两年。我们从认识到几次一起合作，最多两年时间。

黄亚欣：您真正意义上建立自己的班子，应该是您跟您爱人这个班子，对吧？

高黄骥：应该是这样。正式建立班子，好像是 2003 年的正月初二。那个时候两个琴师一个是石启承，另一个姓蒋，外号叫小黄牛，现在已经去世了。演出地点是在周庄的朝阳，唱的是一本《红灯花轿》。

黄亚欣：那个时候一场收入多少呢？

高黄骥：360 到 400 块。

黄亚欣：还是按照您之前说的四个人五股分成吗？

高黄骥：基本上是这样，因为琴师都是一些老艺人，所以最低要给他们一人一股的。

黄亚欣：那个时候您一年做了多少场？

高黄骥：我有一本本子，上面记了的，我请别人帮我写的，给你们看看。

黄亚欣：好的。谢谢！

高黄骥：我们宣卷的都记的。2014 年开始，我就不用本子了，因为也没人帮我写了。我就用录音的方法。比如，我 2019 年正月初四在什么地方做，初五在什么地方做。我一个月回过来听一下，统计一下这一个月做了多少场。最后再把所有月份的生意加一加。

黄亚欣：比如说人家来订生意了，您怎么记？

高黄骥：也是录音。你比如说，现在你给我订了今年 10 月 1 号的生意,那么我就录了:九月初四,什么地方,联系人叫什么名字,电话号码多少……再到时候我听一下就行。现在方便,现在有内存卡、U盘、手机。我现在的电话号码都是录音存在U盘上,我录的时候是这样:张老师,什么号码;王老师,什么号码。就跟写字一样的。

黄亚欣:但是,比如说,今天我订了10月1号到我家做生意,过了一个月,又有人打电话给您,订10月1号,时间冲突了,您记得住吗?

高黄骥:基本上我记得住。录音,就是为了留个记录,备查。现在基本上我今年到明年的生意我都能够记住。总归有空闲的时候吧,录音拿来听听——今年我订了几本生意,明年我订了多少。其实每一个艺人都有一个账本,他们为什么不拿出来?因为他们还要记一笔数目:正月初三,在某个地方说一部什么书,收入多少。我不计收入,我只记书目——一本什么书,在什么地方说过。不要在同一个地方说相同的书就可以了。

黄亚欣:可是您不计收入的话,您怎么知道您这一年收入多少钱?总归要算个账的。

高黄骥:大致的框架在这里,少也少不了多少,这个收入是死的呀。不像我现在做"和尚",我要计算出去赚了多少,来去的打车费多少,然后算出我的净收入。

黄亚欣:宣卷没有车费吗?

高黄骥:我是坐公交车,我老婆自己开车。有的时候我叫我老婆开车接送我。也有的时候,我叫别人开车,付了车钱,那个时候我就要把车费从收入中减掉。

黄亚欣:您2003年跟您夫人刚开始合作宣卷的时候,一年估计100场有的吧?

高黄骥:应该有,我跟我夫人合作的第一年的生意可能少一些,然后慢慢就增加了。

黄亚欣:你们最多的时候一年大概多少场?

高黄骥：最多大概要 200 多场了，是在零几年的时候吧。2003 年到 2007 年，我估计我的业务量是高的。之后就可能少一点。

黄亚欣：我想补充问一点，您是怎么跟张宝龙先生学宣卷的呢？

高黄骥：我主要是跟他学接佛、送佛。应该是在 1991 年到 1992 年左右。之前不是说过我跟他一块儿合作十天的嘛，在这十天里边我跟他学的接佛、送佛。他说："你如果要做这个生意，你必须学会接佛、送佛。"我还在单位里的时候，大概在 1995 年左右，他给我排过一部戏叫《施红菱》。那时我们一起去听芮时龙先生宣卷，回来了以后他就花了两个半小时，给我排了这部《施红菱》，跟我讲述了宣卷应该要做哪一些东西，确实受益匪浅。

黄亚欣：他并没有一本书、一本书地把本子给您学习，对吧？

高黄骥：没有的。其实我当时跟他合作的时候，我倒是排过两本书给他的，一本是《描金凤》，还有一本是《聊斋志异》当中的《胭脂》。

黄亚欣：这两部书您从哪里得来的呢？

高黄骥：我看电视看得比较多，喜欢听书。

黄亚欣：那您又怎么把您得到的书排给他呢？

高黄骥：就讲一点主要内容，比方说《胭脂》：在江南某一小镇，有一户人家是做兽医的。这个兽医姓卞，排行老三，人家都管他叫卞三。老婆死得早，唯一的希望就是他的独生女胭脂。一天早晨，他要到外边帮别人的牛看病，叫胭脂看家。胭脂正好碰见一个秀才，这个秀才叫秋水，他要去请郎中，无意当中就看见兽医家门口挂的牌子，他搞错了，以为卞三是郎中。秋水说："我为我姑母请郎中看病。"胭脂就笑了，她说："你看看我们这是什么地方？"秋水抬头一看，红了脸，但是他这个举动无意当中让胭脂对他产生了好感……我当时听了这部越剧之后，就把主要内容跟张先生一说，我们就这么演了。

黄亚欣：你们不用商量张先生你唱什么内容，我唱什么内容？

高黄骥：这不用的，因为他是做上手的，他把角色放给我的时候，我就知道我应该怎么做。临场发挥，即兴创作。踏上宣卷这条路呢，毕竟是受张宝龙先生影响的。应该说，张宝龙、徐荣球对我都有影响。徐荣球对我还是比较赏识的。我听张宝龙先生接佛、送佛以后，我大致都背得出，有的不知道的再问一下。张先生说："我不能直接教你，你只能间接地学，不知道的你可以问。"

黄亚欣：那您算是拜张宝龙先生了吗？

高黄骥：当时我也想这么说，因为没有规矩不成方圆，所以我说："我还是拜你为师吧。"他说："不用，如果你不嫌弃的话，我跟你叔侄相称。"

黄亚欣：没有行拜师礼，但是其实是有一个师徒的关系，对吧？

高黄骥：对，是这个道理。

黄亚欣：您主要是跟张宝龙学的，跟金志祥没有学什么，是吧？

高黄骥：对，跟金志祥属于一种合作关系。金志祥也好，方明雅也好，李玉华也好，李明华也好，后来的陆美英也好（我也跟她合作过几本），都属于合作关系。那个时候姚炳森还健在，还有金凤英啊，他们有的时候缺人的话也跟他们合作。

黄亚欣：高先生，进厂之前您做什么？

高黄骥：我上茶楼、车站、轮船、码头，到处去演出，反正都是人多的地方。说句实在话，就跟说书一样，这个细节你是不可能把它磨灭的。为什么这么说？如果没有这个基础，不可能出来宣卷。我们同里宣卷的祖师，过去也曾经去跑码头为生。姓许，叫许维钧。

张舫澜：对。那时他就在苏州到芦墟，芦墟到苏州的轮船上拉胡琴。

黄亚欣：高先生，您是之前因为有演出经历，所以您就什么都会唱，对吧？

高黄骥：也不能这么说，可以说什么都喜欢吧。说起我的艺术生涯，要从七岁开始。那时候"文革"，有高音喇叭，没有什么收音机，家里面装个广播,就跟过年似的。我就在高音喇叭下面,在那儿傻乎乎地听,听新闻、听歌、听戏——样板戏。先是听反面人物:《红灯记》里的鸠山,《沙家浜》里边的吴传奎,《智取威虎山》里边的座山雕。小时候就喜欢听反面人物。学了以后,我觉得光说台词不行,你得会唱,慢慢就学什么《临行喝妈一碗酒》之类的。1977年开始,我就学了第一部戏,是越剧,这是在改革开放以后,粉碎"四人帮"以后。学的第一段叫什么呢?《祥林嫂》里面的贺老六。我当时听史季华老师他唱贺老六,觉得太好听了,我觉得我们过去听的越剧不是那个味儿啊!与众不同!后来又学《宝玉哭林》,那个时候《宝玉哭林》这个戏很风靡。我那时才14岁,还没变声,唱得可以以假乱真。过去我们隔壁有一个在苏州人民桥轮船码头搞运输的人,我跟着他到轮船上去,他开了轮船上的高音喇叭让我唱。当时没有一家不开收音机听的。人家都在问:"你们这里什么机器在放《红楼梦》?"他说:"不是的,是我们自己在唱。"

黄亚欣: 您是什么时候去跑码头演出的呢?

高黄骥: 18岁。18岁那年是12月20日出去唱的。

黄亚欣: 一直唱到进单位,对吧?

高黄骥: 对。大概有五六年吧。

六、陈凤英、潘立群口述访谈记录

(一)

采访对象: 陈凤英(女,1962年生,同里宣卷艺人,苏州市吴江区芦墟镇人)、潘立群(男,1956年,同里宣卷艺人,苏州市吴江区震泽镇人)

采访者: 黄亚欣

采访时间: 2019年4月26日(农历三月二十二)10:00—11:00

采访地点: 苏州市吴江区北厍镇池家湾马家

附 录

访谈整理:黄亚欣

黄亚欣:陈老师,您有的时候会(与吴根华老师)分班,和潘先生一起搭档演出,对吗?

潘立群:我们原来是原班子,一起合作9年了。

陈凤英:对,我们一起搭档9年了。

潘立群:我站起来唱就是跟她一起。

黄亚欣:哦,您一开始就是做上手的啊!

潘立群:对,我站起来就是做上手的。

黄亚欣:您以前是拉琴的,对吧?

潘立群:对。她没有上班①,我就来试试。

黄亚欣:你们一起合作9年,然后陈老师与吴根华老师搭档,对吧?

陈凤英:她(指吴根华)跟我一起唱了才1年吧。

黄亚欣:哦,我看你们挂"双凤社"的牌子,以为你们是老搭档了。

陈凤英:老搭档是老搭档,我们老早以前也搭档过的。后来,潘先生起来唱,我跟潘先生合作了9年。后来潘先生自己不高兴唱了,他觉得太累了。

潘立群:她(指陈凤英)生意太好了!

黄亚欣:您今年生意特别好,是吧?

陈凤英:是的,我们去年生意也很好,每年都很好的。

潘立群:年年生意都特别好,我们做得都快要吃不消了,可以说是同里宣卷生意最好的班子。

陈凤英:是的呀,你看我记录的,前面一天都没有休息。潘先生就是觉得太累了,他不高兴唱了呀!

---

① "上班"即"上手"的意思。

黄亚欣：那您一年算下来要几百场生意？

陈凤英：去年算下来210场吧！

黄亚欣：那真是不得了！

潘立群：我做趴下了，哈哈！

陈凤英：我生意全部满的呀！

黄亚欣：全年无休！

潘立群：我呢，主要就是喜欢（宣卷），太累了我不高兴的。

黄亚欣：您是怎么想起来自己做上手的呢？

潘立群：我本来跟她拉琴的，2003年就跟她拉琴了，她后来缺上班呀。

黄亚欣：那陈老师您本来的上手是谁呀？

陈凤英：本来我有一个先生在八坼的。

黄亚欣：朱火生？

陈凤英：对，对，对。他跟我搭档了4年。

黄亚欣：他是您的老师嘛。

陈凤英：对，是的。

黄亚欣：那个时候，潘先生就是在您的班子里拉琴的，对吗？

陈凤英：对。后来朱火生眼睛瞎了，看不出来了，那么潘先生就起来唱。朱先生眼睛瞎了以后，我一下叫这个人（搭档），一下叫那个人（搭档），我自己也累死了，生意那么多，我自己也烦死了。后来我就跟潘先生说："你起来唱么好了。不要紧的，反正你起来跟我一起唱。"

黄亚欣：做上手还是蛮难的，请佛、送佛、说表……那潘先生您跟谁学呢？

陈凤英：跟我学呀，他起来唱就是跟我学的。

……

黄亚欣：潘先生您是哪一年开始唱的？

潘立群：2008年。2008年我到张舫澜老师家里去弄材料。

黄亚欣：什么材料呢？

潘立群：唱的脚本啊这类的。我什么都没有，她（指陈凤英）认识张老师，我就跟她一起到张老师家里去。

……

黄亚欣：潘先生，今天跟你们一起演出的琴师都有谁呀？

潘立群：今天一个是她（指陈凤英）的老搭档金根，我们一起合作好多年了。

陈凤英：大名叫金振华，同里人。

黄亚欣：他负责拉二胡的？

潘立群：他是敲扬琴的。

黄亚欣：那么，拉二胡的师傅呢？

陈凤英：本来是潘先生拉二胡呀，今天潘先生唱，我们就临时叫了一个。

潘立群：对，叫汝根荣。

黄亚欣：你们的琴师都可以临时叫的，对吧？

潘立群：对呀，谁空么叫谁。

……

黄亚欣：刚刚那个人过来又跟你们订一个生意？

潘立群：对，明年，明年初六。

黄亚欣：明年的都订好啦？

潘立群：明年、后年都有的。

陈凤英：明年订了好多了呀，一般我们做好了就把下一次宣卷订下来，人家反正需要唱的。

潘立群：不然的话，好日子都找不到人宣卷的。

陈凤英：你看，明年我们订的浙江大舜的宣卷，5天。

黄亚欣：这么长时间啊？那你们要住在人家那里了。

潘立群：对。人家那里宣卷年年要宣，年年要唱，有很多都提前订。

黄亚欣：今天这个场子你们也来了好几年了吧？

潘立群：对，好几年了。这附近一带的几个场子，我们来了十几年了。

黄亚欣：人家听了好，就叫你们明年再来，对吧？

潘立群：对，哪个班子好听，就订哪个班子。现在班子多的，最多的时候20个。

黄亚欣：现在估计没有20个了，估计15个左右。

陈凤英：15个有的。

潘立群：有的班子没有什么生意的，现在好的班子不过5、6个。

黄亚欣：除了你们的班子，还有哪些班子是生意比较好一点的？

潘立群：你们也都见过的，有男上班的生意比较好一点，像柳玉兴、顾剑平、孙阿虎。女班子比不了男班子的呀！

黄亚欣：为什么呢？

潘立群：都要一男一女的呀。像今天我到这里来唱，也是他们这边要一男一女。

黄亚欣：他们这里要求这样？

潘立群：对，两个女的人家不喜欢。有的地方请佛一定要男的请。你看评弹也是一男一女。像宣卷里面的角色，男人的角色女的起不了。就算女的起得了（男角色），也没有男的起得好。

黄亚欣：就比如说"相爷"这种角色，男的起角色起得比较好，是吧？

潘立群：对。还有比如马叫、狗叫、猫叫这种，也是男的学得比较好。

……

陈凤英：前几年我们都要做到两百五六十场呢。

潘立群：前几年生意好，这几年都被拆迁，拆光了。

黄亚欣：宣卷生意的总体下降主要是因为农村拆迁，对吗？

潘立群：这是一个因素，还跟经济有关系。

黄亚欣：什么意思呢？

潘立群：老板生意好做，他就烧香、请宣卷、做戏。菩萨要听宣卷，要看戏。

黄亚欣：这边还是喜欢请宣卷多一些，是吗？

潘立群：宣卷呢，静心听还蛮有意思的。做戏呢，就是闹。

黄亚欣：做戏一般是请越剧班子过来吗？

潘立群：对，越剧多一点。其他班子请不起的。请一个越剧班子最多一万块钱，七八千。请其他的班子不够的。

黄亚欣：为什么做戏那么贵？

潘立群：一场戏，这个班子、行头、人员、排场不一样的。

……

黄亚欣：潘先生，刚刚听了您请佛，您的请佛调唱得很准呢！请佛调是老的宣卷调子——弥陀调，您是跟凤英老师学的吗？

潘立群：自己学。我原来就是拉琴的，像我们这种搞音乐的，耳朵灵敏，乐感特别好，对节奏很敏感。我 2003 年开始拉琴，拉了 6 年开始自己起来唱，光听听就够了。

黄亚欣：那请佛的词呢？

潘立群：跟陈凤英学。她是我半个师父！

黄亚欣：凤英老师请佛的词是原来跟师父学的吗？

潘立群：对，她原来就学过的。请佛一般都是要男的请，实在没有办法，只好女的请。

陈凤英：像我跟的师父，他请佛的时候，我就听着，用心记，慢慢就会了。

黄亚欣：一般请佛都有一个固定的模式，比如先请哪些佛，再请哪些佛。

陈凤英：对，都有规定的。

黄亚欣：潘先生，您具体是怎么学习做上手的呢？

潘立群：我跟着陈凤英一起到张舫澜先生那里去，要了几本宣卷的脚本。然后我自己上网、看书，一空就看书。我自己研究，自己动笔写、编——哪些素材不能用的，哪些是我要的，都要一一选择。几年工夫，我头发都白了。

陈凤英：他起来唱宣卷，就是他自己编的本子。我唱的书，他不要唱。

潘立群：人家唱过的，我不要唱。我就是这个性格。我要唱人家不会的。下面听众一听："哎哟，这个没有听过！"有的是听众解放前听过的书，老先生说过的，新先生没人说过的。听众有点记忆，但是不清楚了。他们一听，直叫："好听！好听！"那么，这样，生意就慢慢多起来了。如果宣卷先生说的书听众这个也听过了，那个也听过了，就会觉得这个宣卷先生只会这几本书，一点创新也没有。

黄亚欣：所以您在宣卷卷目上的创新也是你们的班子生意多的一个方面，对吧？

潘立群：对，跟卷有关系，当然，跟唱法、人缘好，方方面面都有关系。最主要是技术要过硬，人缘再好，拿不出东西来也是不行的。

黄亚欣：您在编写好卷本以后，上、下手之间如何衔接，也是要考虑的吧？

潘立群：那当然！我们一空下来就在排。怎么接，语气怎么样，情绪怎么样，这些都要琢磨。你如果像背书一样——"人之初，性本善……"——那肯定不行的。

黄亚欣：您的一部新书写出来，两个人要排多长时间？

陈凤英：那不要多少时间的，只要他熟了，就可以。

潘立群：不用多长时间，这个有"套路"的。

陈凤英：就像跑路一样的，比如现在我要到北厍、芦墟去，他把主要的路走好了，我可以跟，可以上，那就没问题了。

潘立群：主要她要听好。我们这里的宣卷最好听！我们附近的常熟也有宣卷,但他们那种是没有经过改编过的。

黄亚欣：所以,您之前跟我说只有改革才有出路。

潘立群：这是肯定的！解放初期到现在发生了天翻地覆的变化,特别是人的观念发生了很大的变化。宣卷虽说仅仅是待佛的一种形式,但是,没有新的东西也不行。老听客听得多、见得多,如果总是说老一套的东西,那就吸引不了人气,所以必须有新的东西。宣卷对琴师,对方方面面都有要求的,唱得好,没有好的家生也不行。人家唱不了的,我唱得了；比如人家只会3种调,我会6种调；再比如这个先生说的书难得听到的。这样名气就出来了——相当于一种品牌。还有一点很重要：不能偷工减料。如果觉得我就是出来混混的,混几个钟头回去,那是不行的。应当说几个小时就是几个小时,这个是规矩。

黄亚欣：现在一般是唱多长时间？

潘立群：早上10:00、11:00左右请佛。如果晚上不唱的话,就是中午12:30开始唱,到下午16:00左右结束。然后送佛。有的地方晚上要唱的,那么下午唱完晚上还要再唱2个小时。

陈凤英：有的地方晚上要求唱的,有的地方晚上不用唱。

黄亚欣：这个跟地区有关系吗？

陈凤英：跟地区有关系。像吴江、宛平、南库那边晚上都不唱的,晚上唱的地方比如同里、屯村,芦墟有的时候也有。

黄亚欣：庙上一般晚上都要求唱的吧？

潘立群：集体的庙会晚上唱得比较多。大家你也出钱,我也出钱的这种（庙会）,白天大家没有工夫来听,晚上下了班要来听听的。如果是私人请宣卷待佛的,那么心意到了就行。私人请宣卷自己可以做主。

黄亚欣：你们做的哪种类型的生意比较多？是庙上的还是私人家里的？

潘立群：家里的多。

黄亚欣：现在人家结婚不请了吧？

潘立群：同里有的。

黄亚欣：同里结婚请宣卷待佛我们看到过一次，但也不是结婚当天请，是提前做，结婚当天还是到酒店。

潘立群：对，对，对。现在么，乡下如果有老人的，那么要请宣卷待佛，闹一闹，新房肯定是不闹的。一般也不是结婚当天闹，就是提前闹一闹，菩萨面前表个心意。结婚当天还是去酒店。

黄亚欣：现在做寿还请宣卷吗？

潘立群：少。做寿的我们去年到浙江去过，老夫妻90岁。

黄亚欣：现在家里面新房进屋请宣卷的还比较多的。

潘立群：对，乔迁的有请宣卷的。那么，还有考大学的，不过不多。前两三年考大学请宣卷的很多，主要是7月份，录取通知书下来了，考取了什么大学，家里面要请一下。有的人家在菩萨面前许了愿："如果我儿子/女儿考取了什么什么大学，我一定请宣卷来感谢你！"那么，说好了肯定要做到的，要到菩萨面前来还愿。除此之外，还有小孩子10岁、16岁，也有一些规矩，具体我们也不懂，反正也要请宣卷闹一闹的。

黄亚欣：那你们记录生意的本子上写不写今天哪家办什么事情，请宣卷？

潘立群：不写的，我们反正是宣卷的。

黄亚欣：现在人家小孩出生、满月做不做？

潘立群：也有的。满月、双满月等等。

黄亚欣：你们最主要的宣卷的区域在哪一块？

潘立群：北厍。我们的生意在北厍比较多。别的班子可能吴江比较多，金家坝比较多，每个班子不一样。我们北厍最多，其次芦墟、莘塔。金家坝前几年比较多，这几年几个新班子起来了，我们的生意也少掉不少。

黄亚欣：潘先生，您是哪里人？

潘立群：我是震泽的。

黄亚欣：震泽那边宣卷吗？

潘立群：震泽没有的。懂都不懂的。

黄亚欣：为什么同一个地区，离得这么近，差异这么大呢？

潘立群：铜锣、青云、桃源、七都、八都、庙港都没有的。从平望、横扇过来稍微有一点。我们汾湖地区宣卷最多了。

黄亚欣：您老家震泽地区并没有宣卷，那么您是怎么走上宣卷这条路的呢？

潘立群：我20岁下放到八坼，上山下乡。后来，听听，看看。这个东西很容易的。再后来，单位要倒闭了，就出来拉拉琴。拉琴是我从小就会的。我50岁不到，那时还没退休，出来听宣卷，一听，觉得这个东西太简单了。后来就到高黄骥那里拉琴，拉了足足3年。后来又到朱火生那里拉琴。后来朱火生眼睛看不见了，陈凤英又去跟吴根华搭档了一年零七个月。再后来我就起来唱，做上手。

黄亚欣：那你们两个人另立了一个新班子，叫什么名字呢？

陈凤英：没有起名字，他不愿意！

潘立群：对，我不愿意。我不喜欢张扬，生意好我也不张扬。我宣了十几年了，人家都不知道我姓什么。人家只知道陈凤英大名鼎鼎，还有一个男搭档也蛮好的，就是叫什么不知道。我不需要名气响。我原来在厂里上班，单位倒闭了，我做生意又做了一段时间，生意并不怎么好，有几个机会出来拉琴，这样开始慢慢接触宣卷。

黄亚欣：那您除了出来拉琴，还做不做别的工作？

陈凤英：像我们一唱戏了，其他的就不做了。

黄亚欣：有的艺人除了宣卷还做别的工作的。

潘立群：那样是做不好的呀！没生意的！要么不要做，做就要做好。

黄亚欣：而且像你们生意这么忙，估计也没时间做其他的。

潘立群：夏天稍微可以休息休息。我夏天一空下来，就是编书，每年有两三本新书出来。我有很多书都是从解放前的老东西里面挖出来的。要下功夫的！你要把收集到的材料编成宣卷需要的东西。很多东西拿来并不是现成的。比如说它是戏曲、故事或者是一篇文章，你要把它编成宣卷的脚本。张舫澜先生那边借过来的大都是木鱼宣卷的脚本，直接拿过来宣是不行的，必须安排唱、安排对白呀等等。木鱼宣卷都是古老的文言文，大家听也听不懂，必须改编。木鱼宣卷很规整的九字句、十字句，讲究押韵。我从张老师那里拿来的《孟姜女宝卷》《赵五娘》，等等，一定要自己消化吸收，再加上一些东西才能上台唱。木鱼宣卷是像流水一样下来的，自己要加上中间的过程，朝代、缘由……再加上我自己就是拉琴的，这一段需要唱什么调子，我自己可以掌握。

黄亚欣：同样一段内容，可不可以这次唱这个调子，下次换那个调子？

潘立群：不行。在我这里是不行的。我不喜欢的。我认为这一段内容就适合这个调子，那一段内容就适合那个调子。

黄亚欣：我们也与不少宣卷先生交流过，他们有很多人都是唱词、曲调随意发挥的。

陈凤英：一般地，情节要与调子相符合。

潘立群：那是不能随意的。丫头就是丫头的调子，小姐就是小姐的调子。像我，喜欢拉京胡、唱京剧，在调子上都是很讲究规矩的。现在的宣卷班子也是鱼龙混杂，水平不一样。现在这两三年，不少班子强强联手了。因为生意差，那么就两个班子上手跟上手一起并了。

黄亚欣：那么像这种上手与上手一起搭班，谁是上手、谁是下手呢？

潘立群：他们一起唱，不分的。你比如说，顾剑平，他原来的下手朱海英离开了班子，他就跟朱梅香搭档。朱梅香原先是跟张宝龙搭档的。这样就是两个班子并成一个了。你再比如说，凤英跟吴根华也是两个班子合并的。

（二）

采访对象：陈凤英、潘立群
采访者：黄亚欣
采访时间：2019年5月26日（农历四月二十二）10:00—11:30
采访地点：苏州市吴江市同里镇屯村雪塔上碧罗庵
访谈整理：黄亚欣

黄亚欣：你们四月（农历）生意还这么忙啊？一般的宣卷班做到四月就差不多了。

潘立群：我们四月做了二十几场。我们是农历六月、七月生意少；五月马马虎虎，一半；十一月、十二月也很少。

黄亚欣：你们现在政府那边的宣卷去吗？

陈凤英：也去的，一个月两次。

黄亚欣：今天是哪两位琴师啊？

潘立群：这位徐师傅，徐夫生。还有一位是扬琴师傅叫金根，大名金振华。之前跟你们介绍过的。

黄亚欣：潘先生，今天他们庙里是待什么老爷？

潘立群：应该是待刘猛将，刘王老爷。他们这个庙有两个菩萨，一个是观音菩萨，在东面屋子里；一个是刘猛将，在西面屋子里。观音菩萨一定是放在东面的。你看他们供桌上的供品一类的东西，明显刘王老爷供桌上的东西多，说明今天肯定是以待刘王为主的。待会儿我们请佛也在供刘王老爷的这个屋子里。我们等会儿请佛的时候，请好八大护法，下面就要请刘王老爷了。我这个庙上几年前来过一次。

黄亚欣：以前不是你们吗？

潘立群：他们也要换宣卷班子的。

黄亚欣：今天来的这些人都是你出一点钱，我出一点钱，大家一起凑钱。

潘立群：对，这个叫"随缘"。

黄亚欣：然后，今天庙会的开销都来自大家"随缘"的这些钱里面，对吧？

潘立群：对！

黄亚欣：会不会出现不够的情况？我看这些来的人捐的钱都很少呀，20块、30块这样。

潘立群：一般有的老板会多出一点的。实在不够，他们负责的人自己掏腰包呀！

黄亚欣：庙里的"佛娘"自己贴钱吗？

潘立群：对。实际上，我们这里本地话标准的应该叫"佛囡儿"（普通话说"佛女儿"），不叫"佛娘"。

黄亚欣：像常熟那边，他们叫"师娘""佛娘"。

潘立群：对。北方有些地方叫"巫婆"。

黄亚欣：这种人一定是"女儿"吗？有没有"儿子"呢？

潘立群：也有的！女的比较多，男的少。

黄亚欣：如果是男的，怎么称呼呢？

潘立群：大概应该叫"佛儿子"吧。芦墟有两个呢！浙江也有啊。男的多是年纪轻的，都是40多岁，50岁上下。

黄亚欣：像这种待佛的活动一般是不是集中在上半年？我们今年上半年跟的宣卷班子基本上都是待佛的。

潘立群：上半年待佛多，下半年稍微少一些。

黄亚欣：下半年是不是人家新房进屋的多？

陈凤英：进房子要到冬天比较多，年前进房子的多。

……

陈凤英：计秋萍、吴根华、朱海英，等等，这些人都是跟我一批出来的宣卷艺人。我们这一批人最多！大概在2002年左右。

黄亚欣：哦，原来你们都是一批出来的。凤英老师，您跟吴根华老师一起搭班，您和她谁是班主呢？

陈凤英：现在是以我为主，生意主要是我接的。本来我自己就有自己的班子，她当时是一个人，就到我们班子里来了。

黄亚欣：她原先跟谁搭档的呢？

陈凤英：她之前搭档的人多了。后来她没有生意了，搭档的人也没有了。我们两家都住在一起嘛，她就跟我说："潘先生如果不唱了，就我们俩一起做做好了。"基本上现在的生意都是我的。

黄亚欣：我去年10月1号在泗洲寺看到您和吴根华老师一起唱的。

陈凤英：哦，农历八月二十二，庄家圩！我们每年都要去的。那个庙上每年八月二十二待刘王老爷。

黄亚欣：是谁请你们去的呢？

陈凤英：就是有的老板要送卷给老爷，请我们去庙里宣。

黄亚欣：我原以为是寺庙里面请你们去的。

陈凤英：不是，不是，都是老板送过去的。去年的八月二十二我唱了4家，都是老板送过去的。我很早就去了，6点多就到庙里了。

……

潘立群：接下去要有生意的话，要强强联手。拉琴的要好，唱的要好，艺人的身段也要好。一定要有吸引力。你别小看拉琴，会拉几个曲子容易，到班子里来派用场可不简单。不仅地方小调、各个剧种的唱腔都要会，而且要懂得每个宣卷艺人的声部高低和喜好，这样才能当好一个琴师。

黄亚欣：您说得对！我们在之前的调查中，也听到过琴师的配乐和宣卷艺人所唱的不在一个调上的情况。

潘立群：那根本不行的。拉琴的学问不比宣卷的容易，拉琴的人要晓得宣卷艺人的"七寸三分"，可以说是宣卷艺人的"内当家"。你比如说，艺人的身体不好的时候，拉琴的人可以根据情况降一个调，让艺人唱起来不那么费力。我们班子里，她们唱什么基本上都是我决定的。不是她们唱出来我跟，而是我认为你这个时候应该唱什么调，你就应该唱什么调。

陈凤英：他的音一出来，我们马上就唱。

黄亚欣：我们在有的班子里，都是艺人一开口，琴师跟上来的。

潘立群：我这里不是的。我拉琴，她们（陈凤英、吴根华）唱下来嗓子没有不舒服的。

黄亚欣：您说得有道理，上次我们在一个村上，艺人临时叫的琴师，说琴师音起得太高了，没法唱。请问您一下，宣卷班子其实是靠菩萨的，那么你们自己信不信菩萨呢？

潘立群：说不上有多信吧，心中有菩萨，对菩萨有一种崇敬。其实，我们这里老一辈的宣卷先生请佛、请菩萨还有一种叫法，叫"请须"。因为我们这些地方菩萨属于道教范畴，道教仙人一般都有长须的，像关公老爷、刘王老爷，他们都有须吧？老爷、老爷，多是有须的。所以又说"请须"。现在像我们小先生都说"请佛"了。

黄亚欣：不说"请神"吗？

潘立群：不这样说的。

黄亚欣：再请问您一下：如何区分宣卷时谁是上手、谁是下手？

潘立群：拿木鱼的是上手。

黄亚欣：那刚开始的时候，凤英老师也敲木鱼啊？

潘立群：那是宣卷开始之前，奏《三六》开场，我要吹笛子，那么她敲一下木鱼。正式开书以后是我拿木鱼。

黄亚欣：是不是谁先开口，谁就是上手？

潘立群：也不是。"开书"的人是上手。

附 录

附录四 调查所见民间收藏宝卷书影

同里宣卷艺人许维钧手抄宝卷(张舫澜藏)

同里宣卷艺人吴卯生手抄宝卷(张舫澜藏)

363

同里宣卷艺人沈祥元手抄宝卷（张舫澜藏）

附 录

附录五　同里宣卷活动相关的重要图片资料

一、姚胜荣家宣卷活动现场图片资料①

佛堂内部环境图

佛马

---

① 宣卷事由：新房进屋；拍摄人：黄亚欣；拍摄时间：2018 年 11 月 3 日；拍摄地点：苏州市吴江区金家坝镇姚胜荣家。

供桌

请佛仪式现场

附 录

宣卷上手柳玉兴开卷

宣卷艺人柳玉兴、朱凤珍宣唱《白兔记》宝卷

同里宣卷艺人许维钧于 1988 年 11 月 21 日写给
吴江民间文化工作者徐文初的亲笔信

（张舫澜提供）

二、其他重要图片资料

同里宣卷艺人吴卯生于 2007 年亲笔书写的个人经历

(张舫澜提供)

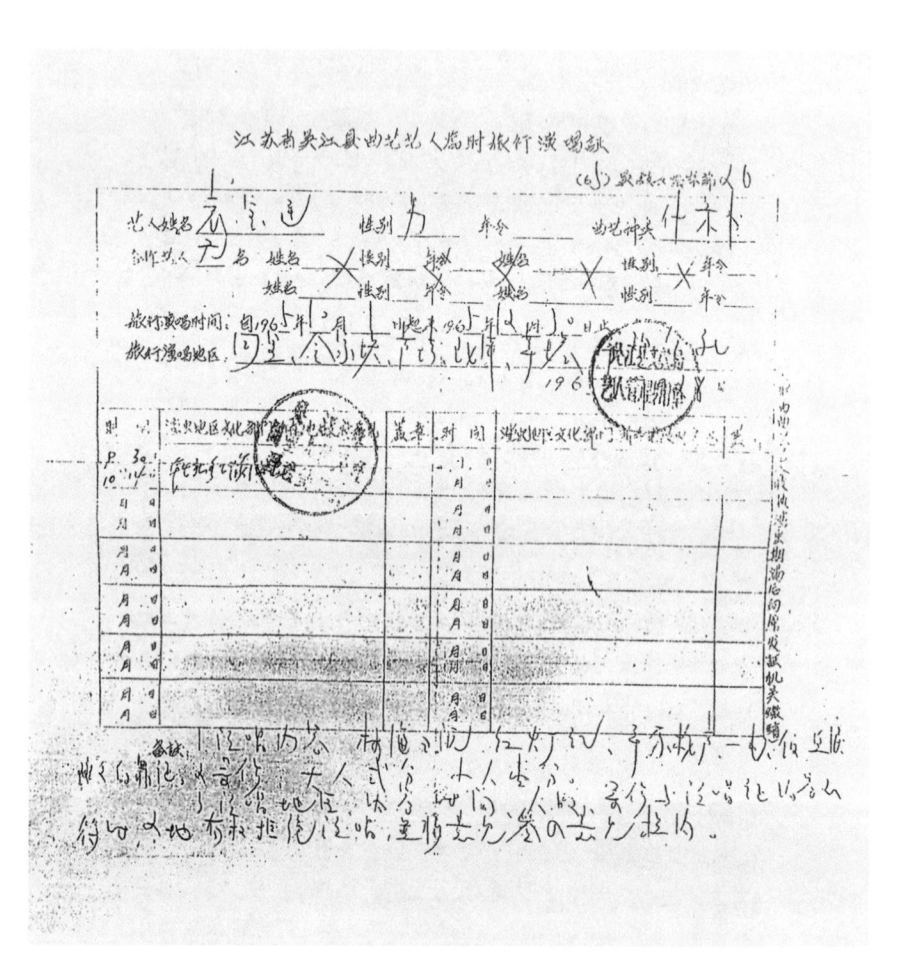

吴江县政府给同里宣卷艺人袁宝庭颁发的临时旅行演唱证

（同里镇文化站提供）

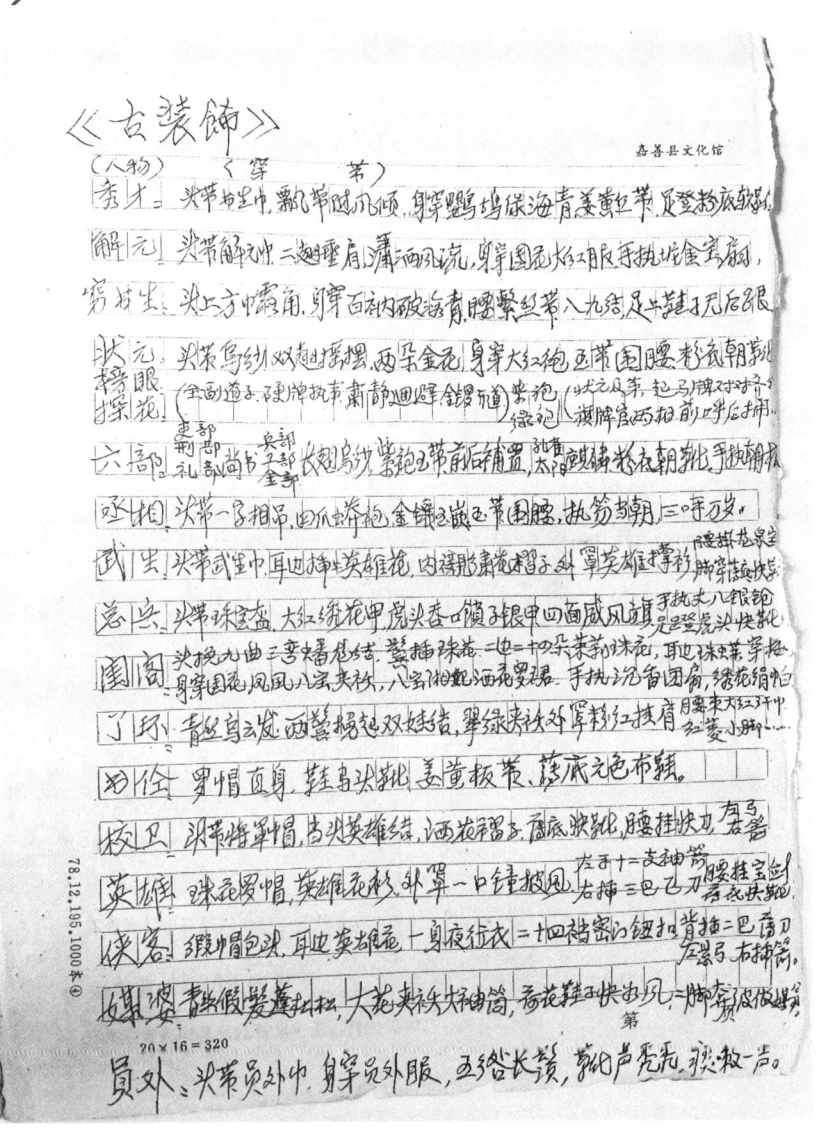

同里宣卷艺人闵培传写给嘉善宣卷艺人沈煌荣的有关宣卷人物出相细节

（沈煌荣提供）

传承与革新：同里宣卷艺人班社研究

同里宣卷艺人郑天仙(左一)学习评弹时与师父醉霓裳、师妹余红仙同台演出
(郑天仙提供)

附 录

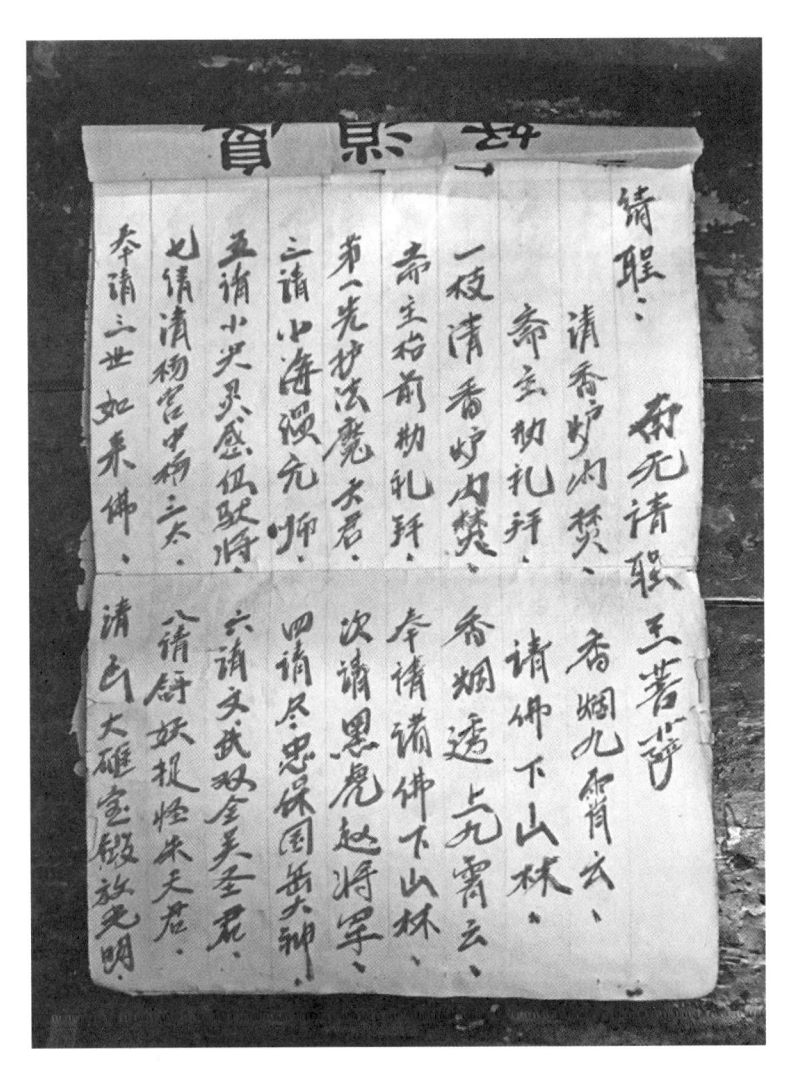

请联：

南无请联三菩萨

请香炉内焚、香烟九霄云、

斋主叩礼拜、请佛下山林、

一夜请香炉内焚、香烟透九霄云、

斋主恭前叩礼拜、请佛下山林、

第一先抄法魔天君、奉请诸佛下山林、

二请心海漫光师、次请恩虎赵将军、

三请心海漫光师、四请尽忠保国英大神、

五请小哭灵感伍驾将、

六请文武双金关圣君、

七请杨宫中杨二太、八请卧妖捉怪朱天君、

奉请三世如来佛、请氏大雄宝殿放光明

宣卷艺人严其林手抄《请佛偈》

（严其林提供）

373

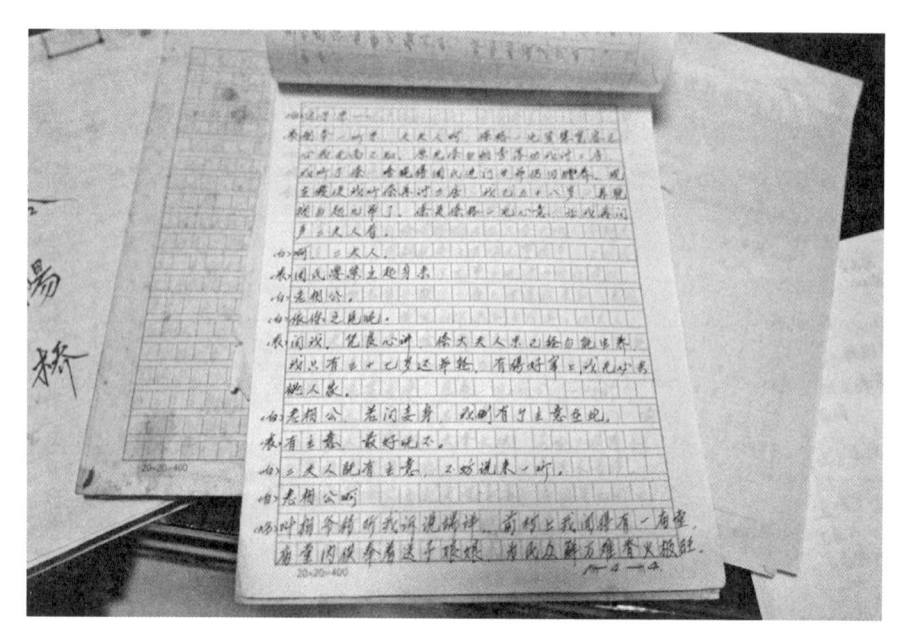

宣卷艺人石念春创编宣卷演述脚本手稿

(石念春提供)

2019 年 3 月 3 日,笔者在采访宣卷艺人芮时龙(右一)

(诸思远摄于芮时龙住所)

附 录

2019 年 3 月 31 日,笔者在采访宣卷艺人严其林
(诸思远摄于严其林住所)

2019 年 4 月 13 日,笔者在采访宣卷艺人郑天仙
(诸思远摄于郑天仙住所)

2018年7月20日，赵华在同里古镇宣传推广同里宣卷
（黄亚欣摄于同里古镇）

2018年11月2日，江仙丽、唐美英宣卷演出现场
（黄亚欣摄于吴江湖滨华城喜庆苑）

附 录

2019 年 2 月 18 日屠正兴、钱巧英宣卷演出现场
（黄亚欣摄于苏州市昆山区周庄镇东浜村猛将庙）

2019 年 2 月 22 日孙阿虎、邹雅英宣卷演出现场
（黄亚欣摄于苏州市吴江区苏同黎路扎网港刘王庙）

2019 年 2 月 24 日芮时龙、朱梅香宣卷演出现场

（黄亚欣摄于苏州市吴江区同里镇史家库）

2019 年 2 月 23 日顾剑平、陆美英宣卷演出现场

（黄亚欣摄于苏州市吴江区芦墟西栅大仙庙）

附　录

2019 年 3 月 2 日吴根华、陈凤英宣卷演出现场
（黄亚欣摄于苏州市吴江区莘塔镇）

2019 年 3 月 10 日，肖燕在演出现场向笔者讲述人物出相时的功架
（诸思远摄于苏州市吴江区同里镇后浜猛将堂）

2019 年 3 月 15 日高黄骥、金兰芳宣卷演出现场
（黄亚欣摄于苏州市吴江区同里镇沈氏堂门公子社）

2019 年 3 月 16 日俞梅芳、朱海英在送佛
（黄亚欣摄于苏州市吴江区北厍镇财神庙）

附 录

2019年3月18日江伟龙、盛玲英宣卷演出现场

（黄亚欣摄于苏州市吴江区芦墟野猫圩）

2019年3月25日赵华、计秋萍宣卷演出现场

（黄亚欣摄于苏州市吴江区同里镇朱家浜）

2019 年 4 月 2 日朱火生、唐春英宣卷演出现场
（黄亚欣摄于苏州市吴江区同里镇屯村厍头天林庵）

2019 年 5 月 26 日，笔者在陈凤英（左四）、潘立群（右三）的宣卷演出现场
（诸思远摄于苏州市吴江区同里镇屯村）

后　记

　　本书是在博士学位论文《同里宣卷传承中的艺人班社研究》基础上修改完成的，修改、完善过程中得到了国家社会科学基金项目的资助。导师陈勤建教授从论文选题、研究框架等方面为我提供了悉心的指导，反复为我讲解文章的论述逻辑，并经常与我分享他在长期研究中形成的关于民间表演艺术的理解。写作过程中，郑土有教授多次为我介绍、联络相关的艺人、民间文化工作者和研究者，并建议我选取艺人班社作为研究的切入点，后来又接受我到他的门下进行博士后研究，为我的课题提出了许多建设性意见。博士和博士后阶段，两位导师耐心地教给我总结提炼的方法，从论证思路到文字表述不厌其烦地帮我一遍又一遍梳理、打磨，鼓励我坚持，屡次帮我克服难题。承蒙陈师、郑师两位恩师不弃，我才能够顺利完成研究。衷心感谢两位恩师对我这位学术新手的爱护和帮助！

　　在博士论文的开题、答辩过程中，郑元者教授、方克强教授、朱希祥教授、黄景春教授、郑土有教授、徐赣丽教授、李小玲教授均提出了许多宝贵意见和建议，使我明确了进一步修改和完善的方向。在此向诸位教授表示感谢！

　　田野调查期间，得到了当地民间文化工作者、艺人及相关人员的帮助。

　　吴江民间文化工作者张舫澜先生，年过八旬，多次陪同我走访宣卷艺人，采录他们的表演，为我解释当地的民风民俗，给我参看他收藏的宝卷等珍贵资料，这份热情让我感动。他对民间文化的热爱，点燃了我对当地民间文艺的研究热忱，让我更为渴望去洞悉同里宣卷这一文艺形式背后的种种传承动力。

　　为了本书的写作，我考察了现存所有的同里宣卷班社，得到了多位宣卷艺人和琴师的帮助,他们是:芮时龙、严其林、郑天仙、石启承、陆美英、赵华、计秋萍、徐荣球、金献武、吴根华、陈凤英、潘立群、高黄骥、顾剑平、朱梅香、江仙丽、唐美英、江伟龙、盛玲英、金兰芳、沈彩妹、柳玉兴、朱凤珍、孙阿虎、邹雅英、屠正兴、钱巧英、肖燕、沈彩妹、俞梅芳、朱海英、朱火生、唐春英等。感谢他们使我有机会近距离观看他们的演出,并接受我的采访,与我分享他们的从艺故事。他们的可爱形象和各具特色的演述风格常常浮现于我的脑海中,如此生动。

本研究能够顺利进行,离不开母校老师对我的指导与培养:华东师范大学的姚美玲教授、徐子亮教授、邵明珍教授、顾伟列教授、毛尖教授、吴勇毅教授、黄薇教授、尹笑非副教授等;复旦大学的陈引驰教授、朱立元教授、朱刚教授、刘钊教授、王才勇教授、陈忠敏教授、陈广宏教授、陈正宏教授、戴从容教授、郜元宝教授、陶寰教授、岳娟娟教授、张勤副教授等。博士阶段,在陈勤建老师推荐下,到神奈川大学非文字资料研究中心进行学术交流,得到了佐野贤治教授的指导。在此,向以上诸位老师致以深深的谢忱!

感谢中国社会科学院朝戈金研究员、毛巧晖研究员,北京大学陈泳超教授,苏州大学裘兆远副教授,他们都为我的研究提供了许多有益的建议。

感谢我博士和博士后阶段的同学和师兄弟姐妹:牟蕾、沈梅丽、黄草棉、李琦、吴亮亮、许思悦、袁瑾、兰晓敏、陈甜甜、郭竞、孙伟、毛玲莉、梁珊珊、杨璟琰、吴凡、吴昉、郎雅娟、刘明花、纪秋悦、李丰、杨城、徐鹏飞、吴越晴红、赵希、张雪婷、陈嘉颖、杨雨秋等。他们从各个层面给予了我支持和帮助,为我提供了许多富有启发性的建议,同窗的情谊也是我前行路上的温暖动力。

感谢同济大学国际文化交流学院的同事对我的关心和照顾。

感谢编辑叶子老师的细心审读和校对。

后　记

  感谢我的爸爸妈妈，他们无条件的支持使我永远能够遵循自己的内心去选择自己喜欢的事情、规划自己的人生；感谢丈夫诸思远一直在我最需要的时候陪伴我，做我的坚强后盾；也感谢那个愚钝却坚韧的自己，后知后觉，却始终没有放弃。

  本书尚有许多问题未来得及深入思考，部分观点可能还不够成熟，敬请读者批评指正。

2025 年 5 月 2 日

图书在版编目(CIP)数据

传承与革新：同里宣卷艺人班社研究 / 黄亚欣著.
上海：上海社会科学院出版社，2025. -- ISBN 978-7-5520-4772-1

Ⅰ. I207.76

中国国家版本馆 CIP 数据核字第 2025NT4937 号

传承与革新：同里宣卷艺人班社研究

著　　者：黄亚欣
责任编辑：叶　子
封面设计：黄婧昉
出版发行：上海社会科学院出版社
　　　　　上海顺昌路 622 号　邮编 200025
　　　　　电话总机 021-63315947　销售热线 021-53063735
　　　　　https://cbs.sass.org.cn　E-mail: sassp@sassp.cn
排　　版：南京展望文化发展有限公司
印　　刷：上海龙腾印务有限公司
开　　本：710 毫米×1000 毫米　1/16
印　　张：25
插　　页：1
字　　数：336 千
版　　次：2025 年 7 月第 1 版　2025 年 7 月第 1 次印刷

ISBN 978-7-5520-4772-1/I·756　　　　定价：98.00 元

版权所有　翻印必究